AF626070

Chris Bradford

Samurai
Die Rückkehr des Kriegers

© Matthew Bould

Chris Bradford trägt unter anderem den Schwarzen Gürtel in Taijutsu, der geheimen Kampfkunst der Ninja. Aus seiner Leidenschaft für die japanische Kultur entstand seine Abenteuer-Reihe »Samurai«. Er lebt mit seinen Söhnen in den South Downs, England.

Chris Bradford

SAMURAI

DIE RÜCKKEHR DES KRIEGERS

Neunter Band

Aus dem Englischen von Wolfram Ströle

Ravensburger

MIX
Papier | Fördert gute Waldnutzung
FSC® C111262

7 9 11 10 8

Deutsche Erstausgabe

Postfach 2460, D-88194 Ravensburg

Die Originalausgabe erschien 2019
unter dem Titel »Young Samurai. The Return of the Warrior«
bei Puffin Books/Penguin Random House UK, 80 Strand,
London WC2R 0RL, England

Covergestaltung: Paul Young
Karte von London: David Atkinson
Lektorat: Gabriele Dietz

Printed in Germany

ISBN 978-3-473-58576-2

ravensburger.com/service

Gewidmet Jan, Órla und Cíara Murphy
und allen Fans von Samurai, *die für dieses*
letzte Kapitel gekämpft haben!

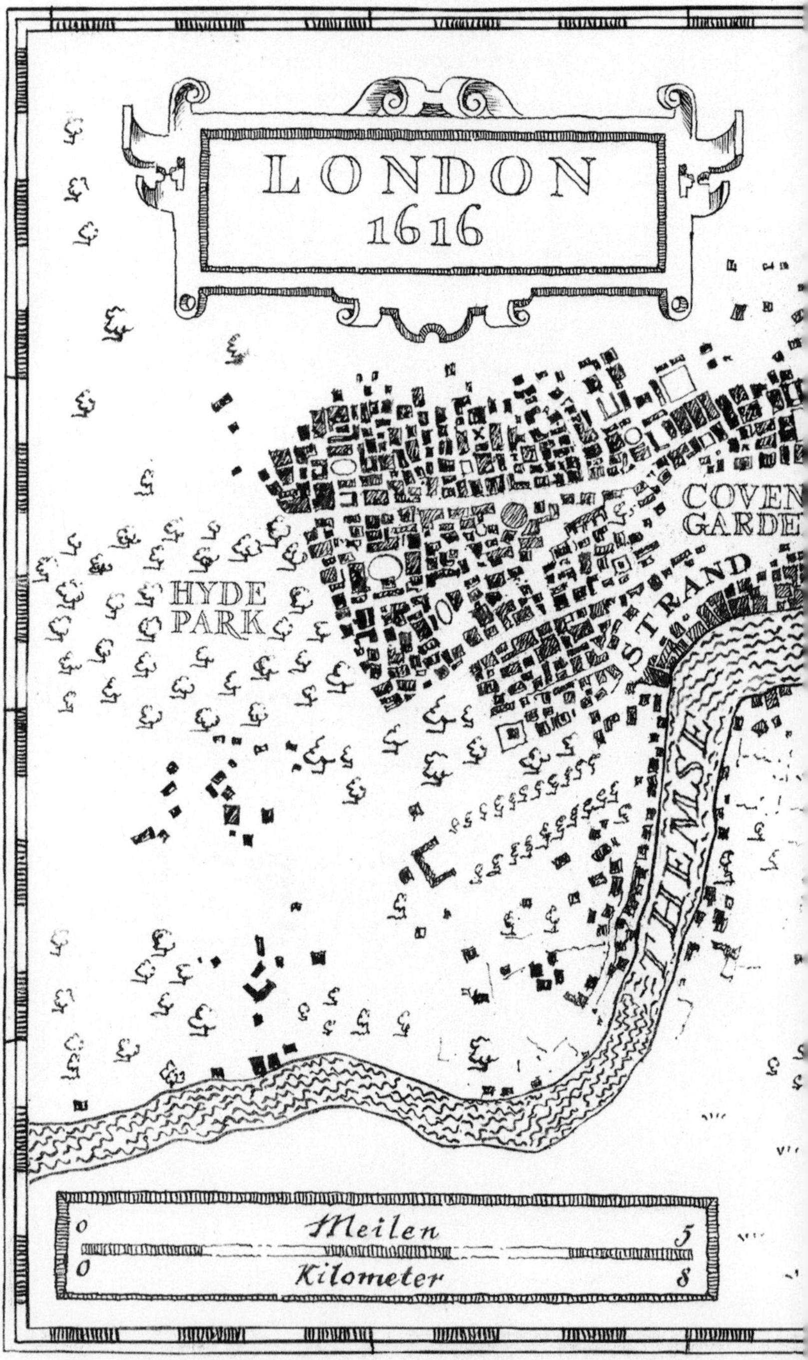
LONDON
1616
COVEN
GARDE
HYDE
PARK
STRAND
THEMSE
Meilen
0
5
Kilometer
0
8

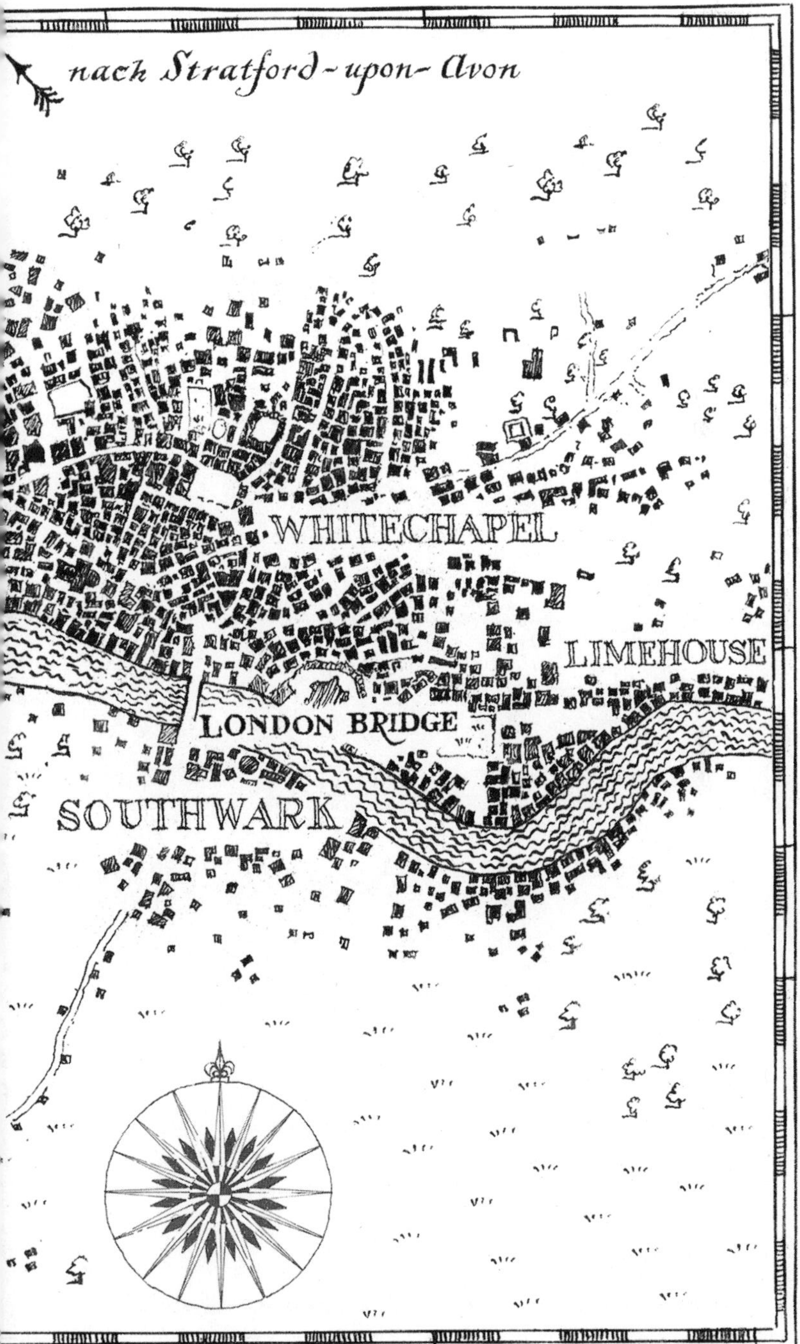
nach Stratford-upon-Avon
WHITECHAPEL
LIMEHOUSE
LONDON BRIDGE
SOUTHWARK

Inhalt

Prolog

Das Geisterschiff

Hole Haven, England, Herbst 1616

Einer geisterhaften Erscheinung gleich glitt die Galeone durch den Seenebel, die Segel gewellt wie Leichentücher. Lautlos hielt sie auf die Themsemündung zu. Vom Ufer folgten ihr neugierige Blicke.

»Schmuggler?«, brummte der Nachtwächter, ein Bursche mit ausgemergeltem Gesicht und spitzer Nase, unterstrichen von einem bleistiftdünnen Schnurrbart. Er zog seinen Mantel gegen die nächtliche Kälte fester um die mageren Schultern.

Der Zollbeamte, ein beleibter Herr mit geröteten Wangen, senkte sein Fernglas. »Ich sehe nirgends andere Schiffe warten. Scheint ein Handelsschiff zu sein, laut dem Namen am Bug die *Salamander*. Aber sie fährt viel zu nah am Ufer, offenbar will sie nicht nach London.«

Ein bärtiger, vierschrötiger Wachtmeister stand neben ihnen auf der Sandbank und klopfte mit seinem Knüppel leicht an sein Bein. Ein wenig verwirrt blickte er dem Dreimaster entgegen, der vor ihnen aus dem Nebel aufgetaucht war. »Na, na, na! Wenn der Kapitän nicht bald den Kurs wechselt, läuft er auf Grund!«

Gespenstisch und Unheil verkündend wie ein Ungeheuer aus den Tiefen des Meeres glitt die Galeone an den drei Männern vorbei. Ein wenig weiter flussaufwärts pflügte der Kiel durch den weichen Schlick der Flussmündung, wie der Wachtmeister es vorhergesagt hatte, und das Schiff kam erzitternd zum Halt. Die Männer wechselten einen unbehaglichen Blick, dann machten sie sich auf den Weg am Ufer entlang. Ihre Füße schmatzten im mit Wasser vollgesogenen Sand, als sie sich der Galeone näherten. Bewegungslos und aufgebläht wie ein gestrandeter Wal lag das Schiff vor ihnen.

»Ist da jemand?«, rief der Zollbeamte und blickte mit gestrecktem Hals zum Oberdeck hinauf.

Doch er bekam keine Antwort. Zu hören war nur das Knarren der Planken, das Schlagen eines losen Segels und das Plätschern des Wassers gegen den Rumpf.

Der Nachtwächter schluckte unbehaglich. »Sollten wir nicht die Miliz rufen?«

Der Zollbeamte lachte verächtlich. »Und den Zorn von Sir Francis auf uns ziehen, dass wir ihn um diese unchristliche Zeit wecken? Nein, bevor wir den Lordleutnant aus dem Bett holen, machen wir uns selbst ein Bild.« Er zeigte auf ein über die Bordwand hängendes Tau der Takelage. »Geht nachsehen, Wachtmeister.«

Der Wachtmeister hakte seinen Knüppel am Gürtel ein, watete durch das Wasser, zog sich an dem mit Seepocken überwachsenen Rumpf nach oben und stieg über die Bordwand. Alles blieb gespenstisch still. Der Nachtwächter zog den Kragen seines Mantels noch fester um seinen Hals. Nicht nur der Nebel, auch die Ankunft der unheimlichen Galeone ließ ihn frösteln. Während sie darauf warteten, dass der Wachtmeister zurückkehrte, sanken die Füße des Zollbeamten immer tiefer in den Schlick ein.

»Was braucht er denn so lange?«, brummte er, zog einen ledernen Stiefel heraus und schüttelte gereizt den Schlick ab.

Eine weitere Minute verging, dann tauchte das bärtige Gesicht des Wachtmeisters über ihnen auf. »Alles klar«, rief er und ließ eine Strickleiter zu ihnen hinunterfallen.

Sie wateten durch das eisige Wasser, packten die Leiter und kletterten an Bord. Das Deck lag verlassen da. Keine einzige Laterne brannte, keine Menschenseele war zu sehen.

Der Zollbeamte warf dem Wachtmeister einen Blick zu. »Wo ist die Besatzung?«

Der Wachtmeister zuckte mit den Schultern. »Vielleicht unter Deck.«

Vorsichtig näherten sie sich der Hauptluke. Der Zöllner bedeutete dem Wachtmeister stumm, sie zu öffnen. Mit quietschenden Scharnieren klappte sie auf. Eine Holztreppe führte in den dunklen Schiffsbauch hinunter.

»Licht«, befahl der Zollbeamte.

Der Nachtwächter zündete eine Laterne an und reichte sie ihm. Ihr Schein vertrieb das Dunkel und das Unterdeck wurde sichtbar. Erschrocken hielt der Zollbeamte die Luft an. Ein Matrose lehnte zusammengesunken an einer Wand. Sein Kopf war nach vorn gefallen, als schlafe er. Doch es war der Schlaf eines Toten. Eine große schwarze Ratte, die an seinen Fingern genagt hatte, huschte weg, als das Licht der Laterne sie traf.

Das Gesicht des Nachtwächters wirkte auf einmal noch hohlwangiger. »Ist das womöglich ein *Pestschiff*?«

Der Zollbeamte zog ein Schnupftuch aus der Tasche, bedeckte damit seinen Mund und stieg die Treppe vollends hinunter, um die Leiche genauer zu betrachten. Die Laterne stellte er neben sich auf den Boden. Ihr orangefarbener Schein verzerrte das wächserne Gesicht des Matrosen.

»Ich kann keine schwarzen Flecken erkennen.« Der Zollbeamte zog sein Messer aus der Scheide und stieß die Leiche mit der Spitze der Klinge an. Der Kopf des Matrosen rollte unnatürlich schlaff auf die Seite.

»Sieht aus, als hätte er sich das Genick gebrochen«, sagte der Wachtmeister und packte seinen Knüppel fester.

»Vielleicht ist er ja die Treppe hinuntergefallen«, meinte der Nachtwächter hoffnungsvoll.

»Vielleicht«, murmelte der Zollbeamte. Er steckte das Messer wieder ein und nahm die Laterne auf. »Lasst uns sehen, ob wir auch noch den Rest der Mannschaft finden.«

Widerstrebend folgte der Nachtwächter dem Wachtmeister die Treppe hinunter. Er achtete darauf, sich nicht zu weit vom Schein der Laterne zu entfernen, während seine Augen unablässig jeden kleinsten Winkel des Unterdecks absuchten. Gegenstände nahmen Gestalt an und verschmolzen wieder mit dem Dunkel: Holzfässer, fünffach aufeinandergestapelt … Stapel von Baumwollstoffen … zusammengerollte kostbare Seidenstoffe … Getreidesäcke … ein Paar schwarz glänzende Augen …

Der Nachtwächter schrie erschrocken auf und der Zollbeamte fuhr zu ihm herum. »Was ist denn?«, fragte er barsch.

»Da war jemand!«, flüsterte der Nachtwächter und zeigte mit einem zitternden Finger in das tintenschwarze Dunkel.

Der Zollbeamte hob seine Laterne an eine Lücke zwischen zwei Fässern. »Ich sehe niemanden.«

»Aber ich sage Euch, ein Augenpaar hat uns beobachtet.«

Der Wachtmeister trat mit erhobenem Knüppel vor, um der Sache auf den Grund zu gehen. Als er sich den Fässern näherte, ertönte ein Fauchen und ein schwarzes Etwas kam aus dem Dunkel gerannt. Der Wachtmeister wollte zuschlagen, hielt aber inne, als ein pelziges Tier zwischen seinen Beinen hindurchraste.

»Das ist doch nur die Schiffskatze!«, schnaubte er und senkte seinen Knüppel.

Der Zollbeamte sah den Nachtwächter verärgert an, wandte sich kopfschüttelnd ab und setzte seine Suche fort.

»Aber das vorhin war nicht die Schiffskatze«, beharrte der Nachtwächter. »Es waren die Augen eines Menschen … oder eines Dämons!«

»Nehmt Euch zusammen, Mann«, brummte der Wachtmeister und drängte unsanft an ihm vorbei.

Ohne auf die Proteste des Nachtwächters zu achten, stiegen sie noch tiefer hinunter und entdeckten, dass die Galeone exotische Gewürze aus dem Fernen Osten geladen hatte: Gewürznelken und Muskatnüsse und -blüten. Eine unermesslich wertvolle Fracht, bestimmt für den Londoner Hafen. Doch von der Besatzung nach wie vor keine Spur. Der Rumpf des Schiffs schwankte und ächzte in der auflaufenden Flut.

»Merkwürdig«, bemerkte der Zollbeamte, als sie auch das unterste Deck durchsucht hatten. »Irgendwo muss die Besatzung doch sein.«

»Lasst uns im Kielraum nachsehen«, schlug der Wachtmeister vor.

Die drei Männer gingen gerade zu der Leiter, die in den Bauch des Schiffs hinunterführte, da sah der Nachtwächter aus den Augenwinkeln eine Bewegung. »Da drüben!«

Der Zollbeamte drehte sich um und das gelbe Licht der Laterne durchflutete das Dunkel. Doch wieder war niemand zu sehen.

»Ihr seid mir ein Nachtwächter«, spottete er. »Ihr lasst Euch von jedem Schatten ins Bockshorn jagen.«

»A-aber glaubt mir, ich habe eine Bewegung gesehen«, erwiderte der Nachtwächter. Er atmete vor lauter Panik ganz flach. »Das ist ein Geisterschiff. Lasst uns sofort gehen!«

Der Zollbeamte hob die buschigen Augenbrauen. »Ein *Geisterschiff*? Ich habe Euch nicht für so abergläubisch gehalten. Reißt Euch zusammen! Es gibt keinen …«

Seine Antwort wurde von einem lauten Klappern unterbrochen: Der Knüppel des Wachtmeisters rollte über die Planken und blieb vor den Füßen des Zollbeamten liegen. Die beiden Männer starrten darauf und spähten dann auf der Suche nach seinem Besitzer nervös in das Dunkel.

Die Augen des Nachtwächters waren rund wie Vollmonde. »Wo kann er sein?«

Der Zollbeamte hob die Laterne und drehte sich langsam. Immer noch mehr Fässer, Getreidesäcke und Stoffballen kamen zum Vorschein … aber kein Wachtmeister. »Samuel?«, rief er. »Wollt Ihr Euren Schabernack mit uns treiben?«

Das Licht der Laterne fiel auf eine offene Luke. Durch sie hindurch sah der Zollbeamte, dass sich im Frachtraum Leiche auf Leiche stapelte wie Ballast. Blicklos starrten die kalten, toten Augen zu ihm herauf. Die verschwundene Besatzung!

Erschrocken wich er zurück und drehte sich mit klopfendem Herzen zu dem Nachtwächter um – nur um zu sehen, wie ein schwarzer Arm sich nach seinem Gefährten ausstreckte und ihn in das Dunkel zog, das ihn förmlich zu verschlucken schien. Nicht einmal ein Schrei war zu hören. Entsetzt ließ der Zollbeamte die Laterne fallen und wollte nach seinem Messer greifen. Aber die Scheide war leer. Im nächsten Moment spürte er das Messer an seinem Hals. Die rasiermesserscharfe Klinge schnitt in seine Haut und ein Blutstropfen quoll heraus. Vor ihm nahm ein Schatten Gestalt an, der sich schwarz vor dem flackernden Schein der herabgefallenen Laterne abhob. Aus dem Schatten blickten ihn zwei noch schwärzere Augen an.

»Ist das hier England?«, zischte der Schatten mit einem fremdartigen Akzent, der ihm einen Schauer über den Rücken jagte.

Er nickte. Vor Entsetzen brachte er keinen Ton heraus. Der Schatten hielt ihm ein Blatt Papier vor das Gesicht. Darauf war das von Hand gezeichnete Bild eines jungen Mannes mit einem ungebärdigen Schopf strohblonder Haare und meerblauen Augen zu sehen.

»Kennst du ihn?«, fragte der Schatten.

Der Zollbeamte schüttelte den Kopf. »W-w-wer soll das sein?«

»Jack Fletcher, der Gaijin-Samurai.«

Der Zollbeamte runzelte die Stirn. »Von dem habe ich nie gehört.«

»Schade.«

Das Messer schnitt durch seine Kehle und der Zollbeamte sackte gurgelnd zusammen. Während sein Blut sich auf den Planken ausbreitete und in den Frachtraum tropfte, tauchten drei weitere Schatten aus der Dunkelheit auf. Ninjas. Auf Befehl ihres Anführers stiegen sie rasch und lautlos zum oberen Deck der Galeone hinauf. Dort sprangen sie über die Bordwand und kletterten die Strickleiter hinunter. Dann verschwanden sie in der Nacht.

1

Ein englisches Willkommen

London, England, Herbst 1616
»Willkommen in England!«, sagte Jack und breitete stolz die Arme aus.

Er stand am Bug der *Hosiander*, des niederländischen Handelsschiffs, mit dem er von Japan zurückgekehrt war. Vor ihm lag in ihrer ganzen Pracht und Herrlichkeit die große Stadt London, ein atemberaubendes Panorama steiler Dächer, spitzer Kirchtürme und prächtiger Paläste. Darunter erstreckte sich ein Meer von Häusern, Herbergen, Märkten und Läden, soweit das Auge reichte – weiter noch als in Jacks Erinnerung. Und aus seiner Mitte ragte wie ein gewaltiger, alles beherrschender Steinblock der gewaltige gotische Turm der St.-Pauls-Kathedrale.

Doch am meisten staunte Jack über die Brücke über den breiten Strom. Er hatte ganz vergessen, um was für ein imposantes Bauwerk es sich handelte. Aufgesetzt auf gewaltigen Wellenbrechern – niedrigen, wie Boote geformten und mit Steinen verfüllten Pfeilern –, überspannten zwanzig Bögen die mächtige Themse, vom Großen Steintor am Südufer bis zum Neuen Steintor am Nordufer. Zweihundertfünfzig Meter lang, achtzehn Meter hoch und neun

Meter breit hing die London Bridge über der Wasserstraße. Und auf ihr zog sich wie Zuckerguss auf einer Torte eine spektakuläre Gebäudezeile entlang, bestehend aus Läden und noblen Wohnhäusern, einige davon sechs oder sogar sieben Stockwerke hoch.

Die Brücke war weit mehr als nur eine Brücke: Sie war ein Symbol der Stärke und Macht Londons.

Jack drehte sich zu Akiko und Yori um, die hinter ihm auf dem Deck standen. »Na, was sagt ihr dazu?«, fragte er sie auf Englisch.

Seine beiden Freunde sahen sich mit großen Augen und offenen Mündern um. Der Anblick machte sie sprachlos, und das freute Jack. Nachdem er ihnen so viele Jahre von England und seiner Pracht vorgeschwärmt hatte, konnten sie es endlich mit eigenen Augen sehen. Während seines unfreiwilligen Aufenthalts in Japan hatte Akiko ihm die vielen Schätze ihres Landes gezeigt, von alten buddhistischen Tempeln und goldenen Palästen bis zu paradiesischen Gärten und schneebedeckten Bergen und von der Kirschblüte im Frühling bis zu den Ahornblättern im Herbst. Jetzt war *sein* Land an der Reihe.

Die *Hosiander* wendete und näherte sich durch den lebhaften Verkehr auf dem Fluss vorsichtig dem Hafen. Ohrenbetäubender Lärm empfing sie, das Knarren der Schiffe, das Gebrüll der Matrosen und das Kreischen der Möwen über ihren Köpfen. Auf dem Wasser wimmelte es von vielen Hundert Fähren, Booten, Handelsschiffen und Galeonen. Alle schienen in der aufblühenden Stadt ihr Glück machen zu wollen, und allein einen Anlegeplatz zu finden, war eine Herausforderung. Am nördlichen Ufer gab es davon zwar jede Menge, aber an den Kais lagen bereits ganze Flotten von Schiffen, die das Ufer in einen dichten Wald aus Masten und Segeln verwandelten.

»Seht mal die vielen Schwäne!«, rief Akiko und betrachtete staunend die Schwärme der majestätischen weißen Vögel, die wie Schneeflocken das Wasser bedeckten.

Jack sah Akiko mit einem liebevollen Lächeln an. Ihre Liebe zur Natur war nur eine der vielen Eigenschaften und Fähigkeiten, die er an ihr bewunderte, wie ihre Herzensgüte, ihre eiserne Entschlossenheit oder ihr Geschick im Umgang mit einem Bogen. Sie war so schlank und elegant wie ein in Seide gewickeltes Langschwert und ihr Verstand war messerscharf.

»Was ist das?«, fragte Yori, der auf Zehenspitzen stehend über die Bordwand blickte, und zeigte auf eine gewaltige Burg mit dicken Türmen, die das nördliche Flussufer beherrschte.

»Der Tower von London«, sagte Jack.

»Den müssen wir uns unbedingt ansehen!«, rief Yori begeistert.

Jack sah den Freund mit einem verlegenen Lächeln an. »Ich glaube nicht, dass wir den freiwillig besuchen wollen. Er ist ein Gefängnis für Verräter.«

»Oh …« Yoris Begeisterung fiel in sich zusammen wie ein Ballon, aus dem die Luft entweicht. »Dann vielleicht eine andere Burg.«

Die *Hosiander* legte am Somers-Kai an und der Blick der drei fiel auf ein schauriges Bild: vier an einem Galgen aufgeknüpfte Männer. Ihre Füße hingen im Wasser, die Augen hatten die Krähen ausgepickt.

Akiko und Yori wechselten einen besorgten Blick, aber Jack versuchte sie mit einem Lächeln zu beruhigen. »Das waren wahrscheinlich Piraten. Keine Sorge – uns wird man freundlich empfangen.«

Die Planke zum Ufer wurde hinuntergelassen und Jack ging mit seinen Freunden hinüber und betrat zum ersten Mal seit sieben Jahren englischen Boden. »Endlich zu Hause!«, rief er, überglücklich, wieder in seiner Heimat zu sein.

Yori kam schwankend hinter ihm die Planke herunter. Er musste sich mit seinem Priesterstock im Gleichgewicht halten, denn noch hatte er sich nicht daran gewöhnt, dass der Boden unter seinen Füßen sich plötzlich nicht mehr bewegte. Akiko, die ihm gefolgt war, rümpfte sofort die Nase. »Was stinkt hier so?«

Jack holte tief Luft … und hätte sich fast übergeben. Verglichen mit der frischen Brise, die über das offene Meer wehte, roch die Luft am Kai faulig und abgestanden. Von den Werften in Wapping ging ein beißender Geruch nach Pech aus, der sich mit dem Gestank der Müllberge und menschlichen Fäkalien auf den Straßen vermischte. Verschlimmert wurde alles noch durch den üblen Geruch der Bottiche kochenden Urins, in denen Alaun hergestellt wurde, und der sich mit den faulen Dämpfen der Ledergerbereien zu einem so ekelerregenden Gemisch verband, dass es ihnen allen fast den Magen umdrehte. Jack hatte in den vielen Jahren seiner Abwesenheit völlig vergessen, wie unerträglich es auf den Straßen Londons stank.

»Ich glaube, das, worin Jack steht«, sagte Yori und zeigte mit seinem Stock auf den unappetitlichen Haufen um Jacks Füße.

Akiko machte eine Grimasse. »Ah, Pferdeschei…«

»Ja«, fiel Jack ihr ins Wort, »ganz genau.« Während der zwölfmonatigen Rückfahrt nach England hatten Akiko und Yori Gelegenheit gehabt, Englisch zu lernen, und beide beherrschten es inzwischen fließend – allerdings fand Jack, dass einige Wörter, die die Matrosen Akiko beigebracht hatten, sich für eine Dame nicht gehörten.

»Ich denke einfach … je fruchtbarer der Boden, desto röter die Rosen«, sagte Yori fröhlich, während Jack den Dreck von seinen Sandalen kratzte und sich über seine würdelose Ankunft an den Gestaden Englands ärgerte.

»He du, dein Rock gefällt mir!«

Jack blickte auf. Vor ihm stand ein stämmiger Hafenarbeiter, flankiert von zwei weiteren grobschlächtigen jungen Burschen. Sie trugen Hemden und Kniehosen und hatten das grobe, ungepflegte Aussehen von Arbeitern, die schon ihr ganzes Leben Lasten schleppten.

»Das ist kein Rock, sondern ein *hakama*«, verbesserte Jack. Er richtete sich auf, sodass seine schwarze, breit gefältelte Hose in ganzer Länge zu sehen war.

Der Hafenarbeiter grinste. »Sieht für mich wie ein Rock aus.«

Jack sah ihn gereizt an und legte die Hand an sein Samuraischwert. Der Hafenarbeiter beäugte inzwischen vollkommen unverfroren Yori in seinem safrangelben Gewand und mit dem übergroßen Strohhut. »Und was willst du darstellen?«

Yori runzelte die Stirn. »Ich stelle nichts dar. Ich bin ein Mönch.«

»Du siehst aus wie ein Pilz!«, schnaubte der Hafenarbeiter.

Seine beiden Freunde lachten heiser. Der Blick des Mannes fiel auf Akiko in ihrem schimmernden Seidenkimono und ihre langen schwarzen Haare, die ihr gerade wie ein Pfeil den Rücken hinunterfielen. »Moment mal, wen haben wir denn hier?« Breitbeinig kam er einen Schritt näher. »Du bist mir ja ein leckeres Früchtchen.«

»Wage es nicht, sie anzufassen!«, sagte Jack warnend.

Der Hafenarbeiter warf ihm einen kurzen Blick zu, dann nahm er Akiko an der Hand und zog sie zu sich. »Warum nicht? Was willst du dann tun?«

»Nichts«, erwiderte Jack ruhig. »Akiko wird etwas tun.«

Der Hafenarbeiter riss erschrocken die Augen auf. Akiko hatte ihm mit einem *nikyo*-Hebel den Arm verdreht. Keuchend vor Schmerzen, sank er auf die Knie.

»So helft mir doch!«, rief er den anderen zu.

Die beiden eilten ihm mit geballten Fäusten zu Hilfe. Yori trat zur Seite, um sie vorbeizulassen, streckte seelenruhig seinen Stock mit den Ringen aus und bekam einen von ihnen am Knöchel zu fassen.

»Hoppla!«, sagte er und sah zu, wie sein Opfer über den Rand des Kais taumelte und ins Wasser fiel. Auf ihn folgte unmittelbar sein Kumpan. Jack hatte ihn am Hemdkragen gepackt und einen *seoi-nage* ausgeführt, einen Schulterwurf. Der Kerl flog in einem Bogen durch die Luft und landete in der Themse.

Der Hafenarbeiter verharrte auf den Knien, immer noch fassungslos über Akikos scheinbar wundersame Kräfte. Jack dagegen wusste, dass es nur eine Frage der Technik gewesen war. Er trat vor ihn und packte ihn am Arm wie vorher Akiko.

»Zeige etwas mehr Respekt vor unseren Gästen«, sagte er. »In Japan gilt es als höflich, sich zu verbeugen.«

Er verstärkte den Druck auf den Arm und der Hafenarbeiter senkte mit schmerzverzerrter Miene den Kopf, bis sein Gesicht in den Haufen Pferdemist eintauchte. Akiko sah Jack mit erhobenen Augenbrauen an. »Ich glaube, er hat jetzt gelernt, sich zu benehmen.«

Jack ließ den Mann widerstrebend los und er verschwand spuckend und würgend. Yori warf ein Tau zu den beiden Burschen hinunter, die noch im Wasser zappelten, dann trat er mit einem schiefen Lächeln zu Jack.

»Was für ein herzliches Willkommen in England!«

侍

2

Cheapside

»Wie ich sehe, habt ihr bereits Freunde gefunden«, sagte Captain Spilbergen, der in diesem Augenblick die Planke zum Kai herunterkam. Groß und aufrecht wie ein Mast, war der niederländische Kapitän in seiner braunen Lederjacke, den schwarzen Kniehosen und dem weißen Leinenhemd mit der steifen Spitzenkrause eine stattliche Erscheinung. Wie der berühmte Seefahrer Sir Walter Raleigh hatte er einen sorgfältig gestutzten hellbraunen Bart und einen schmalen Schnurrbart.

»Hier«, fuhr er fort und hielt Jack eine schwere Börse hin. »Dein Anteil am Ertrag der Fracht.«

Jack hob abwehrend die Hand. »Ihr habt mehr als genug getan, indem Ihr mich nach Hause gebracht habt.«

Captain Spilbergen lachte. »Unsinn! Du hast mir mit deinem Portolan ein ganzes Jahr Fahrtzeit erspart und damit ein Vermögen an Proviant und Löhnen.« Er drückte Jack die Börse in die Hand.

Jack nahm sie dankbar an und steckte sie in sein Bündel zu einem in ein Öltuch eingeschlagenen Buch. Dabei handelte es sich um den wertvollen Portolan, den er während der langen Jahre in Japan mit solcher Mühe gegen die Übergriffe Fremder verteidigt hatte. Das Logbuch seines Vaters enthielt als eines von ganz wenigen vergleichbaren Büchern genaue Angaben zur Navigation der Weltmeere und mit seiner Hilfe hatte Jack Captain Spilbergens kleine Flotte durch die Nordostpassage gelenkt – die sagenumwobene Abkürzung zwischen Europa und dem Fernen Osten. Allein diese Informationen machten den Portolan unschätzbar wertvoll. Sein Wert ging für Jack allerdings noch über sicheres Navigieren und geheime Handelswege hinaus. Für ihn war er die letzte Verbindung zu seinem Vater.

»Bist du sicher, dass du nicht als ständiges Mitglied meiner Besatzung an Bord bleiben willst?«, fragte der Kapitän. »Einen tüchtigen Steuermann wie dich könnte ich gut gebrauchen.« Er ließ den Blick über die anderen Schiffe im Hafen wandern. »Captain Kroeger könnte dich übrigens auch sehr gut gebrauchen. Wo ist überhaupt die *Salamander* geblieben?«

»Danke für das Angebot, Captain«, sagte Jack, »aber ich muss meine Schwester finden. Ich war sieben Jahre weg. Jess glaubt bestimmt, ich sei tot!« Wie unser Vater, dachte er mit einem plötzlichen Anflug von Trauer. So sehr er sich danach sehnte, seine Schwester wiederzusehen, so sehr fürchtete er, ihr sagen zu müssen, dass ihr Vater von einem Ninja getötet worden war – dem grausamen und skrupellosen Mörder Drachenauge. Zum Trost konnte er ihr lediglich versichern, dass auch Drachenauge tot war. Der Gerechtigkeit war Genüge getan worden, als Jacks Freund Yamato sich geopfert hatte, um Jack und Akiko im Kampf um die Burg von Osaka vor den Ninjas zu retten.

»Es war mir jedenfalls eine Freude, mit dir zu fahren«, sagte der Captain und legte seine schwielige Hand auf Jacks Schulter. »Ich wünsche dir viel Glück bei deiner Suche. Und denk dran, du hast immer einen Platz an Bord meines Schiffs.« Er wandte sich an Akiko und Yori. »Dasselbe gilt für euch. Ich nehme doch an, ihr werdet irgendwann nach Japan zurückkehren wollen?«

Akiko verbeugte sich. »Das ist sehr freundlich von Euch, Captain, aber mein Schicksal ist mit dem von Jack verknüpft.«

Jack wurde es warm ums Herz. Er wusste, dass es viel von ihr – und von Yori – verlangt gewesen war, ihm um die halbe bekannte Welt nach England zu folgen. Yori hatte bereitwillig zugestimmt, weil er seinen Horizont erweitern wollte, Akiko war aus Liebe und Treue mitgekommen, wie sie es einander gelobt hatten: *Auf ewig miteinander verbunden.* Doch nach der Begegnung mit den Hafenarbeitern war der Eindruck, den die beiden von seinen Landsleuten hatten, vermutlich nicht besonders gut. Er betrachtete es deshalb als seine Pflicht, ihnen in seiner Heimat beiseitezustehen und sie zu beschützen, wie sie es in Japan für ihn getan hatten. Obwohl – nicht, dass Akiko seinen Schutz gebraucht hätte!

»Und du, Yori?«, fragte der Captain.

»Man sollte eine Reise lieber in Freunden messen statt in Meilen, Captain«, sagte Yori. Er blickte zu den beiden

Hafenarbeitern, die gerade in einiger Entfernung tropfend und wütend aus dem Wasser stiegen. »Da wir hier erst noch Freunde finden müssen, werden wir wahrscheinlich eine Weile bleiben!«

Captain Spilbergen lachte. »Also, wenn ihr nach einer Unterkunft sucht, kann ich euch die Herberge *Zur Meerjungfrau* in der Cheapside empfehlen.« Damit verabschiedete er sich von ihnen und kehrte an Bord seines Schiffs zurück.

Jack bemerkte, dass sich am Ende des Kais eine Gruppe von Hafenarbeitern versammelte. Die Wange von einem von ihnen war noch sichtbar mit Pferdemist verschmiert. Jack wandte sich an seine Freunde und klatschte in die Hände. »Kommt, machen wir uns auf die Suche nach meiner Schwester!«, drängte er. Er hob Akikos Bündel auf und reichte es ihr, zusammen mit ihrem Bambusbogen und dem Köcher mit Pfeilen, die mit Falkenfedern besetzt waren.

»Können wir uns davor noch etwas erfrischen?«, fragte Akiko, während Jack sie rasch den Kai entlang- und an der aufgebrachten Gruppe von Schauermännern vorbeiführte. »Ich würde wirklich gerne baden, bevor du mich ihr vorstellst.«

»Natürlich«, sagte Jack, ohne langsamer zu werden, bis sie den Somers-Kai hinter sich gelassen hatten. Er kannte die japanischen Bräuche und wusste, wie wichtig Reinlichkeit für Akiko war. Und nach einem Jahr auf See konnte auch er ein ausgiebiges Bad, eine herzhafte Mahlzeit und eine ruhige Nacht gebrauchen. So sehr er sich auf Jess freute, wollte er bei ihrem Wiedersehen doch auch einen möglichst guten Eindruck machen. Und nach sieben Jahren machte ein weiterer Tag keinen großen Unterschied. »Also auf zur Cheapside.«

Sie ließen den Hafen hinter sich, betraten die Stadt und bahnten sich ihren Weg durch das Gewimmel auf den Gassen. Jack führte sie aus dem Gedächtnis. Doch London hatte nicht mehr viel mit seiner Erinnerung gemein. In seiner Vorstellung war die Stadt ein funkelnder Edelstein gewesen – was er dagegen jetzt sah, war trostlos und abstoßend. Hoch aufragende Häuser drängten sich in engen Gassen und tauchten sie in ewiges Dunkel. Der Gestank, der sie bei ihrer Ankunft empfangen hatte, steigerte sich in der von keinem Lüftchen bewegten Luft, bis ihnen Tränen in die Augen traten. Und auf den meisten größeren Straßen stand der Morast knietief, denn nur die Hauptstraßen waren mit Schotter belegt. Passanten drängten rücksichtslos an ihnen vorbei, der Lärm war ohrenbetäubend und das allgemeine Chaos überwältigend. Straßenhändler, die ihre Waren anpriesen, schrien gegen das Gebrüll der Stadtausrufer an, die Nachrichten und öffentliche Ankündigungen bekannt gaben. Hungernde Bettler in schmutzigen Lumpen bevölkerten die Straßenecken und in dunklen Gassen lungerten Gruppen jugendlicher Herumtreiber wie Rudel wilder Hunde. Vom Schiff aus hatte London gewirkt wie der paradiesische Traum, an den Jack sich so viele Jahre geklammert hatte. Von Nahem entpuppte es sich als schrecklicher Albtraum.

»Leben hier wirklich Menschen?«, fragte Akiko und sah sich fassungslos um.

Jack nickte. »Alle wollen nach London!«, sagte er munter, um sich seine Enttäuschung nicht anmerken zu lassen. Entweder hatte sich die Stadt in seiner Abwesenheit dramatisch verändert oder er hatte sie in der Erinnerung im Lauf der Jahre verklärt.

Über ihnen ging ein Fensterflügel auf und jemand rief: »Achtung da unten!«

Passanten wichen hastig zur Seite aus, ein Nachttopf wurde ausgeleert und auf dem Boden vor ihren Füßen landeten klatschend menschliche Fäkalien. Nur dank ihrer schnellen Reaktion wurde Akiko nicht getroffen. Entsetzt sah sie Jack an. »Du hast doch gesagt, London sei eine zivilisierte Stadt!«

»Ist es ja auch«, versicherte er, während ihm zugleich schmerzhaft bewusst wurde, dass seine Heimatstadt im Vergleich mit den reinlichen und aufgeräumten Straßen Kyotos schlecht abschnitt. »Wir sind hier nur in einem ärmeren Viertel, das ist alles.«

Wie als Bestätigung dessen gelangten sie in diesem Moment von der Gasse auf eine breite, gepflasterte Straße, gesäumt von prächtigen fünfstöckigen Gebäuden mit bunt bemalten Balken und funkelnden Glasscheiben in allen Fenstern. Vornehm gekleidete Damen und Herren spazierten die Straße auf und ab, sahen sich in den Läden der Goldschmiede um und betrachteten die neuesten Kreationen der Hutmacher, die neuesten Titel der Buchhändler und die schimmernden Pokale und Schalen in den Geschäften der Glashändler. Eine Zeile von besonders schönen Häusern war sogar mit echtem Blattgold verziert.

»Seht ihr?«, sagte Jack, erleichtert, endlich das London seiner Träume gefunden zu haben.

Akiko nickte anerkennend. »Ja, das ist schon viel zivilisierter.«

Und Yori fügte mit einem schiefen Lächeln hinzu: »Offenbar ist London wie eine Pfauenfeder, von vorn viel schöner als von hinten.«

In der Cheapside, der breitesten Straße der Stadt, ging es zu wie in einem Bienenstock. Von Pferden gezogene Kutschen ratterten über das Pflaster. Frauen mit Körben auf dem Kopf boten warme Pasteten feil, andere mit Körben voller Kräuter riefen: »Rosmarin und Lorbeerblätter!« Wasserträger und Bedienstete standen an einem großen steinernen, an einen unterirdischen Kanal angeschlossenen Brunnen Schlange, um ihre Eimer zu füllen. Am westlichen Ende der Straße umlagerten Hausfrauen, Dienstmädchen und Reisende holzgedeckte Marktstände. Die Straße schien förmlich überzulaufen wie ein brodelndes Fass.

»So etwas habe ich noch nie gesehen«, sagte Akiko ein wenig verdattert. Sie kam aus dem Staunen nicht mehr heraus.

Jack straffte sich stolz. »Ich habe doch gesagt, London ist der Mittelpunkt der Welt!«

Die drei überquerten den belebten Markt und die Menschen machten ihnen Platz. Sie selbst boten einen ungewöhnlichen Anblick, dachte Jack. Zwar waren viele Londoner an Ausländer gewöhnt, aber die wenigsten waren schon Menschen aus Japan begegnet – oder ihren fremdartigen Kleidern. Akiko in ihrem rot-goldenen Kimono und mit dem auf den Rücken geschnallten Bogen zog viele Blicke auf sich. Und auch Yori mit seiner schlichten gelben Mönchskutte und dem übergroßen Strohhut war sehenswert. Sein buddhistischer Pilgerstock mit den Ringen klimperte bei jedem Schritt.

Doch war das nichts im Vergleich zu Jack in seiner schwarzen Kimono-Überjacke, dem plissierten Hosenrock und dem *daishō* an der Hüfte, den beiden Samuraischwertern, bestehend aus Lang- und Kurzschwert.

Er wusste, dass er als Engländer mit seinen japanischen Kleidern unnötig Aufmerksamkeit weckte, und sagte deshalb: »Ich denke, ich werde mir ein paar neue Kleider zulegen.« An einem Marktstand, der lange, bis zu den Schenkeln reichende Hemden verkaufte, blieb er stehen.

»Guten Tag, Sir!«, begrüßte ihn der Händler, ein kleiner, feister Mann mit Wangen rot wie Äpfel. »Ihr seid hier genau richtig. Meine Hemden sind aus dem feinsten Batist gefertigt, den Ihr auf diesem Markt findet!«

Jack fiel ein, dass sein Vater einmal gesagt hatte, der Stoff der Kleider sei entscheidend für den äußeren Eindruck. Also beschloss er angesichts der vollen Börse in seinem Bündel, sich die besten Kleider zu gönnen, die man für Geld kaufen konnte. Er wählte zwei Hemden in der passenden Größe aus und ging dann weiter zu einem Stand, an dem

Hosen und Westen verkauft wurden. Eine halbe Stunde später war er mit Einkäufen beladen: zwei Batisthemden, Weste und Jacke aus Samt, Baumwollstrümpfen und einem Paar kniehohe schwarze Lederstiefel.

»Das willst du alles tragen?«, fragte Yori und betrachtete die Kleidungsstücke neugierig.

»Die Mode in England hat sich seit meinem letzten Aufenthalt verändert«, sagte Jack und verstaute die Kleider sorgfältig in seinem Bündel. »Habt ihr etwas gesehen, das ihr braucht?« Er hielt ihnen die Börse hin.

Yori lehnte höflich ab. »Mir reichen meine Kutte und die Sandalen«, sagte er fröhlich.

Akiko, die gerade einen Stapel steifer Mieder und schwerer Röcke betrachtete, sagte: »Mir genügen meine Kimonos vollauf, danke, Jack.« Sie sah sich zwischen den endlos vielen Marktständen um. »Ich hätte nie gedacht, dass man überhaupt so viele Sachen kaufen kann. Es ist unglaublich.«

»Hier in London kann man alles kaufen, was es auf der Welt gibt«, sagte Jack stolz und schulterte sein inzwischen schweres Bündel. »Aber jetzt ist es Zeit für ein Bad und eine ordentliche Mahlzeit.« Er blickte die Straße suchend auf und ab.

Ein Mädchen in einem schlichten braunen Kittel und mit langen, offenen strohblonden Haaren, das an einem Brunnen in der Mitte des Marktes lehnte, betrachtete sie neugierig. »Habt ihr euch verlaufen?«, fragte sie.

»Weißt du vielleicht, wo die Herberge *Zur Meerjungfrau* liegt?«, fragte Jack.

Das Mädchen lächelte freundlich. »Folgt mir!«

Sie gingen hinter ihr her. Akiko fasste Jack am Arm. »Die Londoner sind wirklich nette Menschen.«

»Freut mich, dass du das findest«, sagte Jack, gleichermaßen getröstet durch ihre Worte wie durch die Berührung ihrer Hand. »Ich hatte schon Sorge, die Hafenarbeiter könnten dir England endgültig verleidet haben.«

»Überhaupt nicht«, erwiderte Akiko lächelnd. »Wie Sensei Yamada gesagt hätte: Ein fauler Apfel verdirbt noch nicht den ganzen Baum.«

Das Mädchen führte sie über die Straße und in eine Gasse. Sie ließen den Markt und das Gedränge hinter sich. Das Mädchen überzeugte sich mit einem Blick, dass sie ihm noch folgten, winkte sie durch ein Tor und ging voraus in eine feuchtkalte, schmutzige Gasse. »Bist du sicher, dass wir hier richtig sind?«, fragte Jack.

»Absolut!«, krächzte eine tiefe, unangenehm schnarrende Stimme aus dem Dunkel.

3

Landstreicher

Aus einem dunklen Eingang trat ein Mann mit boshaft funkelnden, trübbraunen Augen, einem struppigen Bart und einem Grinsen, das schwarze Zähne zeigte. Auf seinem Kopf saß schief ein zerknautschter Federhut, in seinem rechten Ohr klaffte, in den Knorpel der Ohrmuschel gebrannt, ein großes Loch – das Zeichen des Landstreichers.

»Mein Spatz hier«, sagte er mit einem Nicken zu dem Mädchen hin, dessen unschuldiges Lächeln einem verschlagenen Gesichtsausdruck gewichen war, »meint, ihr hättet euch verlaufen.«

Jack blickte über die Schulter, aber in das Tor hinter ihnen war ein Mann von hünenhafter Gestalt, mit verfilzten Haaren und mächtigen Muskeln getreten. Der Weg aus der Gasse war blockiert. »*Hier* sind wir jedenfalls nicht richtig«, sagte Jack.

Aus einer Nebengasse trat ein hagerer Bursche mit einem Gesicht wie eine Ratte. »Zum ersten Mal in London?«, fragte er und schwang nachlässig einen mit Nägeln besetzten Stock.

Sie saßen in der Falle.

»Das stimmt tatsächlich«, antwortete Yori freundlich. Er verbeugte sich tief. »Und es ist uns eine Ehre, so vornehme Menschen wie Euch kennenzulernen.«

Seine Höflichkeit brachte den Landstreicher und seine Kumpane für einen Moment aus dem Konzept. Verwirrt starrten sie den kleinen Mönch an, dann lachte der Landstreicher schnaubend. »*Vornehm?* Das hat mich noch niemand genannt.«

»Nein«, stimmte das Mädchen zu und grinste hämisch. »Aber dafür hat man dich schon einen ...«

Der Landstreicher sah sie böse an. »Klappe!«

Das Mädchen zuckte mit den Schultern. »Ich mein ja nur. Diese Reisenden machen auf mich jedenfalls einen sehr vornehmen Eindruck.« Sie streckte die Hand aus und strich über die weiche Seide von Akikos Kimono. »Das ist ein schönes Festtagsgewand. Hätte nichts dagegen, es selber mal anzuprobieren. Lass uns tauschen!«

Akiko zog ihren Kimono weg und betrachtete den einfachen braunen Kittel des Mädchens. »Ich glaube nicht, dass mir die Farbe deines Kleids so gut stehen würde wie dir«, antwortete sie mit einem höflichen Lächeln.

»Das war keine Frage«, erwiderte das Mädchen barsch, »sondern eine Aufforderung!« Sie wollte Akiko am Ärmel packen, aber die wich ihr geschickt aus. Das Mädchen verlor das Gleichgewicht, Akiko gab ihr noch einen leichten Schubs und sie landete unsanft auf dem Boden. Sofort sprang sie wieder auf, verzerrte den Mund zu einer höhnischen Grimasse und fauchte Akiko an wie eine streunende Katze.

»Ganz ruhig, Tabby!«, mahnte der Landstreicher. »Sieht aus, als hätten wir die Herrschaften verärgert.« Er verbeugte sich und schwenkte seinen Hut. »Porter mein Name. Es ist mir eine große Freude, euch kennenzulernen … vor allem diese nette Dame.«

Er nahm Akikos Hand sanft in die seine, hob sie an die Lippen, als wollte er sie küssen … und leckte mit seiner rauen Zunge über die glatte Haut. Mit einer Grimasse machte Akiko sich los.

»Was soll das!« Jack wollte sein Schwert ziehen, aber da umklammerte ihn der Hüne von hinten mit seinen mächtigen Armen.

Porter schnalzte spöttisch mit der Zunge. »Ganz der Kavalier, ja?« Er grinste, dann fiel sein Blick auf das Langschwert. »Oh, was für ein schönes Schwert. Kostet sicher eine Stange Geld. Was hast du noch?«

Jack versuchte verzweifelt, sich aus dem Griff des Hünen zu winden, aber er war ihm so hilflos ausgeliefert wie ein zusammengeschnürtes Huhn. Akiko wollte ihm zu Hilfe eilen, aber das Mädchen zog ein Fleischermesser und hielt es ihr an die Kehle. Zur gleichen Zeit drückte der Bursche mit dem Rattengesicht Yori mit seinem Nagelstock an die Mauer.

»Genug geplaudert«, sagte Porter. »Gib mir die Börse.«

»Was für eine Börse?«, fragte Jack. Er wollte Zeit gewinnen, während er fieberhaft überlegte, wie sie aus dieser Falle entkommen konnten.

Porter verdrehte die Augen. »Die, die mein Spatz gesehen hat, als du dich auf dem Markt damit gebrüstet hast.«

»Sie steckt in seinem Bündel«, sagte das Mädchen.

Porter packte Jacks Bündel und riss es von seiner Schulter. »Ganz schön schwer!«, rief er. In seine Augen war ein gieriges Funkeln getreten. »Vielleicht können wir dir deine Last erleichtern.« Er durchwühlte die Tasche, zog den in das Öltuch gewickelten Portolan heraus und stöhnte enttäuscht. »Ah … nur ein Buch.«

Er ließ den Portolan in den Schmutz fallen. In Jack stieg Wut auf und er musste die Zähne zusammenbeißen. Wenn der Landstreicher gewusst hätte, wie kostbar der Portolan war, hätte er ihn nicht so achtlos weggeworfen. Andere Menschen waren bereit gewesen zu töten, um in seinen Besitz zu gelangen.

»Jetzt sind wir aber auf Gold gestoßen!«, rief Porter und zerrte Jacks Börse heraus, in der die schweren Münzen klirrten.

Es reicht, dachte Jack. Er wechselte einen Blick mit Akiko und Yori und lächelte.

»Was gibt es da zu lachen?«, wollte Porter wissen.

»Ist das nicht wie in diesem Vers aus Shakespeares *Othello?* ›Zum Raube lächeln heißt den Dieb bestehlen‹?«

»Ich habe nie eins von seinen blöden Stücken gesehen. Was soll das überhaupt bedeuten?«

»Vielleicht kann ich das erklären«, meldete sich Yori zu Wort. Er sah den Jungen an, der ihn an die Wand drückte, holte tief Luft und schrie. Ohrenbetäubend laut hallte der Schrei durch die Gasse.

»Es hat keinen Zweck, um Hilfe zu rufen, Kleiner«, lachte

Porter. »Das hört hier in London niemand und es interessiert auch niemanden.«

Doch der Bursche mit dem Stock sackte plötzlich auf die Knie, als hätte ihm jemand einen Schlag in die Magengrube verpasst.

»Steh auf, du Waschlappen!«, schimpfte das Mädchen.

»Ich kann nicht …«, röchelte der Junge und hielt sich den Bauch. Er war vor Schmerzen und Schreck ganz blass geworden. Jack wusste genau, was passiert war. Yori war ein Meister des *kiaijutsu,* der Kunst des *kiai.* Mit den Schwingungen seines Schreis hatte er den Jungen vorübergehend gelähmt. Der Schrei hatte ihn gleichsam mit der Gewalt eines Faustschlags in den Magen getroffen.

»Um Himmels willen!«, sagte das Mädchen und gab ihm einen Tritt in den Hintern. »Steh auf!«

In dem kurzen Moment, in dem sie abgelenkt war, packte Akiko rasch ihre Hand und bog das Fleischermesser von ihrem Hals weg. Dann überdrehte sie das Gelenk, bis die Knochen zu brechen drohten. Das Mädchen kreischte, musste das Messer wohl oder übel fallen lassen und ging zu Boden.

Jetzt nutzte Jack die eiserne Umklammerung des Hünen zu seinem Vorteil aus. Er hob die Beine, trat Porter mit beiden Füßen ins Gesicht und brach ihm die Nase. Porter taumelte rückwärts und fiel in den Dreck.

Der Hüne dagegen ließ sich nicht so leicht abfertigen. Er begann, Jacks Brustkorb zusammenzudrücken wie eine Walnuss. Mühsam rang Jack um Luft und versuchte verzweifelt, sich zu befreien, indem er den Kopf nach hinten warf, um den Koloss am Kinn zu treffen. Doch richtete er damit nicht mehr aus als mit einem leichten Klaps an die Wange. Der Hüne knurrte verärgert, spannte die Muskeln noch mehr an und drückte noch fester zu. Jack hatte das Gefühl, als würde seine Brust implodieren. Der Kopf dröhnte ihm und es drohte ihm schwarz vor Augen zu werden …

Da ließ der Druck plötzlich nach und er spürte, wie wieder Luft in seine Lungen strömte. Akiko hatte auf einen *kyusho*-Punkt am Oberarm des Mannes geschlagen. Sengende Schmerzen durchfuhren seinen Speichennerv und sein Griff lockerte sich. Zur gleichen Zeit stieß Yori die Spitze seines Stocks auf einen Nervendruckpunkt am Fuß des Mannes. Der Hüne heulte vor Schmerzen auf, ließ Jack fallen und begann, wie ein rasendes Kaninchen umherzuhüpfen.

»Ich … wäre … schon selbst …«, protestierte Jack, als Yori ihm auf die Beine half.

»Natürlich«, sagte Yori mit einem schiefen Grinsen. »*Irgendwann* hätte er keine Kraft mehr gehabt, dich zusammenzudrücken!«

Jack hob den Portolan auf, wischte ihn ab und steckte ihn in sein Bündel. Dann drehte er sich zu Porter um, der mit blutiger Nase am Boden lag, und riss ihm die Börse aus der Hand. »Die will ich auch zurück«, sagte er. Und damit verließen er und seine Freunde die Gasse.

Porter schnippte mit einer ungeduldigen Kopfbewegung wütend das Blut von seiner gebrochenen Nase. Dann zog er ein Messer. »Aufstehen, Leute«, knurrte er. »Los, bewegt euch! Ihnen nach!« Die Bande machte sich an die Verfolgung.

Jack, Akiko und Yori rannten durch das Tor und in das Gassenlabyrinth, durch das sie schließlich wieder zum Markt von Cheapside gelangten.

»Im Trubel schütteln wir sie ab«, sagte Jack.

Doch mit ihren japanischen Kleidern waren sie alles andere als unauffällig und ihre Verfolger waren ihnen schon bald wieder auf den Fersen.

»Niemand hält mich zum Narren!«, schnaubte Porter und ging mit seinem Messer auf Jack los.

Jack hatte Mühe, im Gedränge der Marktbesucher der rostigen Klinge auszuweichen. Mit einer raschen Bewegung zog er sein Langschwert. Der blitzende Stahl machte die Leute aufmerksam und sie stoben in Panik auseinander. Porter zögerte, nachdem er sich mit einem Blick davon überzeugt hatte, dass sein Messer viel kürzer war als Jacks Schwert – der Bursche mit dem Nagelstock dagegen zögerte nicht. Er schlug mit dem Stock nach Yori, der im letzten Augenblick zur Seite ausweichen konnte. Der Stock fuhr stattdessen in einen Obststand hinter ihm und Äpfel, Orangen und Zitronen flogen in alle Richtungen. Das Mädchen griff unterdessen mit dem Fleischermesser Akiko an und auch der Hüne wollte Fäuste schwingend in den Kampf eingreifen.

Da begann scheppernd eine Glocke zu läuten und einige Männer mit breitkrempigen Hüten und Spießen in den

Händen näherten sich im Laufschritt, um der Gewalt ein Ende zu bereiten.

»Gendarmen!«, schrie das Mädchen und nahm Reißaus wie eine Katze, die sich verbrüht hat. Auch der Junge floh. Porter dagegen war zu langsam und wurde von zwei Wachtmeistern gepackt. Zwei weitere Männer versuchten, mit ihren Spießen den Hünen in Schach zu halten, was Jack, Akiko und Yori Gelegenheit verschaffte, in der Menge unterzutauchen. Während sie sich durch das Gedränge schoben, sah Jack zwar die eisernen Spieße weiterer Gendarmen auf sie zukommen, doch konnten er und seine Freunde ihnen geduckt ausweichen. Sie gelangten zur Ecke der Bread Street und blieben unter einem bunt bemalten Holzschild stehen, um zu verschnaufen. Das Schild zeigte eine Frau mit einem Fischschwanz.

»Da rein!«, rief Jack und sie verschwanden in der Herberge *Zur Meerjungfrau.*

4

Der Lüge bezichtigt

Jack drückte sich neben Yori und Akiko an die holzgetäfelte Wand und spähte durch das Bleiglasfenster nach draußen. Auf dem Marktplatz vor der Herberge herrschte Aufruhr. Gendarmen liefen aufgeregt durch die Menge und suchten nach den flüchtigen Missetätern. Eine Waschfrau mit einer Schürze zeigte in die Richtung der Herberge und Jack stockte der Atem. Saßen sie in der Falle?

»Warum stellen wir uns nicht einfach?«, schlug Yori vor. »Schließlich wurden wir zuerst angegriffen.«

»Es gibt keine Garantie, dass die Polizei das auch so sieht«, erwiderte Jack, während drei mit Spießen bewaffnete Männer zielstrebig auf die Herberge zumarschierten. »Porters Wort würde gegen das unsere stehen und wir sind Fremde.«

»*Du* nicht«, wandte Akiko ein.

Jack blickte an seinen japanischen Kleidern hinunter. »Ich fühle mich aber wie ein Fremder«, sagte er. Ihr bisheriger Empfang war schließlich nicht besonders herzlich ausgefallen.

Die Gendarmen waren schon fast an der Tür angelangt

und Jack legte instinktiv die Hand an sein Langschwert. Doch statt einzutreten, gingen die Männer an der Tür vorbei und verschwanden in der Bread Street. Jack tat einen tiefen Seufzer der Erleichterung und lehnte den Kopf an die Fensterscheibe.

»Seid ihr hier, um was zu trinken, oder wollt ihr nur aus meinem Fenster sehen?«, fragte die Stimme einer Frau barsch.

Jack drehte sich um. Die Gaststube war dämmrig, nur von flackernden Kerzen erleuchtet. Es stank nach Tabak und Rauchschwaden hingen wie Nebel unter den Deckenbalken. Gruppen von Männern und Frauen, die einen wohlhabend, die anderen nicht, saßen an schweren, mit Bierkrügen beladenen Holztischen. Hinter dem Tresen stand eine kräftige Schankwirtin mit ausladendem Busen und Armen wie ein Hafenarbeiter und musterte sie mit misstrauisch zusammengekniffenen Augen.

»Wir sind auf der Suche nach einer Unterkunft«, sagte Jack mit seinem gewinnendsten Lächeln. »Euer Haus wurde uns wärmstens empfohlen.«

Die Miene der Frau blieb unverändert streng. »Könnt ihr zahlen?«

»Natürlich«, sagte Jack und ging mit neuem Selbstvertrauen zum Schanktisch. »Euer schönstes Zimmer bitte und Essen für drei.«

»Und ein heißes Bad«, fügte Akiko hinzu.

Die Wirtin sah sie entgeistert an. »Ein *Bad?*«

»Ja«, sagte Akiko eifrig. »Ein heißes Bad.«

Die Wirtin beäugte sie misstrauisch. »Bist du sicher, dass das eine gute Idee ist? Du willst dir doch nichts holen.«

Akiko runzelte die Stirn. »Was sollte ich mir holen? Das Waschen reinigt den Körper.«

Die Schankwirtin schüttelte nur den Kopf und schnaubte. »Nein! Ausländer!« Dann wandte sie sich wieder an Jack. »Das macht Sixpence für Zimmer und Essen. Und noch einmal drei Penny für das Bad.«

Der Preis ließ Jack zwar zögern, aber dann holte er die Münzen aus der Börse und zahlte. Ihr Anblick schien die Frau ein wenig milder zu stimmen, allerdings nur kurz. »Bursche!«, rief sie und ein schmächtiger Junge tauchte hinter ihr auf. »Bring das Gepäck unserer jungen Gäste nach oben auf ihr Zimmer, bezieh die Betten neu und schüre das Feuer und mach Wasser warm.«

Der Junge runzelte die Stirn. »Wozu?«

»Für ein Bad«, sagte die Wirtin und verdrehte die Augen.

»*Wie bitte?*«, rief der Junge und ließ die Schultern sinken. »Da bin ich ja den ganzen Nachmittag mit Wasserholen beschäftigt!«

»Dann fang am besten gleich damit an!«, sagte die Wirtin barsch.

Mit einem theatralischen Seufzer wollte der Junge Jacks und Akikos Bündel nehmen, aber Jack zögerte. Er gab seine kostbare Habe, vor allem den Portolan, ungern in fremde Hände. Die Wirtin bemerkte es. »Keine Sorge«, sagte sie, »in meiner Herberge wird nicht gestohlen. Darauf gebe ich dir mein Wort.«

Beruhigt durch ihre Körperfülle und ihre schroffe Art, beschloss Jack, ihr zu glauben. Er gab dem Jungen sein Bündel, wenngleich immer noch ein wenig widerstrebend, dann sagte er: »Wir nehmen noch drei Becher Dünnbier, während wir auf das Essen warten.«

Die Wirtin stellte geräuschvoll drei Krüge auf den Schanktisch und verschwand dann im hinteren Teil des Wirtshauses. Jack, Akiko und Yori setzten sich an einen Ecktisch.

»Ist hier das Wasser knapp?«, fragte Akiko. »Die Wirtin schien über meine Bitte um ein Bad nicht erfreut zu sein.«

»Nein«, erwiderte Jack, der wusste, dass Engländer keineswegs so regelmäßig badeten wie Japaner – ein Bad pro Jahr galt als vollkommen ausreichend. »Aber koste es lieber nicht. Es würde dir nicht bekommen.« Er hob seinen Krug. »Lasst uns auf unsere wohlbehaltene Ankunft zu Hause trinken!« Sie stießen an.

Jack nahm einen langen Zug und genoss den malzigen Geschmack, der ihm seit seiner frühen Kindheit vertraut war. Dünnbier war das gewohnte Getränk aller Engländer, egal ob jung oder alt. Akiko nippte an ihrem Krug, Yori wagte einen ganzen Schluck. Im nächsten Augenblick begann er zu würgen, biss sich auf die Finger und wurde grün im Gesicht.

»Alles in Ordnung?«, fragte Jack.

»*J-ja*«, stotterte Yori und stellte den Krug ab. »Man muss sich an das englische Bier wohl erst … gewöhnen.«

Jack lachte. »Das wirst du schon! Auf jeden Fall ist es

sicherer, als Wasser zu trinken. Und keine Sorge – es enthält kaum Alkohol.« Er dachte an die vielen seltsamen Speisen und Getränke, die er in Japan kennengelernt hatte – Dünnbier war harmlos im Vergleich zu rohem Fisch, fermentierten Bohnen, in Salz eingelegten Pflaumen, Reiswein und *grünem* Tee!

Die Wirtin kam zu ihnen gewatschelt, stellte drei dampfende Teller auf den Tisch und legte eine Handvoll Messer und Löffel daneben. »Rindfleisch-Nieren-Pastete«, sagte sie schnaufend.

Akiko betrachtete das Besteck. »Habt Ihr auch *hashi?*«, fragte sie.

Die Wirtin schürzte die Lippen. »Ich hoffe doch nicht«, sagte sie. »Das klingt schmerzhaft!« Und mit einem unterdrückten Lachen, das ihren Busen wogen ließ, entfernte sie sich.

Jack sah Akiko grinsend an. »Stäbchen gibt es hier leider nicht. Jetzt bist du dran, die Sitten und Gewohnheiten meines Landes kennenzulernen.« Er nahm ein Messer, schnitt die Pastete auf und löffelte die dicke Bratensoße und das Fleisch heraus.

Yori folgte seinem Beispiel, Akiko schnitt vorsichtig in den Teig, schnupperte ein wenig daran, nahm einen Mundvoll und kaute langsam.

»Na, wie findest du es?«, fragte Jack. Heißhungrig schlang er die Pastete hinunter.

Akiko brachte ein schwaches Lächeln zustande. »Es schmeckt … sehr gut.«

Aber Jack merkte an ihrem gezwungenen Schlucken, dass man sich an das englische Essen wie an das englische Bier offenbar erst gewöhnen musste.

Sie beendeten gerade ihr Mahl, als von einem Tisch in der Nähe dröhnendes Gelächter herüberdrang. Drei Herren blickten, vom Bier beschwipst, in ihre Richtung. Ihre Bemerkungen waren so laut, dass auch die anderen Gäste sie hören konnten. In diesem Augenblick sagte einer der drei, ein Mann mit kurz geschnittenen kupferroten Haaren, gezwirbeltem Schnurrbart und einer Spitzenhalskrause, die so breit und steif war, dass es aussah, als throne sein Kopf auf einem Teller: »Ich dachte, das *Globe Theatre* liege auf der anderen Seite des Flusses. Offenbar haben diese Schauspieler den Rückweg zur Bühne nicht gefunden!«

Er kicherte über seinen eigenen Witz und seine Gefährten fielen ein.

»Mit Eurem Witz solltet eigentlich Ihr auf der Bühne stehen«, sagte sein beleibter Freund, dessen Wangen fast so pflaumenrot waren wie seine aufwendig aus Samt geschneiderte Weste.

»Vollkommen richtig«, stimmte der Dritte zu, lachte schnaubend und nahm einen Schluck aus einem Humpen. Er war groß und dünn und seine Haare waren lang und glatt wie gekämmter Flachs. Über seine Hakennase betrachtete er seinen Freund. »Ihr könntet der Mercutio aus *Romeo und Julia* sein.«

Der Mund des Rothaarigen unter seinem Schnurrbart

mit den aufwärts gebogenen Enden verzog sich zu einem Grinsen. »Und die drei da drüben könnten die Narren im *Sommernachtstraum* spielen. Der Junge könnte Zettel sein und der Mönch Flaut, der Blasebalgflicker. Er hat keinen Bart und trägt schon ein Kostüm! Und die Chinesin, die könnte …«

»Akiko ist Japanerin«, fiel Jack, dessen Geduld erschöpft war, ihm scharf ins Wort. »Und Samurai. Erweist ihr etwas mehr Respekt.«

»Ein *was?*«, fragte der schnurrbärtige Herr grinsend.

Jack kniff die Augen zusammen. »Ein Samurai. Ein Mitglied des Kriegerstandes in Japan, vergleichbar unseren englischen Rittern.«

Der Mann würdigte Akikos schmächtige Gestalt nur eines kurzen Blickes, hob ungläubig die Augenbrauen und wandte sich an seine Gefährten. »Ein Mädchen als Ritter? Erzähl das jemand anders.«

Die drei brachen wieder in Gelächter aus.

»Die sind nicht vom Theater, so viel ist sicher«, sagte der beleibte rotgesichtige Mann kichernd. »Die sind verrückt! Wahrscheinlich aus der Irrenanstalt ausgebüchst.«

»Oder sie hatten ein Bier zu viel!«, sagte der Mann mit der Hakennase wiehernd und hob seinen Humpen wieder an die Lippen.

Die anderen Gäste der Schenke waren inzwischen verstummt und blickten in ihre Richtung. Erzürnt, dass er und seine Freunde in aller Öffentlichkeit lächerlich gemacht wurden, stand Jack auf. Doch Akiko legte ihm die Hand auf den Arm. »Beachte sie einfach nicht«, sagte sie. »Wir hatten heute schon genug Ärger.«

Jack schäumte vor Wut. Das Benehmen dieser Herren war nicht hinnehmbar. Schon wieder fielen ihm seine Landsleute in den Rücken. Akiko und Yori sollten nicht einen solchen Eindruck von England bekommen. Trotzdem setzte er sich wieder, doch da hatte der schnurrbärtige Mann schon die beiden Schwerter an seiner Hüfte bemerkt.

»Was trägst du da eigentlich?«, wollte er wissen.

»Mein *daishō*«, sagte Jack kurz angebunden.

Der Mann runzelte argwöhnisch die Stirn. »Sieht für mich aus wie zwei Schwerter. Und in London darf niemand ein Schwert tragen, es sei denn, er wurde zum Ritter geschlagen.« Er drehte sich ein wenig auf seinem Stuhl und ein langer, schmaler Degen an seinem Gürtel wurde sichtbar.

»Wer seid Ihr überhaupt?«, fragte Jack unbeeindruckt.

»Sir Toby Nashe. Und du?«

»Jack Fletcher.«

»Kein ›Sir‹«? Der Mann musterte Jack verächtlich. »Dann bist du auch kein Ritter und musst die Schwerter abgeben.«

Jack erstarrte. »Das werde ich auf keinen Fall.«

Sir Toby stand auf und stützte die Hände in die Hüften. »Du hast keine andere Wahl. Das ist in diesem Land Gesetz.«

Jack schüttelte den Kopf. »Mir wurde vom Regenten Japans der Rang eines *hatamoto* verliehen. Ich bin ein Samurai. Damit habe ich das Recht, ein Schwert zu tragen. Sogar zwei.« Er war wieder aufgestanden und die beiden Schwerter waren in voller Länge zu sehen. Die schwarz lackierten Scheiden schimmerten im weichen Licht der Kerzen.

»Dieser Titel hat in England keine Geltung«, sagte Sir Toby. »Gib mir deine Schwerter.«

»Nein«, erwiderte Jack trotzig. Um nichts auf der Welt würde er seine Schwerter einem Fremden geben!

Angespanntes Schweigen breitete sich in der Gaststube aus. Alle beobachteten die beiden, einige noch mit halb erhobenen Bierkrügen.

»Jack …«, meldete Yori sich zaghaft zu Wort. »Vielleicht ist unser Zimmer jetzt fertig.«

Den Blick unverwandt auf Sir Toby gerichtet, nickte Jack langsam. »Ja, ich habe auch wirklich genug von der schlechten Gesellschaft in dieser Schenke. Gehen wir auf unser Zimmer.«

»Hiergeblieben! Wir sind noch nicht miteinander fertig«, rief Sir Toby und stampfte mit dem Fuß auf wie ein ungeduldiges Kind.

Jack schickte sich an, Akiko und Yori zur Treppe zu folgen, doch Sir Toby trat ihm in den Weg. »Gib mir sofort deine Schwerter!«

»Auf wessen Geheiß?«

»Auf Geheiß des Königs.«

Jetzt war es an Jack, zu lachen. »*Ihr* sprecht nicht für den König.«

Sir Tobys Gesicht lief dunkelrot an. »Du wagst es, dich über mich lustig zu machen? Für den Fall, dass du es nicht weißt: Ich habe Verbindungen zu Seiner Majestät!«

»Ach ja? Gut, ich kenne den Kaiser von Japan«, sagte Jack und drängte an ihm vorbei.

In der Gaststube wurde unterdrücktes Lachen laut. Sir Toby war so empört, dass der Schnurrbart auf seiner Oberlippe zitterte. »Du bezichtigst mich der Lüge?«

Jack blickte über die Schulter auf den aufgeblasenen Wicht und zuckte mit den Schultern. »Wenn Ihr sagt, Ihr kennt den König, dann kennt Ihr ihn eben.« Damit wandte er sich ab und ging zur Treppe.

Er hatte gerade den Fuß auf die erste Stufe gesetzt, da hörte er Sir Toby rufen: »Du hast meine Ehre verletzt, Bürschchen! Ich fordere dich zum Duell!«

5

Eine Frage der Ehre

»Werden deine Landsleute alle so schnell wütend?«, fragte Akiko, als sie, gefolgt von einem Haufen neugieriger Schaulustiger, durch das Stadttor zu einem Platz namens Moorfields geführt wurden. »Alle, denen wir bisher begegnet sind, wollten uns entweder beleidigen, ausrauben oder töten!«

»Jetzt weißt du, wie ich mich in Japan gefühlt habe!«, sagte Jack leise.

Akiko zuckte zusammen und verstummte und Jack hatte sofort Gewissensbisse. Er wusste, dass seine Antwort verletzend gewesen war und sein Ton schroff. Aber das bevorstehende Duell, das sein Wiedersehen mit Jess weiter hinauszögern würde, und dazu seine Bestürzung über den feindseligen Empfang, der ihnen bisher in England zuteilwurde, machten ihn reizbar. »Entschuldige, Akiko …«, murmelte er. »Ich bin im Moment ein wenig angespannt.«

Ihr fein geschwungener Kiefer entspannte sich und sie sah ihn wieder an. »Ich wollte dich nicht kränken, Jack. Aber wir sind hier, um deine Schwester zu finden, nicht den Tod durch das Schwert! Und es kommt mir sinnlos vor, wegen einer solchen Kleinigkeit zu kämpfen.«

»Na ja, gewisse Samuraifürsten schlagen dir den Kopf ab, wenn du dich nicht tief genug verbeugst!«, gab Jack zurück. Er dachte an den blinden Teehändler, dem ein solches Schicksal auf Befehl von Daimyo Kamakura zuteil geworden war – Kamakura war Shogun von Japan gewesen und hatte alle Christen und Ausländer aus seinem Herrschaftsbereich vertrieben.

»Das sind Ausnahmen«, verteidigte sich Akiko. »Die meisten Daimyos sind gerecht.«

»Wenn sie es mit einem Japaner zu tun haben«, erwiderte Jack kurz angebunden. Sie blieben an einer alten Eiche mitten auf einer Wiese stehen. »Aber hier gilt dasselbe. Wir hatten einfach Pech, dass wir Idioten wie diesem Mann begegnet sind!«

Sir Toby legte mit der Affektiertheit eines Höflings seinen pelzverbrämten Mantel ab, übergab ihn seinem korpulenten Freund, der beflissen die Arme ausgestreckt hatte, inspizierte den grasbewachsenen Duellplatz, schien zufrieden und begann, Arme und Beine zu strecken und zu dehnen. Sein zweiter Gefährte, der Trinker mit den glatten Haaren, lehnte sich gegen den Baum. Er hatte die Augen im Alkoholrausch halb geschlossen. Schaulustige bildeten einen Kreis um sie, der auch Jack und seine Freunde einschloss.

Yori, der auf dem ganzen Weg nach Moorfields besorgniserregend still gewesen war, wandte sich jetzt an Jack. »Muss das wirklich sein?«, fragte er leise.

»Sieht so aus«, antwortete Jack. Sir Toby vollführte zum Entzücken der Menge einige Paraden und Ausfallschritte.

»Aber wenn du dich entschuldigst?«

Jack runzelte die Stirn. »Wofür sollte ich das? Er müsste sich bei *uns* entschuldigen!«

»Ich weiß, aber wenn wir dadurch vermeiden können, heute noch einmal zu kämpfen, sollten wir unseren Stolz vielleicht hinunterschlucken, Entschuldigung sagen und unversehrt in die Herberge zurückkehren.« Yori blickte mit großen Augen hoffnungsvoll zu ihm auf.

Jack seufzte. Yori hatte recht. Er stand im Begriff, für eine angebliche Beleidigung alles zu riskieren. Besser war es, sich einfach zu entschuldigen und zu hoffen, dass die Sache damit aus der Welt geschafft und das kriegerische Gebaren seines Gegners nur Fassade war. »Stimmt«, sagte er. »Übernimm du das bitte.«

Yori nahm seinen ganzen Mut zusammen, näherte sich Sir Toby und verbeugte sich tief. »Ich verstehe, dass Ehre und Respekt etwas sehr Wichtiges sind, Sir, und ich kann Euch versichern, dass mein Freund Jack Euch nicht kränken und auch nicht der Lüge bezichtigen wollte. Es handelt sich eindeutig um ein Missverständnis. Statt ein Duell auszutragen, nehmt deshalb bitte unsere aufrichtige Entschuldigung an.«

Sir Toby blickte hochmütig auf den unterwürfigen kleinen Mönch hinunter. »Manche Menschen geben sich mit Worten zufrieden, manche mit Buße und wieder andere bestehen auf Klärung mit Waffen«, erwiderte er. »Ich gehöre zu Letzteren.«

Und damit zog er mit einer ausholenden Bewegung seinen Degen. Die Klinge war lang, schmal und spitz wie eine Nadel. Der reich verzierte Korb bestand aus mehreren elegant geschwungenen silbernen Bügeln, der Knauf war groß und rund und bildete nicht nur ein Gegengewicht zu der langen Klinge, sondern ließ sich auch wirksam als Schlagwaffe einsetzen. Sir Toby vollführte einige Bewegungen und der Degen schnitt mit einem zischenden Geräusch durch die Luft. Yori wich hastig zurück.

»Es war auf jeden Fall gut, es zu versuchen«, sagte Akiko tröstend. In der Menge wurden Wetten zum Ausgang des bevorstehenden Kampfes abgeschlossen.

Jack hatte keine Bedenken. Er hatte in Japan Erfahrung mit Duellen gesammelt und vertraute auf seine Fähigkeiten im Schwertkampf. Zwar wusste er, dass jeder Kampf zu Verletzungen führen und sogar tödlich enden konnte, aber er war vom größten Schwertkämpfer Japans, Masamoto Takeshi, in der Schwertkunst unterwiesen worden. Von ihm hatte er auch die Technik der beiden Himmel erlernt, bei der man beide Schwerter gleichzeitig führte und die einen nahezu unbesiegbar machte. Außerdem hatten Samuraischwerter die bei Weitem schärfsten und tödlichsten Klingen der Welt und in Anbetracht des leichten Degens in Sir Tobys Hand hatte Jack schon fast Mitleid mit ihm.

»Ist das dein Sekundant?«, fragte Sir Toby und zeigte mit der Degenspitze auf Yori. »Ist zwar kein gleichwertiger Gegner für Sir Francis hier, reicht aber wohl aus.«

»*Ich?*«, rief Yori erschrocken. Er blickte auf den betrunkenen Mann, der am Baum lehnte und viel größer war als er.

»Aber ich kämpfe nicht. Ich bin Mönch und habe gelobt, niemandem etwas zuleide zu tun.«

Sir Toby zuckte nur mit den Schultern. »Aber wir kämpfen auf französische Art. Dabei duellieren sich auch die beiden Sekundanten.«

Yori wich zurück und ließ den Blick über die schaulustige Menge wandern wie eine Maus auf der Suche nach einem Schlupfloch.

»Dann bin ich Jacks Sekundant«, sagte Akiko und trat vor.

Schlagartig öffnete Sir Francis die halb geschlossenen Augen. »Sapperlot! Das Mädchen will tatsächlich kämpfen!«

»Du weißt aber schon, dass ein Duell eigentlich von Männern ausgetragen wird?«, fragte Sir Toby herablassend.

Akikos Mundwinkel hoben sich zu einem kaum wahrnehmbaren Lächeln. »Ich werde nachsichtig mit ihm sein.«

Die Zuschauer lachten und die allgemeine Spannung stieg angesichts der Aussicht auf einen so ungewöhnlichen Kampf. Weitere Wetten wurden abgeschlossen.

»Dann machen wir es so«, erklärte Sir Toby. »Edmund, leiht dem Mädchen Euren Degen.«

Sein beleibter Gefährte reichte Akiko widerstrebend seinen Degen. Akiko wog ihn in der Hand, um ein Gefühl für die fremdartige Waffe zu bekommen. »Er ist leicht!«, bemerkte sie.

»Natürlich«, sagte Sir Edmund. »Italienischer Stahl. Der beste.«

»Aber er wird dich nicht retten«, sagte Sir Francis und stieß sich schwankend vom Baum ab.

Jack und Akiko traten nebeneinander ihren Gegnern gegenüber. Unter den Zuschauern kehrte erwartungsvolle Stille ein.

»*En garde!*«, rief Sir Toby. Er stellte einen Fuß vor, ging ein wenig in die Knie und streckte den Arm mit dem Degen aus.

»Ich versichere Euch, Ihr wollt lieber nicht gegen mich kämpfen«, sagte Jack vollkommen ruhig und beherrscht. »Steckt Eure Degen ein und wir vergessen unseren Streit.«

»Ich glaube, die haben Angst«, lallte Sir Francis. Die Spitze seines Degens fuhr fahrig durch die Luft.

»Ich habe Angst um *Euch*«, erwiderte Jack. »Letzte Chance: Steckt die Waffen ein.«

Sir Toby schnaubte verächtlich. »Dies ist ein Ehrenhandel. Zu meiner Satisfaktion muss Blut fließen.«

Und damit stürzte er sich auf Jack. Sir Francis griff gleichzeitig Akiko an.

Sir Toby bewegte sich so schnell, wie Jack es niemals erwartet hätte. Völlig überrumpelt, sah er kaum, wie die Spitze des Degens auf seine Brust zukam. Nur eine rasche instinktive Verlagerung seines Körpers zur Seite rettete ihn davor, durchbohrt zu werden. Zur gleichen Zeit trieb Sir Francis Akiko mit einer Reihe von heftigen Schlägen vor sich her.

Jack fasste sich sofort, zog in einer einzigen fließenden Bewegung sein Langschwert und schlug zu. Zischend fuhr die gekrümmte Klinge durch die Luft und drohte Sir Toby den Schwertarm abzutrennen. Doch Sir Toby wich rasch zurück und das Schwert schnitt durchs Leere und verfehlte seine Nasenspitze nur knapp.

»Du bist viel zu langsam«, spottete er, als hätte er mit seinem ersten Angriff nur Jacks Reaktion testen wollen.

Die steife Krause um seinen Hals öffnete sich und fiel in den Schmutz.

»So langsam auch wieder nicht«, erwiderte Jack grinsend.

Sir Toby erbleichte vor Schreck und ein Kichern ging durch die Menge der Zuschauer. Sir Francis hörte es und hielt in seinem Angriff auf Akiko inne, die sich erbittert wehrte.

Sir Edmund kam panisch auf Sir Toby zugewatschelt und untersuchte ihn. »Kein Blut«, rief er mit offensichtlicher Erleichterung und Sir Francis setzte seinen Angriff auf Akiko fort.

Sir Toby war zwar nicht verletzt, aber wütend. »Du hast meinen Kragen ruiniert! Das wirst du mir büßen!«

Wie besessen drang er auf Jack ein und stach mit dem Degen nach seinen Augen. Jack parierte den ersten Stich und wich dem zweiten aus, doch der dritte erwischte ihn an der Wange. Der Schnitt schmerzte heftig.

»Erstes Blut!«, rief ein Zuschauer begeistert.

»Sir Toby hat gewonnen«, verkündete Sir Edmund in einem offiziell klingenden Ton.

Wetten wurden eingelöst und Geld wechselte den Besitzer. Dann wandte die Aufmerksamkeit sich dem Duell zwischen Sir Francis und Akiko zu. Trotz ihrer Ungeschicklichkeit mit dem Degen verteidigte Akiko sich tapfer, wehrte die Angriffe ihres Gegners ab und konterte ihrerseits mit einigen gezielten Stichen. Als sie mit ihrer Degenspitze durch Sir Francis' Wams drang und ihm fast eine Wunde zugefügt hätte, musste er seine Bemühungen verstärken.

Auch Sir Toby kämpfte weiter – obwohl er schon einen Treffer erzielt hatte. Jack war vollauf damit beschäftigt, seine Attacken abzuwehren, und Degen und Langschwert stießen immer wieder klirrend aufeinander. Der Degen stach ihn in den Arm und dann in die Hand, und trotzdem drang Sir Toby weiter auf ihn ein.

»Ihr habt bereits getroffen, Sir Toby«, rief sein Gefährte. »Der Sieg ist Euer.«

»Meine Ehre ist noch nicht wiederhergestellt«, erwiderte Sir Toby barsch und griff weiter an.

Jeder Treffer fühlte sich für Jack an wie ein Bienenstich. Trotz seiner Schwertkünste sah er sich nicht in der Lage, es mit Sir Toby an Geschwindigkeit und Reichweite aufzunehmen. Immer mehr Stichwunden übersäten seinen Rumpf und seine Glieder. Und während er sich verzweifelt wehrte, musste Akiko weiter gegen Sir Francis kämpfen. Betrunken, wie er war, wusste er doch mit einem Degen umzugehen und Akiko hatte aufgrund der ihr nicht vertrauten Waffe und angesichts eines so völlig anderen Kampfstils große Mühe, sich zu behaupten. Doch schien es ihr immer noch besser zu ergehen als Jack, der zunehmend aussah wie ein blutendes Nadelkissen.

Ihm wurde klar, dass er seinen Gegner gefährlich unterschätzt hatte. Er zog sein Kurzschwert und nahm die Kampfhaltung der beiden Himmel ein.

»Um mich zu schlagen, brauchst du mehr als zwei Schwerter!«, höhnte Sir Toby und stach nach seiner Brust.

Jack parierte den Stich mit seinem Kurzschwert und schlug mit dem Langschwert mit aller Kraft auf Sir Tobys Degen. Da die Klinge des Schwerts stärker war als die des Degens, brach dabei die Spitze von Sir Tobys Waffe ab.

Damit wäre seine Reichweite kleiner, dachte Jack und grinste.

Sir Toby starrte ungläubig auf den kupierten Degen. Dann bekam er einen Tobsuchtsanfall und stach und schlug wie besessen auf Jack ein. Doch der hatte jetzt zwei Schwerter und war nicht mehr in der Reichweite benachteiligt. Entsprechend hatte er auch keine Mühe, den Ansturm abzuwehren. Doch plötzlich hörte er einen schmerzerfüllten Laut und drehte sich um. Akiko stand mit dem Rücken zum Baum. Sir Francis hatte ihre Schulter mit seinem Degen durchbohrt und sie an den Stamm genagelt.

Abgelenkt durch ihre Not, wurde Jack von Sir Tobys nächstem Angriff überrumpelt. Die abgebrochene Klinge schnitt über den Rücken seiner linken Hand, hinterließ einen blutigen Striemen und zwang ihn, das Kurzschwert fallen zu lassen. Taumelnd wich er zurück, stolperte über eine Baumwurzel und landete auf dem Rücken. Mit einem frohlockenden Grinsen sah Sir Toby seine Gelegenheit gekommen und schickte sich an, Jack den abgebrochenen Degen in die ungeschützte Brust zu stoßen.

»Gendarmen!«, ertönte ein Ruf aus der Menge.

Ein Trupp bewaffneter Männer kam auf die Eiche zugelaufen und Sir Toby hatte keine Gelegenheit, seinen tödlichen Streich zu führen.

»Verhaftet diese Männer!«, befahl der Anführer der Gendarmen, während die Zuschauer sich rasch zerstreuten. Als er mit einiger Verwirrung sah, dass offenbar auch ein Mädchen beteiligt war, fügte er hinzu: »Und das Mädchen.«

Die Gendarmen traten zwischen die Duellanten, hielten sie fest und beschlagnahmten ihre Waffen. Jack musste ihnen wohl oder übel seine beiden Schwerter aushändigen. Selbst Yori musste ihnen seinen Priesterstab überlassen.

»Lasst mich los!«, brüllte Sir Toby, als die Gendarmen ihn fesseln wollten. »Wisst ihr nicht, wer ich bin?«

Der Anführer, ein Wichtigtuer mit vorspringendem Kinn und tief liegenden Augen, betrachtete ihn eingehend und sagte dann: »Nein.«

Sir Toby lief puterrot an vor Wut. »Ich bin *Sir* Toby Nashe, Cousin zweiten Grades von Sir William Harrington, einem Freund Seiner Majestät des Königs.«

Für Jack hörte sich das ziemlich weit hergeholt an, doch auf den Anführer der Gendarmen hatte es die beabsichtigte Wirkung. Sir Toby und seine Gefährten wurden augenblicklich losgelassen. Jack, Akiko und Yori dagegen blieben in Gewahrsam.

»Entschuldigt, Sir Toby«, sagte der Anführer. Sein Ton war höflich, wenn auch nicht besonders ehrerbietig. »Wollt Ihr mir bitte erklären, was hier vorgeht?«

»Diese *Ausländer* wollten mich ausrauben«, erklärte Sir Toby und seine beiden getreuen Freunde nickten eifrig.

»Das ist gelogen!«, rief Jack.

»Und meinen guten Namen beschmutzen«, fügte Sir Toby hochmütig hinzu, den Blick himmelwärts gerichtet.

»Bitte, verehrter Wachtmeister«, sagte Yori und brachte, obwohl er an den Armen festgehalten wurde, eine halbe Verbeugung zustande. »Diese drei Männer haben uns beleidigt und dann meinen Freund Jack zum Duell gefordert. Die Vorwürfe gegen uns treffen nicht zu.«

Der Anführer der Gendarmen betrachtete Yoris Mönchskutte und dann Akikos verwundete Schulter. Auf ihrem Seidenkimono breitete sich ein Blutfleck aus. Einen Moment lang schien er geneigt, ihnen zu glauben. Doch dann schob er das stoppelige Kinn vor. »Ihr habt doch auch für den Aufruhr auf dem Markt von Cheapside gesorgt – wie ich gehört habe, haben sich dort drei Reisende in merkwürdigen Kleidern ihrer Festnahme entzogen.« Er straffte sich und verkündete: »Ich verhafte euch im Namen des Königs wegen Radaus, Diebstahls und Ruhestörung.«

Jack wollte protestieren, aber da befahl der Wachtmeister schon: »Abführen!«

侍

6

Im Kerker

»Wenigstens sparen wir dadurch das Geld für eine Unterkunft!«, sagte Yori betont munter. Die trostlose Zelle, in der er hockte, bestand im Wesentlichen aus rostigen Eisengittern und schmierigen Wänden aus Granit und einem schmutzstarrenden Boden, auf dem sie schlafen sollten.

Akiko betrachtete voller Abscheu den schmutzigen Eimer in der Ecke ihrer Zelle. »Das Bad gefällt mir nicht!«

Jack saß auf dem kalten Steinboden seiner Zelle und hatte den Kopf zwischen die Knie gesteckt. Zwar wusste er die Versuche seiner Freunde zu schätzen, die Stimmung aufzuheitern, aber sein Herz war schwer. Da waren sie noch nicht einmal einen Tag in England und saßen schon im Gefängnis von London und drohten für Vergehen verurteilt zu werden, die sie nicht begangen hatten. Womöglich mussten sie Tage oder Wochen in diesem Drecksloch verbringen … oder sogar Monate, bis sie einem Richter vorgeführt wurden. Ob er seine Schwester jemals wiedersehen würde?

»Es tut mir so leid, dass ich euch den ganzen weiten Weg nach England geschleppt habe«, sagte er leise. »Ich hätte euch nicht bitten dürfen, mit mir zu kommen.«

»*Auf ewig miteinander verbunden*«, erinnerte Akiko ihn mit einem schwachen Lächeln.

Yori ließ die schweren eisernen Ketten an seinen Handgelenken klirren. »Das kannst du laut sagen!«

Jack war wie Yori an die Wand gefesselt, während man Akiko als Mädchen eine so würdelose Behandlung erspart hatte. »Ihr müsst England ja für die Hölle auf Erden halten.«

»Es ist … anders, als ich mir vorgestellt habe«, gab Akiko lächelnd zu. »Aber ich bin bei dir und das ist entscheidend.«

Jack sah zu ihrer Zelle hinüber. Nur wenig Tageslicht drang durch das Gitter des winzigen Fensterchens hoch oben an der Wand und warf einen bleichen Schein auf ihre zarten Gesichtszüge. Er war Akiko unendlich dankbar dafür, dass sie so treu zu ihm stand, aber ihr Blick verriet, wie unglücklich und fassungslos sie über das war, was ihnen seit ihrer Ankunft in London widerfahren war. Wer hätte ihr das auch verdenken können! Jack war selbst erschrocken über die Rohheit und Brutalität seiner Landsleute und abgestoßen von der primitiven Lebensweise im Vergleich zu Japan. Kein Wunder, dass Menschen aus dem Westen in Japan als Barbaren galten. Nach siebenjähriger Abwesenheit erkannte Jack seine Heimat nicht wieder. Er war ein Fremder im eigenen Land.

»Wie geht es deiner Schulter?«, fragte er, doppelt schuldbewusst, weil er Akiko in dieses feindselige Land gebracht und auch noch in ein Duell verwickelt hatte.

Akiko schlug ihren seidenen Kimono ein wenig zurück und betrachtete die Wunde. Das Blut war inzwischen getrocknet. »Ganz gut«, sagte sie mit zusammengebissenen Zähnen, »sie tut allerdings noch weh. Und wie geht es dir?«

»Auch gut«, log Jack. In Wirklichkeit hatte er Schmerzen am ganzen Körper. Die vielen Stichwunden von Sir Tobys Degen fühlten sich immer noch an, als hätte man ihn durch ein Gestrüpp mit eisernen Dornen gezerrt. Zu seiner trüben Laune trug außerdem bei, dass er im Duell besiegt worden war. Niemals hätte er geglaubt, dass es eine bessere Waffe gab als ein Samuraischwert, doch Sir Tobys Degen hatte sich als außergewöhnlich wendig und wirksam herausgestellt. Jack hatte viele Treffer einstecken müssen, bevor er Blößen in der Deckung seines Gegners ausmachen konnte. Wenn der Degen nicht abgebrochen wäre, hätte Sir Toby ihn bestimmt irgendwann durchbohrt.

»*Nam-myoho-renge-kyo-nam-myoho-renge-kyo* …« Yori hatte einen leisen Singsang angestimmt und seine Ketten klirrten im Rhythmus der Silben. Jack wusste, dass er meditierte, dass er versuchte, Distanz zu ihrer trostlosen Lage zu finden.

»Vielleicht können wir ja irgendwie von hier fliehen?«, sagte Akiko. Sie stand auf und untersuchte das Gitter ihrer Zelle.

Ein gackerndes Lachen vom Ende der Zellenreihe antwortete ihr. »*Fliehen?* Du bräuchtest Flügel, um aus diesem Loch zu entkommen!«, tönte eine Stimme aus einem Lumpenhaufen.

Bis dahin hatte Jack geglaubt, sie seien die einzigen Insassen des Zellenblocks. Doch jetzt erschien zwischen den Gitterstäben der hintersten Zelle ein schmutziges, zahnloses Gesicht. Ein verschrumpeltes Wesen leckte sich die aufgesprungenen Lippen und streckte skelettartige Finger aus.

»Lasst die Hoffnung fahren!«, krächzte es. »Denn wir sind alle verdammt. In diesem Höllengefängnis herrscht der Teufel.«

»Warum bist du nicht gefesselt?«, fragte Jack, froh über das Gitter zwischen ihnen und diesem offenbar geistesgestörten Häftling.

»Ich warte schon so lange auf meinen Prozess, dass die Ketten nicht mehr halten«, sagte der Gefangene und lachte heiser. »Sie rutschen an meinen Knochen ab.« Er zeigte Jack seine spindeldürren Handgelenke.

Jacks Niedergeschlagenheit wurde noch größer. Sie würden verhungern, bevor sie hier herauskamen!

»Ich bin übrigens Arthur«, fuhr der Gefangene fort. Er runzelte die Stirn. »Oder wenigstens war ich das meines Wissens … Die meisten nennen mich den verrückten Bob.« Er grinste zahnlos. »Sehr erfreut, euch kennenzulernen!«

Jack nickte zurückhaltend und wandte sich an Akiko. »Wir müssen unbedingt hier …« Er bekam einen Heidenschreck. Akiko stand vor seiner Zellentür.

»Ich bin schon draußen«, sagte sie mit einem verschmitzten Grinsen.

Er starrte sie verdattert an. »W-wie das?«

»Das Gewicht der Decke hat die Gitterstäbe oben ein

wenig verbogen.« Sie zeigte auf eine größere Öffnung im oberen Abschnitt des Gitters. »Dort konnte ich mich durchzwängen.«

Jack wusste natürlich von Akikos Fähigkeiten als Ninja, trotzdem staunte er einmal mehr über ihre unglaubliche Beweglichkeit. Er hätte geglaubt, nur ein Eichhörnchen könnte die Stäbe hochklettern und sich durch einen so schmalen Spalt zwängen.

»Das Mädchen hat wirklich Flügel!«, krächzte ihr Mithäftling verwirrt.

»Ich suche jetzt nach den Schlüsseln für die Zellen und eure Fesseln«, sagte Akiko leise und ging zu einer im Dunkeln liegenden Treppe.

»Für meine Ketten brauche ich keinen«, sagte Yori, der seinen Singsang beendet hatte, und hob die Hände. Sie waren nicht mehr gefesselt. Die riesigen Augen des verrückten Bob weiteten sich vor Schreck und Ehrfurcht, dass sie aussahen wie schwarze Löcher. »Das ist Hexerei!«

»Nein, die Ketten waren verrostet«, erklärte Yori nüchtern. »Da braucht es nur ein wenig Gesang – Sensei Yamada nannte das *weiches kiaijutsu* – und die entsprechenden Schwingungen schwächen das Eisen und es bricht.«

Jack betrachtete seine eigenen Handschellen. Sie waren neu. Kein Gesang konnte sie zerbrechen.

»Ich komme mit unseren Waffen wieder und hoffentlich auch deiner Börse«, sagte Akiko und verschwand die Treppe hinauf.

»Die sehen wir nicht mehr«, brummte der verrückte Bob.

Jack warf ihm einen wütenden Blick zu. »Akiko kommt wieder – du kennst sie nicht.«

Ein schrilles, irres Lachen ertönte. »Ein Vogel, der einmal ausgeflogen ist, kehrt nicht in seinen Käfig zurück.«

Jack beachtete den Verrückten nicht weiter, sondern stand auf und zerrte an seinen Fesseln. Er traute Akiko alles Mögliche zu, aber es konnte gut sein, dass sie die Schlüssel nicht fand. Statt also nur tatenlos herumzusitzen, zog er lieber immer wieder an den Ketten. Aber die Verankerung hielt.

»Weiter so!«, feuerte der verrückte Bob ihn an. »Zieh, was du kannst, Kamerad. Wär mir nur recht, wenn gleich die ganze Gefängnismauer einstürzt.«

Jack stemmte sich mit einem Fuß von der Ziegelmauer ab, biss die Zähne zusammen und zog mit aller Kraft. Er ruckte und riss, bis er keine Kraft mehr hatte und keuchend und mit klopfendem Herzen zu Boden sank.

»Ich glaube, sie hat sich mindestens einen halben Zoll bewegt«, sagte der verrückte Bob ernst.

Jack sah ihn böse an und versuchte dann, die Hände aus den eisernen Manschetten zu ziehen. Doch die Handschellen waren viel zu eng und er schürfte sich nur die Handgelenke blutig.

»Oh, das sieht schmerzhaft aus«, sagte der verrückte Bob mitfühlend. »Aber warte noch ein paar Monate, dann rutschen sie von selbst durch …«

»Halt doch die Klappe!«, schimpfte Jack, der allmählich die Geduld verlor. Er hörte Wasser plätschern und drehte sich um. Yori stand in der Ecke seiner Zelle und urinierte.

»Dafür gibt es einen Eimer, weißt du das nicht?«, sagte der verrückte Bob empört, als gehöre sich so etwas nicht, obwohl ihre Umgebung vollkommen verdreckt war.

Aber sogar Jack war überrascht. So etwas passte überhaupt nicht zum sonstigen Benehmen seines japanischen Freundes. »Was machst du da?«, wollte er wissen.

»Ich versuche noch etwas anderes«, erklärte Yori. Er kniete sich hin und scharrte mit der Kante einer Handschelle an der Mauer. »Frost und Feuchtigkeit haben die Ziegel zerfressen. Mein Urin soll helfen, den bröckligen Mörtel aufzulösen, und mit ein wenig Nachhilfe …« Er hebelte einen Brocken Mörtel heraus und bearbeitete die Wand weiter. »Na bitte!«

Er zog einen Ziegelstein aus der Mauer. Durch das kleine Loch wurde eine Gasse sichtbar – die Freiheit.

»Gut gemacht, Yori!«, lobte Jack, während der einen Ziegel nach dem anderen aus der Mauer löste.

Der verrückte Bob begann missbilligend mit der Zunge zu schnalzen. »Das wird Julius aber gar nicht gefallen!«, bemerkte er.

Während Yori das Loch vergrößerte, hörten sie plötzlich Schlüssel klappern und Schritte die Treppe herunterkommen. Jack wechselte einen hoffnungsvollen Blick mit Yori. Wenn Akiko jetzt mit den Schlüsseln kam, waren sie alle frei.

»Keine Ahnung, über was ihr beide euch freut«, sagte der verrückte Bob. »Das ist nicht eure Freundin, die da kommt. Das ist Julius!«

Er ließ wieder sein irres Lachen hören. Jack musste ihm recht geben. Die Schritte waren viel zu schwer für Akiko.

»*Geh!*«, zischte Jack, an Yori gewandt. »Verschwinde, solange du noch kannst.«

Yori riss erschrocken die Augen auf. »Aber was wird aus dir?«

»Ich komme schon zurecht.« Durch den Treppenschacht fiel das Licht einer Laterne in den Zellenblock. »Geh!«

Yori schlüpfte im letzten Moment durch das Loch, bevor ein großer bärtiger Mann mit einem Walrossbauch schwerfällig in den Gang trat. Er hob seine Laterne, betrachtete die beiden leeren Zellen und runzelte verwirrt die buschigen Brauen. »Wart ihr nicht zu dritt?«

Jack schwieg, der verrückte Bob grinste nur zahnlos und zuckte mit den Schultern.

»Egal«, sagte der Gefängniswärter, hakte einen Schlüsselbund vom Gürtel los und öffnete Jacks Zellentür. »Deine Strafe bekommst du trotzdem.«

»Nur wenn ich schuldig bin«, erwiderte Jack.

»*Schuldig?*« Der verrückte Bob lachte gackernd, während der Wärter Jack die Treppe hinaufstieß. »Das bist du schon deshalb, weil man dich hier eingesperrt hat!«

7

Das hohe Gericht

»Wer ist der Nächste?«, wollte der Richter wissen. Mit seinem strengen Gesicht, den eingefallenen teigigen Wangen, den grauen zurückgekämmten Haaren und dem Spitzbart sah er aus wie ein in die Jahre gekommener Teufel. Er trug einen pelzverbrämten Talar, ein Seidenhemd mit einem Spitzenkragen und eine schwere, mit Edelsteinen besetzte goldene Amtskette.

Der Gerichtsdiener hielt seine Liste in das Kerzenlicht. »Der englische Matrose und zwei Ausländer aus Japan.« Er blickte zu den Häftlingen hinüber, die in den letzten vier Reihen des Gerichtssaals saßen, und rief: »Jack Fletcher, Akiko Dāte und Yori Sanada zur Gerichtsschranke vorkommen!«

Jack stand auf und näherte sich dem Richter, der hinter einer einschüchternd großen Richtbank aus Mahagoni saß. Rechts und links von ihm thronten, wie Geier in Erwartung ihrer Beute, mit zusammengekniffenen Lippen und Augen seine Beisitzer.

»Wo sind die anderen beiden?«, fragte der Richter.

»Ihr Empfang in England hat ihnen nicht gefallen, sie

sind deshalb schon gegangen«, antwortete Jack, inständig hoffend, dass Yori und Akiko tatsächlich hatten fliehen können. Auf der Zuschauergalerie wurde belustigtes Murmeln laut.

»Aufgepasst, junger Mann!«, sagte der Richter warnend. »Ich werde dich wegen Missachtung des Gerichts belangen, wenn du so frech antwortest. Da deine Gefährten fehlen, musst du dich auch für ihre Taten verantworten. Du hast großes Glück, dass wir heute tagen, sonst hättest du mit deinem Prozess bis zur nächsten Sitzungsperiode warten müssen.«

Doch Jack, der unter falscher Anklage verhaftet und eingesperrt worden war, konnte sich darüber nicht freuen. Er hatte inzwischen eigentlich bei seiner Schwester im Haus seines Vaters sitzen und eine warme Mahlzeit einnehmen wollen. Zusammen mit seinen beiden besten Freunden hatte er vor dem Kaminfeuer seine Rückkehr feiern und von seinen Abenteuern in Japan erzählen wollen. Stattdessen stand er allein in einem kalten Gerichtssaal und musste sich gegen falsche Vorwürfe verteidigen.

Ein Beisitzer beugte sich vor, stützte die knochigen Ellbogen auf die Bank und blickte misstrauisch zu Jack hinunter. Nach einer Weile fragte er: »Was hast du da eigentlich an?«

Jack blickte an sich hinunter und zuckte mit den Schultern. »Einen *hakama.*«

»Ich dachte, du seist Engländer, aber du kleidest dich wie ein Ausländer!« Der Beisitzer wechselte einen verächtlichen Blick mit seinen Kollegen.

»Ich habe in den vergangenen sieben Jahren in Japan gelebt«, erklärte Jack.

»Dich zu benehmen, hast du dort aber offensichtlich nicht gelernt«, schnarrte der andere Beisitzer und sah ihn unter buschigen schwarzen Augenbrauen empört an. »Oder Ältere zu respektieren.«

Jack schwieg. Höflichkeit und Etikette spielten in Japan eine alles beherrschende Rolle. Aber es wäre töricht und vergeblich gewesen, das diesen Wichtigtuern zu erklären.

Der Richter räusperte sich und begann, von einem Pergament vorzulesen, das der Gerichtsdiener ihm gereicht hatte. »Die gegen dich erhobenen Anklagen lauten: Ruhestörung, mutwillige Beschädigung von Eigentum, Schlägerei in der Öffentlichkeit und bewaffneter Raubüberfall.« Er sah Jack vorwurfsvoll an. »Auf was plädierst du?«

»Unschuldig.«

Auf der Galerie wurden Stimmen laut.

»Ruhe im Gericht!«, rief der Gerichtsdiener und es kehrte wieder Stille ein.

»Wer erhebt Anklage gegen Jack Fletcher?«, fragte der Richter.

»Sir Toby Nashe«, antwortete Sir Toby und kam mit gewichtigen Schritten nach vorn. »Cousin zweiten Grades von Sir William Harrington, einem Fr…«

»Genug«, sagte der Richter und unterbrach die Auflistung der familiären Beziehungen mit einer Handbewegung. »Schildert einfach, was passiert ist, Sir Toby.«

Sir Toby holte theatralisch Luft und begann, nicht nur an

die Richterbank, sondern auch an die Zuschauergalerie gerichtet, mit seiner Darstellung. Und was für einer Darstellung! Die Beleidigungen, mit denen er Jack und seine Freunde überhäuft hatte, ließ er aus, ebenso, dass er Jack zum Duell gefordert hatte. Er bestritt sogar, dass überhaupt ein offizielles Ehrenduell stattgefunden hatte. Laut ihm hatten Jack, Yori und Akiko ihn und seine beiden Begleiter dazu überredet, ihnen London zu zeigen, und sie dann in Moorfields überfallen, um sie auszurauben. Und nur seine überragenden Fähigkeiten mit dem Degen hatten ihn angeblich vor dem sicheren Tod von der Hand dieses ausländischen Gesindels bewahrt.

Jacks Zorn wuchs mit jeder neuen Verdrehung der Wahrheit, bis er sich nicht mehr beherrschen konnte. »Das sind doch lauter Lügen! Er ist …«

»Ruhe!«, bellte der Richter. »Du bekommst später noch Gelegenheit, dich zu äußern, Gefangener. Ruft den ersten Zeugen auf!«

Sir Edmund kam zur Schranke gewatschelt und wiederholte Sir Tobys Phantasiegespinst fast wörtlich. Auf ihn folgte Sir Francis, der das Märchen wie zu erwarten ebenfalls bestätigte.

»Das ist doch ein Affentheater!«, protestierte Jack.

Der Richter sah ihn scharf an. »Du stellst die Kompetenz des Gerichts infrage?«

»Nein«, erwiderte Jack steif. »Die Aussagekraft der Zeugen. Sie sind seine *Freunde*!«

Der Richter schürzte die dünnen, blutleeren Lippen und

sah sich im Gerichtssaal um. »Haben wir einen unabhängigen Zeugen für das, was vorgefallen ist?«

»Hier!« Ein verwahrlost aussehender Mann mit einem zerknautschten Federhut stand auf. Sir Toby sah ihn erschrocken an und das Blut wich aus seinem Gesicht. Er fürchtete ganz offensichtlich, seine Lügen könnten vor Gericht bloßgestellt werden. Doch Jack hatte noch viel mehr Grund, den Zeugen zu fürchten.

»Und wer seid Ihr?«, fragte der Richter.

»Porter«, antwortete der Mann, lüftete seinen Hut und lächelte charmant.

Jack stöhnte und senkte den Kopf. Damit schien sein Schicksal besiegelt.

»Tretet vor, Porter.«

Der Landstreicher stolzierte nach vorn und zwinkerte Jack im Vorbeigehen spitzbübisch zu. Der Gerichtsdiener hielt ihm eine schwere, in Leder gebundene Bibel hin und Porter legte seine schmutzige Hand darauf und schwor, nichts als die Wahrheit zu sagen. Doch Jack sah, dass er die Finger während des Eids hinter dem Rücken gekreuzt hatte, und wusste, dass Porter keine Bedenken haben würde, den Eid zu brechen.

»Schildert bitte, was Ihr mitangesehen habt«, befahl der Richter.

»Also, ich war streng genommen nicht dabei, Euer Ehren, da ich anderweitig zu tun hatte«, gestand Porter mit treuherzig schuldbewusster Miene. »Aber ich kenne diesen Rabauken …« Er zeigte auf Jack. »Ich war auf dem Markt von

Cheapside geschäftlich tätig, als er und seine ausländischen Freunde mich überfielen. Er hatte ein riesiges Krummschwert und ich nur mein kleines Messer. Zum Glück kamen die Gendarmen gerade noch rechtzeitig, sonst wäre ich …«

»Danke für Eure Darstellung, Porter«, unterbrach der Richter ihn. »Wir werden Eure Bereitschaft zur Zusammenarbeit natürlich berücksichtigen, wenn Euer Prozess ansteht. Nehmt jetzt wieder Platz.«

»Bitte sehr.« Porter lächelte und kehrte unter Verbeugungen und Kratzfüßen zu seinem Platz zurück.

Der Richter wandte sich an Jack. »Was hast du zu deiner Verteidigung zu sagen, Gefangener?«

Jack hatte es angesichts der vielen gegen ihn vorgebrachten Lügen fast die Sprache verschlagen. »Es war ganz anders! Porter und seine Bande wollten *uns* ausrauben. Und dieser Mensch, Sir Toby, hat meine Freunde beleidigt und wollte mir gewaltsam meine Schwerter abnehmen. Dann hat er mich zum Duell gefordert, ohne …«

»Bist du ein Ritter?«, fiel der erste Beisitzer ihm ins Wort. Er studierte das Pergament, das vor ihm lag. »Ich sehe kein ›Sir‹ vor deinem Namen.«

Jack zögerte. »Äh, nein … zumindest nicht in England, aber ich …«

»Ja, dann« – der Beisitzer verschränkte die Arme –, »dann hatte Sir Toby das Recht, dir die Schwerter abzunehmen.«

Sir Toby straffte sich, als er das hörte.

»Er darf sich doch nicht nehmen, was ihm gar nicht gehört«, erwiderte Jack. »Er ist genauso schlimm wie dieser Dieb Porter …«

»Ich dulde in diesem Gericht keine beleidigenden Reden«, unterbrach der Richter ihn scharf. »Ich denke, wir haben genug von dir gehört, Jack Fletcher. Es sei denn, du willst einen Zeugen zu deiner Verteidigung aufrufen?«

»Ich habe keinen«, sagte Jack mühsam beherrscht.

»Dann steht dein Wort gegen das der anderen«, stellte der Beisitzer mit den buschigen Augenbrauen fest. »Das Wort eines heimatlosen Matrosen gegen das dieser drei braven, aufrechten Herren Ritter.«

»Das ist kein gerechter Prozess!«, protestierte Jack erneut.

Der Richter sah ihn wütend an. »Was gerecht ist, das beurteilen immer noch wir, die von Seiner Majestät dem König ernannten Richter.«

Jack wollte etwas erwidern, doch dann schloss er den Mund wieder. Alles, was er jetzt sagte, konnte seine Lage nur verschlimmern. Schweigend stand er da, während die drei Männer hinter der Richterbank sich berieten. Sie brauchten nicht lange, um zu einer Entscheidung zu gelangen.

Der Richter setzte eine Unheil verkündende schwarze Kappe auf und zog schwarze Handschuhe an, dann wandte er sich an Jack. »Nach sorgfältiger Beratung und in Anbetracht der Schwere deiner Vergehen und der Vergehen deiner beiden abwesenden Komplizen befindet dieses Gericht dich für schuldig in allen Punkten. Das Gesetz sieht vor, dass du ins Gefängnis zurückkehrst und von dort zu einer Hinrichtungsstätte gebracht wirst, wo du am Halse aufgehängt wirst, bis der Tod eintritt. Möge der Herr sich deiner Seele erbarmen.«

8

Am Galgen

Ruckelnd und holpernd fuhr der von Pferden gezogene Karren vom Gefängnis durch die Stadt zu einem Marktplatz mit Namen Smithfield. Jack, der drei Tage lang in einer stickigen Zelle eingesperrt gewesen war, erschien die Sonne und vergleichsweise frische Luft wie ein Labsal. Doch wusste er, dass seine Freude von kurzer Dauer sein würde. Zusammen mit ihm befanden sich noch acht weitere Männer und Frauen auf dem Karren, alle unglückliche Gefangene wie er und dazu verurteilt, an diesem Vormittag gehängt zu werden. Zwei von ihnen saßen nur da und wiegten sich in stummem Entsetzen vor und zurück, zwei flehten um Gnade und Vergebung. Ein Mann unterhielt sich unter Tränen mit seiner Frau, die neben dem Karren herging und einen schreienden Säugling auf den Armen trug. Zwei fügten sich stoisch in ihr Schicksal, einer grinste.

»Was freut Euch so?«, wollte Jack wissen.

Porters Grinsen wurde breiter. »Dass ich dich hängen sehe.«

Jack sah ihn ungläubig an. »Aber Ihr werdet auch hängen! Die Richter scheinen Eure Aussagebereitschaft nicht berücksichtigt zu haben.«

»O doch«, erklärte Porter. »In ihren Augen ist das eine milde Strafe. Für meine vielen Vergehen wäre ich sonst nicht gehängt, sondern gestreckt *und* gevierteilt worden!«

Jack wollte gar nicht daran denken, was dieser Landstreicher getan haben mochte, um eine so grausame Strafe zu verdienen. »Das mit dem Recht ist so eine Sache.«

»Das da ist das Recht«, sagte Porter und wies mit einem Nicken voraus.

Jack hob den Kopf und erschrak. Er fühlte sich plötzlich ganz schwach und musste sich an der Seitenwand des Karrens festklammern, um nicht zu Boden zu sinken. Sie waren auf den Marktplatz gefahren. Auf der Mitte des Platzes stand hoch aufragend und düster der Galgen. Neun Schlingen hingen an einem Balkendreieck, das auf drei stabilen Pfosten auflag. Eine schaulustige Menge hatte sich versammelt und begrüßte den sich nähernden Karren mit lautem Geschrei. Jack verspürte eine bleierne Schwere und sein Magen zog sich zu einem Knoten zusammen. Sein Herz hämmerte, seine Kehle war wie zugeschnürt bei der schrecklichen Vorstellung, am Hals aufgehängt zu werden. Dann wurde er, wie um sein Elend noch zu steigern, an der Wange von einem fauligen Apfel getroffen. Ein Mitgefangener begann hysterisch zu lachen – bis ihm ein Klumpen Mist ins Gesicht klatschte. Ein ganzer Hagel von fauligem Gemüse und Obst ging auf den Karren und seine gefesselten Insassen nieder. Dazu kamen Beschimpfungen aller

Art. Zuletzt flogen auch noch Steine und Jack musste sich ducken.

Porter dagegen schwelgte geradezu in der Aufmerksamkeit. Er stand auf, stellte sich ganz nach vorn und schwenkte seinen Hut wie der Anführer eines prächtigen Umzugs. Einige Frauen sahen den Landstreicher mit schmachtenden Blicken an. Sie warfen ihm Kusshände zu und er revanchierte sich mit seinem Federhut. Die Frauen balgten sich darum wie um den Brautstrauß bei einer Hochzeit.

»Wie Frauen doch einen zum Tode Verurteilten lieben!«, sagte Porter mit einem sehnsuchtsvollen Seufzen.

Der Karren schob sich durch das immer dichtere Gedränge und blieb schwankend zwischen den drei Pfosten stehen. Über ihnen warteten die neun Schlingen.

Der Fuhrmann stieg ab und hielt die Pferde am Zügel fest, während der Henker, ein fleischiger Mann mit feisten Backen, hängenden Lidern und dunklen Säcken unter den Augen, auf den Karren stieg. Er befahl den Gefangenen, sich zu erheben. Eine dürre Frau mit glasigem Blick und bleichem Gesicht hatte kaum die Kraft dazu und musste unsanft an den Händen hochgezogen werden. Der Henker band sie los, fesselte ihr die Hände auf den Rücken und streifte ihr die Schlinge über den Kopf. Genauso fachmännisch verfuhr er mit den anderen Gefangenen. Jack und Porter waren als Letzte an der Reihe.

Der Henker legte Porter den Strick um den Hals und zog daran. »Fest genug?«, fragte er und grinste hämisch.

»Woher soll ich das wissen? Ich hab das noch nie gemacht«, sagte Porter, sehr zur Belustigung der Menge – und zum Ärger des Henkers. Bei aller Abneigung gegen den Landstreicher musste Jack doch seinen Mut im Angesicht des Todes anerkennen. Manch ein Samurai wäre stolz auf eine solche Haltung gewesen. Jack wünschte sich, er wäre auch so tapfer und standfest. Stattdessen war er vor Angst wie gelähmt.

Mit verdrossenem Gesicht wandte der Henker sich ihm zu, fesselte ihm die Hände und legte ihm den Strick um den Hals. Der grobe Hanf schnitt in seinen Adamsapfel. »Fest genug?«, fragte der Henker spöttisch. »Gleich ist es das sowieso!«

Diesmal hatte er die Lacher auf seiner Seite.

Als Jack die schwere Schlinge um seinen Hals spürte, begann er zu zittern und in seiner Panik schnell und stoßweise zu atmen. Sein Blick wanderte über die lärmende Menge. Sie erstreckte sich in alle Himmelsrichtungen und bedeckte den Platz bis zur Kirche St. Bartholomew. Er sah kein einziges freundliches Gesicht. Selbst wenn seine Schwester sich irgendwo unter den Schaulustigen befand, würde er sie nach so vielen Jahren wohl nicht erkennen.

Inzwischen herrschte eine Stimmung wie auf einem Volksfest. Straßenhändler hatten sich unter die Schaulustigen gemischt und verkauften Äpfel, Nüsse und Krüge mit Bier. Ganze Familie hatten sich aus Anlass des Ereignisses versammelt und das Wirtshaus vor Ort hatte zusätzliche Vorräte bestellt: Vor der Eingangstür stand eine ganze Wagenladung Weinfässer bereit. Eine Hinrichtung bot offenbar mehr Unterhaltung und schaurigen Nervenkitzel als jedes Theaterstück im *Globe*!

Dann entdeckte Jack ein Gesicht, das er tatsächlich kannte. Ein arrogantes, schnurrbärtiges und rothaariges Gesicht wie auf einem Teller. Offenbar hatte Sir Toby sich eigens für diesen Anlass einen neuen Kragen gekauft. Er saß rittlings auf seinem Pferd und trank und lachte mit seinen Freunden Sir Francis und Sir Edmund. Als er sah, dass Jack in seine Richtung blickte, prostete er ihm mit seinem Krug zu, leerte ihn in einem Zug und lächelte höhnisch.

In Jack stieg Wut auf. Da hatte er solche Mühen auf sich genommen, um nach Hause zurückzukehren, war dem Tod bei so vielen Gelegenheiten entronnen, hatte gegen feindliche Ninjas und Samurais gekämpft und war um die halbe Welt gefahren, nur um jetzt von seinen Landsleuten aufgeknüpft zu werden. *Wegen eines Dummkopfs mit einer Halskrause!*

Er war sich vollkommen bewusst, wie absurd seine Lage war und wie ungerecht das Schicksal, das ihm widerfuhr. Er konnte nur inständig hoffen, dass Yori und Akiko inzwischen Captain Spilbergen gefunden und sein Angebot angenommen hatten, nach Japan zurückzukehren. Sie sollten sich so weit wie möglich von diesem von Grund auf verderbten Land entfernen.

Was ist aus England geworden?, dachte er bitter. Warum wollte ich nur unbedingt nach Hause zurückkehren …?

Natürlich wegen Jess. Aber jetzt würde er seine Schwester nie mehr sehen. Sie würde nicht einmal erfahren, dass er zurückgekehrt war, um sie zu suchen, sondern für immer glauben, dass die Familie, die sie einmal gehabt hatte, auf See umgekommen war. Während in Wahrheit ihr Bruder nur wenige Meilen von ihrer Türschwelle entfernt hingerichtet werden sollte. Nie war Jack seiner Schwester in den vergangenen Jahren so nah gewesen und nie hatte er sich so weit von ihr entfernt gefühlt.

»Kopf hoch!«, krächzte eine vertraute Stimme. »Jede Wolke hat einen silbernen Rand!«

Jack blickte nach unten. Der Verrückte aus der Nachbarzelle des Gefängnisses stand Grimassen schneidend vor dem Karren.

»Du bist frei?«, fragte Jack überrascht.

»Aber ja!« Der verrückte Bob vollführte ein kleines Tänzchen, doch dann hielt er mit schmerzverzerrtem Gesicht inne. »Die haben vergessen, weshalb ich im Gefängnis saß. Also hat das Gericht sich mit zwanzig Peitschenhieben begnügt.« Er drehte sich um und hob sein schmutziges Hemd. Jack zuckte zusammen. Der knochige Rücken des klapperdürren Mannes war kreuz und quer mit hässlichen Striemen bedeckt. »Hätte wohl schlimmer kommen können«, fuhr der verrückte Bob fort. »Ich könnte hängen wie du!« Er zog an einem imaginären Seil, verzerrte das Gesicht und streckte die Zunge aus dem Mund.

Jack antworte mit einem angespannten, freudlosen Lächeln. »Danke, das ist mir wirklich ein großer Trost.« Er ließ den Blick wieder über die Menge wandern.

»Du suchst deine Freunde?«, zischelte Bob. »Ich habe dir

doch gesagt, wenn ein Vogel erst ausgeflogen ist, kehrt er nicht in den Käfig zurück.«

»Ich kann es ihnen nicht verdenken«, sagte Jack und seufzte. »Hoffentlich sind sie weit weg von diesem schrecklichen Land geflogen.«

»Meiner Erfahrung nach nisten Vögel oft in der Höhe«, brummte der verrückte Bob. Er schien nicht zuzuhören.

Der ist ja wirklich vollkommen durchgedreht, dachte Jack, als Bob in der Nase zu bohren begann.

»Dein Freund winkt dir«, sagte Porter und wies mit dem Kinn in Sir Tobys Richtung.

»Lass dir Zeit mit dem Sterben, Jack Fletcher«, rief Sir Toby über die Köpfe der Menge. »Ich bin nicht in Eile und habe hier noch einen vollen Krug.«

Die Glocke des Kirchturms schlug die volle Stunde und erwartungsvolles Schweigen senkte sich über die Menge. Ein Gerichtsbeamter verlas die Vergehen jedes Gefangenen, dann gab der Henker ein Zeichen und der Fuhrmann ließ die Pferde antraben. Einer nach dem anderen fielen die Gefangenen hinten von der Ladefläche des Karrens und hingen baumelnd am Galgen. Die Menge verfolgte das Schauspiel johlend.

»Auf Wiedersehen in der Hölle, Jack!«, rief Porter heiser, dann wurde auch ihm der Boden unter den Füßen weggerissen.

Im nächsten Moment verlor Jack den Halt. Wie ein Stein fiel sein Körper nach unten und der Strick um seinen Hals zog sich zusammen.

侍

9

Durch die Brücke schießen

Der Galgen knarrte unter dem Gewicht der neun hin- und herschwingenden Körper. Die Schmähungen der Menge übertönten die wenigen Klagerufe der Freunde und Angehörigen der Verurteilten, aus denen der Tod langsam und gnadenlos das Leben herauspresste.

Jack versuchte verzweifelt, Luft zu bekommen, doch der Strick schnürte ihm den Hals zu. Mit jeder Sekunde nahm der Druck in seinem Kopf zu. Seine Arme erstarrten und seine Beine begannen unkontrolliert zu zucken.

»Tanz, Fletcher, tanz!«, rief Sir Toby und er und seine Kumpane lachten herzlich über Jacks Todeskampf.

Porter hing bereits schlaff und leblos neben ihm, doch Jacks Leiden war noch nicht vorbei. Während das Zucken seiner Beine allmählich schwächer wurde, schlug sein Herz immer stärker und seine Lungen lechzten nach dem kleinsten bisschen Luft …

Bilder, die sich ihm unauslöschlich eingeprägt hatten, schienen vor seinen Augen auf. Seine Schwester als kleines Mädchen, das an einem sonnigen Sommertag einen Gänseblümchenkranz für ihn flocht … seine Mutter, die ihn in ihren weichen, warmen Armen hielt, als er gestürzt war und sich das Knie aufgeschlagen hatte … sein Vater, der aufrecht am Schiffsbug stand und ihm den Umgang mit Sextant und Kompass erklärte … die aus dem Dunkel leuchtenden, hasserfüllten grünen Augen des Ninjas Dokugan Ryu … das Blitzen der Samuraischwerter des legendären Shizu, die sein Vormund Masamoto ihm geschenkt hatte … sein Freund Yamato, als er vom Balkon der Burg von Osaka in den Tod stürzte … Yori, der aus Papier einen Kranich faltete … Akiko, die sich, den Rücken der untergehenden Sonne zugewandt, verbeugte …

Jack spürte, wie der letzte Hauch Leben aus ihm wich. Der verrückte Bob hockte vor der Menge unter ihm wie ein Dämon, der darauf wartete, ihn in die Hölle hinabzuzerren. Durch das Klingeln in seinen Ohren hörte Jack ihn rufen: »Hier kommt das Vögelchen!«, gefolgt von einem schwirrenden Geräusch über seinem Kopf. Dann fiel er in die Tiefe …

Unsanft schlug er auf dem Boden auf. Die Schlinge um seinen Hals lockerte sich. Hustend und spuckend und mit schmerzenden Lungen sog er Luft in sich hinein. Langsam kehrte das Leben in ihn zurück. Er sah den Strick neben sich auf der Erde liegen. Das Ende war abgeschnitten und ausgefranst. Über ihm im Pfosten des Galgens zitterte ein Pfeil mit Falkenfedern.

Während Jack sich, betäubt, wie er war, noch darüber wunderte, eilte eine kleine, in einen Mantel gehüllte Gestalt auf ihn zu und half ihm auf die Beine. Die Gestalt zog ein

Messer aus den Falten ihres Mantels und schnitt die Fesseln an seinen Handgelenken durch.

»Ergreift sie!«, brüllte der Henker. Sein feistes Gesicht war wutverzerrt.

Aber die Zuschauer reagierten nicht, so verdattert waren sie oder so gebannt von dem tollkühnen Fluchtversuch. Der Henker kam auf sie zugerannt.

»Fliegt weg, Vögelchen, fliegt weg!«, krähte der verrückte Bob.

Die Gestalt im Mantel schob Jack zum vorderen Ende des Karrens, wo der Fuhrmann wie vom Schlag getroffen und mit offenem Mund neben seinen Pferden stand. Ein gellender Schrei ertönte und der Mann fiel um wie ein Sack Getreide. Jacks Retter ergriff die herrenlosen Zügel und sprang auf den Kutschbock. Dabei fiel ihm die Kapuze vom Kopf.

»Komm rauf!«, rief Yori und hielt Jack die Hand hin. Jack, von der Strangulierung noch geschwächt und orientierungslos, hatte kaum die Kraft, aufzusteigen. Der Henker war schon fast bei ihm, da sprang ihm jemand aus der Menge in den Weg. Es war der verrückte Bob. »Der Jüngste Tag ist angebrochen!«, faselte er. »Die Welt ist …«

»Aus dem Weg!«, brüllte der Henker noch, dann stolperte er über Bob und schlug der Länge nach auf den Boden.

Jack sank auf den Platz neben Yori und Yori ruckte an den Zügeln und trieb die Pferde an. Der Karren setzte sich in Bewegung. Jack blickte noch einmal kurz zum verrückten

Bob zurück, der ihm zuzwinkerte, bevor er im Gedränge der Zuschauer verschwand.

»Haltet sie auf! Jemand soll sie aufhalten!«, brüllte Sir Toby. Er war inzwischen so betrunken und saß so unsicher auf seinem Pferd, dass er fast hinuntergefallen wäre, als er die Verfolgung aufnehmen wollte. Doch die Zuschauer hatten sich inzwischen von ihrem Schrecken erholt und näherten sich dem Karren, um den Fluchtversuch zu stoppen.

Hände streckten sich aus, um Yori und Jack von ihrem Gefährt herunterzuziehen. Einige Männer versuchten, zu ihnen hinaufzuklettern. Da ging plötzlich eine mit Heu beladene Karre in Flammen auf. Ein in Teer getauchter Brandpfeil war in das Heu geflogen, das so trocken war wie Zunder. Menschen schrien und in Windeseile breitete sich Panik aus. Ein weiterer Pfeil durchschnitt das Seil, das die Weinfässer vor dem Wirtshaus sicherte. Die Fässer fielen sich überschlagend vom Wagen und rollten durch die Menschenmenge, die auseinanderstob wie von einer Kugel getroffene Kegel.

Yori trieb die Pferde mitten durch das Chaos hindurch. Jack, der sich neben ihm an seinen Sitz klammerte, trat mit den Füßen nach allen, die zu ihnen hochklettern wollten. Die meisten waren dazu allerdings nicht schnell genug oder hielten Abstand aus Angst, von den Hufen der Pferde niedergetrampelt oder den Rädern des Karrens überfahren zu werden. Sie näherten sich dem Rand des Marktplatzes. Da sah Jack, wie ein Trupp Gendarmen im Laufschritt herbeieilte, um ihnen den Weg abzuschneiden.

»Schneller!«, drängte er heiser.

Doch Yori tat das genaue Gegenteil und wurde langsamer. An der Kirche blieben sie fast stehen.

»Warum tust du das?«, rief Jack.

»Wir müssen noch jemanden mitnehmen!«, antwortete Yori.

Hinter ihnen ertönte ein dumpfer Schlag und der Karren schwankte. Jack fuhr herum.

Auf der Ladefläche kauerte wie eine Katze Akiko. Bambusbogen und Köcher hatte sie auf den Rücken geschnallt. Jack blickte zum Kirchturm hinauf. »Bist du da eben runtergesprungen?«

»Ich hatte keine Zeit, die Treppe zu benutzen«, erklärte sie. »Yori, lass uns nicht hier herumhängen. Das hat Jack heute schon lange genug getan!«

»Haha, sehr lustig«, sagte Jack, doch er war überglücklich, wieder mit seinen Freunden vereint zu sein. »Aber wenn ihr nicht auch hängen wollt, sollten wir tatsächlich so schnell wie möglich von hier verschwinden!«

Sir Toby und seine beiden Kumpane hatten sich inzwischen wieder orientiert und waren ihnen auf den Fersen. Auch die Gendarmen folgten ihnen und rannten hinter ihnen die Straße entlang. Yori bog in die Cock Lane ein und nahm die Kurve so scharf, dass der Karren fast umkippte, dann hielt er sich links in Richtung Snow Hill. Sie beschleunigten und die hölzernen Räder ratterten ohrenbetäubend laut über das Pflaster. Fußgänger stoben fluchtartig vor ihnen auseinander.

»Deine beiden Schwerter«, sagte Akiko und reichte sie Jack. »Sieht aus, als könnten wir sie noch brauchen.«

Jack steckte sie in seinen Obi. Ihr Gewicht an seiner Hüfte war ihm tröstlich vertraut und er fühlte, wie seine Kräfte zurückkehrten. »Ich dachte schon, ich hätte sie endgültig verloren«, sagte er. »Und dich auch.« Er sah Akiko an. »Danke, dass ihr mich gerettet habt. Woher wusstet ihr überhaupt, dass ich gehängt werden sollte?«

»Der verrückte Bob hat es uns gesagt«, erklärte Akiko. Der Karren sprang über eine tiefe Rinne in der Straße und sie musste sich an den Seitenwänden festhalten. »Wir überlegten gerade, wie wir dich aus dem Gefängnis holen könnten, da begegneten wir ihm, als er gerade das Gefängnis verließ.«

»Ohne ihn hätten wir Smithfield nie gefunden«, sagte Yori. »Wir sind gerade noch rechtzeitig gekommen.«

»Offenbar ist er gar nicht so verrückt, wie sein Name vermuten lässt!« Jack lachte.

»Doch, das ist er«, rief Yori und packte die Zügel fester. Die Pferde galoppierten in Richtung des Stadttors Newgate. »Er wollte, dass Akiko sich als Vogel verkleidet!«

Sie näherten sich dem gewaltigen Tor und ein verschlafen wirkender Mann trat aus dem Torhaus und blickte ihnen entgegen.

»Wache! Schließt das Tor!«, brüllte Sir Toby, der mit Sir Edmund und Sir Francis den Snow Hill hinuntergaloppiert kam. Die Gendarmen, die zu Fuß unterwegs waren, hatten die Verfolgung aufgegeben.

Der Wächter erwachte zum Leben und ließ ratternd das eiserne Fallgitter herunter, um den Eingang in die Stadt zu versperren. Yori riss an den Zügeln und lenkte die Pferde in die Old Bailey Street. Doch sie fuhren zu schnell. Der Karren legte sich wieder auf die Seite und ein Rad geriet in ein Schlagloch und löste sich. Sie wurden von den Sitzen gerissen und im nächsten Moment knallte der Karren gegen die Stadtmauer. Die Pferde gingen in Panik durch und zogen die Trümmer des Wagens hinter sich her.

Benommen und aus verschiedenen Schürfwunden blutend, stand Jack auf. »Ist euch was passiert?«, fragte er.

Akiko und Yori schüttelten die Köpfe. In der Kunst des *ukemi* geübt, hatten sie ihren Sturz abgefangen und waren einigermaßen sanft auf dem Pflaster abgerollt.

»Jetzt haben wir euch!«, rief Sir Toby, der mit seinen Kumpanen auf sie zugaloppiert kam.

Jack rannte mit Akiko und Yori hastig in eine belebte Gasse. Dort konnte Sir Toby sie nicht so leicht einholen und mit dem Pferd niedertrampeln. Sie liefen zwischen erschrockenen Londonern hindurch weiter in den Fleet Ditch, an Ludgate vorbei und zur Themse. Dort allerdings endete der Weg.

»Was jetzt?«, fragte Yori verzweifelt.

Jack zeigte auf ein Ruderboot am Ufer. »Wir nehmen das Boot, schnell!«

Er sprang hinein und band das Tau los, mit dem es festgemacht war. Ein Fährmann rief etwas und schüttelte wütend die Faust, aber Akiko nahm ein Ruder, stieß sie vom Ufer ab und begann angestrengt zu rudern. Im nächsten Augenblick waren Toby, Edmund und Francis am Fluss.

»Du feiges Schwein!«, schrie Sir Toby. »Verrecken sollst du! Ich reiße dir den Kopf ab, Fletcher! Bei meinem Leben, ich durchbohre dich mit meinem Degen, bis du verblutest wie eine abgestochene Sau!« Er erging sich in weiteren Beschimpfungen und Flüchen und wurde dabei immer röter im Gesicht, aber er sprang nicht ebenfalls in ein Boot, um ihnen zu folgen.

»Warum gibt er auf?«, fragte Yori.

»Vielleicht hat er Angst vor dem Wasser!« Jack grinste, erleichtert, dass die Jagd vorbei war.

Der Fährmann, der ebenfalls außer sich war vor Wut, zeigte aufgeregt mit beiden Händen flussabwärts und brüllte: »Wir haben ablaufendes Wasser, ihr verdammten Dummköpfe!«

Akiko sah Jack stirnrunzelnd an, während sie weiterruderte. »Warum sollte das wichtig sein?«

Jack drehte sich zur London Bridge um und alles Blut wich aus seinem Gesicht. »Deshalb«, sagte er schwach und starrte entsetzt auf die reißenden Stromschnellen unter den Brückenbögen.

Ihr Boot wurde immer schneller. Akiko begann mit aller Kraft in Richtung Ufer zu rudern, aber vergeblich. Die Strömung hatte das kleine Boot fest im Griff und trug es mitsamt seinen drei Passagieren auf die gewaltigen steinernen Wellenbrecher der Brücke zu. Am Ufer hatte das wütende

Geschrei Sir Tobys sich in Triumphgeheul verwandelt angesichts der tödlichen Gefahr, in der Jack und seine Freunde sich unversehens befanden. »Wir fischen euch auf der anderen Seite heraus! Also das, was von euch übrig ist …«

Doch seine Stimme ging schon bald im Brausen der näher kommenden Stromschnellen unter. Das Wasser wurde immer bewegter und das Boot begann zu schaukeln und zu schwanken.

»Was sollen wir tun?«, rief Yori. Er klammerte sich in Todesangst an der Bordwand des Boots fest, bis seine Fingerknöchel weiß hervortraten.

Jack setzte sich neben Akiko und übernahm ein Ruder. »Wir müssen durch die Brücke schießen!«

Akiko sah ihn alarmiert an. »Wie bitte?«

»Man sagt das so. Wir zielen auf einen Bogen möglichst in der Mitte des Flusses!« Er ruderte stärker, um ihren Kurs zu begradigen. »Yori, du lenkst uns.«

Yori nickte nervös. »Akiko, du musst stärker rudern … und jetzt du, Jack … jetzt beide …«

Das ablaufende Wasser saugte den Fluss durch die Brücke hindurch und das Boot hüpfte wie ein Korken auf den Wellen auf und ab. Sie wurden immer schneller. Kirchen, Häuser und Kais sausten an ihnen vorbei, Menschen, die vom Ufer aus erstaunt zusahen, wie ein einsames Boot es mit dem reißenden Strom aufnahm. Jack versuchte mit aller Kraft, sie auf Kurs zu halten. Er wusste, wenn sie gegen einen steinernen Wellenbrecher prallten, würde der das Boot zertrümmern … und das wäre dann auch ihr Ende.

Sie kamen der Brücke näher und näher. Yori erteilte weiter Anweisungen und seine Stimme wurde immer lauter und dringlicher. »Mehr auf deine Seite, Akiko, mehr!«

Akiko ruderte verzweifelt, doch ihre Schulter war nach wie vor durch die Degenwunde geschwächt und sie hatte Mühe, den Kurs zu korrigieren.

»Wir schaffen es nicht!«, schrie Yori. »Wir schaffen …«

Eingehüllt in eine Gischtwolke, schossen sie durch einen Brückenbogen. Der vorgelagerte Wellenbrecher schrammte an der Seite des Boots entlang, riss Akiko das Ruder aus der Hand und zertrümmerte es.

»Festhalten!«, rief Jack und warf, als das Boot Wasser schöpfte und zu kippen drohte, sein Gewicht in die entgegengesetzte Richtung. Von den tosenden Wassermassen hin und her geworfen, vollführte das Boot einen scharfen Schwenk und krachte seitlich gegen eine Wand aus Wasser, die sie alle drei bis auf die Knochen durchnässte. Dann spuckte die Brücke sie auf der anderen Seite aus …

Dort begannen die Stromschnellen erst richtig. Die Themse wurde zu einer brodelnden und schäumenden schmutzig braunen Masse. Das Boot wurde von den Fluten mitgerissen, geriet mit dem Bug unter Wasser und brach auseinander. Jack, Akiko und Yori wurden über Bord geschleudert.

Geschockt von der Kälte, bekam Jack keine Luft mehr, riss den Mund auf und schluckte eine gehörige Menge fauligen Wassers. Im nächsten Moment kam er spuckend und würgend wieder an die Oberfläche. Einen kurzen Moment lang sah er Yori und Akiko strampelnd auf den schäumenden Fluten treiben, dann wurde er wieder nach unten gezogen. Die Strömung wirbelte ihn herum und zog ihn immer tiefer hinab, bis er den Grund berührte und mit den Füßen im Schlick versank …

Vom Ufer neben der Brücke sahen die neugierigen Beobachter nur das Wrack eines kleinen Boots in Richtung Meer treiben, dessen drei Passagiere in den trüben Fluten der Themse untergegangen waren.

侍

10

Das Pesthaus

Zum Krächzen der Möwen über ihren Köpfen schleppten sich drei vollkommen durchnässte und halb ertrunkene Gestalten aus dem Fluss auf das morastige Ufer. Keuchend und erschöpft sanken sie auf das Schilf, blieben in der warmen frühherbstlichen Sonne liegen und ließen sich langsam von ihr trocknen.

Yori schüttelte einen Klumpen von Stängeln und Blättern von seinem Priesterstock und seufzte. »Das einzig Gute ist wohl, dass Sir Toby und die anderen glauben werden, wir seien ertrunken.«

»Das wären wir ja auch fast!«, keuchte Akiko.

»Wenigstens hast du jetzt dein Bad gehabt«, meinte Jack schwer atmend und fuhr sich mit der Hand durch die verfilzten strohblonden Haare.

»Es war allerdings nicht so warm, wie ich gehofft hatte!« Akiko setzte sich auf und betrachtete traurig ihren schmutzbesudelten Kimono. Dann band sie einen nassen Lederbeutel von ihrem Obi los. »Da ist übrigens deine Börse«, sagte sie und warf Jack den Beutel mit den Münzen zu, den man ihm im Gefängnis abgenommen hatte. Anschließend untersuchte sie ihren Bogen und die Pfeile eingehend auf Beschädigungen.

»Danke«, sagte Jack. Er hängte die Börse an seinen Gürtel und begann ebenfalls, seine Waffen zu überprüfen. Was für ein Glück es doch war, dass er den Portolan in seinem Bündel in der Herberge *Zur Meerjungfrau* gelassen hatte. Im Chaos der Flucht hätte er ihn sicher verloren. Irgendwann mussten sie ihre Sachen aus der Herberge holen – wenn die Wirtin sie nicht schon verkauft oder die Behörden sie beschlagnahmt hatten –, aber das musste bis nach dem Wiedersehen mit seiner Schwester warten.

»Wo sind wir hier?«, fragte Akiko und sah sich in dem sumpfigen Ödland um.

Jack stieg die Uferböschung hinauf und ließ den Blick über einen Flickenteppich nasser Wiesen und Felder wandern, gesprenkelt mit Herden magerer Schafe. »Auf der Isle of Dog vermutlich« – er lächelte seine Freunde ermutigend an – »nicht weit von Limehouse und meinem Zuhause entfernt.«

»Gott sei gedankt für die kleinen Gnaden«, sagte Yori und kletterte mithilfe seines Stocks das sumpfige Ufer hinauf.

Sie stapften über die Wiesen und Felder und die Schafe machten ihnen hastig Platz und beäugten sie aus einiger Entfernung misstrauisch.

»Sogar die Schafe halten uns für Vogelscheuchen!«, murmelte Akiko und zupfte sich wieder einen Grashalm aus den Haaren. »Wollten wir nicht einen guten Eindruck auf deine Schwester machen?«

»Jess ist das bestimmt egal«, versicherte Jack ihr. »Sie wird sich einfach nur freuen, uns zu sehen.« Er runzelte die Stirn. »Wie sie wohl aussieht? Nach sieben Jahren wahrscheinlich nicht mehr wie meine *kleine* Schwester!« Er sah seine Freunde an. »Glaubt ihr, sie wird mich überhaupt erkennen?«

»*Dein* Gesicht vergisst niemand!«, antwortete Akiko mit hochgezogenen Augenbrauen. Im ersten Moment wusste Jack nicht, ob es als Kompliment oder Beleidigung gemeint war. Doch dann verriet ein Zucken ihrer Lippen, dass es sich um einen Scherz handelte, und Jack lächelte, froh darüber, dass Akikos Humor nach ihrem unfreiwilligen Bad in der Themse zurückgekehrt war.

»Wie ist Jess denn so?«, fragte Yori.

Jack blickte zu den Wolken auf, die über den Himmel zogen. »Lieb und nett, auch frech … und sie will immer alles gut machen. Aber sie war sieben, als ich sie zum letzten Mal gesehen habe. Ich hoffe nur, dass Mrs Winters noch lebt und für sie sorgt.« Das war schon in Japan seine große Sorge gewesen. Ihre Mutter war gestorben, als er zehn Jahre alt gewesen war, und sein Vater hatte ihre Nachbarin Mrs Winters beauftragt, für Jess zu sorgen und sie aufzuziehen. Aber Mrs Winters war schon alt gewesen, als er und sein Vater zu ihrer Reise aufgebrochen waren. Inzwischen musste sie uralt sein und das Geld, das sein Vater ihr für Jess gegeben hatte, war bestimmt aufgebraucht. Angetrieben von solchen Gedanken und dem sehnlichen Wunsch, die Schwester wiederzusehen, ging Jack schneller.

Sie ließen die Wiesen hinter sich und folgten einer Straße mit tiefen Fahrrinnen, die nach London zurückführte. Kleine aus Balken und Treibholz erbaute Verschläge tauchten rechts und links der Straße auf. Als sie sich Limehouse näherten, wurden daraus einfache Hütten und aus Lehmfachwerk erbaute Häuschen. Die Behausungen nahmen an Zahl immer mehr zu, bis sie sich dicht an dicht drängten, gleichsam als gingen sie langsam, aber stetig in eine Stadt über.

»Früher waren das alles Wiesen«, sagte Jack und sah sich erstaunt um.

Als sie den eigentlichen Ort erreichten, hatte Jack zunächst keine Orientierung. An den Straßen und Gassen standen überall neue Gebäude, Werkstätten und Schenken. »Ich glaube, es ist dort drüben … nein, hm …. wir müssen nach links abbiegen …«

Akiko und Yori folgten ihm stumm und abwartend.

»Wo sind eigentlich die Bewohner der Häuser?«, fragte Yori.

Da erst fiel Jack auf, wie leer die Straßen waren, abgesehen von einigen streunenden Hunden und einer Ratte, die eine Gasse entlanghuschte. Der beißende Geruch von Feuer hing in der von Rauchschwaden geschwängerten Luft. Die wenigen Menschen, an denen sie vorbeikamen, musterten das verwahrlost wirkende Trio misstrauisch und schlossen die Türen, wenn sie näher kamen. In Jack breitete sich ein mulmiges Gefühl aus.

Plötzlich wusste er wieder, wo er war, und begann zu laufen.

»*Warte!*«, rief Akiko ihm nach.

Aber er blieb nicht stehen. Er eilte eine Gasse entlang und bog um eine Ecke. »Hier ist es!«, rief er.

Akiko und Yori rannten ihm hinterher.

»Jess!«, rief er. »Ich bin da! *Jess!*«

Freude stieg in ihm auf und Erleichterung darüber, endlich nach Hause zurückgekehrt zu sein. Nach all den Jahren würde er endlich wieder mit seiner Schwester vereint, würden sie wieder eine Familie sein!

Das strohgedeckte, weiß gekalkte Häuschen mit dem kleinen Garten mit Kräutern und Apfelbäumen sah genauso aus, wie er es in Erinnerung hatte. Nur dass … die Fenster mit Brettern zugenagelt waren und die Haustür auch. Und auf die Bretter hatte jemand ein großes rotes Kreuz gemalt und darunter die Worte: *Der Herr erbarme sich unser.*

Jack spürte einen Knoten im Magen und seine Freude war wie weggeblasen. Er lief den mit Unkraut überwachsenen Gartenweg entlang, riss an den Brettern, mit denen die Tür zugenagelt war, und schrie: »Nein! Nein! *Nein!*«

Akiko zog ihn von der Tür weg. »Nicht, Jack – sieh doch! Dürfen wir das?« Sie betrachtete das unheilschwangere rote Kreuz.

Doch Jack war wie von Sinnen. Er schüttelte sie ab und riss an dem letzten Brett. Die eisernen Nägel protestierten quietschend, gaben aber schließlich nach und das Brett löste sich splitternd ab. Jack ließ es fallen, griff nach dem Riegel und zog die Tür auf. Ein Schwall abgestandener Luft schlug ihm entgegen, als hätte er das Siegel eines alten Grabes erbrochen, auf dem ein Fluch lastete. Trotzdem trat er ein.

Das Wohnzimmer war in Schatten gehüllt, ein düsterer, trostloser Ort. Die Bretter vor dem Fenster wirkten wie die Gitterstäbe einer Gefängniszelle. In Kerzenständern steckten vom Ruß schwarze Stummel, auf dem Armsessel seines Vaters am Kamin lag dick der Staub. Wie gelähmt blieb Jack in der Mitte des Zimmers stehen. Er bekam kaum Luft. Dies war nicht der warme, einladende Ort seiner Kindheit, sondern eine Gruft.

Akiko und Yori traten zögernd hinter ihm ein.

»Ich glaube, wir sollten nicht hier sein …«, sagte Yori. Er blickte sich nervös um und ein sichtbarer Schauer lief durch seinen schmächtigen Körper.

Akiko nickte zustimmend. »Es gibt bestimmt einen triftigen Grund, warum man das Haus …«

Jack brachte sie mit erhobener Hand zum Schweigen. »*Jess?*«, rief er leise. »Bist du da?«

Seine Stimme klang in der lastenden Stille stumpf und erloschen. Er ging durch das Zimmer, am Kamin vorbei, der kalt war und leer, und zu einer Tür. Durch einen schmalen Gang gelangte er in die hinten gelegene Küche. Auch hier hing ein schwacher, unangenehm süßlicher Modergeruch in der Luft. Auf dem Küchentisch standen die Überreste einer Mahlzeit, die jemand vorbereitet, aber nicht gegessen hatte. Die Zinnteller, eisernen Töpfe und Messer lagen noch da, doch das Essen war verfault. In einer dunklen Ecke lag ein Haufen Knochen, zu klein für einen Menschen. Ein Hund oder eine Katze? Aber seine Familie hatte keine Haustiere gehabt.

»Hier ist niemand, Jack«, sagte Akiko. Sie hielt sich den Ärmel ihres Kimonos vor den Mund und atmete nur ganz flach. »Tut mir leid, aber lass uns jetzt gehen.«

»Nein«, erwiderte Jack fest, »zuerst muss ich das ganze Haus nach Jess absuchen.«

Er wusste, dass ihm vielleicht nicht gefallen würde, was er fand, aber er musste wissen, was mit seiner Schwester passiert war. Zuerst sah er in der Vorratskammer nach. Hier war der Gestank am stärksten, denn die Vorräte waren schon seit mindestens einem Monat verdorben und verfault. Jack würgte und drückte die Faust an den Mund. Er stand kurz davor, sich zu übergeben. Mit einem raschen Blick überzeugte er sich davon, dass Jess nicht hier war.

Er drehte sich um, stieg die knarrende Treppe in den Oberstock hinauf und betrat das ehemalige Schlafzimmer seiner Eltern. Auch hier war das Fenster vernagelt, was den Raum in ständiges Dunkel tauchte. Das Himmelbett mit den schweren Vorhängen war nur in seinen Umrissen zu erkennen. Jack trat darauf zu und zog die Vorhänge langsam zurück. Die Matratze war eingesunken, die Decke zur Seite geschlagen. Die Laken sahen fleckig und schimmlig aus. In diesem Bett hatte schon längere Zeit niemand mehr geschlafen.

»Was gefunden?«, fragte Yori und spähte um den Türrahmen. Jack hob gerade zögernd den Deckel einer großen

Eichentruhe an, die an der hinteren Wand stand. Doch in ihr befanden sich nur Bettwäsche und einige alte Kleider.

Er schüttelte den Kopf und ging über den Gang zu seinem früheren Zimmer … Jess' Zimmer. Dort stand das Bett mit dem Holzrahmen, das er als Kind mit seiner Schwester geteilt hatte. Die Decken waren zerwühlt, aber die Staubschicht auf den Dielenbrettern zeigte an, dass seit geraumer Zeit niemand hiergewesen war. Es war, als hätten Jess und Mrs Winters sich in Luft aufgelöst und das Haus dem Verfall preisgegeben.

Jack sah sich nach Hinweisen um, dass Jess überhaupt einmal hier gewesen war. Auf dem Fenstersims entdeckte er fünf kleine abgegriffene weiße Knöchelchen. Damit hatten er und Jess immer gespielt! Er nahm sie und wog sie in der Hand. Waren sie die einzigen Überbleibsel ihrer gemeinsamen Zeit?

Er steckte die Knöchelchen gerade in seine Börse, da hörte er ein Kratzen, wie von Fingernägeln auf Holz. Er sah Akiko und Yori an.

»Es kommt von unter dem Bett«, flüsterte Akiko.

Jacks Puls raste. Leise ging er zum Bett. »Jess?«, rief er leise.

Er hob die staubige Bettdecke an und blickte in die stockdunkle Schwärze unter dem Bett. Zwei glänzende Augen erwiderten seinen Blick. Dann rannte eine große schwarze Ratte aufgescheucht aus ihrem Versteck. Jack wich erschrocken zurück und die Ratte trippelte über die Dielen, zwischen Yoris Beinen hindurch und die Treppe hinunter.

»Habt ihr gesehen, wie groß die war?«, rief Yori mit entsetzt aufgerissenen Augen. »Die war so groß, dass ich sie für einen Hund gehalten habe!«

Schwer atmend richtete Jack sich wieder auf. »Ich glaube, ich habe genug gesehen«, sagte er.

Sie kehrten in die Küche zurück, wo er am Herd kurz stehen blieb. Er erinnerte sich noch an die behagliche Wärme und die Essensdüfte, wenn seine Mutter gekocht hatte. Im tiefen Winter hatte sich die Familie um das Feuer versammelt. Sein Vater hatte von den Abenteuern erzählt, die er auf seinen Reisen erlebt hatte, während seine Mutter lächelnd den Topf umgerührt und die kleine Jess auf dem Arm gewiegt hatte. Einmal hatte Jack sich an dem eisernen Feuerrost verbrannt und seine Mutter hatte ihn mit Kräutern und einem Wickel behandelt. Er erinnerte sich auch noch an den Tag, an dem er sich von Jess verabschiedet hatte. Seine Schwester hatte in Mrs Winters' Armen geweint, während er und sein Vater für die lange Reise nach Japan packten. Damals hatte er seine Schwester zuletzt gesehen.

»Kommst du?«, fragte Akiko mit einem mitfühlenden Lächeln.

Jack nickte. Im selben Moment strich draußen vor dem zugenagelten Fenster ein Schatten vorbei. Jack trat rasch an das Fenster, spähte durch einen Spalt in den Garten hinter dem Haus und sah eine schwarz gewandete Gestalt. Ihm stockte der Atem. Sein erster Gedanke war … *Ninjas.* Aber das war albern. Er war von diesen Schattenkriegern so weit entfernt, wie es nur ging.

Doch da draußen war jemand.

Er legte den Finger an die Lippen und verständigte sich durch einen Blick mit Akiko und Yori. Lautlos schlichen sie ins Wohnzimmer und waren fast an der Haustür angelangt, da trat ihnen eine hochgewachsene Gestalt in einem schwarzen gewachsten Mantel in den Weg. Vor dem Gesicht trug sie eine albtraumhafte weiße Schnabelmaske, die Augen waren hinter dicken runden Gläsern verborgen. Auf dem Kopf hatte sie einen breitkrempigen schwarzen Hut, in der behandschuhten Hand hielt sie einen dünnen Stock.

»*Was macht ihr hier?*« Die Stimme klang barsch und war hinter dem spitzen Schnabel nur gedämpft zu hören.

»Ich … ich … suche meine Schwester«, stotterte Jack. Er stand wie festgenagelt da, überwältigt von Kindheitsängsten vor unheimlichen Pestärzten.

»Das ist ein Pesthaus«, sagte der Arzt. »Ihr dürft es nicht betreten.«

»Es ist das Haus seines Vaters«, erklärte Akiko, bleich im Gesicht, denn auch ihr hatte die düstere Gestalt einen Schrecken eingejagt.

»Trotzdem dürft ihr es nicht betreten«, beharrte der Arzt.

»Ihr habt recht«, sagte Yori mit einem freundlichen Lächeln und wollte zur Tür gehen. »Unser Fehler.«

Aber der Pestarzt schlug ihn mit seinem Stock zurück. »Ihr könntet euch angesteckt haben und dürft das Haus nicht mehr verlassen.«

»Aber wir haben nichts angefasst«, sagte Akiko bittend. »Wir waren nur ganz kurz hier.«

Der Pestarzt blieb unbeeindruckt. »Alle Bewohner dieses Hauses sind an der Pest gestorben und wurden in einer Pestgrube begraben. Und das könnte euch auch blühen, weil ihr so dumm wart, das Haus zu betreten.«

Jack bekam weiche Knie, allerdings nicht aus Angst um sich, sondern um seine Schwester. Als er das rote Kreuz an der Tür gesehen hatte, hatte er gleich gewusst, dass sein Elternhaus von der Pest heimgesucht worden war. Doch hatte er sich an die schwache Hoffnung geklammert, Jess könnte noch leben und in dem Haus gefangen sein. Er hatte Geschichten von Menschen gehört, denen die Pest nichts hatte anhaben können, während andere Bewohner desselben Hauses dahingerafft worden waren.

»Wirklich *alle?*«, fragte er mit zitternder Stimme.

Der Pestarzt antwortete mit einem kurzen Nicken.

»Aber wann war das?«, fragte Jack.

»Vor etwa zwei Monaten, das Haus wurde deshalb noch nicht gereinigt.«

»Lasst uns raus!«, verlangte Akiko gepresst, einer Panik nahe. »Im Haus ist niemand mehr. Wir haben uns nicht angesteckt.«

»Vielleicht noch nicht, aber …«

Der Pestarzt bekam einen heftigen Hustenanfall und musste sich am Türrahmen festhalten. Jack, Akiko und Yori nutzten die Gelegenheit, sich an ihm vorbeizudrängen. Kaum waren sie der abgestandenen, vergifteten Luft im Haus in die helle Sonne des Vorgartens entkommen, war ihnen, als könnten sie freier atmen. Der Pestarzt war inzwischen, immer noch hustend, auf die Knie gesunken. Akiko blieb stehen und kehrte zu ihm zurück.

»Kann ich Euch helfen?«, fragte sie und hielt ihm ihre Hand zum Aufstehen hin.

»Nein«, erwiderte er heiser. »Außer beten kannst du nichts für mich tun.« Er starrte sie durch die Augengläser seiner Vogelmaske an. »Ich sollte euch verhaften lassen, aber was können wir schon gegen diese Geißel ausrichten? Gott stehe uns allen bei!«

Er stand schwankend auf und entfernte sich gebeugt wie eine kranke Krähe auf der Straße.

11

Rose

Missmutig starrte Jack auf den Krug mit Dünnbier und wünschte sich etwas Stärkeres. Seine Schultern waren nach unten gesackt, sein Kopf war bleiern schwer und sein Gesicht vollkommen ausdruckslos. Jede Freude und Hoffnung hatte ihn verlassen. Die dunkle Nische in der kleinen, am Flussufer gelegenen Schenke passte zu seiner tiefen Not und Verzweiflung.

Nachdem sie sein verwahrlostes und von Ratten verseuchtes Elternhaus verlassen hatten, war er mit seinen Freunden in die *Traube* gegangen. Die *Traube* war eine übel beleumundete, von Trinkern und allerlei zwielichtigem Gesindel bevölkerte Kneipe, doch er war sich trotz seines Unglücks bewusst, dass sie größere Straßen und die Aufmerksamkeit der Behörden meiden mussten, zumindest bis sich der Wirbel um sie gelegt hatte.

Akiko und Yori saßen neben ihm am Tisch, ihre Krüge unberührt vor sich. In beklommenem Schweigen litten sie mit ihrem trauernden Freund. Den neugierigen und feindseligen Blicken der anderen Gäste schenkten sie keine Beachtung.

»Sie ist tot«, murmelte Jack, mehr zu seinem Krug als zu seinen Freunden. »Tot und begraben.«

Er drehte den Krug in den Händen, als handelte es sich um eine Kristallkugel, in der er eine andere Zukunft sehen konnte.

»Ich habe so viele Jahre darum gekämpft, nach Hause zurückkehren zu können«, fuhr er fort. »Ich habe nicht aufgegeben, immer neue Hindernisse überwunden und alle meine Gegner besiegt, mit nur einem Ziel vor Augen: der Rückkehr zu Jess.« Er schluckte schwer. »Meine Schwester war das Einzige, das mich aufrecht hielt, die einzige Hoffnung, an die ich mich klammern konnte. Wenn ich nur ein paar Monate früher nach England gekommen wäre, dann hätte ich sie retten können.«

Akiko streckte die Hand aus und strich ihm sanft über den Handrücken. »Dann wärst du vielleicht auch an der Pest gestorben«, sagte sie leise.

Jack blickte auf. Seine Augen waren gerötet und schwammen in Tränen. »Aber wenigstens wäre ich für sie da gewesen. Sie hätte nicht allein sterben müssen, allein mit ihrer Angst und Not. Und jetzt habe ich auch noch *euer* Leben gefährdet, weil ich euch in dieses Todeshaus geschleppt habe!«

»Wir haben achtgegeben, dass wir nichts anfassen, und uns etwas vor den Mund gehalten«, sagte Yori. »Außerdem war da niemand, der uns hätte anstecken können.«

»Außer diesem Arzt, der selber die Pest hat! Dieses gottverdammte Land!« Jack schlug so heftig mit der Faust auf den Tisch, dass sein Krug wackelte und Bier auf den Tisch schwappte. Einige andere Gäste blickten böse in seine Richtung und murmelten ärgerlich vor sich hin. Jack schenkte ihnen keine Beachtung und nahm einen tiefen Schluck. »Da habe ich die ganze weite Reise gemacht, und für was? Den Portolan habe ich in der *Meerjungfrau* liegen lassen, und jetzt habe ich auch noch mein Zuhause und meine Schwester verloren! Nicht einmal ihr Grab kann ich besuchen. Die Letzte aus meiner Familie ist von mir gegangen, irgendwo verscharrt in einer Pestgrube. Ich habe niemanden mehr.«

»Du hast uns«, sagte Akiko.

Jack blickte in ihr ernstes Gesicht und wurde vollends von seinen Gefühlen überwältigt. »Ich weiß, nur …« Er begrub das Gesicht in den Händen und begann zu schluchzen. »Ich habe das Gefühl … als könnte ich … den Kummer nicht mehr ertragen.«

»Der Kummer ist wie ein Meer«, sagte Yori und legte ihm tröstend den Arm um die zuckenden Schultern. »Deine Trauer wird in Wellen ansteigen und verebben. Manchmal wird das Wasser ruhig sein, manchmal wild über dir zusammenschlagen. Dir bleibt nur, zu lernen, wie man durch die Wellen hindurchschwimmt.«

Jack lehnte sich an ihn und ließ seinen Tränen freien Lauf. Akiko und Yori trauerten stumm mit ihm und versuchten nicht, ihn zu trösten. Jack fürchtete schon, er könnte nie mehr aufhören zu weinen, doch nach einer Weile ließ sein Schluchzen nach.

»Vielleicht sollten wir einfach unsere Sachen holen und zur *Hosiander* zurückkehren?«, sagte Akiko mitfühlend.

Jack sah sie ungläubig an. »Du willst jetzt schon nach Hause?«

Sie zuckte unschlüssig mit den Schultern. »Na ja … Was schlägst *du* vor?«

Jack wischte mit dem Ärmel die Tränen weg und trank seinen Krug leer. »Noch einen! Ihr auch?«

Akiko und Yori schüttelten die Köpfe. Jack schob seinen Stuhl zurück und sah sich nach dem Wirt um. Sein Blick fiel auf einen alten Seemann mit grau meliertem Bart und faltiger und wettergegerbter Haut. Er saß in einer Ecke, umlagert von einem halben Dutzend anderer Seeleute, die Bierkrüge in den Händen hielten und hingerissen seinen Geschichten lauschten.

»Wie ich höre, ist bei Hole Haven eine Galeone gestrandet«, sagte er gerade mit heiserer Stimme. »Gerüchten zufolge liegt im Frachtraum das Lösegeld für einen König! Aber keiner wagt sich in die Nähe.«

»Warum nicht?«, fragte ein Zuhörer.

Der Seemann kniff die eng stehenden Augen zusammen. »Weil es sich um ein … *Geisterschiff* handelt!«

Man hörte die anderen scharf Luft holen und Jack musste unwillkürlich lächeln. »Die ganze Besatzung wurde ermordet und in den Frachtraum geworfen«, fuhr der alte Seebär fort. Die Zuhörer hingen an seinen Lippen. »Mit leeren, glasigen Augen lagen sie dort, wie tote Fische. Angeblich ist das Schiff verflucht.«

»Wer sagt das?«, fragte ein bärtiger Mann, der eine Pfeife rauchte.

»Der Nachtwächter, der das Schiff als Erster entdeckt hat«, sagte der Alte und nahm einen gemessenen Schluck Bier. »Er ging zusammen mit einem Zollbeamten und einem Wachtmeister an Bord. Aber nur er hat überlebt. Hat allerdings den Verstand verloren. Behauptet, Schatten hätten die anderen beiden getötet!«

Jack runzelte bei diesen Worten die Stirn und hörte unwillkürlich aufmerksamer zu.

»*Schatten?*«, fragte ein Mann mit roten Backen, der schon einiges getrunken hatte, und schnaubte. »Dann ist er wirklich verrückt!«

»Wirklich?«, fragte der Alte und sah den Betrunkenen scharf an. »Denn auch von anderen Orten an der Themsemündung wird von solchen Schatten berichtet, von geheimnisvollen Schattenmördern und ihrem dunklen Treiben.«

Jack überlegte, ob der Alte etwa von dem vermissten niederländischen Schiff sprach, der *Salamander.* Es kursierten Gerüchte, dass die Besatzung während der Fahrt immer wieder Schatten gesehen habe, die durch das Schiff huschten, doch der Kapitän hatte das als abergläubischen Unsinn abgetan. Bei diesem Gedanken überlief Jack ein Schauer.

»Hallo, Hübscher, was ziehst du so ein Gesicht?«

Jack zuckte zusammen und drehte sich um. Eine Schankmagd mit feuerroten Haaren stand vor ihm. Wie verzaubert vom Anblick ihrer smaragdgrünen Augen und rubinroten Lippen, konnte Jack sie nur stumm anstarren.

»Du machst am besten den Mund zu, bevor ein Captain

mit seinem Schiff reinfährt!«, sagte sie und zog die schmalen Brauen hoch.

Jack wurde schlagartig bewusst, dass er sie anstarrte wie ein Goldfisch. Er setzte sich aufrecht hin und räusperte sich. »Entschuldigung … ich habe nur Durst, das ist alles.«

Das Mädchen trat näher, beugte sich hinunter und stützte den Ellbogen auf den Tisch und das Kinn in die Hand. Sie erwiderte seinen Blick unverwandt und lächelte. »Was kann ich dir bringen?«

Da packte Akiko sie plötzlich und drückte sie auf den Tisch.

»Akiko!«, rief Jack erschrocken. »Was fällt dir ein?«

»Lass mich los!«, fauchte das Mädchen und wollte sich aus Akikos Griff winden. Doch Akiko zwang sie, die Hand zu öffnen. Drei Silbermünzen fielen heraus.

»Die hat sie dir gestohlen, Jack!«, erklärte Akiko. Sie drehte der Diebin die Hand auf den Rücken.

Jack blickte auf die offene Geldbörse an seiner Hüfte und verfluchte sich. Wie konnte er so leichtsinnig sein? Das Mädchen war wirklich eine geschickte Taschendiebin.

»Jack?« Die Rothaarige hörte auf, sich zu wehren, und betrachtete ihn stirnrunzelnd genauer. »Jack … *Jack Fletcher!*«

Er nickte zögernd. »Woher weißt du das?«

Sie begann zu lächeln. »Ich bin Rose. Rose Turner!«

Jack zuckte mit den Schultern. »Kenne ich dich?«

»Ob du mich *kennst?*«, fragte sie ungläubig. Ein Funkeln trat in ihre smaragdgrünen Augen. »Es war für dich und für mich der erste Kuss. Am Moorgate – du bist mir nachgelaufen. Sag nicht, du hast das vergessen.«

Da kehrte die Erinnerung zurück, als sei eine Tür aufgegangen. »Ich war damals zehn!«, rief Jack.

Roses Lächeln wurde breiter. »Und ich erinnere mich immer noch daran, als sei es gestern gewesen.«

Jack schüttelte staunend den Kopf. »Lass sie los, Akiko. Sie ist eine Freundin.«

Akiko, deren Wangen sich gerötet hatten, gab das Mädchen frei. Rose strich über ihr Kleid und warf ihr einen finsteren Blick zu. Dann wandte sie sich wieder an Jack und reichte ihm die Münzen. »Entschuldigung, Jack. Ich stehle nicht von Freunden. Aber jetzt bringe ich euch was zu trinken, auf Kosten des Hauses.«

Wenig später stellte sie mit einem Knall drei randvolle Krüge Dünnbier auf den Tisch. Dann zog sie sich einen Hocker heran und setzte sich neben Jack.

»Wer ist denn das Mädchen?«, fragte sie, ohne Akiko anzusehen.

»Ich bin Akiko Dāte«, antwortete Akiko mit einem dünnen Lächeln. Sie machte eine höfliche Verbeugung, ohne den Blick von Rose abzuwenden.

»Und das ist Yori Sanada«, sagte Jack.

»Sehr erfreut, dich kennenzulernen, Yori.« Rose schenkte ihm ein strahlendes Lächeln.

Yori wurde rot, verbeugte sich und erwiderte das Lächeln stumm. Er schien nicht zu wissen, was er sagen und wohin er blicken sollte, also schaute er zur Decke, als bete er.

Rose sah Jack an. »Er redet nicht viel, ja?«

Jack merkte, dass Rose seinen Freund eingeschüchtert hatte. »Er hat ein Schweigegelübde abgelegt.«

»Wirklich?«, fragte Rose interessiert. Dann merkte sie, dass Jack nur einen Scherz gemacht hatte, und begann zu lachen. »Keine Angst, Yori, ich scheine diese Wirkung oft auf Jungen zu haben.« Sie wandte sich wieder an Jack. »Wo hast du dich denn in den vergangenen Jahren versteckt?«

Jack nahm einen Schluck. »In Japan.«

Rose musterte ihn von oben bis unten. »Das erklärt vermutlich deine Kleider.«

»Das ist ein *hakama*«, seufzte Jack, zu müde für weitere Erklärungen.

»Du warst ja immer der große Forschungsreisende.« Rose grinste. »Bist du schon reich?«

»Nein, noch nicht.«

Ihr Blick wanderte zu seiner Hüfte. »Der schweren Börse nach zu urteilen, die du mit dir herumschleppst, musst du schon einigen Erfolg gehabt haben. Wie ich höre, ist der Ferne Osten ein Land, in dem es Gold und Silber im Überfluss gibt!«

»Kommt drauf an, wonach du suchst«, erwiderte Jack. »Man kann dort auch sehr gut den Kopf verlieren.«

»Oder einen Finger, wie es aussieht!«, sagte Rose und sah mit einem Nicken auf seine linke Hand, mit der er ein wenig ungeschickt den Krug hielt.

Jack blickte auf seinen kleinen Finger, von dem Nagel und erstes Glied fehlten. »*Yubitsume*«, sagte er bitter.

»Was?«

»Mein *taijutsu*-Lehrer Sensei Kyuzo hat ihn als Strafe für ein angeblich von mir begangenes Vergehen abgeschnitten.«

Rose zuckte zusammen. »Ist wahrscheinlich immer noch besser, als den Kopf zu verlieren. Ist dieser Lehrer auch an der Narbe auf deiner Wange schuld?«

Jack hob abwesend die Hand an die dünne weiße Linie, die sich über seine linke Wange zog. »Nein, die verdanke ich Kazuki, meinem Erzfeind in Japan.« Beim Gedanken an die vielen Schikanen, die er von der Hand seines Rivalen an der Schule hatte erdulden müssen, verfinsterte sich seine Miene. Kazuki hatte ihn vom allerersten Tag an der Niten Ichi Ryū an erbarmungslos als Ausländer, als Gaijin, verspottet und gequält. Sie hatten bei zahllosen Anlässen gegeneinander gekämpft – einmal sogar in einem regelrechten Duell während des Kampfes um die Burg von Osaka, obwohl sie beide auf derselben Seite gestanden hatten! Über ein Jahr lang hatte sein Rivale ihn durch Japan verfolgt – auf Befehl des Shoguns, der seinen Tod wollte, aber auch, um seine eigene Mordlust zu befriedigen.

»Bist du deshalb nach England zurückgekehrt?«, fragte Rose.

Jack schüttelte den Kopf. »Kazuki sitzt im Gefängnis, er ist keine Gefahr mehr. Ich bin gekommen, um meine Schwester zu suchen …« Wieder drückte die Trauer ihn nieder und er stellte seinen Krug ab. »Doch dann musste ich erfahren, dass sie gestorben ist … an der Pest.«

Rose sah ihn entgeistert an. »Jess? Die lebt noch, soweit ich weiß.«

»Wie bitte?«, rief Jack und sprang auf.

»Sie ist von hier weggezogen, bevor die Pest ausbrach«, erklärte Rose. »Das Haus deines Vaters wurde von einem wohlhabenden Gentleman beschlagnahmt – für irgendwelche Schulden. Und der Gentleman hat es dann an drei Familien vermietet. Die sind an der Pest gestorben.«

Jack sank wie betäubt auf seinen Platz zurück. Die drei Familien taten ihm leid, aber viel mehr noch war er erleichtert zu hören, dass seine Schwester lebte. »Wohin ist sie denn gegangen?«

Rose zuckte mit den Schultern. »Keine Ahnung. Am einen Tag war sie noch hier, am nächsten verschwunden. Aber ich wette mit dir um eine Silbermünze, dass diese alte Schachtel, Mrs Winters, es weiß.«

Jack hielt den Atem an. »Sie ist also auch nicht an der Pest gestorben?«

Rose schüttelte den Kopf. »Obwohl sie sich leicht hätte anstecken können! Nachdem Jess weg war, habe ich sie noch ein paarmal in Limehouse gesehen. Ihr runzliges Gesicht wirkte ziemlich verzweifelt. Wie ich gehört habe, hat sie geholfen, die drei Familien in deinem Elternhaus zu pflegen, als sie krank wurden. Unangenehme Arbeit, aber gut bezahlt.«

Jack beugte sich eifrig über den Tisch. »Wo ist sie jetzt?«

»Also das zumindest weiß ich«, sagte Rose, nahm seinen halb leeren Krug und leerte ihn in einem Zug. »In Bedlam!«

12

Bedlam

Sie hörten das Geschrei und Geheul schon, als sie noch längst nicht am Eingang des berüchtigten Irrenhauses angekommen waren. Bedlam war ein ehemaliges Kloster, eine Ansammlung baufälliger Ziegelgebäude unmittelbar außerhalb der Stadtmauern in Bishopsgate.

»Das sieht mehr wie ein Gefängnis aus als wie ein Krankenhaus«, meinte Yori und streckte den Hals, um die kleinen Gitterfenster hoch in der Mauer besser sehen zu können.

»Vollkommen zu Recht«, sagte Rose. »Man will ja nicht, dass die verrückten Insassen die Straßen von London unsicher machen. Die arme Mrs Winters tut mir leid. Wenn sie nicht schon verrückt war, dann ist sie es dort geworden.«

Jack blieb abrupt stehen. »Du meinst, Mrs Winters ist nicht ganz bei Trost?«

Rose klopfte mit dem Zeigefinger an ihre Stirn. »Sie ist vollkommen verrückt!«

Jack runzelte unglücklich die Stirn. »Als du sagtest, sie sei in Bedlam, dachte ich, sie würde dort die Patienten versorgen. Nicht, dass sie selbst einer ist!«

»Tut mir leid«, sagte Rose mit einem Schulterzucken. »Ich dachte, das wäre klar.«

Jack ließ die Schultern sinken. Wie sollte er von einer Verrückten eine vernünftige Antwort bekommen?

»Vielleicht hat der Aufenthalt im Krankenhaus ihr ja geholfen«, meinte Akiko hoffnungsvoll.

Rose schnaubte nur. »Er hat ihren Zustand eher verschlimmert! Wie ich gehört habe, behandelt man die Insassen dort schlimmer als Tiere.«

Akiko presste die Lippen in kaum verhohlenem Ärger über Roses gefühllos klingende Antwort zusammen. Die beiden hatten seit ihrer ersten Begegnung kaum ein Wort miteinander gewechselt, aber Jack schrieb das dem Aufeinandertreffen zweier so unterschiedlicher Kulturen zu. Rose hätte nicht verschiedener von Akiko sein können. In ihrer derben, unbefangenen Art war sie ein typisches Londoner Stadtkind, während Akikos Benehmen die zurückhaltende, ruhige und nachdenkliche Art der Japaner zeigte.

Als sie sich dem Eingangstor der Anstalt näherten, trat ihnen ein untersetzter Mann entgegen. Mit einem großen roten Geschwür am Hals und einem vorquellenden linken Auge erinnerte er mehr an eine Kröte als an einen Torhüter. Er betrachtete die vier neugierig, sichtlich verunsichert, was er mit so unterschiedlichen Personen wie einem Mönch, einem mit Pfeil und Bogen bewaffneten Mädchen, einer Schankmagd und einem ausländisch gekleideten Jungen anfangen sollte. »Kommen wir zu Besuch … oder bleiben wir?«, fragte er grinsend.

»Wir wollen Mrs Winters besuchen«, sagte Jack.

Der Torhüter zog die Nase hoch. »Angehörige?«

»Nein«, sagte Jack. »Freunde.«

Der Torhüter leckte sich die trockenen Lippen. »Das macht dann zwei Pence Eintritt pro Person.«

»Eintritt?«, fragte Yori, auf seinen Stock gestützt. »Ist das nicht ein Krankenhaus?«

Der Mann nickte und ein paar über seine Glatze gelegte Haarsträhnen fielen nach vorn. Er kämmte sie sorgfältig mit den Fingern zurück. »Schon, aber wenn ihr gekommen seid, um über die Patienten zu lachen, müsst ihr zahlen.«

»Wir wollen nicht über sie lachen«, sagte Jack empört.

Der Torhüter schnaubte nur und hielt seine schmutzige Hand auf. »Das sagen sie alle. Also bitte, das Geld.«

Jack zahlte widerstrebend. Der Torhüter grinste sie mit schwarzen Zähnen an und winkte sie nach drinnen.

Sie gelangten auf einen Hof. Dort waren sie nicht die einzigen Besucher. Eine Gruppe vermögender junger Herren stand um einen Mann mit entblößter Brust, der seinen Kopf immer wieder gegen einen Pfosten schlug.

»Er schlägt einen guten Rhythmus!«, spottete ein Herr und klatschte in die Hände. »Man könnte dazu tanzen.« Und er führte im Takt der Kopfstöße des Mannes ein Tänzchen auf. Die anderen lachten und begannen sich ebenfalls über den armen Patienten lustig zu machen. Jack hätte nicht sagen können, was ihm verrückter vorkam: der Mann, der sich den Kopf anschlug, oder die Zuschauer, die so makaber um ihn herumtanzten.

Akiko und Yori waren schockiert, schwiegen aber und stahlen sich an dem traurigen Geschehen vorbei zum Hauptgebäude. Es beherbergte einen langen, dunklen Gang, von dem auf beiden Seiten kleine, düstere Zellen abgingen. Einige Türen standen weit offen, andere waren mit Eisengittern abgesperrt. Zwei nach der neusten Mode gekleidete Damen blickten neugierig in eine Zelle, während sie mit Seidenfächern vor dem Gesicht den Gestank der offenbar verstopften Kanalisation wegzufächeln versuchten. Hinter einem Gitter stand ein magerer, hohlwangiger Mann in Lumpen. Er blickte über seine Hakennase empört auf die zahlenden Gäste und verkündete ernst: »Verbeugt euch vor mir, meine getreuen Untertanen, denn ich bin der König von England.«

Die beiden Frauen kicherten hinter ihren Fächern, während der Mann, der nicht merkte, dass sie über ihn lachten, majestätisch durch seine kleine Zelle schritt. Jack ging vorsichtig hinter den Frauen vorbei und weiter den Gang entlang. Doch die Hoffnung, Mrs Winters könnte wenigstens so weit bei Verstand sein, dass sie ihm sagen konnte, wo Jess zu finden war, nahm mit jedem Schritt ab.

In der nächsten Zelle saß eine an die Wand gekettete junge Frau. Als die vier an der vergitterten Tür vorbeigingen, sprang sie auf und fauchte sie an wie eine Wildkatze. In der Zelle gegenüber lag ein Mann ohne Hemd, dessen Rücken über und über von eiternden Wunden bedeckt war, mit angezogenen Beinen und zitternd auf einem Lager aus Stroh, während ein zweiter Patient wie ein Hund bellte.

»Zahlen Menschen wirklich dafür, sich das anzusehen?«, fragte Yori entsetzt.

Rose nickte. »Es ist ein lehrreicher Ausflug. Wenn man diese armen Leute sieht, kommt einem das eigene Leben gleich viel weniger schlimm vor!«

»Das ist die Hölle auf Erden!«, sagte Akiko. Das ständige Geschrei, Kreischen und Kettenrasseln drohte jeden vernünftigen Gedanken zu ersticken.

Sie fanden Mrs Winters schließlich in einer schmuddeligen Zelle ganz am Ende des Gangs. Die alte Frau, gelb und dürr wie ein Hühnerbein, trug ein fleckiges Nachthemd und der Blick ihrer grauen Augen war stumpf und resigniert. Mit gefalteten Händen kniete sie in der Ecke ihrer Zelle und wiegte sich leise jammernd und murmelnd vor und zurück.

Jack wechselte einen zweifelnden Blick mit den anderen, dann sprach er die Alte an. »Mrs Winters?«

Sie wiegte sich weiter vor und zurück. Entweder hatte sie ihn nicht gehört oder sie konnte nicht mehr begreifen, was er gesagt hatte. Jack betrat die offene Zelle und hockte sich neben sie. Sie stank nach altem Schweiß und Urin. »Mrs Winters? Ich bin's, Jack … Jack Fletcher.«

Das Gemurmel der Alten brach ab und sie blickte auf. Zwar sah sie in seine Richtung, aber sie schien ihn trotzdem nicht wahrzunehmen. »Hütet euch vor dem roten Wolf an eurer Tür! Nehmt euch in Acht vor den falschen Propheten, die in Schafskleidern zu euch kommen, inwendig aber sind sie reißende Wölfe!«

Sie begann wieder, zu murmeln und die Hände aneinanderzupressen wie im verzweifelten Gebet. »An ihren Früchten sollt ihr sie erkennen. Kann man auch Trauben lesen von den Dornen oder Feigen von den Disteln? Also ein jeglicher …«

»Mrs Winters!«, beharrte Jack. »Wo ist Jess?«

Der Name seiner Schwester schien an etwas tief im Bewusstsein der Alten zu rühren, denn ihr Gemurmel brach ab. »*Jess?* Liebste Jess? Bist du das?«

»Nein, ich bin ihr Bruder Jack«, erwiderte er mit neuer Hoffnung. Offenbar war er zu der Alten durchgedrungen. »Wisst Ihr, wo Jess ist?«

Mrs Winters' Augen wurden rund wie zwei Vollmonde, ihr runzliges Gesicht erbleichte und sie begann am ganzen Körper zu zittern. »Hütet euch vor dem roten Wolf an eurer Tür! Nehmt euch in Acht vor den falschen Propheten, die in Schafskleidern zu euch kommen, inwendig aber sind sie reißende Wölfe! Hütet euch vor dem roten Wolf … dem Wolf in Schafskleidern … An ihren Früchten sollt ihr sie erkennen. Kann man auch Trauben lesen von den Dornen oder Feigen von den Disteln? Also ein …«

Sie wiederholte die Worte immer wieder wie eine beschwörende Formel. Und obwohl Jack noch ein paarmal versuchte, mit ihr zu sprechen, bekam er doch keine verständliche Antwort. Sie hörte ihn nicht mehr.

»Sagte ich doch, dass sie spinnt!«, meinte Rose, die an der Zellentür lehnte. »Kann man ihr auch schwer vorwerfen. Monatelang in einem Pesthaus eingeschlossen zu sein, während die Menschen um dich herum langsam sterben und verfaulen. Da würde doch jeder verrückt werden!«

»Was meint sie denn mit dem ›Wolf in Schafskleidern‹?«, fragte Akiko.

»Der kommt in einer Predigt in der Bibel vor«, erklärte Rose. »Im Matthäus-Evangelium.«

Jack sah sie an. »Woher weißt denn du das?«

»Ich gehe regelmäßig in die Kirche«, sagte Rose und tat gekränkt, doch dann musste sie verschmitzt grinsen. »Trotz meiner Sünden!«

Jack fragte Mrs Winters noch einmal nach seiner Schwester, bekam aber wieder nur Sprüche aus der Heiligen Schrift aufgesagt.

»Du hast recht, Rose«, sagte er schließlich und seufzte, »das ist Zeitverschwendung. Sie zitiert nur aus der Bibel. Selbst wenn sie weiß, wo Jess ist, ist sie doch nicht in der Lage, es mir mitzuteilen. Gehen wir.«

Er wandte sich zum Gehen, doch da hielt Mrs Winters ihn mit überraschender Kraft am Arm fest. »Hütet euch vor dem roten Wolf!«, zischte sie und drückte ihm gleichzeitig einen kleinen harten Gegenstand in die Hand.

Jack öffnete langsam die Finger und ein silbernes Medaillon kam zum Vorschein. Er öffnete es behutsam. In ihm befand sich ein winziges Aquarellbild, das Porträt einer jungen Frau mit wie aus Gold gesponnenem Haar und Augen so blau wie der Sommerhimmel. Jack erkannte sie sofort. »*Jess!*«, rief er fassungslos.

Er ergriff Mrs Winters an den Schultern und schüttelte sie. *»Wo ist sie? Sagt es mir, wo ist Jess?«*

Aber Mrs Winters hatte wieder angefangen, sich leise jammernd vor- und zurückzuwiegen. Er schüttelte sie fester, doch sie jammerte nur lauter und begann wieder mit ihren Sprüchen.

»Jack …«, sagte Akiko und zog ihn sanft von ihr weg. »Das reicht. Du tust ihr noch weh.«

Er ließ die Alte los, denn er hatte begriffen, dass sie nur noch eine leere Hülle war. Ihr Verstand hatte sie längst verlassen. Wie betäubt ließ er sich von Akiko und seinen Freunden nach draußen führen. Er fühlte sich fast genauso durcheinander wie einige Patienten der Anstalt. Um ein Haar hätte er herausgefunden, wo Jess war, doch er hatte nicht durch Mrs Winters' Wahnsinn dringen können. Am liebsten hätte auch er den Kopf gegen einen Pfosten geschlagen.

13

Das silberne Medaillon

Am nächsten Morgen lag Jack auf dem durchgelegenen Bett einer schmuddeligen Kammer in der *Traube* und wendete den silbernen Anhänger in der Hand hin und her. Er betrachtete das auf der Vorderseite eingravierte Blumenornament und die glatt polierte Fläche der Rückseite. Dann öffnete er das Medaillon und strich mit dem Finger über den weichen blauen Stoff des Deckelfutters. Er hielt es ins Licht und studierte das Porträt seiner Schwester, die nicht mehr das kleine Mädchen war, das er zuletzt gesehen hatte. Wie sehr sie sich in sieben Jahren verändert hatte! Er erinnerte sich an sie als ein schmächtiges Mädchen mit einer Stupsnase, großen Augen und einem verschmitzten Lächeln. Jetzt dagegen wirkte sie sehr erwachsen, war sie eine schöne junge Frau.

»Glaubst du wirklich, das Medaillon kann uns zu Jess führen?«, fragte Yori, der mit gekreuzten Beinen im Lotossitz in der Zimmerecke saß.

Jack wog das Schmuckstück in der Hand. »Wir haben nichts anderes.« Er stützte sich auf den Ellbogen. »Nach dem zu schließen, wie alt Jess aussieht, wurde das Porträt erst vor kurzer Zeit gemalt, irgendwann im vergangenen Jahr. Und ich bin mir ziemlich sicher, dass meine Mutter, Gott hab sie selig, nie etwas so Schönes wie dieses Medaillon besaß. Demnach muss es sich um ein Geschenk handeln.«

»Von wem?«

Jack zuckte mit den Schultern. »Keine Ahnung. Aber von wem auch immer, er muss wohlhabend sein. Der Anhänger ist aus massivem Silber! Und das Porträt verrät große Könnerschaft. Nur ein Meister seines Fachs kann es gemalt haben.«

»Darf ich es ansehen?«, fragte Yori und streckte die Hand aus.

Jack gab es ihm. Yori bewunderte die Gravierung und studierte dann aufmerksam das Miniaturporträt.

»Was ist das?«, fragte er und zeigte auf zwei winzige Zeichen am unteren Rand.

Jack lehnte sich über seine Schulter und kniff die Augen zusammen. »Ich würde sagen, ein … N … und ein H …«

Yori runzelte die Stirn. »Die Initialen des Künstlers?«

Die Zimmertür ging auf und Akiko kam herein. Ihre glatten schwarzen Haare glänzten noch nass, denn sie hatte ein Bad genommen. »Ich habe noch nie in so braunem Wasser gebadet!«, sagte sie entrüstet. »Wie wascht ihr Engländer euch eigentlich?«

»Gar nicht«, antwortete Jack in vollem Ernst. »Diese Herberge ist leider nicht für besonderen Luxus bekannt. Das Wasser stammt wahrscheinlich aus der Themse – und wer weiß, was da alles drin schwimmt!«

Akiko machte eine Grimasse. »Na ja … wenigstens war es diesmal warm.«

»Eben das finde ich ja so bedenklich!«, sagte Jack, was einen erneuten Schauer in Akiko auslöste.

Sie setzte sich auf die Bettkante und begann, sich die Haare mit einem Handtuch trocken zu rubbeln. Dann bemerkte sie das Medaillon in Yoris Hand und sah Jack lächelnd an. »Deine Schwester ist wirklich hübsch«, sagte sie. Als er das Lächeln nicht erwiderte, fügte sie hinzu: »Jack, ich weiß, du bist enttäuscht, weil du Jess noch nicht gefunden hast, aber alles spricht dafür, dass sie noch lebt – und du hast jetzt ein Bild von ihr. Wir könnten das Porträt ja hier in Limehouse herumzeigen. Vielleicht erkennen einige Leute Jess und wissen, wo sie ist.«

»Das wäre bestimmt einen Versuch wert«, sagte Jack, obwohl er im Stillen dachte, dass diese Aufgabe ihre Kräfte überstieg. London war eine große Stadt von rund zweihunderttausend Einwohnern und sie würden vermutlich eher eine Nadel im Heuhaufen finden als Jess. »Wenn doch Mrs Winters nicht verrückt geworden wäre!«, murmelte er.

Yori sah ihn nachdenklich an. »Sie kam mir eigentlich gar nicht verrückt vor … eher verängstigt.«

Jack runzelte die Stirn. »Du meinst, sie hatte Angst? Vor was?«

Yori zuckte mit den Schultern. »Ich weiß es nicht. Aber sie hat doch von einem roten Wolf gesprochen. Vielleicht verursacht die Pest ihr Albträume? Oder es liegt daran, dass sie in dieser unsäglichen Anstalt untergebracht ist. Warum auch immer, sie hatte ganz bestimmt Angst vor etwas.«

»Oder vor jemandem«, sagte Akiko unbehaglich.

Jack wechselte einen besorgten Blick mit seinen Freunden. »Glaubt ihr, Jess ist in Schwierigkeiten?«

»Ich hoffe doch nicht«, sagte Yori und legte die Hände aneinander. »Aber es könnte natürlich ihr plötzliches Verschwinden erklären …«

Die Tür wurde aufgerissen und Rose stürmte herein. Sie ließ zwei Bündel auf das Bett fallen und sah die anderen triumphierend an.

»Ihr hattet Glück!«, rief sie. »Der alte Besen von der *Meerjungfrau* hatte eure Sachen noch.«

Jack und die anderen blickten erstaunt auf ihr Gepäck, das sie schon verloren geglaubt hatten. Jack war überzeugt gewesen, dass die Behörden es nach ihrer Verhaftung beschlagnahmt hatten.

»Gut, bedankt euch nicht alle auf einmal«, sagte Rose und stützte empört die Hände in die Hüften. »Es war nicht ganz einfach, kann ich euch verraten. Ich musste zuerst diesem Zwerg von Diener schmeicheln, bis er mir sagte, wo die Wirtin die Sachen versteckt hatte. Sie wollte morgen alles auf dem Markt verkaufen.«

»Danke«, sagte Jack rasch und durchsuchte sein Bündel. Er stieß mit der Hand gegen das vertraute Öltuch, in das das Logbuch seines Vaters eingeschlagen war, und tat einen tiefen Seufzer der Erleichterung. Wenigstens war der Portolan wieder in seinem Besitz.

»Hat mich allerdings eine halbe Krone gekostet, ihn zu bestechen …« Rose streckte die Hand aus und bewegte auffordernd die Finger.

Jack zog eine Goldmünze aus seiner Börse und warf sie ihr zu. Rose fing sie geschickt auf.

Akiko musterte sie mit zusammengekniffenen Augen. »So viel? Ich dachte, du stiehlst nicht von Freunden.«

»Tu ich auch nicht … obwohl ich Jack vielleicht noch mal das Herz stehle«, sagte Rose mit einem scherzhaften Augenzwinkern in seine Richtung.

Akiko presste die Lippen zusammen, nahm ihr Bündel vom Bett und ging zur Tür. »Ich bin in meinem Zimmer. Gib mir Bescheid, wenn du zum Aufbruch bereit bist, Jack.« Sie machte die Tür fest hinter sich zu.

Offenbar war sie verärgert und Jack hätte gern den Grund dafür gewusst. Schließlich hatten sie ihre Sachen zurückbekommen. Was machte es da, wenn Rose ein wenig daran verdiente? Immerhin hatte sie ihm den Portolan wiederbeschafft und das war ihm eine halbe Krone wert.

Yori stand auf und gab Jack das Medaillon zurück. »Äh … ich mache mich dann auch mal zum Aufbruch bereit«, sagte er ein wenig verlegen. »Akiko braucht wahrscheinlich meine Hilfe, um ihre Schulter neu zu verbinden.«

Er ging und Rose sah Jack fragend an. »Ist Akiko immer so leicht reizbar?«

Jack schüttelte den Kopf. »Sie ist bestimmt müde. Seit unserer Ankunft in England ist ziemlich viel schiefgegangen.«

»Und was habt ihr jetzt vor?«, fragte Rose.

»Wir suchen zuerst in Limehouse.« Jack legte seine neuen Kleider auf dem Bett aus. »Akiko hat vorgeschlagen, das Medaillon einigen Leuten hier zu zeigen. Vielleicht erkennt jemand Jess und weiß, wo sie ist. Wenn das nichts bringt, versuchen wir es wahrscheinlich mit den Armenhäusern der Umgebung.«

»Das klingt ziemlich vage«, meinte Rose.

»Was können wir sonst tun? Jess ist spurlos verschwunden.« Jack hob den Anhänger und ließ ihn an seiner Kette kreisen. »Auch dieses Medaillon ist ein Geheimnis. Ich meine, wer sollte meiner Schwester ein so wertvolles Geschenk machen?«

Rose hob die Augenbrauen. »Ein Freier?«

»Aber sie ist doch noch ein Mädchen!«, rief Jack und fühlte sich instinktiv als Beschützer seiner kleinen Schwester.

»Aber bald wird sie eine Frau sein«, erwiderte Rose wissend, »und zwar eine begehrte Frau, dem Porträt nach zu schließen … und dem guten Aussehen ihres Bruders.«

Jack tat das Kompliment mit einem Lächeln ab. »Du hast dich nicht verändert, Rose.«

»Aber du schon.« Ein kokettes Lächeln spielte um ihre Lippen. »Zum Besseren.«

Verlegen machte Jack sich daran, ein Hemd auszuwählen. »Also … ich ziehe mich jetzt um. Wir sehen uns unten bei den anderen.«

»Wenn du willst«, sagte Rose unbekümmert und ging zur

Tür. »Aber glaubst du wirklich, du findest Jess, indem du Leute nach ihr fragst, denen du zufällig auf der Straße begegnest?«

Jack blickte auf. »Hast du eine bessere Idee?«

Rose nickte. »Aber klar! Wir besuchen die Juweliere in den Gassen um die Cheapside und zeigen ihnen das Medaillon. Bestimmt weiß einer, von welchem Maler das Porträt stammt. Und dann können wir den aufsuchen und ihn fragen, wer das Bild in Auftrag gegeben und bezahlt hat – und diese Person wiederum könnte wissen, wo deine Schwester ist!«

侍

14

Der Miniaturmaler

»Hier scheint es zu sein«, sagte Jack, nachdem ein Goldschmied an der Cheapside sie zum Atelier eines Miniaturmalers in der Gutter Lane geschickt hatte. Zu viert standen sie vor einem windschiefen Häuschen, eingezwängt zwischen das Geschäft eines Hutmachers und einen Buchladen. In dem Bleiglasfenster lagen eine Auswahl kleiner, leerer Ovale aus Pergament und Karton und einige Musteranhänger.

Sie betraten den engen Laden. Als ihre Augen sich an das Dämmerlicht gewöhnt hatten, sahen sie einen jungen Mann, der sich über einen Tisch beugte und im Schein einer Kerze malte. Er war damit beschäftigt, ein Miniaturporträt zu kopieren, und bemerkte sie nicht.

Nach einer Weile hüstelte Jack höflich.

Der junge Mann hob erschrocken den Kopf. Er war blass und hatte schwarze Locken und einen dünnen Schnurrbart. »Verzeihung«, sagte er. »Nathan Holme, stets zu Diensten. Was kann ich für Euch tun?«

»*Nathan Holme!*«, flüsterte Yori und stieß Jack aufgeregt an. »Dieselben Initialen wie auf dem Porträt!«

Jack zog hastig das Medaillon aus der Tasche »Sagt, habt Ihr das gemalt?«

Der Miniaturmaler nahm den Anhänger, legte ihn behutsam auf seinen Handteller und studierte im Schein der Kerze aufmerksam das Porträt. Dann trat ein überraschter Blick in seine wässrigen Augen und auf seinen Lippen erschien für einen kurzen Moment ein trauriges Lächeln. »Leider nein … das ist eine Arbeit meines Vaters Nicholas Holme.«

»Können wir ihn sprechen?«, fragte Rose gespannt.

Der junge Mann gab Jack den Anhänger zurück und schüttelte traurig den Kopf. »Mein Vater ist vergangenen Monat verstorben … an der Ruhr …« Mit einem schweren Seufzer wandte er sich wieder den beiden Miniaturen auf dem Tisch zu. »Ich versuche zu malen wie er, aber es ist mir noch nicht gelungen. Seine Kunstfertigkeit ist so schwer zu erreichen … die Leichtigkeit der Pinselführung … die Frische, die er den von ihm Porträtierten verleiht … die Anmut, mit der er ihr Gesicht darstellt …«

»Euer Verlust tut mir aufrichtig leid«, sagte Jack mitfühlend, um sich dem jungen Mann in Erinnerung zu bringen. »Ich weiß, was es heißt, den Vater zu verlieren. Aber ich hoffe, dass ich nicht auch noch die Schwester verliere.«

Nathan hielt mitten im Pinselstrich inne.

»Sie ist verschwunden«, fuhr Jack fort, »und dieses Medaillon ist die einzige Spur, die sie hinterlassen hat. Wisst Ihr, wer Euren Vater mit diesem Porträt beauftragt hat?«

Nathan Holme legte den Pinsel weg und holte ein in

Leder gebundenes Buch aus der Schublade seines Arbeitstischs. Er schlug es auf und fuhr mit dem Finger langsam an den mit schwarzer Tinte geschriebenen Einträgen hinunter. Jack wartete gespannt und versuchte, die auf dem Kopf stehende Handschrift zu entziffern und Namen auszumachen. Nathan blätterte zur nächsten Seite weiter, auf der nur wenige Einträge standen, schnalzte ärgerlich mit der Zunge und klappte das Buch zu.

»Ich habe leider keine Ahnung«, sagte er mit einem entschuldigenden Schulterzucken. »Auch das scheint ein Auftrag zu sein, über den Bodley nicht Buch geführt hat, sonst hätte er ihn hier eingetragen.« Er schüttelte resigniert den Kopf. »Wie typisch für meinen Vater! Er konnte nicht mit Geld umgehen. Er war immer viel zu beschäftigt mit seiner Kunst und versäumte darüber, Geld einzutreiben, das man ihm schuldete, oder seine Bücher selbst zu führen. Das hat er alles Bodley überlassen. Selbst schuld!«

Nathan legte das Buch in die Schublade zurück und wandte sich wieder seiner detailgenauen Kopie des Porträts zu. Aber Jack wollte sich nicht so schnell geschlagen geben. Er stützte sich mit den Händen auf den Tisch und beugte sich vor, sodass Nathan aufhören musste zu arbeiten. »Wer ist Bodley?«, fragte er.

Nathan Holmes Miene verdüsterte sich. »Der *ehemalige* Lehrling meines Vaters, Rowland Bodley.«

»Könnte er wissen, wer das Porträt meiner Schwester in Auftrag gegeben hat?«

Nathan pustete die Enden seines Schnurrbarts zur Seite.

»Möglich. Ich habe ihn entlassen, weil ich ihn der Unterschlagung verdächtigt habe. Zwar hatte ich keine Beweise, aber ich bin überzeugt, dass er heimlich Prozente und Honorare für sich abgezweigt hat. Jetzt, wo mein Vater tot ist, werde ich nie wissen, was er alles gemalt oder verkauft hat.«

Jack richtete sich auf. Er wollte die neue Spur unbedingt weiterverfolgen. »Wo finde ich diesen Rowland Bodley?«

Nathan blickte in die Nachmittagssonne, die schräg durch das Fenster fiel. »Um diese Tageszeit besucht er gewöhnlich das *Globe Theatre.* Ihr erkennt den aufgeblasenen Dummkopf an seinem Hut. Er hat immer eine rot gefärbte Straußenfeder an der Krempe stecken.« Nathan verdrehte die Augen. »Er hat einen ziemlich extravaganten Geschmack.«

»Gut, auf was warten wir noch?« Rose klatschte in die Hände. »Gehen wir ins Theater!«

An die zweitausend Besucher hatten sich auf den Weg zum *Globe Theatre* gemacht, um die Nachmittagsvorstellung von Ben Jonsons Stück *Der Alchemist* zu sehen. Arbeiter, Ladeninhaber, fein herausgeputzte Herren, Hausfrauen und ihre Angestellten und Kinder aus London und von auswärts drängten sich Schulter an Schulter vor dem dreistöckigen Fachwerkgebäude des Theaters am Südufer der Themse.

»Siehst du, Jack«, sagte Rose mit einem zufriedenen Grinsen, »habe ich es dir doch gesagt. Mit dem Maler zu sprechen, war eine viel bessere Idee, als die Zeit damit zu verschwenden, auf der Straße willkürlich Menschen zu befragen!«

Akiko verzog gequält das Gesicht.

»Alles in Ordnung?«, fragte Jack.

»Mein Oberteil kneift«, erwiderte Akiko mit einem angespannten Lächeln. »Wie kriegt man in diesen Kleidern überhaupt Luft?«

Am Morgen hatte Jack sie dazu überredet, ihren Kimono gegen englische Kleider einzutauschen, um in der Öffentlichkeit weniger aufzufallen. Zwar gingen die Behörden vermutlich davon aus, dass sie alle ertrunken waren, aber es war trotzdem ratsam, keine Aufmerksamkeit zu erregen. Dank Rose, die einkaufen gegangen war, trug Akiko jetzt ein eng anliegendes Mieder, einen bauschigen Unterrock und Schuhe mit Holzsohlen. Yori trug zwar weiter seine schlichte, safrangelbe Kutte und den Priesterstab, doch hatte er den auffällig schüsselförmigen Strohhut in der Herberge zurückgelassen. Hier beim Theater fielen sie so nicht weiter auf.

Rose drehte sich nach Akiko um. »Tut mir leid, habe ich das Mieder zu fest gebunden? Das ist hier so Mode.«

Akiko versuchte, die Schnürung ein wenig zu lockern. »Aber wie soll ich in diesen Kleidern kämpfen?«, klagte sie. »Meine Beine sind unter zwei Lagen Unterröcken überhaupt nicht mehr zu sehen!«

»Du wirst dich schnell daran gewöhnen«, versicherte Jack. Er dachte daran zurück, wie er zum ersten Mal einen Kimono getragen und wie ungewohnt luftig sich der angefühlt hatte! Jetzt war er wieder wie ein Engländer gekleidet: Batisthemd, Jacke aus Samt und Kniehosen aus Damast, dazu die neuen schwarzen Lederstiefel. Zuerst hatte es sich nach den vielen Jahren im Gewand eines Samurais eigenartig angefühlt, solche Kleider zu tragen, doch zugleich war es seltsam vertraut gewesen, als sei er in ein Paar alte Schuhe geschlüpft. »Außerdem sind wir doch angeblich ertrunken und müssen hoffentlich sowieso nicht mehr kämpfen«, fügte er hinzu.

Akiko sah ihn zweifelnd an, aber Jack konnte nicht sagen, ob wegen ihrer Kleider oder der Wahrscheinlichkeit eines erneuten Kampfes. Aber er wollte sich nach Möglichkeit nicht weiter streiten. Jetzt, wo sie eine konkrete Spur hatten, der sie folgen konnten, wollte er nur noch seine Schwester finden und nichts sollte ihn daran hindern.

»Haltet nach einer roten Straußenfeder Ausschau«, sagte er und ließ den Blick über ein Meer aufwendig gefertigter Hüte und anderer Kopfbedeckungen wandern. Alle schienen darauf aus, ihre Mitmenschen zu beeindrucken. Es gab Hüte aus Seide, Samt, Pelz und Taft und Hutbänder in allen erdenklichen Farben von Grün bis Blau und Purpurrot bis Gold. Einige Hüte waren mit Edelsteinen besetzt, andere mit Stickereien, die einen hatten breite Krempen, die anderen hohe Kronen. Die meisten waren mit auffälligen Federn geschmückt, die man aus den Schwänzen von Fasanen, Reihern, Perlhühnern und anderen Wildvögeln gerupft hatte. Nur eine Straußenfeder sah Jack nicht.

Sie schoben sich in der Schlange nach vorn bis zum

Haupteingang des Theaters, zwängten sich durch das Tor und gelangten in einen mit Binsen bestreuten Innenhof unter freiem Himmel, umgeben von einer runden Mauer, an der sich auf drei Stockwerken Galerien entlangzogen. Eine rechteckige Bühne ragte in den Zuschauerraum hinein und zwei Säulen auf jeder Seite stützten eine mit flauschigen Wolken und meerblauem Himmel bemalte Decke. Ein verschnörkelter Balkon hing über dem hinteren Abschluss der Bühne, ein Strohdach schützte die Zuschauer, die sich Plätze auf den Galerien leisten konnten, vor Wind und Wetter.

Jack stand zusammen mit seinen Freunden zwischen den anderen Besuchern, die sich für ihren Penny nur einen Platz im Innenhof leisten konnten, und suchte die Galerien nach dem unauffindbaren Mr Bodley ab. Er sah verschiedene Adlige mit ihrem Gefolge von Dienern und zahlreiche wohlhabende Damen und Herren, aber keinen rot befiederten Malerlehrling.

»Seht ihr ihn?«, fragte er. Die Suche, auf die der Miniaturmaler sie geschickt hatte, kam ihm allmählich aussichtslos vor.

Rose schüttelte den Kopf. »Nein, aber ich glaube, es sind auch noch nicht alle da.«

Stimmengewirr und Lachen erfüllten das Theater, während die Zuschauer darauf warteten, dass das Stück begann. Eine junge Frau mit einem großen Weidenkorb schob sich durch die Menge und verkaufte Äpfel, Nüsse und Krüge mit Bier. Als sie an ihnen vorbeikam, erleichterte Rose sie unbemerkt um eine Tüte Nüsse.

»Hast du das eben gestohlen?«, fragte Akiko entsetzt.

»Ich kann meine Natur nicht verleugnen«, sagte Rose grinsend und steckte sich eine Nuss in den Mund. Sie hielt Akiko die Tüte hin. »Auch eine?«

»Nein danke«, erwiderte Akiko und wandte sich wieder der Suche zu.

»Ich nehme eine«, sagte Jack, der nur den letzten Teil des Gesprächs mitbekommen hatte. Er griff in die Tüte, ohne den Blick von den Galerien abzuwenden, doch die Zuschauer waren in ständiger Bewegung und es war unmöglich, einzelnen Personen zu folgen.

»Ich sehe leider nicht viel«, sagte Yori. Nur sein beringter Stock ragte aus dem Meer von Köpfen.

»Das macht nichts, Yori, du kannst dafür auf Jacks Geldbörse aufpassen«, meinte Rose und klopfte ihm zärtlich auf die Schulter. »In einem solchen Gedränge muss man sich vor Taschendieben in Acht nehmen.«

»Mit denen kennst du dich ja wohl aus«, sagte Akiko leise.

Rose sah sie wütend an. »Wie bitte?«

Akiko lächelte höflich. »Ich sagte nur, das sei gut zu wissen …« Ihr Blick wurde plötzlich starr und sie zeigte zum vorderen Rand der Bühne. »Da ist er!«

Jack fuhr herum und folgte ihrem Finger zu einem groß gewachsenen Mann mit hagerem Gesicht, verkniffenem Mund und einer großen weißen Halskrause. An seinem schwarzen Samthut steckte vorn stolz eine leuchtend rote Straußenfeder. Er hatte etwas von einem Stutzer und hielt sich ein Spitzentaschentuch an die Nase. Jack drängte sich, gefolgt von seinen Freunden, nach vorn, ohne auf den Protest der anderen Besucher im Innenhof zu achten.

»Mr Bodley?«, fragte er hoffnungsvoll.

»Ja«, antwortete der Mann mit hoher, schriller Stimme. »Und wer will das wissen?«

»Jack Fletcher. Meines Wissens seid Ihr ein Lehrling von Nicholas Holme.«

»War«, erwiderte Rowland Bodley und blickte hochmütig auf Jack hinunter. »Jetzt bin ich ein eigenständiger Künstler.«

»Natürlich seid Ihr das«, sagte Jack. Der Stolz des Mannes war offensichtlich. »Aus eben diesem Grund wüsste ich gern Eure Meinung hierzu …«

So geschmeichelt, ließ Rowland sich dazu herab, das Medaillon in Jacks Hand zu betrachten. Doch dann riss er die Augen auf. Er schien es zu erkennen und wirkte … erschrocken. »Wer schickt dich?«, wollte er wissen.

»Niemand schickt uns, aber Nathan Holme sagte uns, wo wir Euch finden könnten«, erklärte Jack.

Rowland blickte auf die Schwerter an Jacks Hüfte und lächelte nervös. »Oh, sieh mal!«, rief er. »Das Stück fängt gleich an.« Jack hatte kaum den Kopf gehoben, da nahm Rowland Bodley Reißaus und verschwand in der Menge.

侍

15

Geständnis

»Wo ist er hin?«, rief Jack und sah sich wütend um.

Rose zeigte auf die Spitze einer roten Feder, die sich wippend durch das Gedränge der Zuschauer entfernte. »Er geht in Richtung Ausgang!«

»Ich halte ihn auf«, sagte Akiko. Sie kletterte trotz ihrer zwei ausladenden Unterröcke auf die Bühne, rannte zu deren seitlichem Rand und sprang zur nächsten Galerie. Im Publikum wurden erstaunte Rufe laut, als sie durch die Luft flog. Sie bekam die Brüstung der oberen Galerie zu fassen. Von dort sprang sie auf das Geländer der Galerie darunter und lief mit der Gewandtheit eines Akrobaten darauf entlang zum Eingang des Theaters.

Rowland, der sich durch die Flut der hereinströmenden Theatergänger kämpfte, sah sie und begriff, dass sie vor ihm am Eingang ankommen würde. Also machte er auf dem Absatz kehrt und schob sich in die entgegengesetzte Richtung. Jack konnte an der auf und ab hüpfenden Feder verfolgen, dass der Maler im Zickzack durch den Innenhof steuerte wie ein Fasan auf der Flucht vor dem Jäger.

Hastig drängte er sich selbst durch die Menge und stieß

Leute mit den Schultern zur Seite, um Rowland den Weg abzuschneiden. Den Blick unverwandt auf sein Ziel gerichtet, prallte er gegen einen stattlichen Bierbauch.

»He! Pass auf!«, knurrte dessen Besitzer, ein Mann mit Vollbart, aus dessen Krug das Bier schwappte.

»Entschuldigung«, sagte Jack und suchte nach einem Weg um den Dicken herum. Rowland war schon fast wieder vor der Bühne angelangt und hatte freie Bahn zum Bereich dahinter und zum Ausgang zur Straße. Er würde ihnen entkommen! Da hörte Jack die Ringe eines Pilgerstocks klingeln. Yori versuchte, den Flüchtenden zu orten und ihm den Weg zu versperren. Ob nun durch Glück oder gutes Augenmaß, jedenfalls stieß er vor der Bühne mit ihm zusammen.

»Aus dem Weg!«, schrie Rowland, als er vor dem kleinen Mönch stand. Aber Yori wich ihm nicht aus und hatte seinen Stock fest auf die hartgestampfte Erde gestützt. Rowland wollte ihn zur Seite schieben, aber Yori war so unbeweglich wie ein Stein, geradezu mit dem Boden verwachsen durch die Kraft des *ki*.

Jack eilte zu ihm, um ihm zu helfen, während Akiko von der unteren Galerie sprang und sich Rowland aus der anderen Richtung näherte. Von allen Seiten bedrängt, kletterte dieser auf die Bühne und rannte zum hinteren Vorhang. Doch während er noch die offene Bühne überquerte, warf Rose ihre Tüte mit Nüssen nach ihm. Die Nüsse flogen in alle Richtungen und rollten ihm unter die Füße und er schlug der Länge nach auf den Boden. Die Zuschauer, die den Sturz für gespielt hielten, brüllten vor Lachen.

Jack sprang auf die Bühne und näherte sich dem um sich schlagenden Rowland. Der Maler hatte fliehen wollen, er wusste also offenbar etwas über das Medaillon und den Auftraggeber der Miniatur und hatte Angst … genauso wie Mrs Winters. Nur *warum?*

Jack spürte einen Knoten im Magen. Er fürchtete jetzt noch mehr um das Leben seiner Schwester.

Rowland rappelte sich auf und riss einen Degen von der Rückwand der Bühne – eine Theaterrequisite, aber trotzdem so spitz, dass man damit stechen konnte. »Zurück!«, rief er Jack warnend entgegen und schwang die Waffe.

Jack sah, wie stark die Spitze des Degens schwankte, und ihm wurde klar, dass der Maler keinerlei Erfahrung im Umgang mit der Waffe hatte. Aufgrund seiner eigenen Erfahrung im Duell unterschätzte Jack Reichweite und Schnelligkeit des Degens allerdings nicht mehr. Er zog sein Langschwert, worauf im Publikum ehrfürchtiges Luftholen zu hören war.

»Zurück, habe ich gesagt!«

Rowland stürzte auf ihn zu und stieß mit dem Degen nach seiner Brust.

Jack wich ihm geschickt aus und schlug gleichzeitig mit seinem Schwert zu. Die Klingen trafen aufeinander. Rowland wich zurück und griff erneut an. Jack wollte ihn nicht töten. Er lenkte den Angriff mit seinem Schwert zur Seite ab und schlug Rowland mit der Breitseite auf das Handgelenk. Rowland heulte vor Schmerzen auf und ließ den Degen fallen. Klappernd fiel er auf den Boden und Jack eilte mit ausgestrecktem Schwert auf Rowland zu. Er setzte die Spitze an dessen Hals unmittelbar über der Halskrause und zwang ihn zurückzugehen, bis er gegen eine der Bühnensäulen stieß.

Dann zog er das Medaillon aus der Tasche und hielt es Rowland unter die Nase. »Sagt mir, was Ihr über das hier wisst!«, befahl er.

»Ich habe es noch nie in meinem Leben gesehen«, erklärte Rowland.

»Wirklich nicht?« Jack drehte die Klinge des Schwerts ein wenig und der Maler zuckte zusammen. »Warum seid Ihr dann weggelaufen?«

Rowland erwiderte seinen Blick finster, doch verriet ein Flackern seiner Augen Angst. »Von mir hörst du kein Wort mehr!«

Jack drückte ganz leicht zu. Die rasiermesserscharfe Spitze seines Schwerts bohrte sich in die Haut des Malers wie in einen Pfirsich und ein Blutstropfen trat aus. Rowland begann vor Schreck und Schmerzen zu wimmern.

»Halt! Aufhören!«, bettelte er und hob die zitternden Hände. »Ich gestehe ja alles ... Ich habe Meister Holme getötet.«

Das Publikum hielt hörbar den Atem an.

Rowland brach in Schluchzen aus. »I-i-ich habe ihn vergiftet ... mit Arsen ... nachdem er herausgefunden hatte, dass ich ihm Geld und Aufträge weggenommen habe ... Aber ich habe das doch nur getan, weil er meine Fähigkeiten als Künstler nicht anerkennen wollte!« Rowland blickte auf und seine Augen funkelten empört. »Die Hälfte der Porträts waren von mir!«

Jack starrte den zitternden Mann an, entsetzt über das unerwartete Geständnis. »Das wollte ich gar nicht wissen … Ich habe gefragt, wer dieses Porträt in Auftrag gegeben hat?«

Rowland hörte auf zu schluchzen und sah ihn verständnislos an. »Warum? Das weiß i-i-ich nicht.«

»Aber Ihr wart doch bestimmt anwesend, als es gemalt wurde?«

Rowland betrachtete das Bild und nickte vage. »Ja … ich erinnere mich an das Mädchen, das deswegen kam. Feine Wangenknochen … engelgleiches Haar … und Augen so tiefblau wie das Meer …«

»Hat jemand sie begleitet?«, fragte Jack mit wiederbelebter Hoffnung.

»Soweit ich weiß, war da eine alte Frau, die auf sie aufpasste«, sagte Rowland und runzelte die Stirn. »Aber sonst erinnere ich mich an niemanden.«

»Das war bestimmt Mrs Winters«, sagte Jack, ohne das Langschwert von Rowlands Kehle zu nehmen. »Aber wisst Ihr, wer für den Anhänger bezahlt hat? Das Mädchen auf dem Porträt ist meine Schwester – und sie ist verschwunden!«

Rowland sah sein Blut von der Schwertklinge tropfen und begann, drauflos zu plappern. »Mein Herr war sehr verschwiegen – er wollte nicht, dass ich ihm seine wichtigsten Kunden wegnehme, deshalb bin ich ihnen selten begegnet. Wer immer es war, es muss ein Herr von einigem Vermögen gewesen sein, wenn er sich ein so schönes Stück leisten konnte!« Er verzog das Gesicht. »Obwohl … ich bin mir ziemlich sicher, dass er nie bezahlt hat. An einen Auftrag im Wert von acht Sovereign würde ich mich erinnern! Deshalb bin ich diesem Mann bestimmt nie begegnet. Holme hat das Wissen um die Identität des Auftraggebers mit ins Grab genommen!«

Auf diese entmutigende Nachricht hin senkte Jack das Schwert. Die Spur, die sich mit dem Medaillon eröffnet hatte, war jetzt so tot wie der Mann, der das Porträt gemalt hatte.

»Nicht den Mut verlieren, Jack«, sagte Akiko und kam zu ihm auf die Bühne. »Wir finden Jess schon.«

»Aber wie?«, erwiderte Jack. »Das Medaillon ist eine Sackgasse.«

»Eine Truhe ohne Scharniere kann trotzdem Gold enthalten«, rief Yori weise von unten. »Du darfst nicht so schnell aufgeben. Denk an Sensei Yamadas *koan* zur Daruma-Puppe: Siebenmal unten, achtmal oben.«

Jack lächelte traurig. Wie könnte ich das vergessen, dachte er. Mit dieser Einstellung hatte er sich während seiner Zeit in Japan aufrecht gehalten. Aber was für eine Chance hatten sie mit nur einem Bild als Anhaltspunkt, seine Schwester in einer Stadt von der Größe Londons zu finden? Wie konnten sie überhaupt wissen, ob Jess noch in der Stadt war oder noch lebte?

Aus den Augenwinkeln sah er, dass Rowland sich entfernen wollte. Blitzschnell streckte Jack den Arm und hielt ihm das Schwert wieder an die Kehle. »An irgendetwas Nützliches müsst Ihr Euch doch erinnern«, beharrte er.

Rowland erstarrte, die Schneide des Schwerts unmittelbar über seiner Halsschlagader. »I-i-ich erinnere mich tatsächlich, dass das Mädchen und die Alte davon gesprochen haben, nach Stratford-upon-Avon zu gehen ... Das Mädchen war darüber sehr unglücklich ... hatte aber keine Wahl ...«

»*Stratford?* Seid Ihr sicher?«, fragte Jack.

Rowland nickte und schluckte nervös. »Und jetzt sei ein braver Junge und lass mich gehen.« Er lächelte unterwürfig. »Von Rechts wegen müsste ich eigentlich dir das unbezahlte Porträt in Rechnung stellen ... aber im Hinblick auf unser, äh, Gespräch hier bin ich bereit, die Schulden abzuschreiben ...«

Jack senkte sein Schwert erneut. Rowland nahm das als sein Stichwort, drehte sich um und floh durch den Vorhang im hinteren Teil der Bühne. Einen Augenblick lang herrschte Stille, dann brach das Publikum in donnernden Applaus und Bravorufe aus.

Ungläubig blickte Jack auf die begeistert klatschende Menge.

Die Zuschauer hatten ihren Streit für den ersten Akt des Theaterstücks gehalten!

»Stratford?«, überlegte Jack laut, als sie das Theater verließen. »Was könnte Jess in Stratford-upon-Avon wollen?«

Rose zuckte mit den Schultern. »Es gibt nur eine Möglichkeit, das herauszufinden.«

»Ist es weit?«, fragte Akiko.

»Zu Fuß brauchen wir ungefähr eine Woche«, erklärte Rose. »Aber wenn wir Pferde hätten …«

»*Fletcher!* Bist du das?«, rief eine dröhnende Stimme.

Jack drehte sich um. Ein korpulenter Herr mit einem weißen Spitzbart eilte aus dem Theater hinter ihnen her. Er trug eine dick gefütterte Jacke aus Samt und um den Hals eine goldene Kette. An seiner Hüfte baumelte ein Degen.

»Tut mir leid, kenne ich Euch?«, fragte Jack.

»John, ich weiß, es ist lange her«, sagte der Mann lächelnd und kam zu ihnen herübergewatschelt. »Aber du hast mich doch bestimmt nicht vergessen?«

Jack lächelte höflich. »Ich glaube, Ihr verwechselt mich mit meinem Vater John Fletcher, dem Steuermann. Ich bin Jack Fletcher.«

Der Mann betrachtete Jacks Gesicht genauer. »Sapperment! Jetzt sehe ich es auch. Meine Augen sind nicht mehr, was sie waren, aber du bist deinem Vater wie aus dem Gesicht geschnitten!« Er schüttelte Jacks Hand. »Ich bin Sir Henry Wilkes, ein guter Freund von John. Seit wann seid ihr wieder da? Ist John auch hier?« Er sah sich eifrig um.

Jack senkte von Trauer übermannt den Kopf. »Es tut mir leid, das zu sagen, aber mein Vater wurde von japanischen Piraten getötet. Von einem Ninja, genau genommen.«

Sir Henry machte einen Schritt zurück. »Gütiger Himmel, nein! Das darf doch nicht wahr sein. Er war ein so tüchtiger Seemann, der beste Steuermann, den ich je kannte. Und was soll überhaupt ein ›Ninja‹ sein?«

»Ein Auftragsmörder«, erklärte Jack. »Von der schlimmsten Sorte.«

Sir Henry ergriff Jack an den Schultern. »Es tut mir aufrichtig leid, das zu hören, mein lieber Junge. Es ist eine so traurige Nachricht. Wenn ich etwas für dich tun kann, egal was, brauchst du es mich nur wissen zu lassen.«

»Das ist sehr freundlich von Euch«, sagte Jack.

»Du weißt es vielleicht nicht«, fuhr der Herr fort, »aber ich bin einer der Direktoren der Ostindischen Kompanie. Ich war persönlich finanziell an der Reise deines Vaters nach Japan beteiligt.« Er richtete seine glänzenden Augen auf Akiko und Yori. »Und wie es aussieht, hast du einige Freunde mitgebracht und bestimmt auch eine kostbare Fracht, hoffe ich doch!«

Sir Henry begrüßte Akiko mit einem Handkuss und Yori mit einem Nicken. Die beiden wiederum verbeugten sich vor ihm. Dann wandte Sir Henry sich wieder Jack zu. Sein feistes Gesicht war vor Aufregung gerötet. »Ich könnte mir vorstellen, dass das Schiff in diesem Moment, während wir uns unterhalten, entladen wird!«

Jack wollte etwas antworten, aber Sir Henry fiel ihm ins Wort. »Nein, sag es mir nicht jetzt.« Aus dem Theater drang Applaus. »Das Stück fängt gleich an. Kommt morgen Abend um sechs zu meinem Haus am Strand. Ich gebe morgen eine kleine Gesellschaft. Du musst mir alle deine Abenteuer erzählen und von den Schätzen, mit denen du zurückgekehrt bist.«

Jack wollte wieder etwas sagen, diesmal um die Einladung höflich abzulehnen. Zwar munterte es ihn auf, einem alten Freund seines Vaters zu begegnen, aber eine solche Abendgesellschaft würde nur ihren Aufbruch nach Stratford-upon-Avon verzögern.

Doch Sir Henry entfernte sich bereits eilends. »Keine Ausrede! Ihr seid alle eingeladen.«

16

Ein unerwarteter Gast

»Warum war es noch mal eine gute Idee, hierherzukommen?«, fragte Jack leise, als ein vornehm gekleideter Diener sie am folgenden Abend von der marmorgefliesten Eingangshalle von Sir Henry Wilkes' Londoner Residenz durch einen Gang in Richtung des Bankettsaals führte. Er wollte nicht nur endlich seine Schwester finden, sondern war auch besorgt, sie könnten in dieser vornehmen Gesellschaft unnötige Aufmerksamkeit erregen. Wenn jemand die Behörden benachrichtigte, würde man sie wieder einsperren. Außerdem verspürte er keinerlei Neigung, Sir Henry darüber aufzuklären, dass ihre Handelsexpedition gescheitert war, wo der Mann doch sein Geld in die Unternehmung gesteckt hatte.

»Es ist deshalb eine gute Idee, weil ein hochgestellter Herr wie Sir Henry uns vielleicht bei unserer Suche helfen kann«, erklärte Rose, die für diesen Anlass ihr bestes und einziges anderes Kleid angezogen hatte. Auch Jack hatte sich fein gemacht und Akiko hatte darauf bestanden, einen Kimono zu tragen, um ihren Gastgeber zu beeindrucken. Nur Yori hatte sich mit seiner Mönchskutte begnügt. Jack konnte trotz des Risikos, erkannt zu werden, nicht bestreiten, dass Akiko in ihrem schimmernden Seidengewand mit den roten und goldenen Drachen einen prächtigen Anblick bot.

Als sie sich dem Bankettsaal näherten, hörten sie Musikinstrumente und lebhaftes Geplauder. Der Diener zog mit einer schwungvollen Bewegung eine Doppeltür auf und trat zur Seite. Sie betraten einen gewaltigen Saal mit einer hohen Kassettendecke, einem glänzenden Fußboden aus dunklem Holz und einem prächtigen, stuckverzierten Kamin. An den Wänden hingen Gobelins, auf denen Jagdszenen abgebildet waren, die Tafeln waren mit kostbaren Perserteppichen bedeckt und Silberbesteck glänzte im Schein eines Dutzends Kronleuchter.

»Das soll eine *kleine* Gesellschaft sein?«, fragte Akiko fassungslos und ließ den Blick staunend über die vielen vornehmen Gäste wandern, die den Saal bevölkerten. Auf einer erhöhten Bühne spielte ein Quartett von Musikern und einige Gäste tanzten bereits.

»So lebt also die bessere Hälfte der Bevölkerung«, sagte Rose und nahm Jack am Arm. Als sie ihn durch den Saal führte, merkte Jack, dass Akiko zurückblieb. »Kommst du?«, fragte er leise.

Akiko lächelte steif und nickte. Yori eilte neben ihr her. Der verschwenderische Prunk des Fests hatte ihm die Sprache verschlagen. Diener mit riesigen Silbertabletts boten ihnen Pralinen, kandierte Früchte und zu Blumen geformtes Marzipankonfekt an.

»Also, an so ein Bankett könnte ich mich gewöhnen!«, meinte Rose und steckte sich ein wie eine Rose geformtes Stück Marzipan in den Mund.

Neugierige und bewundernde Blicke – besonders der Damen, als sie Akiko sahen – folgten ihnen auf dem Weg durch den Saal. Jack sah sich nach ihrem Gastgeber um und bemerkte dann, dass Rose ein keineswegs nur beiläufiges Interesse für das Silberbesteck auf den Tischen zeigte.

»Rose … wir sind hier zu Gast«, sagte er mahnend.

»Ich sehe es mir ja nur an«, erwiderte sie schmollend und legte den verschnörkelten Silberlöffel wieder zu dem zugehörigen Gedeck.

»Jack!«, tönte die inzwischen schon vertraute Stimme Sir Henrys durch den Saal. Ihr beleibter Gastgeber winkte sie zu sich und zwei anderen Herren. »Es freut mich sehr, dass ihr es einrichten konntet. Ich habe diesen beiden Herren soeben von eurer glücklichen Heimkehr erzählt. Sir Isaac«, er sah dabei einen runzligen alten Mann mit weißen Haaren an, »und Sir Thomas …«, er wandte sich an einen gut aussehenden jungen Mann mit einem gepflegten Spitzbart, »… das ist Jack Fletcher und das sind seine Gäste aus Japan.«

Man verbeugte sich und stellte sich vor. Rose reichte dem schmucken Sir Thomas die Hand. »Ich bin Rose«, sagte sie, zu Jacks Überraschung in gehobenstem Englisch, »geboren und aufgewachsen in London.«

Sir Thomas berührte ihren Handrücken mit den Lippen. »Eine englische Rose, wie sie im Buche steht!«, antwortete er lächelnd.

»Ihr tragt da zwei schöne Schwerter, junger Mann«, bemerkte Sir Isaac, an Jack gewandt. »Seid Ihr ein Ritter?«

Jack erstarrte und legte aus Furcht vor einer erneuten Auseinandersetzung unwillkürlich die Hand an sein Langschwert. »Ich wurde in Japan mit dem Rang eines *hatamoto* geehrt«, erklärte er. »Das entspricht einem Ritterschlag.«

»Keine Sorge, ich will Euch nicht das Recht absprechen, Waffen zu tragen«, sagte der Alte. »Mich interessieren mehr Eure Schwerter. Darf ich sie mir näher ansehen?«

Auf seine Bitte zog Jack das Langschwert ein Stück aus der Scheide, sodass die scharfe stählerne Klinge zu sehen war. Die an Wolken erinnernden Wirbel des *hamon* schimmerten im Kerzenlicht. Sir Isaac beugte sich darüber, betrachtete die Klinge genau und nickte anerkennend.

»Eine wahrhaftig außergewöhnliche Arbeit«, erklärte er schließlich, um dann Akikos Kimono mit dem prüfenden Auge eines Schneiders zu begutachten. »Und das gilt auch für dieses herrliche Seidengewand. Ist das eine für Euer Land typische Arbeit, Madame?«

Akiko neigte den Kopf. »In meinem Land legt man Wert darauf, solche Fertigkeiten vollkommen zu beherrschen.«

Der Alte lächelte und richtete seine wässrigen Augen, in die ein gieriges Funkeln getreten war, auf Jack. »Japan ist also das gelobte Land der Seide und des Stahls! Ist es genauso reich an Gold und Silber?«

»Es gibt dort gewiss unermessliche Schätze«, sagte Jack. »Allerdings …«

Sir Henry schlug ihm so heftig auf den Rücken, dass er

fast keine Luft mehr bekam. »Eine großartige Nachricht! Habe ich es nicht gesagt, Sir Isaac? Das Land der aufgehenden Sonne ist eine Goldmine, die nur darauf wartet, abgebaut zu werden.«

»Und welche Handelswege gibt es?«, fuhr Sir Isaac eifrig fort. »Ich habe von Gerüchten gehört, ein junger Steuermann habe die sagenhafte Nordostpassage durchfahren. Wart das zufällig Ihr?«

Jack nickte bescheiden. »Ja, aber …«

»Ausgezeichnet!«, rief Sir Isaac und klatschte begeistert in die Hände. »Kein anderer Steuermann hat diese Route je erfolgreich befahren. Unsere Gesellschaft wird das Monopol darauf haben. Damit können wir den Markt beherrschen!« Er sah Sir Henry an. »Ihr habt meine Unterstützung für eine weitere Expedition, Sir. Wenn die Fahrt sich um ein Jahr verkürzt, würde das den Gewinn der Gesellschaft verdoppeln, vielleicht sogar *verdreifachen*!«

»Ich werde unverzüglich alles in die Wege leiten, Sir Isaac«, sagte Sir Henry strahlend und legte den Arm um Jack. »Entschuldigt uns bitte einen Augenblick, liebe Gäste.«

Er zog Jack zur Seite. Sir Isaac fragte unterdessen Akiko und Yori weiter über Japan aus und Sir Thomas war immer noch in ein Gespräch mit Rose vertieft.

»Sag mir doch bitte: Wo liegt die *Alexandria?*«, fragte Sir Henry mit gesenkter Stimme. »Und was ist aus den anderen Schiffen unserer Handelsflotte geworden? Ich konnte sie am Kai nicht finden.«

Jack blickte verlegen auf seine Füße. »Leider hat ein Taifun die ganze Flotte auf den Meeresgrund geschickt, Sir Henry. Nur die *Alexandria* hat den Sturm dank der Fähigkeiten ihres Steuermanns, meines seligen Vaters, überstanden. Wir sind in Toba an Land gegangen, mehrere Hundert Wegstunden nördlich von Nagasaki. Doch wurden wir, wie ich Euch gesagt habe, dort von Piraten angegriffen und die ganze Besatzung wurde niedergemetzelt. Es ist sehr gefährlich, nach Japan zu reisen!«

Sir Henrys Miene hatte sich verdüstert, als sei ein Unwetter darüber hinweggegangen. »Kein einziges Schiff ist zurückgekehrt? Unsere ganze Geldanlage ist – gesunken? Aber du warst sieben Jahre fort!«

»Ich habe nur dank der Gnade Gottes und der Hilfe eines Samuraikriegers überlebt, Masamoto Takeshi«, erklärte Jack. Er berichtete, wie Masamoto ihn bei sich aufgenommen, adoptiert und zum Samurai ausgebildet hatte. Wie er sich nach einem Bürgerkrieg quer durch Japan nach Nagasaki durchgeschlagen hatte und dort durch einen glücklichen Zufall dem Kapitän der *Hosiander* begegnet war, eines niederländischen Handelsschiffs, das ihn schließlich nach Hause gebracht hatte.

Während Jack erzählte, hellte Sir Henrys Miene sich auf. »Du kennst dich mit Japan und den Japanern also gut aus? Du sprichst ihre Sprache und kennst ihre Bräuche?«

Jack nickte. »Ja, aber jetzt bin ich nach England …«

»Dann musst du unbedingt nach Japan zurückkehren! Mit einer neuen Flotte. So bald wie möglich. Du hast doch noch den Portolan deines Vaters, ja? Darf ich …?«

Jack zögerte. Der Portolan steckte in der Tasche, die er geschultert hatte. Er hatte nicht gewagt, ihn in der *Traube* zurückzulassen. Doch so ehrenwert ihm Sir Henry Wilkes auch vorkam, er kannte ihn nicht gut genug, um ihm ein so wertvolles Buch anzuvertrauen. »Es tut mir leid, Sir Henry, aber ich kann nicht nach Japan zurückkehren.«

Sir Henry erbleichte. »Aber warum denn nicht?«

»Ich muss meine Schwester suchen. Sie ist verschwunden.« Jack zog das silberne Medaillon aus der Tasche und zeigte ihm das Bild. Sir Henry betrachtete es mit zusammengekniffenen Augen. »Wie ich gehört habe, ist sie womöglich in Stratford-upon-Avon.«

Sir Henry runzelte die Stirn. »Ich dachte, ihr hättet in Limehouse gewohnt. Wie kommst du dann darauf, sie könnte in Stratford sein?«

»Ich bin ja selbst verwirrt«, sagte Jack. »Aber der Maler Rowland Bodley meinte, er hätte sie sagen gehört, dass sie dorthin wollte.«

»Er hat das gehört? Hm, es ist ungewöhnlich, dass eine junge Frau allein eine so weite Reise macht.« Sir Henry überlegte kurz, doch dann klopfte er Jack freundschaftlich auf die Schulter. »Aber natürlich kommt die Familie an erster Stelle, Jack. Suche meinen Stall auf, bevor du gehst, und nimm dir, was du an Pferden für die Reise brauchst.«

»Wirklich?« Jack sah ihn entgeistert an. Rose hatte vollkommen recht gehabt mit der Überlegung, dass Sir Henry ihnen helfen könnte. Mit Pferden zu ihrer Verfügung würde die Reise nach Stratford sich um Tage verkürzen.

Sir Henry nickte. »Aber ja. Über deine Rückkehr nach Japan können wir sprechen, wenn du wieder in London bist. Aber sei auf den Straßen vorsichtig. Traue niemandem – wir leben in gefährlichen Zeiten.«

»Natürlich, Sir Henry. Vielen Dank für Euer großzügiges Angebot …«

Jemand zupfte an Jacks Ärmel und er sah sich um. Hinter ihm stand Yori und machte ein besorgtes Gesicht.

Er zog Jack zu sich und flüsterte ihm ins Ohr: »Wir müssen gehen, und zwar sofort!«

»Warum?«, flüsterte Jack genauso leise.

Yori nickte zur Tür. Ein Gast mit kurz geschnittenen kupferroten Haaren und einem gezwirbelten Schnurrbart betrat in diesem Augenblick den Saal. »Sir Toby Nashe ist hier!«

17

Schatten

»Ihr wollt uns schon verlassen?«, fragte Sir Isaac und schürzte enttäuscht die Lippen, als Jack zu ihm trat, um Akiko zum Gehen zu bewegen.

»Wir haben morgen leider eine lange Reise vor uns«, erklärte Jack. »Vielen Dank, Sir Henry, es war wunderbar. Auf Wiedersehen, Sir Isaac …« Er begann, Akiko und Yori in Richtung Tür zu schieben. »Komm, Rose!«

»Tut mir leid, wir müssen offenbar gehen«, sagte Rose zu einem sehr enttäuscht wirkenden Sir Thomas. Sie folgte Jack zu einer Seitentür. »Wozu die Eile?«, zischte sie. »Ich fing gerade an, die Gesellschaft zu genießen!«

»Siehst du den Mann da drüben?« Jack lenkte Roses Aufmerksamkeit mit den Augen zum Haupteingang. »Das ist Sir Toby Nashe, der aufgeblasene Dummkopf, der mich zum Duell gefordert hat und mich dann festnehmen und zum Tod durch den Strang verurteilen ließ!«

»Ach du meine Güte«, sagte Rose. »So ein Schlamassel!«

Mit gesenkten Köpfen schlängelten sie sich zwischen den Gästen hindurch. Da blieb Yori plötzlich stehen. »Sir Francis ist auch hier!«, murmelte er entsetzt. Der schlaksige, langhaarige Fechter kostete gerade von den Pralinen, die ein Diener ihm auf einem Tablett anbot. Jack und seine Freunde machten kehrt und gingen in Richtung einer Tür an der hinteren Wand des Saals ... nur um fast mit Sir Toby selbst zusammenzustoßen! Durch einen glücklichen Zufall kehrte ihr Erzfeind ihnen den Rücken zu und begrüßte gerade einen Mann mit ernstem Gesicht und einem schwarzen Pelzmantel. Bevor er sich umdrehen konnte, verschwanden Jack und die anderen rasch hinter einer Gruppe von Damen, deren breite Reifröcke ihnen zumindest teilweise Deckung boten.

»Habt Ihr von dem Debakel im *Globe* gestern gehört?«, fragte eine der Damen, die so in ihr Gespräch vertieft waren, dass sie den vieren, die sich hinter ihnen versteckten, keine Aufmerksamkeit schenkten.

»Ja«, sagte eine andere. »Wie ich gehört habe, waren die Schauspieler ziemlich rabiat ...«

»Offenbar hat jemand einen Mord gestanden ...«, fiel eine ältere Frau ein, »und der Friedensrichter ermittelt ...«

»Und was haltet Ihr von dem Geisterschiff auf der Themse ... Glaubt Ihr die Gerüchte von den Schattenmördern?«

Jacks Aufmerksamkeit war geweckt. *Schattenmörder* ... er hörte dieses Wort jetzt schon zum zweiten Mal. Mit nervösem Gekicher sprachen die Frauen über einige Morde, bei denen die Opfer auf schreckliche Weise erdrosselt worden waren. Für Jack klang das beunruhigend nach einer Methode der Ninjas. Aber das war eine abwegige Vorstellung. Er war in England, nicht in Japan, und las zu viel in solche Gerüchte hinein. Außerdem hatte er im Moment andere Sorgen.

Sir Toby und der Mann im schwarzen Pelzmantel kamen in ihre Richtung. Jack und seine Freunde schlichen um die Frauen herum, um nicht gesehen zu werden. Doch hörte Jack, wie der Mann Sir Toby fragte: »Wie geht es deinem jungen Füllen? Hast du sie schon gezähmt?«

»Nein, sie ist so widerspenstig wie eh und je«, antwortete Sir Toby verdrossen. »Gestern wäre sie mir fast entkommen!«

Der Mann schnalzte missbilligend mit der Zunge. »Du musst sie straffer am Zügel nehmen. Wenigstens tue ich das mit meiner Frau!« Sie lachten schamlos auf Kosten einer furchtsamen, an eine Maus erinnernden Frau, die ihnen mit ein paar Schritten Abstand folgte.

»Du hast recht«, sagte Sir Toby mit einem spöttischen Grinsen. »Sie hat eine Tracht Prügel verdient!«

Jack beobachtete in stummem Zorn, wie die beiden Männer zu Sir Francis gingen. Je mehr er von Sir Toby mitbekam, desto weniger mochte er ihn. Doch wusste er, dass jetzt nicht die Zeit war, alte Rechnungen zu begleichen. Leise eilte er zusammen mit seinen Freunden zur hinteren Tür weiter. Sie hatten es fast geschafft, als ihnen ein beleibter Mann in den Weg trat, der drei randvolle Weingläser hielt.

»Ihr!«, rief Sir Edmund entgeistert und riss ungläubig seine Schweinsäuglein auf.

Geistesgegenwärtig trat Rose vor ihn, sodass er Jack und die anderen nicht mehr sehen konnte.

»Ist eins davon für mich?«, fragte sie und nahm ein Glas. Im nächsten Augenblick schüttete sie es über seine Samtjacke. »Ach nein, tut mir ja so leid!«

Sie nahm eine Serviette von einem Tisch und bearbeitete damit die Jacke. Während Sir Edmund sich noch verwirrt gegen ihre Fürsorge wehrte, eilten Jack, Akiko und Yori aus dem Saal und einen Gang entlang.

Wenig später stieß Rose wieder zu ihnen. »Ich konnte ihn nicht länger aufhalten«, erklärte sie. »Er holt jetzt Sir Toby und Sir Francis!«

Sie rannten um eine Ecke. Hinter ihnen flog krachend die Tür auf und schwere Schritte folgten ihnen.

»Hier rein!«, rief Jack. Er öffnete eine Tür zu ihrer Linken und schlüpfte hindurch. Sie gelangten in eine holzgetäfelte Bibliothek mit einem Polstersessel an einem Kamin und zwei mit Büchern bedeckten Wänden. Akiko machte die Tür zu. Im nächsten Augenblick bog draußen schon Sir Toby mit seinen beiden Gefährten um die Ecke.

»Seid Ihr sicher, dass Ihr sie gesehen habt«, hallte Sir Tobys Stimme barsch durch den Gang.

»Das bin ich …«, antwortete Sir Edmund, »jedenfalls ziemlich …«

»Aber wir haben doch gesehen, wie sie … ertrunken sind!«, meinte Sir Francis, der Schluckauf hatte und schon so betrunken war, dass er lallte. »Mich dünkt, Ihr habt heute Abend zu viel Wein getrunken, Sir Edmund!«

»Noch keine fünf Gläser!«, protestierte Sir Edmund.

Die Stimmen kamen näher und Jack sah sich verzweifelt nach einem zweiten Ausgang um. Doch abgesehen von einem geschlossenen Bleiglasfenster hatte die Bibliothek keinen anderen Ausgang als die Tür, durch die sie gekommen waren. Sie konnten also nur in angespanntem Schweigen warten und zuhören, wie ihre Feinde sich näherten. Das Knarren der Dielen wurde immer lauter. Jacks Blick wanderte zu den von Büchern bedeckten Wänden. Leise ging er zum nächsten Bücherregal.

»Was machst du?«, flüsterte Akiko.

Jack zog rasch und lautlos den Portolan aus seiner Schultertasche. »Den verstecken«, flüsterte er.

»Nur ein weiterer Baum im Wald«, murmelte Yori, als Jack zwei ledergebundene Bücher auseinanderrückte, um auf dem Regal Platz zu schaffen. Das Öltuch, in das der Portolan eingeschlagen war, war den Einbänden von Sir Henrys Büchern so ähnlich, dass es nicht weiter auffallen würde.

Wo könnte man ein Buch besser verstecken als in einer Bibliothek?, dachte Jack. Für den Fall, dass er wieder verhaftet wurde, wollte er nicht riskieren, dass die Behörden das kostbare Logbuch seines Vaters beschlagnahmten. Als er den Portolan in die Lücke schob, sträubten sich ihm auf einmal die Härchen im Nacken und er hatte das beunruhigende Gefühl, beobachtet zu werden. Er fuhr herum, aber da war niemand. Seine Freunde, die noch an der Tür standen, blickten nicht einmal mehr in seine Richtung.

Trotzdem wurde er das unbehagliche Gefühl nicht los. Er ließ den Blick durch die Bibliothek wandern … zum leeren Kamin … dem Sessel … über die Bücherreihen … und schließlich zum Fenster, das auf die Straße ging. Die Sonne war längst untergegangen und die Straße, die nur schwach vom Mond erhellt wurde, lag düster und unheimlich da. Jack spähte in die Nacht hinaus und da sah er plötzlich etwas, dass ihm der Atem stockte. Ihm wurde eiskalt.

Im Dunkel stand ein Schatten, schwarz auf schwarz und vollkommen bewegungslos. Die gespenstische, unheimliche Silhouette eines Mannes.

Jack konnte nicht sprechen … nicht schreien … und er bekam kaum Luft. Wider alle Vernunft sah er Dokugan Ryu – Drachenauge –, den Ninja, der seinen Vater getötet, ihn selbst gnadenlos gejagt und Yamato in den Tod gerissen hatte.

Aber das war unmöglich. Der Mörder war tot. Genauso wie sein *kagemusha*, sein Nachfolger und Doppelgänger. Doch dann fielen Jack die letzten Worte von Drachenauges Schattenkrieger ein: »*Ich werde dich bis ins Grab verfolgen, Gaijin.*«

Ein Schauer lief Jack über den Rücken. Was er sah, war schrecklicher als jedes Gespenst.

Er zuckte zusammen, als die Klinke der Bibliothekstür quietschend heruntergedrückt wurde. Akiko, Yori und Rose lehnten sich mit ihrem vollen Gewicht gegen die Tür.

»Muss abgesperrt sein«, lallte Sir Francis auf der anderen Seite.

»Mir reicht's mit diesem Quatsch! Ihr seid ja betrunken«, schimpfte Sir Toby. »Zurück zum Fest.«

Die Schritte entfernten sich auf dem Gang. Als alles still war, spähte Akiko hinaus. »Sie sind weg«, flüsterte sie.

Als Jack sich noch einmal zum Fenster umdrehte, war auch der Schatten verschwunden.

侍

18

Prophezeiung

Die Sonne war noch kaum über dem Horizont aufgegangen, als Jack und seine Freunde London durch das Stadttor Newgate verließen und auf der alten Römerstraße nach Westen ritten. Sir Henrys Stallbursche hatte sie gähnend und sich die Augen reibend mit Pferden, Sätteln und einigem Proviant versorgt. Auf der Landstraße herrschte selbst um diese unchristliche Morgenstunde schon ein reger Betrieb von berittenen Kurieren, Bauern, die ihr Vieh zum Markt trieben, und Reisenden, die in Kutschen nach Oxford unterwegs waren. Doch je weiter sie die Hauptstadt hinter sich ließen, desto stärker dünnte der Verkehr aus, bis es ihnen zuletzt so vorkam, als seien sie allein unterwegs.

Jack ritt schweigend dahin, in Gedanken immer noch mit dem dämonischen Schatten vom Vorabend beschäftigt. Er wusste, dass die Einbildung ihm einen Streich gespielt haben musste – der Schatten war eine Spiegelung im Fenster gewesen oder ein Nachtwächter, der draußen seine Runde gedreht hatte. Das schien überhaupt die wahrscheinlichste Erklärung für die schwarz gewandete Gestalt zu sein. Trotzdem bekam er das schreckliche Bild nicht aus dem Kopf …

»Du bist so still«, sagte Akiko und kam neben ihn geritten. »Was beschäftigt dich?«

Jack nickte unbestimmt, unschlüssig, ob er ihr mitteilen sollte, was er gesehen hatte. Er wusste ja, dass Dokugan Ryu und sein Nachfolger tot waren. Außerdem war er hier zu Hause – in England, in einer Welt, in der es keine Ninjas gab. Die Vorstellung, er könnte Drachenauge gesehen haben, war also schlicht lächerlich. Da er Akiko keine unnötigen Sorgen machen wollte und sie auch nicht denken sollte, dass er allmählich den Verstand verlor, sagte er: »Ich habe nur an Jess gedacht und überlegt, was sie ausgerechnet in Stratford-upon-Avon zu suchen hat.«

»Nach dem, was Bodley sagte, klang es, als hätte sie keine andere Wahl gehabt«, erwiderte Akiko.

»Aber ist sie vor etwas weggelaufen oder hat jemand sie dorthin gebracht?«, fragte Jack. »Das ist ein großer Unterschied.«

»Wir wissen, dass Mrs Winters vor etwas Angst hat … oder vor jemandem«, sagte Yori, der auf seiner Stute auf- und abhüpfte wie eine Spule auf einer Spindel. »Vielleicht gilt das auch für Jess.«

»Um diese Frage zu beantworten, müssen wir sie finden«, fügte Rose hinzu und trieb ihr Pferd an.

Sie gelangten auf die Kuppe einer Anhöhe und Jack warf einen letzten Blick zurück auf die im Dunst liegende Stadt in der Ferne. Er war froh, London mit all seinen Gefahren und Schwierigkeiten hinter sich lassen zu können. Doch fürchtete er auch, was vor ihnen lag. Würde er seine Schwester finden? Oder erfahren, dass sie tot war und begraben? Was sollte er dann tun? Er hatte so viele Jahre lang nur ein Ziel vor Augen gehabt – wieder mit Jess vereint zu sein – und nicht darüber hinausgedacht. Würden Akiko und Yori nach ihrem gewalttätigen Empfang in England überhaupt bei ihm in seinem Land bleiben wollen? Seine – und ihre – Zukunft war so offen wie der Weg, der vor ihnen lag.

Zu beiden Seiten der Straße breiteten sich Felder aus, ein Flickenteppich aus goldener Gerste und tiefbrauner Erde, immer wieder unterbrochen von Wald und gluckernden Bächen und Flüssen. Dazu kamen gelegentlich Weiler, bestehend aus einem runden Dutzend Häuser, die sich um eine alte steinerne Kirche oder eine knarrende Wassermühle drängten. Wenn sie durch eine solche Siedlung ritten, folgten die Blicke der Bauern und ihrer Familien ihnen mit misstrauischer Neugier, die vor allem dem Anblick des japanischen Mönchs und des auf einem Pferd reitenden japanischen Mädchens galt. Jack erinnerte sich an die befremdeten und oft feindseligen Blicke, denen *er* auf seinen Reisen durch Japan ausgesetzt gewesen war. Doch wenn die Blicke der Bauern Akiko und Yori unangenehm waren, ließen sie es sich nicht anmerken.

Sie ritten den größten Teil des Tages und machten dann in einem Dorf an einem Wassertrog halt, um die Pferde zu tränken und ausruhen zu lassen. Da gerade Gerste geerntet wurde, war das Dorf so gut wie verlassen. Alle, auch die Kinder, arbeiteten auf den Feldern. Doch als Jack abstieg, bemerkte er einen runzligen alten Bauern auf einem Hocker vor einem kleinen strohgedeckten Häuschen. Der Bauer kaute auf einem langen Strohhalm und betrachtete die vier Reisenden mit verhaltenem Misstrauen.

»Guten Tag«, grüßte Jack ihn. »Wie heißt dieses Dorf?«

»Oakfield«, brummte der Alte.

»Dürfen wir unsere Pferde hier tränken?«

Der Alte zuckte die knochigen Schultern. »Die Frage kommt etwas spät, weil sie doch schon trinken.«

Yori trat vor und verbeugte sich. »Danke für Eure Gefälligkeit. Es ist eine Ehre, Euer Dorf zu besuchen.«

Der Bauer schnaubte. »Eine *Ehre?*« Er sah wieder Jack an. »Hat euer Freund keine Augen im Kopf? Das hier ist doch nur ein Drecksloch!«

»Yori und Akiko kommen aus Japan«, erklärte Jack, während Akiko sich ebenfalls höflich verbeugte. »Sie sind zum ersten Mal in England.«

Der Bauer kaute nachdenklich auf seinem Strohhalm. »Gibt es in ihrem Land nicht auch Dreck?«

Jack lachte. »Doch, jede Menge. Aber das hier ist *englischer* Dreck. Es gibt nichts Besseres!«

Die abweisende Miene des Bauern wich einem zahnlosen Grinsen. »Das stimmt, der Dreck ist fruchtbar!« Er hielt Jack die Hand hin. »Ich bin Jon Tiller. Hinter dem Haus ist Heu für die Pferde, wenn ihr welches braucht.«

»Danke«, sagte Jack. Rose verschwand hinter dem Haus und kehrte kurz darauf mit einem Arm voller Heu zurück.

»Wohin seid ihr unterwegs?«, fragte Jon, ohne den Blick von Akiko oder Yori abzuwenden.

»Nach Stratford-upon-Avon«, antwortete Jack.

Der Bauer spuckte ein zerkautes Stück Stroh aus. »Ist noch ein weiter Weg. Ihr habt dort Geschäfte?«

Jack schüttelte den Kopf. »Wir suchen meine Schwester. Sie ist verschwunden.«

Jon runzelte die Stirn, dass sie aussah wie ein umgepflügtes Feld, und seufzte. »Viele Leute sind verschwunden, wegen der Pest und überhaupt.«

Sie verfielen in bedrücktes Schweigen. Jack wollte sich lieber nicht vorstellen, was für ein schreckliches Schicksal seine Schwester womöglich hatte erleiden müssen, doch nachdem er das verlassene und zugenagelte Haus seines Vaters gesehen hatte, war seine Angst übermächtig. Vielleicht hatte die Pest Jess gezwungen, wegzuziehen? Aber ... *warum nach Stratford?* Soweit er wusste, hatten sie dort keinerlei Verwandtschaft ... Aber vielleicht Mrs Winters?

Die Pferde hatten gefressen und Jack hakte die Zügel los und stieg wieder auf. Sie hatten nur kurz Rast gemacht und er war von dem langen Ritt aus London wund. »Wie weit ist es bis zur nächsten Poststation und Herberge?«, fragte er.

Der Bauer rieb sich das stoppelige Kinn. »Hm, ich würde sagen, etwa fünfzehn Meilen. Reisende sagen, die Herberge *Zum Fuchs und Fasan* sei nicht schlecht, obwohl ich selbst nie dort gewesen bin. Aber wenn ihr euch ranhaltet, seid ihr noch vor Sonnenuntergang dort. Reitet nach dem Dorf rechts, dann auf der Straße weiter bis zu einem Wald. Dort nehmt ihr die Abzweigung nach links.«

»Sind im Wald Diebe unterwegs?«, fragte Rose.

»Nein«, erwiderte Jon, las einen neuen Strohhalm vom Boden auf und steckte ihn in den Mund. »Es gibt dort nämlich eine Hexe, die schreckt sie ab, die Hexe!« Er lachte leise. »Haltet euch vom Wald fern und euch wird nichts passieren.«

»Das muss die Abzweigung sein«, sagte Jack. Sie standen an einer Kreuzung, markiert durch einen alten Holzblock zur Bestrafung von Missetätern, auf den jemand Laub und alte Lumpen gehäuft hatte.

Yori blickte nervös auf den dunklen Wald. »Glaubt ihr, da drinnen lebt wirklich eine Hexe?«

»Davon gibt es in England ziemlich viele«, erklärte Rose. »Ich an deiner Stelle würde den Wald lieber nicht betreten.«

»Keine Sorge, Yori«, sagte Jack, als er sah, wie sein Freund erbleichte. »Der Bauer wollte uns nur Angst machen.«

Doch er hatte kaum ausgesprochen, da geriet der Lumpenhaufen in Bewegung und Jacks Pferd bäumte sich erschrocken auf. Verschimmeltes Laub fiel zur Seite und ein verhutzeltes altes Weiblein mit grauen Haaren kam zum Vorschein. Sie wirkte mehr tot als lebendig. Ihr Gesicht war faltig und rau wie ein Stück Rinde, ihre Augen nur noch Schlitze und die Hände krumm und schwarz wie Krähenfüße. Durch die Löcher des Holzblocks ragten ihre mageren Beine wie Zweige eines toten Baums. Doch dann gab das verschrumpelte Etwas ein trockenes Husten von sich.

»Sie lebt noch!«, sagte Akiko erschrocken und stieg vom Pferd.

»Vorsicht!«, rief Rose warnend. »Sie könnte die Hexe sein.«

»Sie ist nur eine alte Frau«, erwiderte Akiko. »Was kann die uns tun?«

Rose sah sie ernst an. »Eine Hexe kann großen Schaden anrichten, soviel ich gehört habe.«

»Wir wissen doch gar nicht, ob sie die Hexe ist«, sagte Jack und stieg ebenfalls ab.

Rose blieb im Sattel sitzen und schüttelte zweifelnd den Kopf. »Warum sollte man sie sonst in den Block stecken?«

»Wir können sie jedenfalls nicht hier liegen lassen«, beharrte Akiko. »Sonst stirbt sie.«

Jack musste ihr zustimmen, Hexe hin oder her. Er öffnete die Tasche an seinem Sattel. Sir Henrys Stallbursche hatte ihnen eine lederne Wasserflasche mitgegeben. Er zog sie hervor, zog den Stöpsel heraus und drückte die Tülle an die ausgetrockneten Lippen der Alten. Die Zunge der Frau suchte wie ein sich windender Wurm nach dem Wasser. Die Alte schluckte, dann hustete und spuckte sie.

»Erbarmen kann töten«, schnarrte sie.

Jack achtete nicht auf die Warnung und hielt ihr die Flasche weiter hin. Diesmal trank sie gierig. Nachdem sie ihren Durst gestillt hatte, richtete sie sich steif in eine sitzende Haltung auf. Durch die losen Strähnen ihrer schmutzigen Haare hindurch richtete sie den Blick auf Jack.

»Du! Du suchst jemand, der verschwunden ist!«

Jack hätte vor Schreck fast die Wasserflasche fallen lassen. »W-w-woher weißt du das?«

Die aufgesprungenen Lippen der Alten verzogen sich mühsam zu einem Lächeln. »Man bekommt auf dieser Straße viel mit … vor allem, wenn einem keine andere Wahl bleibt.« Sie blickte auf ihre im Block eingeschlossenen Beine.

Jack zog das Medaillon unter seinem Hemd hervor und zeigte ihr das Porträt. »Hast du dieses Mädchen gesehen?«, fragte er gespannt.

»Oho, schönes Kind … Jane, nicht wahr … nein, Judith … nein, Jess … ja, Jess!«

Jacks Hände begannen vor Hoffnung zu zittern. »Wo ist sie? Wo?«

Die Alte hob einen Finger, der krumm war wie ein knotiger Zweig, und hielt ihn Jack vor die Augen. »Wenn der Weise auf den Mond zeigt …« – Jack folgte dem Finger, der einen Bogen durch die Luft beschrieb – »… blickt der Narr auf den Finger!«

Die Alte lachte gackernd.

Jack runzelte unglücklich die Stirn und Rose seufzte laut.

»Die spielt doch nur mit dir«, sagte sie ungeduldig. »Komm – lass uns gehen.«

»Woher weiß sie dann den Namen meiner Schwester?«, fragte Jack.

»Sie hat ihn geraten.« Rose zeigte auf den Anhänger. »In die auf der Vorderseite eingravierte Blume ist ein J eingeschrieben.«

Jack sah genauer hin und entdeckte den Buchstaben. Verärgert darüber, auf einen so billigen Trick hereingefallen zu sein, steckte er den Stöpsel wieder in die Wasserflasche.

»Sei doch nicht gleich beleidigt, Jack!«, schalt die Alte.

»Was?«, rief Jack erschrocken. »Du weißt auch *meinen* Namen?«

»Egal wie weit der Fluss fließt, er vergisst seine Quelle nicht!«, antwortete die Frau geheimnisvoll.

Jack hockte sich vor sie. »Sag mir, was du noch weißt. Ist meine Schwester hier vorbeigekommen?«

Die Alte grinste und ihre Zahnlücken wurden sichtbar. »Ich kenne nicht alle, die hier vorbeikommen, aber ich weiß, dass du viel verloren hast. Denke auf deiner Reise also darüber nach: Wenn du dich am weitesten entfernt fühlst, bis du näher, als du denkst.«

»Fall nicht auf sie rein!«, sagte Rose. »Lass uns gehen, bevor die Hexe uns noch alle verflucht!«

Die Alte sah Rose finster an. »Den Vogel erkennt man am Flug, also flieg du doch einfach weg!«

»Wenigstens bin ich nicht an den Boden gefesselt wie du«, gab Rose zurück.

Traurig blickte die Alte auf ihre feststeckenden Beine und seufzte. »Es ist ein grausames Geschick, wenn einem alten Vogel die Flügel gestutzt werden.«

Akiko kniete sich hin und untersuchte das Vorhängeschloss mit dem eisernen Bügel. »Das bekommen wir unmöglich ab«, sagte sie.

Jack sah Yori an. »Kannst du das Schloss nicht mit einem Schrei öffnen?«

Yori schüttelte den Kopf. »Selbst das *kiaijutsu* hat seine Grenzen.«

»Aha, fremdländische Magie«, murmelte die Alte. »Aber nicht jeder, der eine Kutte trägt, ist ein Mönch.«

»Und nicht jede weise Frau ist eine Hexe«, antwortete Yori mit einem nervösen Lächeln.

Jack untersuchte den Block. Das Schloss war stabil, aber der Block selbst alt und abgenutzt und das Holz verwittert und vom Holzwurm zerfressen. »Vielleicht kann ich dich befreien«, sagte er zu der Alten.

»Es braucht einen starken Mann, diese Fesseln zu brechen«, sagte die Hexe.

»Ich brauche dazu nicht Kraft, sondern nur eine bestimmte Technik«, erwiderte Jack.

Er wusste von seiner Ausbildung im *tameshiwari,* dass es möglich war, mit einem einzigen Fausthieb drei Holzbretter durchzuschlagen. Er hatte damals nur zwei Bretter geschafft, aber der Block hatte in etwa dieselbe Dicke. Er holte tief Luft, mobilisierte seine ganze innere Kraft und lenkte das *ki* in seine Faust. Dann schlug er mit einem ohrenbetäubend lauten Schrei auf das morsche Holz …

Es splitterte!

Doch es war nicht so morsch, wie es aussah. Der Balken splitterte zwar, wollte aber nicht brechen. Stattdessen stauchte Jack sich die Fingerknöchel. Mit schmerzverzerrtem Gesicht hielt er sich die Hand.

Sensei Kyuzo würde über einen so kläglichen Versuch im Grab lachen, dachte er grimmig.

»Guter Versuch, mein Lieber«, tröstete ihn die Alte, während die Schmerzen in seiner Hand nicht nachlassen wollten. »Scheint, du hast die Hand gebrochen und nicht den Block. Lass mich sie ansehen.« Und verblüffend mühelos zog sie die Füße aus dem Block und stand ächzend auf.

Die anderen starrten das Weiblein entgeistert an.

»Du … konntest da raus? Auch schon vorher?«, fragte Yori verdattert.

»Aber ja.« Die Alte grinste. »Ein Block kann eine Hexe nicht festhalten.«

»Ich habe euch doch gewarnt, sie würde uns reinlegen!«, rief Rose.

Die Hexe lachte. »Keine Bange, ich werde keinen von euch verfluchen. Nicht einmal dich, Rose.«

Rose zuckte zusammen, als sie ihren Namen hörte, und wich ängstlich mit ihrem Pferd zurück.

»Aber ich wollte euch prüfen«, fuhr die Hexe fort. »Die meisten Reisenden sehen mich überhaupt nicht oder sie beschimpfen mich. Nur wenige zeigen Mitleid … Obwohl es einmal ein Mädchen gab mit blonden Haaren … Augen wie das Meer …« Sie sah Jack mit einem verschlagenen Lächeln an, das ihre schwarzen Zähne zeigte.

Wieder erwachte ein Hoffnungsfunke in Jack. »Sprichst du von Jess?«

Das Grinsen der Hexe verschwand schlagartig und sie starrte mit großen Augen die Straße hinab, als zöge ein

Unwetter auf. »Beeilt euch! Denn die Sonne geht bald unter und eure Schatten werden länger. Und du willst doch nicht, dass dein Schatten dich einholt … oder, Jack?«

Die Alte sah ihn mit einem so durchdringenden Blick an, dass er sich fragte, ob sie irgendwie auch von der dunklen Gestalt wusste, die er vor Sir Henrys Haus in London gesehen hatte. Der Hoffnungsfunke, den er eben noch gespürt hatte, verwandelte sich in nackte Angst.

»Für das Mitgefühl, das ihr einer alten Frau gezeigt habt, gebe ich euch diese Prophezeiung.« Sie hob ihre knotige Hand und streckte zu jedem neuen Satz, den sie sprach, einen anderen Finger.

»Einer wird leben …
Zwei werden lieben …
Drei werden weinen …
Vier werden sterben!«

Jack wechselte einen beunruhigten Blick mit seinen Freunden. Schließlich waren sie zu viert. Es kam ihnen auf einmal so vor, als seien sie verflucht worden, obwohl die Hexe versprochen hatte, es nicht zu tun. Leise vor sich hin kichernd, entfernte die Alte sich humpelnd und verschwand im Wald, doch ihre Worte blieben in der Luft hängen wie ein Zauberspruch.

19

Der Bauernfänger

Es dämmerte bereits, als Jack und seine Freunde bei der Herberge *Zum Fuchs und Fasan* eintrafen. Am Eingang empfing sie der Stallknecht und führte ihre Pferde durch ein breites Tor auf einen gepflasterten Hof. Die Pferde wurden abgesattelt und zu den Ställen nach hinten gebracht, ein junger Bursche nahm derweil ihr Gepäck und bat sie, ihm in die Haupthalle zu folgen. In dem steinernen Kamin loderte ein Feuer und der Geruch des Rauchs mischte sich mit dem köstlichen Duft nach gebratenem Fasan, der aus der Küche kam. An einem langen Tisch saß eine Gruppe von Reisenden und trank und speiste, während ein Musiker mit langen glatten Haaren auf seiner Fiedel eine lebhafte Weise spielte. In einer Nische in der Nähe des Feuers saßen mehr für sich ein gut gekleideter Herr und eine Dame, denen zwei Diener jeden Wunsch erfüllten.

Jack, Akiko und Yori setzten sich an einen leeren Tisch am Feuer, während Rose mit dem Wirt über Kost und Logis verhandelte.

»Das scheint eine anständige Herberge zu sein«, meinte Jack und ließ den Blick über den von Kerzen erleuchteten

Tresen, die mit Kissen versehenen Bänke und die auf Stoff gemalten Bilder an den Wänden wandern.

»Glaubst du, sie haben ein Bad?«, fragte Akiko hoffnungsvoll.

»Wahrscheinlich …«, sagte Jack. »Aber ob es genug warmes Wasser gibt, ist eine andere Frage.«

Akiko runzelte enttäuscht die Stirn. »Dieses Land ist wirklich seltsam. In Japan kann selbst das einfachste Teehaus seinen Gästen ein richtiges Bad bieten.«

Jack kratzte an dem Dreck, der sich während der langen Reise an seinem Hals festgesetzt hatte. Auch er vermisste das tägliche Baderitual, wollte es aber nicht zugeben. »Wir Engländer halten so einiges aus«, sagte er als Entschuldigung. Dann wechselte er das Thema. »Glaubt ihr eigentlich, was die alte Frau gesagt hat?«

Die Worte der Hexe gingen ihm immer noch durch den Kopf. Ihre Prophezeiung hatte ihn zutiefst beunruhigt. Seit er in Japan dem Rätselmönch begegnet war, dessen verrückt klingende Voraussagen sich erfüllt hatten, war er eher geneigt, den Prophezeiungen von Orakeln und Wahrsagern zu glauben.

Yori lehnte seinen Stock an den Tisch und die Bronzeringe klingelten leise. »Weissagungen kann man nicht beweisen«, sagte er. »Hinter dem Horizont wartet immer mehr, als man sehen kann.«

Jack schluckte schwer. »Aber sie hat gesagt, dass wir vier *sterben* werden!«

Yori nickte. »Stimmt. Aber Prophezeiungen sagen nicht

immer direkt künftige Ereignisse voraus. Sie sind oft nur ein Sinnbild für das, was passieren *kann.*«

»Hoffentlich hast du recht, Yori«, sagte Akiko, die genauso besorgt aussah wie Jack. »Die Frau klang sehr überzeugend.«

»Ich bin auch überzeugt, dass sie meiner Schwester auf der Straße begegnet ist«, sagte Jack. »Wie hätte sie sonst wissen sollen …«

»Guten Abend!«

Sie blickten auf. Ein junger Mann in einem vornehmen Wams aus Samt mit silbernen Knöpfen und Schulterstücken setzte sich an ihren Tisch. »Ihr seht aus, als würdet Ihr von weither kommen«, sagte er munter zu Akiko und Yori.

Augenblicklich war Jack auf der Hut. »Und warum interessiert Euch das?«

Der junge Mann hob die Augenbrauen. »Ich wollte Euch nicht verärgern, braver Mann, sondern nur freundlich zu unseren Besuchern aus der Fremde sein.« Er hielt ihm seine Hand hin. »Entschuldigt, wie unhöflich von mir, dass ich mich nicht vorgestellt habe. Ich bin Harold Westcott. Und Ihr seid?«

Jack entspannte sich ein wenig. Seiner Kleidung und seinem Benehmen nach zu schließen, schien ihr ungeladener Gast ein Ehrenmann zu sein. Er gab ihm die Hand und stellte sich und seine Freunde vor.

»Aus Japan, ja?« Harold betrachtete Yori und Akiko mit unverhohlener Neugier. »Kann nicht behaupten, dass ich davon schon gehört hätte. Muss aber ein schönes Land sein, wenn es so schöne Menschen wie Euch hervorbringt.« Sein Blick ruhte auf Akiko.

Akiko neigte den Kopf und lächelte höflich und Jack war einen Augenblick lang neidisch auf den mühelosen Charme des Mannes. Sowohl Akiko als auch Yori zogen in England viel Aufmerksamkeit auf sich und Jack hatte das Gefühl, sie als Gäste in seiner Heimat beschützen zu müssen.

»Ihr tragt da eine wunderschöne Haarnadel«, fuhr Harold an Akiko gerichtet fort. »Ganz aus Gold?«

Akiko nickte und fasste sich mit der Hand an die dünne *kanzashi*-Haarnadel, mit der sie ihre langen schwarzen Haare zu einem Knoten aufgesteckt hatte. Das eine Ende hatte die Form einer Kirschblüte. Doch war Akikos *kanzashi* nicht nur schön, sondern auch gefährlich – mit ihrer scharfen Spitze ließ sie sich als tödliche Geheimwaffe einsetzen. Nicht dass unser neuer Freund das zu wissen braucht, dachte Jack und rief sich ins Gedächtnis, dass Akiko jederzeit selbst auf sich aufpassen konnte.

»Und Ihr scheint mir ein gebildeter junger Mann zu sein«, bemerkte Harold, an Yori gewandt. »Was habt Ihr da für einen Stock?«

»Das ist ein *shakujō*«, erklärte Yori eifrig. »Wir benutzen ihn beim Gebet, als Begleitung unseres Sprechgesangs.«

Harold betrachtete die bronzene Spitze mit den sechs Ringen. »Sieht mehr aus wie ein Speer als ein Musikinstrument!«

Yori antwortete mit einem unergründlichen Lächeln. Harold war der Wahrheit nähergekommen, als er wusste, ganz zu schweigen von der Einsatzmöglichkeit des Stocks zur Selbstverteidigung. Laut sagte er: »Ich bin Buddhist und glaube, dass man keinem Geschöpf etwas zuleide tun darf. Das Klingeln der Ringe warnt Insekten und andere Tiere davor, dass wir uns nähern, sodass wir nicht versehentlich auf sie treten.«

»Bewundernswert«, sagte Harold. »Aber warum *sechs* Ringe?«

»Sie stehen für die sechs Tugenden.«

Harold hörte aufmerksam zu, während Yori ihm von den sechs Tugenden Großzügigkeit, Rechtschaffenheit, Geduld, Beharrlichkeit, Konzentration und Weisheit erzählte. Dann sah er Jack an. »Und da glaubte ich, England sei die Quelle aller Weisheit!« Er lachte gutmütig. »Und was ist Eure Geschichte, Jack? Was hat Euch nach Japan verschlagen?«

»Ihr stellt wirklich eine Menge Fragen«, sagte Jack. Er musste an Sir Henrys Warnung denken, keinem zu trauen, dem sie unterwegs begegneten.

Harold zuckte unbekümmert mit den Schultern. »Na ja, wer eine Frage stellt, ist einen Augenblick lang dumm, wer keine stellt, sein Leben lang. Nicht wahr, Yori?«

Yori konnte angesichts so weiser Worte nur zustimmend nicken. Harold nahm einen Schluck aus seinem zinnernen Weinbecher und wies, als er Jacks Zurückhaltung spürte, mit dem Kinn auf das gut gekleidete Paar in seinem Separee. »Heute Abend scheinen eine Menge vornehmer Leute unterwegs zu sein. Da drüben sitzen doch tatsächlich Lord Robert Percival und seine Frau, Lady Catherine.«

Jack sah zu dem silberhaarigen Mann und seiner deutlich jüngeren eleganten Frau hinüber. »Von denen habe ich noch nie gehört«, sagte er.

Harold klappte vor Schreck über dieses Geständnis die Kinnlade herunter. »Lord Robert Percival ist Mitglied des Kronrats – ein sehr wichtiger Mann und persönlicher Berater des Königs!«

Jack betrachtete den älteren Mann genauer. Angetan mit einem roten Samtgewand, wirkte Lord Percival tatsächlich bedeutend, wie er kerzengerade auf seinem Stuhl saß und mit seiner Frau sprach, während zwei Diener sich ständig in der Nähe und zu seiner Verfügung hielten.

Harold beugte sich vor. »Lady Catherine ist … *Französin*«, sagte er leise. Er nahm wieder einen Schluck aus seinem Becher und lehnte sich zurück. »Ihr seid vermutlich heute aus London gekommen? Bestimmt seid Ihr froh, nicht mehr in der Stadt zu sein, in der die Pestärzte so schlimm wüten!«

Jack hob ruckartig den Kopf. »Von was redet Ihr? Was für Pestärzte?«

Harold stellte seinen Becher ab und senkte die Stimme erneut. Seine Miene war ernst. »Habt Ihr denn nicht davon gehört? Es ist, als seien die vier Reiter der Apokalypse erschienen. Sie tauchen nur nachts auf – schwarze Schatten, die eine Spur des Todes hinterlassen.«

Ein kalter Schauer überlief Jack. Pestärzte beschworen schon albtraumhafte Bilder in seinem Kopf, aber die Schatten, von denen Harold sprach, machten ihm wirklich Angst.

»Aber es ist nicht die Pest, die tötet«, fuhr Harold fort. »Es sind die Ärzte. Ich habe von einer armen Seele gehört, die nach dem Besuch der Ärzte mit einem von einer roten Straußenfeder durchbohrten rechten Auge aufgefunden wurde.«

Jacks Mund war auf einmal wie ausgedörrt. Bei dem Opfer konnte es sich nur um eine Person handeln – Rowland Bodley.

»Er sei nicht der Erste, heißt es, und wird auch nicht der Letzte sein«, sagte Harold, ohne die beklommenen Blicke zu bemerken, die Jack, Yori und Akiko wechselten. »Gerüchten zufolge zieht sich eine Spur von Leichen von Limehouse bis Ludgate. Wir leben in düsteren und gefährlichen Zeiten, Freunde!«

Er griff wieder nach seinem Becher und trank ihn mit einem langen Schluck leer. »Aber sagt doch, wohin seid Ihr unterwegs?«

»Nach Stratford«, antwortete Jack abwesend, in Gedanken noch mit dem beschäftigt, was Harold gesagt hatte. War die Erscheinung vor dem Fenster am vergangenen Abend ein Pestarzt gewesen? Oder etwas noch Unheimlicheres … etwas, das mit den Gerüchten von den mordenden Schatten zu tun hatte?

»Dann nehmt die Hochstraße und nicht die Straße durchs Tal«, riet Harold. Sie ist überflutet und kaum noch passierbar.«

»Danke für den Hinweis«, sagte Akiko und lächelte freundlich.

»Gern geschehen.« Harold stellte seinen leeren Becher ab und sein Blick blieb an dem silbern aufblitzenden Medaillon an Jacks Hals hängen. »Das ist ein schönes Schmuckstück. Ist da Euer Schatz drin?« Er warf Akiko einen Blick zu.

»Nein, meine kleine Schwester«, erwiderte Jack. Er öffnete das Medaillon und zeigte Harold Jess' Porträt. »Sie ist verschwunden. Seid Ihr ihr zufällig begegnet? Sie könnte hier vorbeigekommen sein.«

»Lasst mich sehen.« Harold betrachtete die Miniatur und schüttelte bedauernd den Kopf. »Tut mir leid, nein, aber ich werde ein Auge nach ihr offen halten.«

»Das werdet Ihr ganz bestimmt!«, mischte Rose sich in das Gespräch ein. »Aber jetzt verschwindet und versucht Euer Glück bei den Gästen dort drüben.«

Harold sah Rose böse an, die seinen Blick jedoch unerschrocken erwiderte. Dann stand er auf und verbeugte sich steif vor Jack, Akiko und Yori. »Es hat mich gefreut, Euch kennenzulernen, und ich wünsche Euch eine sichere Reise.«

Während er sich langsam in Richtung des anderen Tischs entfernte, sah Akiko Rose entgeistert an. »Warum warst du so unhöflich? Er wollte doch nur freundlich sein.«

»Zu freundlich«, erwiderte Rose. »Kam mir vor wie ein Bauernfänger.«

»Was ist ein Bauernfänger?«, fragte Yori.

»Ein Betrüger und Dieb. Seht ihr die schönen Kleider, die er trägt? Das sind vermutlich gar nicht seine. Er hat sie wahrscheinlich dem letzten Reisenden abgenommen, der auf seinen Charme hereingefallen ist.«

Akiko war entsetzt. »Das glaube ich nicht. Er war doch so nett. Es sind doch bestimmt nicht alle Engländer Diebe.«

»Natürlich nicht«, erwiderte Rose. Sie verzog die Mundwinkel zu einem listigen Grinsen und zückte eine kleine Lederbörse. »Engländerinnen können das auch. Nur sind wir besser!« Sie nickte in Harolds Richtung. »Heute Abend geht das Essen auf ihn.«

»Aber *wir* sind doch keine Diebe!«, rief Akiko. Sie riss Rose die Börse aus der Hand, stand auf und ging Harold nach. »Ihr habt das fallen lassen.«

Harold sah die Börse überrascht an. »Oh, vielen Dank, Akiko.« Er befestigte die Börse wieder an seinem Gürtel. »So ehrliche Leute wie Euch trifft man heutzutage selten. Ich hoffe, ich kann den Gefallen eines Tages erwidern.«

Nach einem Abendessen aus gebratenem Fasan und Steckrüben begaben Jack und seine Freunde sich auf ihre Zimmer. Der lange Ritt von London hatte sie erschöpft. Als sie die Treppe zu der Galerie hinaufstiegen, von der man den mondbeschienenen Innenhof überblickte, fragte Yori: »Glaubt ihr, der Mann, der von diesen Pestärzten getötet wurde, war wirklich Rowland Bodley?«

»Es wird wohl nicht so viele Londoner geben, die an ihren Hüten rote Straußenfedern tragen«, meinte Jack grimmig.

»Die Feder könnte ein Zufall sein«, gab Akiko zu bedenken.

Jack sah sie an. »Ein zu großer Zufall für meinen Geschmack.«

»Ich tippe darauf, dass Nathan Holme es getan hat«, sagte Rose und lehnte sich gegen das Balkongeländer. »Um seinen Vater zu rächen.«

»Er kam mir aber nicht wie ein Mörder vor«, sagte Yori.

»Die Trauer kann einen Menschen zu extremem Handeln treiben«, erwiderte Rose. »Wenn er es nicht war, hat er jemanden bezahlt, der es für ihn getan hat.«

»Aber warum Pestärzte damit beauftragen?«, fragte Akiko skeptisch.

Rose zuckte mit den Schultern. »Die Leute, die er beauftragt hat, haben sich wahrscheinlich nur wie Pestärzte angezogen, damit sie sich ungehindert und ohne Verdacht zu erregen in der Stadt bewegen konnten.«

Jedenfalls würde das ein Ninja tun, dachte Jack. Ihm wurde ganz heiß.

»Was ist?«, fragte Akiko, die seine beunruhigte Miene bemerkte.

»Nichts«, antwortete er und tat seine Bedenken mit einem Kopfschütteln ab. Er musste sich unbedingt darauf konzentrieren, seine Schwester zu finden, statt irgendwelchen Gerüchten über Schatten nachzuhängen. »Wer immer es getan hat, Bodley ist jedenfalls nicht mehr unser Problem.«

»Er ist für niemanden mehr ein Problem!«, sagte Rose mit einem Lachen. »Ich gehe schlafen. Dann bis morgen.« Als sie auf dem Weg in ihr Zimmer an Jack vorbeikam, gab sie ihm einen Gutenachtkuss auf die Wange.

Yori ging zu dem Zimmer, das er sich mit Jack teilte, und

Jack wollte ihm folgen. Doch Akiko blieb im Dunkeln stehen. »Jack«, rief sie leise.

»Was ist?«, fragte er und drehte sich zu ihr um.

Akiko stand unbewegt da und ihre Stimme klang nicht so freundlich wie sonst, wenn sie mit ihm sprach. »Wie gut kennst du Rose eigentlich?«

Jack spürte immer noch Roses Kuss auf seiner Wange. »Wir sind Kindheitsfreunde, mehr nicht.«

»Das war vor über sieben Jahren«, sagte Akiko. »In dieser Zeit kann man sich verändern. Ich glaube, du darfst ihr nicht vertrauen.«

Jack runzelte die Stirn. »Warum denn nicht?«

»Sie stiehlt«, antwortete Akiko, als liege die Antwort auf der Hand. »Und ich glaube, sie nutzt dich aus.«

»Wie kannst du das sagen?«, widersprach Jack. »Sie hilft uns, meine Schwester zu finden.«

»Aber gegen Geld«, sagte Akiko. »Ich habe gesehen, wie sie eine der Münzen eingesteckt hat, die du ihr zur Bezahlung von Unterkunft und Verpflegung gegeben hast. Sie stiehlt dein Geld.«

Jack runzelte die Stirn. »Sie hat einen guten Preis für das Zimmer ausgehandelt und mir mehr Geld zurückgegeben, als ich erwartet habe, deshalb würde es mich überraschen, wenn sie noch welches für sich abgezweigt hätte. Außerdem, sie mag eine Diebin sein, aber sie hat ein gutes Herz.«

Akiko sah Jack unerwartet böse an. »Warum nimmst du sie in Schutz?«

»Und warum greifst du sie an?«, gab Jack zurück. »Das

siehst dir gar nicht ähnlich. Kannst du nicht netter zu ihr sein?«

»Sie ist jedenfalls ziemlich nett zu *dir.*«

Jack seufzte. »Akiko, du brauchst nicht eifersüchtig zu sein, ich …«

»Eifersüchtig? Auf sie?« Akiko sah ihn gekränkt an und verschränkte die Arme. »Tu, was du willst, Jack. Es ist dein Land und ich bin hier nur zu Gast. Wenn du eine Rose einer Kirschblüte vorziehst, ist das deine Entscheidung. Ich versuche nur, dich zu schützen, mehr nicht. Gute Nacht.«

Und damit machte sie kehrt und ging zu ihrem Zimmer. Jack blieb allein auf der Galerie zurück. Verwirrt blickte er zu den Sternen auf und überlegte, was er gesagt hatte, dass sie sich so aufregte. Wahrscheinlich war sie nur von der Reise müde.

Doch während er so im Dunkeln stand und auf das Wiehern der Pferde im Stall lauschte, musste er wieder an das denken, was Akiko gesagt hatte. Hatte sie recht, dass man Rose nicht trauen durfte? Es stimmte, dass sich seine Bekanntschaft mit ihr bis vor einer Woche auf einen Kuss beschränkt hatte, den sie sich als Kinder unter dem Moorgate genannten Tor gegeben hatten. Aber Rose hatte sie zu Mrs Winters geführt und die Idee gehabt, den Miniaturmaler aufzusuchen. Und jetzt führte sie sie durch ein Land, das er nicht mehr kannte.

Rose war ein Geschenk des Himmels … oder nicht?

20

Schießübung

Am nächsten Morgen vertilgten sie ein Frühstück aus Butterbrot und Salbei, während der Stallknecht ihre Pferde sattelte und zum Aufbruch bereit machte. Jack gab ihm ein Trinkgeld und sie verließen den Ort. Die Wiesen und Felder entlang der Landstraße waren nebelverhangen und der Tau glänzte in der frühmorgendlichen Sonne. Rose ritt voraus, gefolgt von Jack und Yori, Akiko blieb ein wenig zurück. Außer einem höflichen »Guten Morgen« hatte sie noch nicht viel gesagt.

»Ich glaube, sie hat Heimweh«, sagte Yori leise zu Jack, als er merkte, dass der sich ein paarmal nach ihr umsah.

»Glaubst du?« Jack hatte dem Freund nichts von ihrem Streit am Vorabend erzählt, aber vielleicht erklärte das, warum Akiko ihm gegenüber so abweisend war.

Yori nickte und lächelte matt. »Ich kann allmählich verstehen, wie du dich bei deiner Ankunft in Japan gefühlt haben musst. Alles ist so anders und fremd … das Essen, die Betten, die Menschen … Es braucht Zeit, sich daran zu gewöhnen …« Er blickte sehnsüchtig auf die sanft geschwungenen Wiesen unter dem Nebel, der sich langsam hob.

»Willst du auch nach Hause?«, fragte Jack, ohne die Enttäuschung in seiner Stimme verbergen zu können.

»Wir haben deine Schwester noch nicht gefunden!«, erwiderte Yori tapfer.

Doch Jack merkte, dass er seine Frage nicht direkt beantwortet hatte. Daraus schloss er, dass Yori ebenfalls Heimweh hatte, aber bemüht war, sich das nicht anmerken zu lassen.

»Außerdem«, fuhr Yori mit einem Lächeln fort, »besteht die wirkliche Entdeckungsreise nicht darin, nach neuen Ländern zu suchen, sondern mit neuen Augen zu sehen. Wahrscheinlich muss Akiko die Dinge nur mit anderen Augen betrachten.«

Jack nickte mit einem Seufzen. Nach dem Empfang, den man ihnen bereitet hatte, konnte er es seinen Freunden nicht verdenken, dass sie nach Hause zurückkehren wollten. Wenn er in Japan Heimweh gehabt hatte, hatte er sie oft angefahren und seinen Unmut an ihnen ausgelassen. Kein Wunder, dass Akiko ihm gegenüber so gereizt gewesen war. Überraschend war höchstens, dass diese Gefühle sich erst jetzt bemerkbar machten. Dass seine Freunde ihm unbedingt bei der Suche nach seiner Schwester helfen wollten, statt nach Hause zu fahren, zeigte ja, in welch unerschütterlicher Treue sie zu ihm standen. Jack fühlte sich zugleich vom Glück begünstigt und schuldig … und außerdem hoffnungsvoll. Mit solchen Freunden an seiner Seite musste die Suche doch gelingen.

Der Nebel wich der Wärme des heraufziehenden Tages

und sie gelangten in ein bewaldetes Tal. Hier verzweigte sich die Straße. Der eine Weg führte weiter oben entlang, der andere unten.

»Harold meinte, der untere Weg sei überflutet«, erinnerte Akiko Jack.

»Ach tatsächlich?«, sagte Rose, lenkte ihr Pferd nach links und folgte dem unteren Weg.

»Aber …«

»Wie naiv bist du eigentlich, Akiko?«, rief Rose über die Schulter. »Harold, oder wie immer er hieß, hat ziemlich sicher gelogen. Wahrscheinlich liegt er mit seinen Freunden irgendwo an der oberen Straße im Hinterhalt.«

»Nicht alle denken so wie du!«, sagte Akiko gereizt.

»Zum Glück denke ich so, sonst hättet ihr es nicht einmal bis hierher geschafft. Ich weiß nicht, aufgrund welcher Fähigkeiten du Samurai geworden bist, der gesunde Menschenverstand war es jedenfalls nicht!« Rose lachte.

»Wir lernen Bushido!«, gab Akiko scharf zurück. »Den Weg des Kriegers. Vielleicht könntest du auch von seinen sieben Tugenden profitieren – vor allem von der der Höflichkeit und Achtung.«

Rose brachte ihr Pferd mit einem Ruck zum Stehen und sah Akiko wütend an. »Du kennst mich nicht, also hast du auch kein Recht, über mich zu urteilen!«

Feindselig starrten die beiden Mädchen einander an. Yori riss beunruhigt die Augen auf und Akiko spannte die Muskeln an wie eine zum Sprung bereite Katze. Rasch trat Jack zwischen die beiden Streithähne.

»Wir stehen doch auf derselben Seite!«, erinnerte er sie. »Ich habe Harolds Rat auch gehört, Akiko, aber vielleicht hat Rose trotzdem recht.« Er lächelte versöhnlich, um Akiko zu besänftigen. »Lass uns das Gegenteil von dem tun, was Harold uns geraten hat, nur für den Fall. Wenn die Straße wirklich überschwemmt ist, können wir immer noch umkehren.«

»Also gut«, lenkte Akiko ein. Sie betrachtete ihn mit einem unergründlichen Blick, dann trieb sie ihr Pferd an.

Schweigend ritten sie am Fluss entlang. Akiko blieb weiter für sich und Jack merkte, dass er sie erneut verärgert hatte, weil er für Rose eingetreten war. Aber er konnte im Moment nichts anderes tun. Vorsicht war in diesem Fall besser als Nachsicht.

Sie ritten unter überhängenden Ästen hindurch und durch große Pfützen. Streckenweise ähnelte die wassergetränkte Straße mehr einem Sumpf und eine Weile schien es, als würde Akiko recht behalten: Die Straße war tatsächlich vor einiger Zeit überschwemmt gewesen. Doch sie waren vorsichtig und konnten sie schließlich passieren.

»Seht ihr?«, sagte Rose zufrieden, als der Weg sanft anstieg und der Boden trockener wurde. »Man kommt hier doch …«

Der gellende Schrei einer Frau zerriss die Luft und Vögel flogen erschrocken von den Baumwipfeln auf. Sie zügelten die Pferde und sahen einander alarmiert an.

»Das kam aus dem Wald«, sagte Jack und ließ den Blick über die Bäume wandern.

Wieder ertönte ein Schrei. »Es könnte eine Falle sein«, warnte Rose.

»Falle oder nicht, da braucht jemand unsere Hilfe«, sagte Akiko.

Jack war hin- und hergerissen. Einerseits wollte er so schnell wie möglich ans Ziel kommen. Andererseits konnte er nicht einfach weiterreiten, wenn jemand offensichtlich Hilfe brauchte. Nach dem Kodex des Bushido musste er helfen. Auf seiner Flucht durch Japan hatten Fremde ihm verschiedentlich geholfen und ihm das Leben gerettet, also war es nur richtig, dass er das jetzt auch tat, zumal in seiner Heimat.

»Akiko hat recht«, sagte er. »Als Samurai sind wir verpflichtet zu helfen.«

Er ruckte an den Zügeln und ritt auf die Bäume zu. Yori und Akiko folgten ihm.

»Aber ich bin kein Samurai!«, rief Rose ihnen nach.

Sie banden ihre Pferde an Bäumen fest und schlichen zu Fuß in den Wald. Stimmen wurden lauter und sie duckten sich hinter ein Gebüsch aus Farnen und spähten auf eine kleine Lichtung. Dort stand ein rundes Dutzend Wegelagerer. Einige von ihnen fesselten gerade einen älteren Mann und eine jüngere Frau, die nur noch mit ihrer Unterwäsche bekleidet waren, an den Stamm einer Eiche, während andere die Satteltaschen ihrer Pferde durchsuchten. Zwei Diener waren niedergeschlagen worden und lagen blutend auf dem Boden zu Füßen ihres Herrn.

»Sind das nicht Lord und Lady Percival, die gestern Abend im Separee der Herberge gespeist haben?«, fragte Yori leise.

Jack nickte. Zwei Räuber, die den beiden ihre schönen Kleider ausgezogen hatten, stolzierten jetzt zur Belustigung ihrer Kameraden im Sonntagsstaat herum wie ein Gutsherr und seine Frau. Ein hochgewachsener bärtiger Mann mit einem dicken Knotenstock stand in der Mitte der Lichtung und beaufsichtigte das Spektakel. Von seinem rechten Augenwinkel zog sich eine gewellte Narbe bis zum Kinn hinunter. Neben ihm stand eine junge Frau mit einem wahren Gestrüpp von Haaren und einem Gesprenkel von Sommersprossen im Gesicht, das nicht zu dem höhnischen Lächeln auf ihren Lippen passen wollte.

»Der Große mit der Narbe ist ein sogenannter Aufrechter«, flüsterte Rose. »Er ist der Anführer der Bande. Mit ihm oder seiner Braut legt ihr euch lieber nicht an.«

»Seiner Braut?«, fragte Yori.

»Seiner Freundin, allerdings eine von der ganz üblen Sorte!«

»Es bleibt uns aber vielleicht nichts anderes übrig – als uns mit ihm anzulegen, meine ich«, sagte Jack, der die Steinschlosspistole an der Hüfte des Aufrechten bemerkt hatte.

Rose starrte ihn an. »Aber das ist nicht unser Problem. Warum mischen wir uns ein?«

»Weil es niemand tut, wenn wir es nicht tun.«

»Aber das sind mindestens zehn oder mehr!«, protestierte Rose.

»Wir haben schon gegen eine größere Übermacht gekämpft«, sagte Akiko und legte einen Pfeil auf. »Wenn du Angst hast, bleib hier.«

»Ich habe keine Angst«, erwiderte Rose gereizt. »Ich bin nur realistisch! Ich meine, warum sollten wir unser Leben für zwei Adlige riskieren, die wir nicht einmal kennen?«

»Neben Leben zu schaffen ist das Größte, das ein Mensch tun kann, Leben zu retten«, erklärte Yori, der den Schaft seines *shakujō* so fest umklammerte, dass seine Knöchel weiß hervortraten.

Auf der Lichtung trat der Aufrechte vor die gefesselten Opfer. »Heute ist Euer Glückstag, mein Herr.«

»*Glück*stag?«, knurrte Lord Percival und zerrte an seinen Fesseln. »Wie könnt Ihr das Glückstag nennen?«

»Weil ich heute Morgen nicht zum Töten aufgelegt bin«, antwortete der Räuber mit einem schnaubenden Lachen. »Meine Hazel braucht allerdings ein wenig Schießübung mit meiner Pistole.« Er nahm die Steinschlosspistole vom Gürtel und gab sie seiner Braut. Dann zog er einen Apfel aus der Tasche, biss ein großes Stück davon ab und legte ihn auf Lady Catherines Kopf.

»Nicht bewegen«, ermahnte er sie. Dann ging er zu seiner Braut, die inzwischen ein Dutzend Meter vom Baum entfernt wartete. »Wenn Hazel es schafft, den Apfel vom Kopf Eurer Frau zu schießen … dann lasse ich sie frei.«

»*Est-ce vrai?*«, fragte Lady Catherine und sah ihren Mann hoffnungsvoll an.

Der Anführer der Bande nickte. »Hazel schießt allerdings nicht besonders gut.«

»Nein, weil ich so schlecht sehe, stimmt's, Guy?«, sagte die Braut. Sie stellte sich breitbeinig hin, hob die Pistole, kniff ein Auge zu und zielte unsicher.

»Nein … nicht … halt!«, rief Lord Percival, während seine Frau so stark zitterte, dass der Apfel herunterzufallen drohte.

Hazel drückte auf den Abzug. Das Steinschloss entzündete das Pulver und ein Schuss knallte. Lady Catherine schrie auf, als die Kugel in den Baum unmittelbar über dem Apfel – und ihrem Kopf – einschlug und ein Schauer von Rindensplittern durch die Luft flog.

»Nicht übel«, lobte Guy und sah seine Braut grinsend an. »Noch ein Versuch.«

Hazel machte sich daran, den Lauf der Pistole wieder mit Schießpulver und einer Kugel zu füllen. Lady Catherine, so weiß im Gesicht wie eine Lilie, begann zu schluchzen, während ihr Mann um ihr Leben flehte.

»Wenn wir sie nicht retten«, sagte Jack, »pustet das Mädchen der armen Frau irgendwann den Schädel weg.«

»Solange sie es ist und nicht einer von uns …«, erwiderte Rose. »Du bist doch hier, um deine Schwester zu finden, nicht um den Helden zu spielen.«

Ein unheilverkündendes Klicken zeigte an, dass die Pistole erneut schussbereit war.

»Ein wenig tiefer«, befahl der Aufrechte. Er stand hinter seiner Braut und führte ihren Arm.

Hazel schloss ein Auge und zielte erneut. Der Schuss löste sich und die Kugel riss wieder ein Loch in den Baum ... und hatte Lady Catherine diesmal am Ohr getroffen. Blut spritzte auf ihr weißes Unterkleid und sie schrie.

»Das war richtig knapp«, sagte der Aufrechte und weidete sich an der Panik auf Lord Percivals Gesicht. »Ein letzter Versuch, meine Süße.«

Jack besprach sich flüsternd mit Akiko und Yori und auf sein stummes Nicken hin verteilten sie sich um die Lichtung. Hazel lud unterdessen die Pistole für einen dritten und letzten Schuss und Guy vergnügte sich damit, die Gefangenen mit Hohn und Spott zu überschütten.

»Das Ohr!« Er lachte. »Aber Kopf hoch! Hazel wird immer besser. Die nächste Kugel trifft vermutlich genau ins Schwarze ...«

Jack trat auf die Lichtung. Die Räuber, die die Satteltaschen durchsuchten, hielten inne und wandten sich ihm zu. Lord und Lady Percival starrten ihn flehend an.

»Ihr seid umstellt!«, rief Jack mit aller Autorität, die er aufbringen konnte. »Legt die Waffen nieder und ergebt euch.«

»Wer bist du denn?«, wollte der Aufrechte unbeeindruckt wissen.

»Jack Fletcher«, antwortete Jack und stellte sich so, dass der Räuber die Schwerter an seiner Hüfte sehen konnte. »Jetzt tut, was ich sage, dann wird niemand verletzt.«

Guy strich sich über den Bart und betrachtete Jack abschätzend. Dann ließ er die grauen Augen über die Bäume wandern. »Ich bewundere deinen Mut, junger Mann. Aber du bluffst doch nur. Ich glaube nicht, dass da jemand …«

Ein Pfeil schwirrte durch die Luft, durchbohrte den Apfel über dem Kopf von Lady Catherine und nagelte ihn an den Stamm.

Die Räuber bekamen es mit der Angst zu tun und sahen sich um. Rechts von ihnen bewegten sich einige Büsche, was aussah, als näherten sich mehrere Männer. Sofort ließen einige Bandenmitglieder die Waffen fallen, zwei ergriffen sogar die Flucht und verschwanden im Wald. Jack musste ein Grinsen unterdrücken – ihr Plan ging offenbar auf!

»Einen guten Schützen hast du da«, bestätigte der Aufrechte, immer noch unbeeindruckt. Er machte einen Schritt auf Jack zu.

»Der nächste Pfeil durchbohrt Euer Auge, wenn Ihr die beiden Gefangenen nicht freilasst«, sagte Jack warnend, die Hand am Schwert. »Lasst uns weiteres Blutvergießen vermeiden.«

Missmutig wandte Guy sich an seine Braut, als wollte er ihr sagen, sie solle nicht schießen, doch dann wirbelte er herum und schlug mit dem Ende seines Stocks so schnell nach oben, dass er Jack unter dem Kinn traf.

»Das einzige Blut, das heute vergossen wird, ist deins!«, fauchte er.

Jack sah Sterne und taumelte zurück. Im nächsten Augenblick sauste als sofortige Vergeltung ein Pfeil an ihm vorbei und geradewegs auf das rechte Auge des Räubers zu. Doch der war vorgewarnt und wehrte ihn mit seinem Stock ab.

Die Pfeilspitze grub sich tief in das Holz. Als Nächstes stieß Guy den Stock Jack in den Bauch.

Jack krümmte sich vornüber und ging zu Boden. *Das* hatten sie nicht geplant.

»Ich glaube, ich bin heute doch zum Töten aufgelegt«, knurrte Guy und holte mit seinem Stock aus, um Jacks Schädel zu zertrümmern wie ein Ei.

Da brach Yori aus seinem Versteck im Gebüsch und eilte Jack zu Hilfe. Als der Stock niedersauste, lenkte Yori den tödlichen Streich mit seinem *shakujō* ab – und konterte mit einem Stoß der bronzenen Speerspitze. Die Ringe klirrten, als er den Aufrechten in die Magengrube traf. Guy bekam keine Luft mehr und taumelte zurück – doch hatte er sich schnell erholt und begann, wütend wie ein Berserker auf Yori einzuschlagen. Ein Kampf wie zwischen David und Goliath entbrannte. Tapfer wehrte Yori einen Schlag nach dem anderen ab. Doch war er seinem Gegner kräftemäßig nicht gewachsen und musste schon bald zurückweichen.

Jack, der das Blut seiner aufgeplatzten Lippe schmeckte, rappelte sich mühsam auf. Er musste Yori helfen. Doch ein junger Räuber mit einem Knüppel hatte etwas anderes mit ihm vor. Der Knüppel hätte ihm fast den Kopf abgeschlagen und er konnte sich gerade noch ducken. Der nächste Schlag zertrümmerte ihm fast die Nase. Dann sauste der Knüppel wie ein Hammer ein drittes Mal auf ihn nieder …

Akiko erschien auf der Lichtung. Sie hatte einen Pfeil in den Bogen eingelegt. Im nächsten Moment ließ sie die Sehne los und der Pfeil sauste durch die Luft und traf geradewegs den erhobenen Arm des jungen Räubers und nagelte ihn an den Baumstamm dahinter.

»Nicht weglaufen!«, sagte Jack und ließ den armen Burschen an seinem durchbohrten Arm hängen.

Doch er selbst war noch keineswegs außer Gefahr. Die beiden als Herr und Herrin verkleideten Räuber drangen mit Degen auf ihn ein. Jack, der sich an die gefährliche Reichweite der Waffe erinnerte, zog Langschwert und Kurzschwert gleichzeitig und wehrte ihre Angriffe ab. Zwar hatten die beiden Räuber keine Erfahrung im Schwertkampf, doch waren sie dafür zu zweit. Jack durfte keinen Moment in seiner Wachsamkeit nachlassen. Geschickt wich er einem Stich aus, lenkte einen zweiten ab und blockte einen dritten. Dann schlug er mit dem Langschwert nach rechts und dem Kurzschwert nach links und trieb seine Gegner auseinander. Anschließend trat er zwischen sie und verleitete sie dazu, ihn anzugreifen. Der eine versuchte ihn von vorn zu durchbohren, der andere von hinten, doch Jack sprang gewandt zur Seite und die beiden durchbohrten sich gegenseitig.

»Und jetzt?«, rief Akiko, während sie einen muskelbepackten Räuber mit einem Seitwärtstritt in einen Stechginsterbusch beförderte und einem anderen den Ellbogen ins Gesicht stieß.

»Wir folgen Plan B«, antwortete Jack, der mit einem Hünen mit nacktem Oberkörper die Klingen kreuzte.

Akiko zog einen Pfeil aus dem Köcher. »Und der wäre?«

»Um unser Leben kämpfen!« Jack blockte einen mit aller

Kraft geführten Schlag nach seinem Kopf und antwortete mit einem Aufwärtsschlag, der einen blutigen Striemen auf der Brust seines Gegners hinterließ.

Yori hatte unterdessen zurückweichen müssen, bis er einen Baumstamm im Rücken spürte. Der Aufrechte schlug immer wieder mit seinem Stock nach ihm und Yori sprang wie eine den Krallen eines Falken ausweichende Spitzmaus hin und her. Dass er so klein war, erwies sich dabei als Vorteil. Der Stock traf nicht ihn, sondern den Baum. Mit jedem danebengegangenen Schlag wuchs die Wut des Räubers, aber auch Yoris Erschöpfung.

Jack und Akiko bemerkten seine Not und kämpften sich verzweifelt über die Lichtung, um dem Freund beizustehen.

Da duckte Yori sich plötzlich zwischen den Beinen des Räubers hindurch und erwischte ihn dabei mit der bronzenen Spitze seines *shakujō*. Der Räuber stöhnte laut auf vor Schmerzen. Dann hakte Yori das Ende des Stocks um den Knöchel des Mannes und riss ihm das Bein unter dem Leib weg. Mit einem dumpfen Schlag landete der Aufrechte auf dem Boden und knallte mit dem Kopf auf eine vorstehende Wurzel. Bewusstlos blieb er liegen.

»Jetzt ist Schluss mit aufrecht, ja?«, keuchte der siegreiche Yori.

Als die Mitglieder der Bande sahen, dass ihr Anführer zu Boden gegangen war, flohen sie von der Lichtung.

»Gut gemacht, Yori!«, sagte Jack und steckte seine Schwerter in die Scheide.

Yori lächelte. »Je größer sie sind, desto härter fallen sie!«

Doch der Aufrechte bewegte sich schon wieder und richtete sich auf.

Akiko spannte noch einmal ihren Bogen und drückte ihm einen Pfeil an den Hinterkopf. »Keine Bewegung!«

»Das ist ein guter Rat!«, sagte eine Stimme hinter ihnen. Im nächsten Moment hörten sie das unverwechselbare Klicken, mit dem eine Steinschlosspistole gespannt wurde.

21

Unwetter

Jack und seine Gefährten drehten sich um. Vor ihnen stand Hazel und hatte den Lauf der Pistole auf sie gerichtet. Jack hätte sich ohrfeigen können. In der Aufregung des Kampfes hatten sie die Braut des Aufrechten ganz vergessen. Mit vorgehaltener Pistole befahl Hazel ihnen: »Jetzt seid ihr dran mit Waffen fallen lassen und euch …«

Ein hässlicher dumpfer Schlag ertönte und sie verstummte mitten im Satz und sackte zu Boden. Die Pistole fiel ihr aus der Hand.

»Ihr konntet meine Hilfe offenbar doch gebrauchen!«, sagte Rose und trat aus dem Gebüsch. Einen Stein, den sie noch in der Hand hielt, ließ sie achtlos fallen.

»Volltreffer!«, sagte Jack. Er untersuchte die anschwellende Beule auf dem Hinterkopf des bewusstlosen Mädchens. »Wo hast du gelernt, mit solcher Kraft zu werfen?«

»Auf dem Jahrmarkt am ersten Mai«, erklärte Rose. »Ich habe immer alle Kegel von der Bahn gefegt.«

»Kann uns bitte jemand losbinden?«, fragte Lord Percival höflich.

Jack drehte sich zu dem Adligen und seiner Frau um, die

noch an die Eiche gefesselt waren. Mit einem einzigen Streich seines Langschwerts durchschnitt er den Knoten und das Seil fiel zu Boden. Lord Percival beugte sich hastig über das Ohr seiner Frau und stoppte die Blutung mit einem Taschentuch. Dann wandte er sich an seine Retter. »Meine Frau und ich stehen tief in eurer Schuld.« Er neigte den Kopf mit dem silbernen Haar.

»Oui, vraiment … merci beaucoup«, sagte Lady Catherine mit zittriger Stimme, noch bleich und unter Schock. Auf Englisch und mit starkem Akzent fügte sie hinzu: »Wir sind euch sehr dankbar, dass ihr nicht vorbeigeritten seid … Die meisten Reisenden hätten vermutlich lieber die eigene Haut gerettet, als ihr Leben für Fremde zu riskieren.«

Akiko sah Rose vorwurfsvoll an, schwieg aber.

»Jeder Mensch hat zwei Hände«, erklärte Yori. »Eine, um sich selbst zu helfen, und die andere, um anderen zu helfen.«

»Weise Worte, junger Mönch«, sagte Lord Percival und betrachtete interessiert Yoris safrangelbe Kutte und den Priesterstock. »Ich weiß nicht, woher ihr kommt, aber ich danke Gott, dass ihr hier unterwegs wart.«

»Ich danke niemandem!«, knurrte der Aufrechte und versuchte, Yori an den Beinen zu packen.

Akiko drückte die Pfeilspitze stärker an seinen Hinterkopf. »Bleib, wo du bist!«, sagte sie warnend.

Lord Percival blickte auf den am Boden liegenden Bandenführer hinunter. »Ich glaube, das ist der berüchtigte Wegelagerer Guy Rakesby.«

»Was sollen wir mit ihm tun, Herr?«, fragte Jack.

»Wenn ich das entscheiden könnte, würde ich ihn an Ort und Stelle aufknüpfen!« Percival sah auf, als suche er nach einem geeigneten Ast. »Aber wir müssen die Gesetze des Landes achten. Deshalb fesselt ihn und seine Bande. Ich werde den örtlichen Friedensrichter veranlassen, einige Gendarmen zu schicken, die sie verhaften. Dann kann ein Gericht sie verurteilen.« Er sah Guy wütend an. »Und nach dem, was Ihr meiner Frau angetan habt, kann ich Euch versichern, Ihr werdet keine milde Strafe bekommen.«

Einander am Arm haltend, entfernten sich Lord Percival und Lady Catherine, um ihre Kleider wieder anzuziehen. Jack fesselte Guy und seine noch benommene Braut an die Eiche, Akiko sammelte ihre Pfeile ein und zog auch vorsichtig den Pfeil aus dem Arm des jungen Räubers, den sie anschließend wie die anderen Bandenmitglieder fesselten. Yori erweckte unterdessen die Diener des Lords mit Wasser und Weihrauch wieder zum Leben.

»Wohin seid ihr unterwegs?«, fragte Lord Percival, der wieder sein prächtiges rotes Samtgewand trug. Er ergriff die Zügel seines Pferds und stieg auf.

»Nach Stratford-upon-Avon«, antwortete Jack und half Lady Catherine in den Sattel. »Ich hoffe, dort meine Schwester zu finden.«

Lord Percival hob die Augenbrauen. »Sie ist vermisst?«

Jack nickte und berichtete von ihren Abenteuern: Wie sie bei ihrer Ankunft in England herausgefunden hatten, dass sein Zuhause inzwischen ein Pesthaus war, wie sie durch einen glücklichen Zufall Rose begegnet waren und von ihr erfahren hatten, dass seine Schwester womöglich noch lebte, wie sie Bedlam besucht und die verwirrte Mrs Winters etwas von roten Wölfen erzählt hatte und wie das Medaillon sie zu Rowland Bodley geführt hatte und warum sie glaubten, dass sie Jess vielleicht in Stratford finden würden.

»Das klingt alles sehr sonderbar«, meinte Lord Percival.

»Gibt es in England denn solche Wölfe?«, wollte Lady Catherine wissen und sah sich ein wenig nervös um.

Lord Percival schüttelte den Kopf. »Auf jeden Fall keine roten.« Er sah Jack an. »Wenn ich wieder am königlichen Hof in London bin, werde ich für dich Erkundigungen einziehen. Vielleicht weiß jemand, was das alles zu bedeuten hat. Würdet ihr mir jetzt die Ehre erweisen, uns auf der Straße zu begleiten, zumindest soweit wir denselben Weg haben? Es wäre meiner Frau eine große Beruhigung.«

»Natürlich«, sagte Jack. In so vornehmer Gesellschaft zu reisen, konnte in den Ortschaften auf ihrem Weg nur hilfreich sein. Sie holten ihre Pferde und ließen Guy und seine Diebesbande gefesselt und geknebelt auf der Lichtung zurück – im Wegreiten hörten sie noch, wie Guy sie mit erstickter Stimme mit Beleidigungen überhäufte.

Sie setzten ihre Reise auf der Landstraße fort. Lord Percival fragte Jack nach seinen Abenteuern in Japan, während Lady Catherine sich mit Akiko unterhielt und fasziniert ihren Geschichten von goldenen Tempeln und Samuraikriegern lauschte. Doch nach einiger Zeit verdunkelte sich der Himmel und am Horizont zogen bedrohliche Gewitterwolken auf. Sie gelangten an eine Kreuzung.

»Hier müssen wir uns trennen«, sagte Lord Percival und brachte sein Pferd zum Stehen. »Stratford liegt von hier aus im Norden.« Er blickte zum unheilschwangeren Himmel auf. »Aber ihr versucht am besten, zuerst möglichst schnell nach Banbury zu kommen. Es ist die nächste Ortschaft und ihr werdet es wahrscheinlich erreichen, bevor der Himmel seine Schleusen öffnet.«

»Danke«, sagte Jack. »Und Euch eine sichere Reise.«

»Dir auch, Jack. Und ich wünsche dir, dass du deine Schwester findest. Wenn ich etwas für dich tun kann, zögere nicht, mich aufzusuchen.«

Lord und Lady Percival verabschiedeten sich und ritten mit ihren beiden Dienern nach Westen in Richtung Oxford. Jack und seine Freunde nahmen die Straße nach Norden. Der auffrischende Wind blies ihnen ins Gesicht. Dunkle Wolken flogen ihnen entgegen und mit ihnen wälzte sich eine undurchdringliche graue Wand über das Land, die jeden Hügel und jedes Feld auf ihrem Weg verschlang. Obwohl sie ihren Pferden alles abverlangten, war das Unwetter doch schneller und schon bald ging ein sintflutartiger Wolkenbruch auf sie nieder. Es regnete so heftig, dass sie kaum den Weg vor sich sahen, und die Straße verwandelte sich schlagartig in einen Morast.

»Da drüben!«, rief Jack, der durch den dichten Regen die dunklen Umrisse einer Scheune ausgemacht hatte.

Durchnässt und zitternd vor Kälte, stiegen sie von ihren

Pferden und betraten das Fachwerkgebäude. Drinnen roch es muffig und alles war voller Heu, aber das Strohdach bot ihnen Schutz vor dem Unwetter. Nachdem sie ihre nassen und schmutzigen Kleider ausgewrungen hatten, ließen sie sich auf das Heu fallen und machten es sich dort für die Nacht bequem.

Yori hatte sich kaum hingelegt, da war er auch schon eingeschlafen, aber Jack lag noch wach und lauschte auf den Regen, der auf das Strohdach prasselte. Sie waren nur noch einen Tagesritt von Stratford entfernt – nur noch gut zwanzig Meilen trennten ihn von seiner Schwester, wenn sie tatsächlich dort war. Jack malte sich immer wieder ihr Wiedersehen aus und konnte trotz seiner Erschöpfung nicht einschlafen.

Im Heu raschelte etwas und jemand legte sich neben ihn. Er glaubte zuerst, es sei Akiko, doch dann hörte er Roses Stimme an seinem Ohr flüstern: »Mir ist kalt.«

Er zog seinen Mantel aus und breitete ihn über sie. Doch sie kam noch näher und legte den Arm um ihn. Er wich zurück. »Nein, Rose …«

»Erinnerst du dich nicht an unseren ersten Kuss?«, murmelte sie.

»Doch, natürlich«, sagte Jack, »aber mein Herz gehört jetzt einer anderen.«

Rose zog ihn an sich. »Kann ich es mir zurückholen?«

Jack schüttelte sacht den Kopf. »Akiko und ich sind auf ewig miteinander verbunden.«

»Du bist so treu, Jack«, sagte Rose. Es klang anerkennend

und enttäuscht zugleich. »Vielleicht zu treu. Glaubst du wirklich, sie bleibt wegen dir in England?« Sie machte sich von ihm los und drehte ihm den Rücken zu. Den Mantel nahm sie mit.

Jack blickte in das Dunkel über ihm, von seinen Gefühlen genauso aufgewühlt wie von dem Unwetter. Es tat ihm leid, dass er Rose enttäuscht hatte, aber davon abgesehen, hatte sie die Zweifel verstärkt, die ihm zu schaffen machten, seit sie englischen Boden betreten hatten. Er war sich von Anfang an nicht sicher gewesen, ob Akiko bleiben wollte. Natürlich hatte er gehofft, dass es so wäre, aber jetzt, nach allem, was vorgefallen war, fiel ihm kein Grund ein, warum sie in diesem abweisenden und unversöhnlichen Land könnte bleiben wollen.

Er blickte zu der Stelle hinüber, an der Akiko sich schlafen gelegt hatte. Sie war nicht da. Schließlich sah er sie am Scheunentor hocken und in die regnerische Nacht hinausblicken. Leise stand er auf und ging zu ihr. Sie drehte sich nicht zu ihm um, sondern schaute weiter auf die Blitze in den fernen Wolken.

»Es tut mir leid wegen gestern Abend …«, begann er.

»Und heute Abend?«, fragte sie spitz.

Jack seufzte bedauernd. Also hatte sie ihn und Rose zusammen gesehen. »Es ist nicht, was du denkst. Rose hat gefroren, also habe ich ihr meinen Mantel gegeben.«

»Ach ja? Ich hatte nicht den Eindruck, dass sie gefroren hat«, erwiderte Akiko. In ihren Augen glänzten Tränen.

Jack nahm ihre Hand. Ihre weiche Haut fühlte sich kalt

an. »Ich habe ihr gesagt, dass wir beide auf ewig miteinander verbunden sind, dass mein Herz dir gehört.«

Akiko wandte sich ihm zu und ein zögerndes Lächeln erschien auf ihren Lippen. Er wischte behutsam ihre Tränen weg.

»Mir ist klar, dass England nicht das ist, was du dir erhofft hast … oder ich mir erhofft habe … oder ich dir versprochen habe«, fuhr Jack fort. »Ich weiß, dass du Heimweh hast. Wenn wir Jess gefunden haben, kann ich für dich einen Platz auf einem Schiff buchen, das nach Japan zurückfährt … wenn du das willst.«

»Und was willst du tun?«, fragte Akiko.

Jack überlegte einen Moment. »Ich weiß es ehrlich gesagt nicht. Ich war so auf das Wiedersehen mit meiner Schwester konzentriert, dass ich gar nicht überlegt habe, was danach kommt. Ich habe geglaubt, wenn ich erst zu Hause bin, würde sich alles andere von selbst ergeben. Aber ich bin nicht mehr sicher, wohin ich gehöre. Vielleicht ist es mir bestimmt, Steuermann zu werden wie mein Vater.«

»Du wirst also immer unterwegs sein«, sagte Akiko und sah ihn traurig an.

»Das hängt davon ab, wo du bist«, antwortete Jack und erwiderte ihren Blick unverwandt.

Akiko legte zärtlich die Hand auf die Stelle, an der sein Herz schlug. »Ich werde immer und ewig da drinnen sein.«

22

Der Amtmann

Jack wurde durch das unruhige Schnauben der Pferde geweckt. Er setzte sich auf, schüttelte das Heu aus den Haaren und rieb sich den Schlaf aus den Augen. Durch die Latten der Scheunenwände drang der Schein der frühen Morgensonne und fiel auf die in der Luft wirbelnden Staubpartikel. Die Gewalt des Unwetters hatte sich über Nacht erschöpft und nur noch das leise Tropfen des Regenwassers vom Dach war zu hören. Akiko lag schlafend neben ihm, das Gesicht entspannt, Yori hatte sich auf seinem Heuhaufen zu einer Kugel zusammengerollt und Rose – war nirgends zu sehen.

Jack sah sich nach ihr um. Sein Mantel lag im Heu.

Draußen flimmerte etwas in der Sonne, offenbar verursacht durch eine Bewegung. Er stand auf.

»Rose?«, sagte er leise und schob die Arme in die Ärmel seines Mantels. Von draußen drang Stimmengemurmel und das leise Schmatzen von Stiefeln im aufgeweichten Boden zu ihm. Angespannt lauschte er. Da flog das Scheunentor plötzlich auf und eine Gruppe von Gendarmen stürmte herein. Bevor Jack sich noch wehren oder Akiko und Yori überhaupt die Augen aufmachen konnten, wurden sie schon von groben Händen gepackt und auf die Füße gerissen.

»Nehmt ihnen die Waffen und die anderen Sachen ab«, befahl der Anführer der Gendarmen, ein Mann mit einem Doppelkinn so stoppelig wie ein brachliegendes Feld und müden Augen, aus denen das Misstrauen schien.

»Halt! Was soll das heißen?«, protestierte Jack, als seine Schwerter beschlagnahmt und ihm die Hände gefesselt wurden. »Wir haben nichts Unrechtes getan …«

»Schnauze!«, schimpfte der Anführer. »Ihr seid verhaftet.«

Ungläubig starrte Jack ihn an. Yori verbeugte sich tief und sagte: »Ich glaube, Ihr macht einen Fehler, Wachtmeister. Wir sind nicht die, die Ihr verhaften solltet!«

»Ach nein?«, fragte der Gendarm und sah sich theatralisch in der Scheune um. »Wen sollten wir denn verhaften? Die Mäuse? Ihr seid auch nicht viel größer!«

Die anderen Gendarmen lachten, während sie Yori und Akiko fesselten und Mönchsstock, Bogen und Köcher und ihre Bündel an sich nahmen.

»Lord Robert Percival wollte Gendarmen schicken, um den Straßenräuber Guy Rakesby und seine Bande festzunehmen … nicht uns«, erklärte Yori ängstlich.

»Guy Rakesby, sagst du?« Der Anführer hob die buschigen Augenbrauen und schnaubte. »Na, dann wünsche ich diesen Gendarmen viel Glück! Gut, dass die das machen und nicht wir, nicht wahr, Jungs? Wir sind hier, um Landstreicher und Pferdediebe zu verhaften.«

»*Pferdediebe?*«, sagte Akiko fassungslos, während die Gendarmen die Zügel loshakten und die Pferde aus der Scheune führten. »Ich versichere Euch, Sir, wir haben diese Pferde nicht gestohlen.«

»Da sagt der Besitzer aber etwas anderes.« Der Anführer der Gendarmen musterte sie verächtlich. »Außerdem seid ihr ganz offensichtlich Landstreicher und schon deshalb in Banbury nicht willkommen.«

Jack wollte widersprechen, doch dann fiel sein Blick auf Akiko und Yori. Ihre schönen Kleider hatten vom Ritt des vorangegangenen Abends durch Wind und Wetter eine dicke Dreckkruste und im Dreck klebten jetzt auch noch Klumpen von Heu, sodass sie aussahen wie zerzauste Vogelscheuchen. Er blickte an seinen eigenen Kleidern hinunter. Sie sahen nicht besser aus. Kein Wunder, dass der Gendarm sie irrtümlich für Landstreicher hielt. »Wir sind hier nur untergeschlüpft, um uns vor dem Regen zu schützen«, sagte er. »Ich versichere Euch …«

»Schnauze!«, schimpfte der Mann und schlug ihm mit dem Handrücken auf das Kinn, dass ihm Sterne vor den Augen tanzten. »Ich habe schon alle Entschuldigungen dieser Welt gehört, also stell meine Geduld nicht auf die Probe. Für anständige Leute gibt es eine bestens geeignete Herberge ein Stück weiter an dieser Straße. Offenbar habt ihr dafür kein Geld – und deshalb seid ihr für mich Landstreicher.«

»Aber ich habe Geld«, sagte Jack und griff nach seiner Börse … doch nur um festzustellen, dass sie fehlte. Verzweifelt sah er sich auf dem Boden und zwischen den Heuballen um, aber er konnte den ledernen Beutel nirgends sehen. »Zumindest hatte ich …«

»Genug der Ausflüchte!«, sagte der Gendarm barsch und mit einem Kopfrucken befahl er seinen Leuten, sie nach draußen auf die Straße zu bringen. Dort wurden sie mit einem langen Seil an Jacks Pferd gebunden, auf dem es sich inzwischen der Anführer mit seinem dicken Hintern bequem gemacht hatte. Er grinste selbstzufrieden. »Wollen doch mal sehen, was der Amtmann von euch dreien hält«, sagte er und trieb das Pferd an, bis das Seil sich straffte.

Sie wurden über die aufgeweichte Straße abgeführt. *»Wo ist eigentlich Rose?«*, fragte Yori Jack leise auf Japanisch.

»Keine Ahnung«, antwortete Jack. Auch er sprach japanisch, damit ihre Häscher sie nicht verstanden. *»Vielleicht hat sie die Polizisten gesehen und ist weggelaufen.«*

»Oder sie hat uns an sie verraten!«, flüsterte Akiko.

Jack schüttelte den Kopf. »Sie ist unsere Freundin. Das würde sie nie tun.«

»Wo ist dann deine Börse?«, fragte Akiko.

»Sie muss sich irgendwie gelöst haben, während ich schlief …«

Akiko sah ihn vielsagend an. »Einmal eine Diebin, immer eine Diebin!«

»Rose würde mein Geld niemals stehlen«, beharrte Jack. Aber wieder meldete sich der Zweifel. Hatte seine Zurückweisung Rose so verletzt, dass sie beschlossen hatte, sie zu verlassen, und zwar mit seinem Geld? Er musste daran denken, wie sie den Arm um seine Hüften geschlungen hatte. War das nur eine List gewesen, um ihm die Börse abzunehmen? Als sie Rose damals in Limehouse in der *Traube* begegnet waren, hatte sie auch mit ihm geflirtet, nur um sein Geld zu stehlen. Jack wollte es zwar nicht glauben, aber es war durchaus möglich, dass Rose sie tatsächlich verraten hatte.

»Also hatte die Rose doch Dornen«, sagte Yori traurig.

»Tut mir leid, Jack«, sagte Akiko, »aber ich habe versucht, dich zu warnen …«

»Ruhe da hinten! Spart euch die Worte für den Amtmann auf!«, knurrte der Anführer der Gendarmen und zog unsanft an dem Seil, sodass die drei das Gleichgewicht verloren und in den Dreck fielen.

Der Amtmann war ein melancholisch dreinblickender Mann mit feisten Wangen, vorquellenden Augen und einer wie schmollend vorstehenden Unterlippe, die sich ähnlich einer schleimigen hellroten Nacktschnecke durch seinen Bart drückte. Seine Kleidung war trist. Er trug ein braunes pelzbesetztes Gewand, eine gefütterte Wolljacke und eine Kappe aus schwarzem Samt. Das einzige Zugeständnis in Sachen Schmuck war eine goldene Amtskette. An einem schweren Eichentisch in der zugigen Markthalle von Banbury sitzend, betrachtete er die drei Landstreicher vor ihm mit gleichgültiger Verachtung.

Jack erwiderte den abweisenden Blick mit aller Würde, die er aufbringen konnte. Leider sahen er und seine Freunde nach dem Gewaltmarsch nach Banbury noch schlimmer aus als davor. Ihre Haare waren ungekämmt und voller Stroh, ihre Stiefel mit neuem Dreck beschmiert und ihre Kleider von den vielen Malen, die sie unterwegs hingefallen waren, schmutzig und zerrissen. Sie hatten Hunger, da sie nicht gefrühstückt hatten, konnten sich vor bleierner Müdigkeit kaum noch auf den Beinen halten und sahen nicht besser aus als Landstreicher und Bettler.

Von allen Seiten schlug ihnen feindseliges Gemurmel entgegen. Ihr trauriger Zug durch Banbury hatte eine Menge von Schaulustigen angezogen, die die beiden Ausländer neugierig anstarrten, und jetzt schien sich der halbe Ort in der Markthalle um die besten Plätze zu drängen.

»Hiermit eröffne ich die Sitzung des Distriktgerichts«, leierte der Amtmann mit monotoner Stimme. »Die Beschuldigten sind der Landstreicherei und des Pferdediebstahls angeklagt.« Er wandte sich Jack und seinen Gefährten zu. »Auf was plädiert ihr?«

»Nicht schuldig«, erklärte Jack fest. »Das ist hier ganz offensichtlich ein Missverständnis, Sir. Es war nämlich so, dass …«

»Hat man euch nun mit Sir Henry Wilkes' Pferden aufgegriffen oder nicht?«, fiel der Amtmann ihm ins Wort.

»Schon«, sagte Jack, »aber …«

»Dann seid ihr Pferdediebe.«

Jack starrte den Amtmann mit offenem Mund an. »Das verstehe ich nicht … Sir Henry hat uns erlaubt, seine Pferde zu benutzen.«

»Nicht laut diesem Haftbefehl.« Der Amtmann studierte ein Pergament, das vor ihm auf dem Tisch lag. »Gestern wurden vier seiner besten Pferde entwendet. Und sein Stallbursche ist tot.«

»Tot?«, fragte Jack erschrocken, der sich noch genau an den jungen Burschen mit den dunkelblonden Haaren erinnerte, der ihnen freundlicherweise noch Proviant in die Satteltaschen gepackt hatte. Er wechselte einen verwirrten Blick mit Akiko und Yori.

»Könnt ihr etwas zur Aufklärung dieser Sache beitragen?«, fragte der Amtmann.

Jack sah ihn entgeistert an. »Wie bitte? Ihr glaubt doch nicht, dass wir etwas damit zu tun haben.«

Die mürrischen Gesichtszüge des Amtmanns versteinerten sich. »Diesem Haftbefehl zufolge wurden dem Jungen sämtliche Finger seiner Hände gebrochen. Er wurde gefoltert und dann getötet.«

Von den Zuschauern waren empörte Rufe zu hören und Jack wurde ganz übel.

»Das ist ja furchtbar! Aber wir können es nicht gewesen sein«, protestierte er. »Wir waren gestern schon unterwegs.« Er musste die Stimme heben, um die Unruhe zu übertönen. »Wir haben von vorgestern auf gestern in der Herberge *Zum Fuchs und Fasan* übernachtet.«

Der Amtmann beugte sich über den Tisch und fixierte Jack mit seinen vorquellenden Augen wie eine giftige Kröte. »Aber in der vergangenen Nacht habt ihr in einer Scheune geschlafen. Warum sollte ich glauben, dass mittellose Landstreicher wie ihr es sich leisten können, in der Nacht davor in einer Herberge zu übernachten?«

»Fragt den Wirt«, sagte Akiko und trat vor. »Bestimmt erinnert er sich an uns.«

Der Amtmann sah sie böse an, als sei es geradezu verwerflich, dass eine Frau sich vor Gericht äußerte. »Der Wirt ist nicht hier, also können wir ihn nicht fragen«, sagte er scharf. Aus seinem Mund flogen Speicheltröpfchen. »Und ich bin nicht geneigt, meine oder seine Zeit für Ausländer und Diebe zu verschwenden.« Er gab dem Anführer der Gendarmen einen Wink. »Sperrt sie weg, Wachtmeister, und benachrichtigt den Friedensrichter, dass wir Pferdediebe festgenommen haben. Er wird dafür sorgen, dass sie zum Prozess nach London gebracht werden.«

»Nein!«, rief Jack. Er wehrte sich gegen den Griff des Gendarmen und bekam dafür mit einem Knüppel einen heftigen Schlag auf die Nieren. Vor Schmerzen wie betäubt, fiel er auf die Knie. Dann wurden sie abgeführt.

Jack war verzweifelt. Man durfte sie nicht nach London zurückbringen, er musste doch seine Schwester suchen. Wenn man sie nach London brachte, wo man sie schon einmal fälschlich verurteilt hatte, würde man sie hängen. Sir Toby würde begeistert sein, ihn wieder am Galgen baumeln zu sehen!

Da entdeckte Jack ein vertrautes Gesicht unter den Zuschauern: Harold Westcott.

»Harold!«, rief er, aber der charmante Herr aus dem *Fuchs und Fasan* schien ihn nicht zu hören.

»HAROLD!«, brüllte er noch einmal. Er zeigte mit seinen gefesselten Händen in Harolds Richtung und wandte sich Hilfe suchend an den Amtmann. »Bitte, Sir – dieser Mann kann bestätigen, dass wir die Wahrheit gesagt haben.«

Alle Blicke richteten sich auf den jungen Mann in dem vornehmen Wams aus Samt mit den silbernen Knöpfen und Schulterstücken. Harold wurde nach vorn geschoben und musste vor den Amtmann treten.

»Stimmt das?«, wollte der wissen. »Kennt Ihr diese Leute?«

Jack sah Harold flehend an. Aber ihre muntere Reisebekanntschaft schien nicht gewillt, sich in diese Sache hineinziehen zu lassen. »Harold«, sagte Jack bittend, »sagt dem Amtmann, dass wir uns vorgestern in der Herberge begegnet sind. Ihr schuldet uns diesen Gefallen, erinnert Ihr Euch?«

Nach einer gefühlten Ewigkeit sah Harold Jack an, lächelte und nickte. »Ja«, sagte er, »ich kenne diese Leute.«

Jack atmete auf. Ihr Alibi war bestätigt.

Doch Harolds Lächeln war auf einmal gar nicht mehr freundlich. »Aber sie sind Diebe«, fügte er hinzu. »Sie haben mir meine Geldbörse und ein kostbares Medaillon gestohlen.«

»*Was?*«, rief Jack erschrocken. Auch Akiko und Yori sahen Harold ungläubig an.

Harold, in dessen Augen jetzt falsche Tränen glänzten, zeigte mit dem Finger anklagend auf Jack. »Er hat mein silbernes Medaillon gestohlen. Er war's!«

Der Wachtmeister zog Jacks Hemd auf und riss ihm den Anhänger vom Hals.

»Der gehört mir!«, rief Jack und streckte verzweifelt die Hand nach dem Medaillon aus, der einzigen Verbindung zu Jess, die ihm geblieben war. »Harold lügt. *Er* ist der Dieb! Er …«

Ein Kinnhaken brachte Jack zum Schweigen und streckte ihn nieder. Während er auf dem Boden der Markthalle aus gestampfter Erde lag und ihm der Kopf dröhnte, befragte der Amtmann Harold. »Das ist ein schönes Stück«, begann er. »Könnt Ihr beweisen, dass Ihr der Besitzer seid?«

»Ja«, antwortete Harold entschlossen. »Wenn Ihr es öffnen wollt, es enthält ein Bild meiner Liebsten. Sie hat Haare wie goldener Weizen und Augen so blau wie der Sommerhimmel.«

Der Amtmann betrachtete die Miniatur. »Ich habe allen Grund, Euch zu glauben«, erklärte er und gab Harold das Medaillon. »Hier, passt ab jetzt besser auf Eure Liebste auf.«

»Vielen Dank«, sagte Harold mit einer respektvollen Verbeugung und steckte es ein. »Und meine Geldbörse?«

Der Wachtmeister schüttelte bedauernd den Kopf. »Bei den Angeklagten wurde leider keine Börse gefunden, Sir.«

Harold seufzte schwer, als ruhe die Last der Welt auf seinen Schultern. »Wie jammerschade! Aber wenigstens kann ich meine teure Judy wieder über meinem Herzen tragen.«

»*Judy!*«, rief Jack, fassungslos über Harolds dreiste Lügen. »Sie heißt Jess und ist meine Schwester!«

Harold drehte sich um und verschwand in der Menge.

Jack wäre ihm am liebsten nachgerannt. Rose hatte recht gehabt: Harold war ein elender Betrüger und Dieb – genau wie sie selbst. Der Amtmann wandte sich Jack zu, der immer noch auf dem Boden lag. »So sehr es mich ärgert, es sagen zu müssen, aber ihr scheint für gestern ein Alibi zu haben. Das heißt, ihr könnt nicht für den Pferdediebstahl oder den Mord an dem Stallburschen verantwortlich gemacht werden …«

Bei aller Empörung regte sich in Jack wieder Hoffnung. Man würde sie freilassen! Dann konnte er diesen Schwindler Harold Westcott ausfindig machen und sich das Medaillon zurückholen, und wenn es das Letzte war, das er in seinem Leben tat.

»Doch wie wir von diesem Herrn erfahren haben, bist du ein ganz gewöhnlicher kleiner Dieb«, fuhr der Amtmann fort. »Ich beschlagnahme deshalb kraft meiner Befugnisse als Amtmann dieses Ortes deine Habe und verurteile dich dazu, einen Tag und eine Nacht am Pranger zu stehen. Anschließend wird man dich mit einer Peitsche aus dem Ort treiben.«

Er richtete seine Fischaugen auf Yori. »Da du dem geistlichen Stand angehörst, werde ich in deinem Fall Milde zeigen. Du wirst nicht ausgepeitscht, sondern nur an den Pranger gestellt.«

Sein gleichgültiger Blick wanderte zu Akiko weiter, die Jack leise etwas zuflüsterte. »*Kore de jūbundesu! Watashitachi wa koko kara denakereba narimasen, Jakku.*«

Jack verstand, was sie sagte. *Das reicht! Wir müssen uns*

freikämpfen, Jack. Doch für die Schaulustigen aus dem Ort klangen Akikos Worte fremdartig und unheimlich.

»Sie redet in Zungen!«, rief eine Frau mit einem teigigen Gesicht.

»Sie hat uns verflucht«, kreischte eine andere und zeigte mit einem dicken Finger auf Akiko. »Sie ist eine Hexe!«

Angst ergriff die Menge. »Hexe! Hexe! Hexe!«, begannen die Zuschauer zu skandieren. Erschrocken sah Akiko auf die erregten Menschen, deren Geschrei immer lauter und erbitterter wurde.

»Ruhe!«, brüllte der Amtmann und die Gendarmen konnten nur mit Mühe verhindern, dass der Mob sich auf die vermeintliche Hexe stürzte.

Schweigen kehrte ein.

Der Amtmann stand auf, sah Akiko finster an und erklärte: »Die vom Teufel besessene Frau wird der Wasserprobe unterzogen!«

23

Der Tauchstuhl

Hilflos musste Jack, dessen Kopf und Hände an den Pranger gefesselt waren, mitansehen, wie Akiko auf einen hölzernen Stuhl gebunden wurde. Er war verzweifelt und zugleich empört über die Verbohrtheit und Grausamkeit der Bürger von Banbury, die die Bestrafung Akikos mit einem geradezu religiösen Eifer ins Werk setzten.

Auch Yori, dessen Beine im Block steckten, konnte nicht verhindern, was geschah. Akiko wehrte sich zwar nach Kräften gegen die Hände, die sie hielten, doch es waren zu viele und sie war schnell an den Tauchstuhl geschnallt. Sobald sie an Armen und Beinen gefesselt war, wurde der Stuhl an einen langen Eichenbalken gebunden, der mit einem drehbaren Gelenk an einem Pfosten befestigt war, und in die Luft hochgehoben.

Wieder wurde Geschrei laut. »Hexe!« Schaulustige drängten sich um den von Schilf gesäumten Teich am Rand des Marktplatzes, um Akikos Wasserprobe mitzuerleben. Während der Stuhl über das unbewegte eisige Wasser geschwenkt wurde, überhäuften sie Akiko wieder mit Beschimpfungen.

»Sie ist keine Hexe!«, schrie Jack. »Sie hat nur japanisch gesprochen!«

Eine alte Frau sah ihn empört an. »Klang für mich aber wie der Fluch einer Hexe«, fauchte sie und warf einen fauligen Apfel auf ihn. Leider war sie eine exzellente Schützin. Der Apfel traf ihn mitten auf die Stirn, platzte und bedeckte sein Gesicht mit einem klebrig-säuerlichen Matsch.

Vor Akikos Wasserprobe hatte der Mob sein Verlangen nach gewalttätigen Strafen dadurch gestillt, dass er Jack und Yori mit faulem Obst, Dreck und Pferdeäpfeln beworfen hatte. Einige Stunden lang hatten die beiden Freunde die demütigende Folter von Händen der Einwohner über sich ergehen lassen müssen, während am Ufer des Teichs der Tauchstuhl aufgebaut wurde. Gegen Ende des Tages stanken sie furchtbar und waren mit Schrammen übersät. Doch war das nichts im Vergleich zu dem, was Akiko erwartete.

»Lasst sie in Ruhe!«, bettelte Jack und zwinkerte die schleimigen Überreste des Apfels aus dem Auge. »Ich sage euch doch, sie ist keine Hexe!«

»Das entscheide ich«, erwiderte der Amtmann und marschierte gewichtig über den Marktplatz. An seiner Hüfte hingen klirrend die Gefängnisschlüssel. Die Menge teilte sich und ließ ihn zum Teich durch, wo zwei stämmige Männer Akiko mit ihrem Stuhl in der Höhe hielten. Der Amtmann blickte zu seiner Gefangenen hinauf, die Daumen fest in den Gürtel gehakt, der seinen ausladenden Bauch stützte.

»Du bist der Hexerei angeklagt«, rief er. »Bekennst du dich schuldig?«

»Nein, natürlich nicht!«, erwiderte Akiko trotzig. »Das wäre …«

Der Amtmann nickte den beiden Männern zu und sie senkten den Tauchstuhl ins Wasser. Akiko tauchte ein und ihre Worte gingen in einem blubbernden Strudel fauligen Wassers unter. Die Menge kreischte begeistert und Jack und Yori mussten entsetzt mitansehen, wie ihre Freundin untertauchte, bis nur noch schaumige Blasen die Stelle markierten, an der sie verschwunden war. Nach einigen quälend langen Sekunden wurde der Tauchstuhl auf einen Wink des Amtmanns wieder hochgezogen.

Spuckend und um Atem ringend und von Kopf bis Fuß mit Laichkraut, Schlamm und Schilf bedeckt, tauchte Akiko auf.

Der Amtmann wiederholte seine Frage. »Bekennst du dich der Hexerei schuldig?«

»N-n-nein«, sagte Akiko hustend und spuckte einige Blätter und Stängel aus. »Warum sollte ich denn …«

Der Amtmann nickte den beiden Männern wieder zu und Akiko wurde nochmals im Teich versenkt. Die Schaulustigen beugten sich vor, um in dem trüben Wasser Akikos zappelnde Gestalt erkennen zu können.

»Was soll diese Prüfung?«, fragte Yori mit zitternder Stimme.

Der Amtmann sah ihn an, ein höhnisches Lächeln auf den feuchten Lippen. »Zeigen, ob sie eine Hexe ist oder nicht.«

Verwirrt runzelte Yori die Stirn. »Aber wie denn? Ihr foltert sie doch nur.«

»Wenn sie nicht ertrinkt, wissen wir, dass sie eine Hexe ist«, erwiderte der Amtmann, als sei Yori begriffsstutzig. »Sie könnte natürlich auch einfach gestehen und sich die unnötigen Qualen ersparen.«

Yori blickte mit zunehmender Bestürzung auf die sich kräuselnde Oberfläche des Teichs. »Und wenn sie doch ertrinkt?«

»Dann wissen wir wenigstens, dass sie keine Hexe ist.«

»Aber dann ist es zu spät!«, rief Yori.

Der Amtmann zuckte mit den Schultern. »Vorsicht ist besser als Nachsicht, sage ich.«

Einige Minuten vergingen, dann gab er den Männern das Zeichen, den Stuhl hochzuholen. Zitternd und mit Schleim bedeckt, tauchte Akiko auf, diesmal sichtlich schwächer. Sie würgte und spuckte die ekelhafte Brühe in ihren Schoß.

»Gestehst du jetzt?«, fragte der Amtmann.

Akiko schüttelte den Kopf. Ihre langen schwarzen Haare klebten ihr wie nasse Fühler auf dem bleichen Gesicht. Wieder wurde der Tauchstuhl im Teich versenkt und wieder kreischte die Menge beifällig.

Jack trat wie besessen gegen den Pranger und wollte sich von dem Pfosten losreißen, an den er gefesselt war. Aber der Pfosten war stabil und tief in die Erde eingelassen. So konnte er nur angstvoll zusehen, wie das Wasser im Teich sich wieder beruhigte und der Strom aufsteigender Bläschen allmählich versiegte.

»Sie ertrinkt!«, schrie er verzweifelt. »Zieht sie heraus! Ich bitte Euch, zieht sie heraus!«

Doch der Amtmann schenkte ihm keine Beachtung. Gespanntes Schweigen lag über der Menge, während die Sekunden vergingen und dann die Minuten. In den Tiefen des Teichs war keine Bewegung mehr zu sehen. Endlich gab der Amtmann das Zeichen, den Stuhl herauszuziehen. Auf ihm saß eine schlaffe, leblose Gestalt. Algen hingen in Akikos Haaren wie grüne Zöpfe, stinkender Schleim klebte an ihren Kleidern. Weißes Schilf umkränzte ihren Kopf, als liege sie bereits im Grab.

»Nein!«, schrie Jack in höchster Qual. »Nein!«

Yori senkte den Kopf, schloss fest die Augen und sprach schluchzend ein Gebet für Akiko.

Geradezu feierlich langsam wurde der Stuhl auf festen Boden geschwenkt und am Ufer abgestellt. Die Fesseln hielten Akiko aufrecht, aber ihr Kopf hing unnatürlich schlaff zur Seite. Ihre Haut hatte sich bläulich verfärbt und nichts wies darauf hin, dass sie noch atmete. Der Amtmann betrachtete sie kurz und erklärte dann: »Das Mädchen ist keine Hexe.«

»Natürlich nicht!«, rief Jack. Tränen strömten ihm über die Wangen. »Sie war meine Freundin! Meine beste Freundin!«

In der Ferne donnerte es und dunkle Wolken schoben sich vor die untergehende Sonne. Während die ersten dicken Regentropfen vom Himmel fielen, zerstreute die Menge sich schweigend.

Der Amtmann trat zu Jack und legte ihm die Hand auf die Schulter. Einen Moment lang sah es so aus, als wollte er ihn trösten. Dann sagte er: »Morgen wirst du ausgepeitscht.«

Er ging und das Geklapper seiner Schlüssel entfernte sich. Jack weinte. Seine Tränen vermischten sich mit dem Regen, bis die ganze Welt um ihn in tiefster Verzweiflung zu versinken schien. Akiko hing weiter in dem Stuhl, von niemandem mehr beachtet, denn die Schaulustigen waren lieber vor dem Regen geflüchtet, als sie loszubinden und zur letzten Ruhe zu betten.

Yori, dessen Füße weiter im Block steckten, hatte sich mühsam zusammengerollt und seine Brust hob und senkte sich unter leisem Schluchzen. »Akiko ist … *tot*«, stöhnte er. »Wie kann ein so helles Licht … nur verlöschen?«

Jack konnte vor Schmerz nichts antworten und ballte nur die Fäuste. Er zitterte vor Empörung. Seine einzige und wahre Liebe war von seinen Landsleuten aus Unwissenheit und unbegründeten Ängsten ertränkt worden! Wie dumm war es von ihm gewesen, Akiko und Yori nach England einzuladen. Was hatte er sich nur gedacht, wie man sie empfangen würde? Als Fremder in Japan war er selbst diskriminiert, verspottet und misshandelt worden – sogar der Tod durch Verbrennen oder Enthaupten hatte ihm gedroht. Wie hatte er sich einbilden können, es würde Akiko und Yori in England besser ergehen? Zwar war es der Amtmann gewesen, der Akiko zur Wasserprobe verurteilt hatte, aber letztlich war *er* an ihrem Tod schuld: Er hatte sie hergebracht und der Gefahr ausgesetzt.

Gequält schrie er auf. Die Schmerzen des Prangers waren nichts im Vergleich zu dem Schmerz, den er im Herzen spürte.

Doch niemand hörte ihn im Prasseln des Regens – nicht einmal der Torwächter in seinem Häuschen neben dem Stadttor in einiger Entfernung vom Marktplatz.

Es wurde noch dunkler, während das Unwetter sich entlud. In den Wolken über ihren Köpfen blitzte es in einem fort und es donnerte ohrenbetäubend laut wie von Kanonen. Regen trommelte auf Hausdächer und Straßen aus gestampfter Erde, Pfützen verwandelten sich in Sturzbäche. Eine Sintflut schien über Banbury hereingebrochen zu sein, als beweine selbst der Himmel Akikos Tod.

Jack senkte den Kopf. Der Pranger fixierte seinen Körper in einem unnatürlichen, unerträglich schmerzhaften Winkel. Als sein Nacken ganz steif geworden war und wehtat, zwang er sich, aufzublicken und den schmerzenden Rücken zu strecken. Der Regen hatte ein wenig nachgelassen und Jack sah in der Abenddämmerung vier Männer auf das Stadttor zureiten. Sie ritten langsam und gemessen, wie bei einer Beerdigungsprozession, und etwas Bedrohliches, Unheimliches ging von ihnen aus, eine deutliche Warnung an alle, sich von ihnen fernzuhalten.

Der Torwächter trat trotzdem aus seinem Häuschen, um die späten Besucher anzusprechen. Jack sah, wie er eine brennende Fackel hob und in ihrem flackernden Schein die Rinnsale von Regen auf den gewachsten schwarzen Mänteln der Reiter glänzten. Einen kurzen Moment lang leuchteten vier weiße Schnabelmasken gespenstisch auf. Der Torwächter erstarrte, offenbar gelähmt vor Angst. Dann ließ er die Fackel fallen und wollte wegrennen, doch eine stählerne Klinge blitzte auf und er fiel mit dem Gesicht in den Morast, neben die erlöschende Flamme der Fackel.

Jack zwinkerte sich das Regenwasser aus den Augen, unsicher, ob er sich das Ganze nur eingebildet hatte. Alles war so schnell vorbei wie ein Spuk.

»Hast du das gesehen?«, fragte er Yori leise.

»Was?« Yori streckte sich und spähte in die Nacht.

»Ich bilde mir ein, ich hätte ein Schwert gesehen«, flüsterte Jack aufgeregt. »Ein *Samurai*schwert.«

Yori starrte in den Regen und versuchte, die vier Reiter besser zu erkennen, die auf der Straße auf sie zukamen. »Ich sehe kein Samuraischwert«, sagte er ängstlich, »aber dafür vier Pestärzte!«

Ein Blitz zuckte gleißend über den Himmel und sie erkannten in seinem Schein die makabren Vogelmasken und schwarzen Hüte und Mäntel der Reiter. Jack fiel ein, wie Harold sie vor Pestärzten gewarnt hatte, die in London Angst und Schrecken verbreiteten, und verspürte wieder die lähmende Angst seiner Kindheit. Harold hatte recht gehabt, sie als apokalyptische Reiter zu beschreiben. Ihre gespenstische Erscheinung versetzte ihn in Panik.

Am Rand des Marktplatzes zügelten die vier Reiter ihre Pferde und sahen sich vorsichtig um. Dann fiel der kalte, tote Blick ihrer Augen auf Jack und Yori am Pranger und im Block. Sie stiegen ab und kamen näher.

Jacks Selbsterhaltungstrieb siegte über seine lähmende Trauer und er begann mit aller Macht, an seinen Armen und am Pranger zu zerren. »Wir müssen von hier weg, Yori!«, flüsterte er. »So schnell wie möglich!«

Auch Yori versuchte, seine Füße aus dem Block zu ziehen, doch vergeblich. »Wie denn?«

»Verwende das *kiaijutsu* für das Schloss!«, sagte Jack. »Wie im Gefängnis.«

»Aber da waren die Ketten verrostet!«, rief Yori in Panik.

Als die vier Gestalten sahen, dass ihre Opfer gefesselt und ihnen hilflos ausgeliefert waren, ließen sie sich Zeit. Langsam überquerten sie den Marktplatz, einer voraus, die anderen drei dahinter. Ihre Füße waren unter den langen Mänteln nicht zu sehen, sodass sie wie Geister über den mit Pfützen übersäten Platz zu schweben schienen.

Jack zerrte immer verzweifelter an seinen Fesseln und konnte in seiner Panik keinen klaren Gedanken mehr fassen. Dann erstarrte er schlagartig und eisige Kälte breitete sich in ihm aus. Der Anführer zog ein langes, gekrümmtes Schwert und der *hamon* der stählernen Klinge leuchtete auf wie ein Blitz.

侍

24

Pestärzte

Jack war hilflos am Pranger gefangen. Der Pestarzt konnte ihm mit einem Schwertstreich den Kopf vom Rumpf trennen und ihm beide Hände abschlagen. Jack hatte keine Ahnung, wer sich hinter der Maske mit dem weißen Schnabel und den Glasaugen verbarg – und wollte es in seiner Bedrängnis auch gar nicht wissen. Doch dass es in England ein zweites japanisches Langschwert gab, verwirrte und beunruhigte ihn. *Woher hatten diese Pestärzte ein Samuraischwert?*

Immer näher kamen die vier unheimlichen Gestalten und Jack sah, wie Yori wiederholt tief Luft holte, um sie mit seinem *kiaijutsu* abzuwehren. Er wusste allerdings auch, dass jeder Schrei ungeheuer viel Kraft kostete und Yoris Kraft nicht ausreichen würde, alle vier Angreifer auszuschalten. Er selbst hatte nur seine Beine zu seiner Verteidigung und konnte lediglich mit einiger Mühe mit seinen Füßen einen Haufen Dreck zusammenkratzen.

Plötzlich tönte lautes Läuten durch das Prasseln des Regens. Die Stadtglocke schlug Alarm, ein Lärm, der Tote hätte wecken können. Erste Bürger mit Laternen erschienen und die vier Pestärzte blieben wie angewurzelt stehen.

Das Läuten endete und aus der Dunkelheit kam ein Mädchen mit feuerroten Haaren gerannt.

»Rose!«, rief Jack entgeistert und zugleich erleichtert. Als sie im Laufschritt über den Marktplatz näher kam, hörte er Schlüssel klappern. Auch die Pestärzte lösten sich aus ihrer Erstarrung, als sie das Mädchen sahen, das die beiden Jungen retten wollte. Doch Rose war zuerst bei ihnen.

»Entschuldigung«, keuchte sie. »Musste warten, bis der Amtmann eingeschlafen war, bevor ich sie stehlen konnte!«

Mit zitternden Händen probierte sie einen Schlüssel am Vorhängeschloss des Prangers.

»Wohin bist du verschwunden? Ist alles in Ordnung?«, fragte Jack, überwältigt vor Erleichterung, dass seine Kindheitsfreundin sie doch nicht verraten hatte.

»Spar dir die Fragen für später auf!«, sagte Rose. Der erste Schlüssel passte nicht und sie probierte einen zweiten – der ebenfalls nicht passen wollte.

Der Anführer der Pestärzte hatte sie inzwischen erreicht und holte mit seinem Schwert weit aus. Sowohl Jack als auch Rose befanden sich in Reichweite der tödlichen Klinge. Jack schwang seinen Stiefel nach vorn und schleuderte der dunklen Gestalt einen Dreckbatzen ins Gesicht. Der Dreck spritzte über die Glasaugen, sodass der Mann im schwarzen Mantel nichts mehr sah.

Während der Pestarzt fluchend den Dreck wegwischte, probierte Rose den fünften und letzten Schlüssel. Klickend ging das Schloss auf und Rose hob den oberen Balken an, der Jack festgehalten hatte.

»Befrei Yori!«, rief Jack und trat nach dem Pestarzt, der rückwärts taumelte und in den Morast fiel.

Rose eilte zu Yori. Doch einer der anderen Pestärzte hatte aus den Falten seines Mantels ein Messer gezogen, um Yori die Kehle durchzuschneiden. Da Yori weder fliehen noch ihm ausweichen konnte, brüllte er: *»Kiai!«*

Die Gewalt seines Schreis lähmte den Angreifer. Das Messer fiel ihm aus der Hand, er ging mitten in einer Pfütze in die Knie und hielt sich die schmerzende Brust.

Hastig steckte Rose einen Schlüssel in das Schloss des Blocks. Diesmal hatte sie schon beim ersten Versuch Glück. Yori schüttelte die Beine, um das Blut in Bewegung zu bringen, und sprang auf.

Jack rannte zu seinen Freunden. Sie mussten sich vor den beiden noch verbleibenden Pestärzten schützen. Der eine schwang eine Kette, die an beiden Enden mit spitzen Gewichten beschwert war, der andere ein gerades Schwert mit einem auffällig rechteckigen Handschutz. Die anderen beiden, die sich rasch erholt hatten, schlossen sich ihnen eilig an, diesmal allerdings mehr auf der Hut vor ihren Gegnern.

Jack hob die Fäuste, um sich zu verteidigen.

»Wir haben keine Chance!«, flüsterte Rose und blickte nervös von Jacks bloßen Händen zu dem Arsenal tödlicher Waffen, über das ihre Gegner verfügten.

Yori begann vor Panik und in Vorbereitung eines weiteren Schreis zu hyperventilieren.

»Der Amtmann hat unsere Waffen«, gab Jack zurück.

Die Pestärzte kamen näher.

»Dann mir nach!«, sagte Rose und wich zurück. »Ich weiß, wo er wohnt.«

»Wir können Akiko nicht hierlassen«, widersprach Jack und blieb stehen. Jemand zog an seinem Arm.

»Was man nicht retten kann, kann man in Erinnerung behalten«, sagte Yori ernst und folgte Rose.

Jack warf einen letzten sehnsüchtigen Blick in Akikos Richtung – ihr zusammengesackter Körper war im Regen nur undeutlich zu erkennen –, dann eilte er Yori und Rose nach, im letzten Augenblick, bevor der Anführer der Pestärzte wieder mit seinem Schwert zuschlug.

Sie rannten über den Marktplatz und die Pestärzte nahmen die Verfolgung auf. Inzwischen war der ganze Ort auf den Beinen. Der Anführer der Gendarmen brüllte Befehle und rief seine Männer zusammen, und von dem Trubel alarmiert, kamen immer noch mehr Menschen auf die Straße. Als sie Jack, Yori und Rose über den Marktplatz laufen sahen, hielten sie sie zuerst für entflohene Häftlinge. Doch als die vier Pestärzte aus der Nacht auftauchten, brach Tumult aus.

»Die Pest!«, rief ein Mann entsetzt.

Menschen schrien, Mütter ergriffen ihre Kinder, brachten sie in die Häuser und verriegelten die Türen. Menschen rannten in alle Richtungen und versuchten verzweifelt, einander nicht in die Quere zu kommen. Der Anführer der Gendarmen wollte für Ordnung sorgen, doch er stand auf verlorenem Posten.

Chaos brach aus – für Jack und seine Freunde ein Vorteil.

Sie tauchten in dem Gedränge unter, schüttelten die Pestärzte ab, schlüpften an den Gendarmen vorbei und verschwanden in einer Gasse. Rose brachte sie schließlich zu einem großen, aus Ziegeln erbauten Haus an einem Fluss.

Da sie keine Zeit zu verlieren hatten, hämmerte Jack mit den Fäusten an die schwere Eichentür und brüllte: »Aufmachen!«

Niemand antwortete. Jack warf sich mit der Schulter gegen das Holz, der Rahmen splitterte und die Tür schwang auf. Drinnen im Flur war der Amtmann gerade dabei, einen Koffer zu packen. Er hatte es offenbar eilig, das Haus zu verlassen. Als er Jack und Yori sah, sprangen ihm die Fischaugen fast aus den Höhlen.

»*Du!*«, rief er und zeigte anklagend mit einem feisten Finger auf Yori. »Du und deine vom Teufel besessene Hexe haben die Pest über uns gebracht!« Er stieß einen Schwall von Verwünschungen aus.

»Das haben wir nicht«, erwiderte Yori, der ausnahmsweise einmal die Geduld verlor, wütend. »Ihr habt Akiko getötet!«

Der Amtmann schnaubte. »Gut, dass wir die los sind, die hat sicher auch die …«

»Gib uns unsere Waffen zurück, schleimige Kröte«, sagte Jack.

Der Amtmann drückte die Brust heraus. »So spricht niemand mit mir! Ich bin der Amtmann dieser Stadt. Du …«

Er griff sich plötzlich an den dicken Hals und begann, Blut zu spucken. Durch seine Finger hindurch sah Jack einen silbernen Stern aus Metall blitzen. Er fuhr herum. Der schwarz gewachste Mantel eines Pestarztes füllte die Türöffnung aus. Bevor einer von ihnen das nächste Opfer eines Wurfsterns werden konnte, schob Jack seine Freunde in das nächstbeste Zimmer und schlug die Tür hinter sich zu.

»Wir müssen unsere Waffen finden«, sagte er, während Yori und Rose ihm halfen, eine schwere Holzbank vor die Tür zu ziehen. Sie suchten den Raum nach ihren Sachen ab und eilten durch eine andere Tür in das Speisezimmer, doch ihre hektische Suche blieb erfolglos. Hinter sich hörten sie Holz splittern und Möbel über den Boden scharren. Der Pestarzt verschaffte sich gewaltsam Zugang. Sie eilten durch die Küche, von dort ins Wohnzimmer und anschließend durch einen Dienstbotengang in einen holzgetäfelten Musikraum. Dort sahen sie eine Laute und ein Cembalo – aber keine Schwerter, keinen Bogen und nicht einmal Yoris Mönchsstock.

»Wir müssen im ersten Stock suchen«, sagte Jack. Der Pestarzt hatte offenbar die Küche betreten, denn sie hörten Töpfe klappern.

Sie rannten in den Flur zurück, wo der Amtmann inmitten einer Blutlache, die sich über die Dielen ausbreitete, tot auf dem Boden lag. Sie stiegen schon die Treppe hinauf, da entdeckte Yori im vorderen Studierzimmer auf einem Schreibtisch Jacks Langschwert. Jack sprang über die Leiche des Amtmanns, um sein Schwert zu holen … aber zu spät.

Der Pestarzt war zurückgekehrt und versperrte ihnen den Weg.

25

Kanzashi

Während Jack, Yori und Rose wie erstarrt im Flur standen, ließ der Pestarzt einen schrillen, an einen Vogel erinnernden Pfiff hören. Dann zog er ein gerades Schwert aus der Scheide auf seinem Rücken. Von Nahem erkannte Jack, um was es sich handelte – das rasiermesserscharfe Schwert eines Ninjas.

»Wer bist du?«, fragte er. »Was willst du von uns?«

Doch der Pestarzt mit der Vogelmaske gab keine Antwort. Sein Schweigen war genauso bedrohlich wie das Schwert in seiner Hand.

Jack blickte an ihrem Gegner vorbei. Sein eigenes Schwert war zum Greifen nah, er musste nur irgendwie den Mann ablenken … Aber nein, der Flur war zu schmal für irgendwelche Manöver, er war gerade breit genug, um ein Schwert zu schwingen, und jede falsche Bewegung würde dazu führen, dass er entweder durchbohrt oder ihm der Kopf abgeschlagen wurde.

»Warum greift er nicht an?«, flüsterte Yori, der hinter Jack in Deckung gegangen war.

»Vielleicht wartet er auf die anderen?«, sagte Rose.

Dann sprach Jack wieder, diesmal auf Japanisch. *»Anatahadare?«*

Darauf schien der Mann zu reagieren, allerdings nicht so, wie Jack gehofft hatte. Der Pestarzt hob plötzlich sein Ninjaschwert, um zuzuschlagen. Da Jack sich nirgends verstecken konnte und auch keine Waffe zu seiner Verteidigung hatte, wollte er sich vor dem Schwert wegducken – doch dann merkte er, dass, wenn er zur Seite auswich, Yori getroffen werden würde. Und seinen Freund würde er um nichts auf der Welt opfern. Als das Schwert auf ihn zukam, sah er aus den Augenwinkeln einen goldenen Kerzenleuchter in dem Koffer blitzen, den der Amtmann gepackt hatte. Blitzschnell riss er ihn hoch, um das Schwert abzulenken …

Doch da, im allerletzten Augenblick, stöhnte der Pestarzt plötzlich schmerzerfüllt auf. Sein Körper erstarrte, er ließ das Schwert fallen und sackte der Länge nach vornüber. Verblüfft sah Jack ihn an. Aus seinem Rücken ragte – exakt aus dem Lähmungen hervorrufenden *ryumon-ki*-Punkt – eine goldene Haarnadel, deren Ende wie eine Kirschblüte geformt war.

Jack hatte nicht gedacht, dass er diese Haarnadel oder auch die Person, der sie gehörte, jemals wiedersehen würde. Doch wie ein vom Himmel gesandter Engel trat Akiko aus der Nacht ins Licht.

»Akiko!«, rief Yori, die Augen weit aufgerissen. »Du *lebst!«*

»Bald nicht mehr, wenn wir nicht sofort von hier verschwinden«, erwiderte sie und musste lächeln, als sie Jacks entgeistertes Gesicht sah.

»A-aber ich habe doch gesehen, wie du ertrunken bist …«, stammelte Jack. Von Freude überwältigt, rannte er zu ihr und umarmte sie.

»Stimmt.« Akiko erwiderte seine Umarmung, doch dann machte sie sich rasch wieder los. »Aber jetzt ist keine Zeit, das zu erklären. Die anderen Pestärzte haben den Pfiff auch gehört und sind mir auf den Fersen!«

Sie holten ihre Waffen – Yoris Stock lehnte an der Wand und Akikos Bogen und Köcher an einem Bücherregal – und ihre Bündel und rannten auf die vom Regen aufgeweichte Straße hinaus. Eine Reihe von flackernden Fackeln am oberen Ende der Straße, in sicherer Entfernung von den drei noch verbliebenen Pestärzten, zeigte an, wo die Gendarmen standen. Einer neben dem anderen kamen die Pestärzte in ihren schwarzen gewachsten Mänteln drohend auf Jack und seine Gefährten zu.

Jack umklammerte das Heft seines Langschwerts, unschlüssig, ob er es ziehen sollte oder nicht. »Wenn wir die Männer besiegen, haben wir es immer noch mit den Gendarmen zu tun. Das könnte ein Blutbad geben.«

Yori schluckte aufgeregt und hielt seinen Stock den drei näher kommenden Geistern wie einen Talisman entgegen. »Wer kämpft und wegläuft, kann sich umdrehen und an einem anderen Tag weiterkämpfen.« Er blickte zu Jack auf. »Hätte jedenfalls Sensei Yamada gesagt.«

»Also, ich habe sowieso keine Waffe«, erklärte Rose nüchtern. »Und ich bin auch nicht scharf darauf, mir die Pest zu holen. Also stimme ich Yori zu – lasst uns abhauen!«

Sie machten auf dem Absatz kehrte und flohen auf der Straße in Richtung Fluss. Die Pestärzte verfielen in Laufschritt und rannten durch den Morast und die Pfützen, mit denen die Straße übersät war, hinter ihnen her. Die Gendarmen folgten ihnen ängstlich in einem Abstand von gut zwanzig Schritten.

Bevor sie den Fluss sahen, hörten sie sein gewaltiges, durch den Regen noch verstärktes Brausen. Abfall, Äste und sogar ganze Stämme trieben auf dem reißenden, weiß schäumenden Wasser. Als Jack und seine Freunde näher kamen, tauchte aus der Dunkelheit der Bogen einer schmalen hölzernen Brücke auf. Yori und Akiko liefen noch schneller und erreichten sie als Erste. Doch Rose stolperte, sie schrie und Jack musste sie auffangen. Er nahm ihre Hand, um ihr weiterzuhelfen, doch sie konnte nicht laufen. Ihr Gesicht war schmerzverzerrt.

»Was ist?«, fragte er.

»Mein Bein!«, rief sie und krümmte sich.

Jack blickte hinunter und sah, dass ein Wurfstern in ihrer Wade steckte. Rasch zog er ihn heraus. Blut rann aus der Wunde. Den Arm über Jacks Schulter, humpelte Rose weiter – und die Pestärzte holten rasch auf. An der Brücke, wo Akiko und Yori sie besorgt erwarteten, blieb Jack stehen.

»Ihr geht mit Rose rüber«, sagte er, »während ich sie aufhalte.«

»Das schaffst du nicht allein!«, sagte Akiko. Yori gab Rose seinen Stock als Krücke und nahm Jacks Bündel.

»Wir haben keine Zeit zu streiten«, rief Jack über das Tosen des Flusses. »Geht einfach!«

Seine Freunde verschwanden über die Brücke und Jack zog sein Langschwert und wandte sich den nahenden Pestärzten zu. Einige Schritte vor ihm blieben sie stehen und zogen ebenfalls ihre Waffen.

»Na los«, lockte Jack sie. »Lass sehen, ob du wirklich mit diesem Schwert umgehen kannst!«

Der Pestarzt mit dem Schwert trat vor ihn und nahm mit der linken Hand die Position eines *waki-gamae* ein.

Da hatte Jack seine Antwort.

Sein Gegner wusste genau, was er tat. Er stand mit dem Körper ein wenig seitlich zu ihm, die Beine weit gespreizt und das Schwert hinter dem Rücken versteckt, sodass nur das Heft vorstand. Jack konnte deswegen nicht sehen, wie lang das Schwert war, und entsprechend auch die Reichweite seines Gegners nicht sicher einschätzen. Außerdem sah er nicht, welche Seite des Schwerts nach oben zeigte, er wusste daher nicht, wie sein Gegner den ersten Hieb führen würde.

Der Pestarzt nutzte den kurzen Moment des Zögerns und schlug zu. Wie ein Blitz sauste die Klinge durch den Regen. Von der Geschwindigkeit des Angriffs überrumpelt, hatte Jack Mühe, auszuweichen und den Hieb mit der Schneide seines eigenen Schwerts abzulenken. Ein zweiter, von unten nach oben geführter Hieb trieb ihn rückwärts auf die Brücke. Jack riss den Kopf zur Seite, aber nicht schnell genug. Er spürte ein Brennen am Kinn, wo die stählerne Spitze ihn erwischt hatte. Der Schnitt ging nicht tief, blutete aber stark.

Wütend darüber, dass sein Gegner zuerst getroffen hatte, antwortete Jack mit einer ganzen Serie von Hieben. Doch der Pestarzt erwies sich als furchtbarer Gegner. Er parierte jeden Schlag und wich jedem Stoß mit katzengleicher Gewandtheit aus. Er duckte sich, sprang zur Seite oder parierte den Angriff. Jack kämpfte wie von Sinnen und bot alle seine Fähigkeiten als Samurai auf, doch der Pestarzt war ihm absolut ebenbürtig.

Plötzlich erzitterte die Brücke, als im Wasser treibende Trümmer gegen sie stießen. Jack verlor auf den rutschigen Planken das Gleichgewicht und fiel rückwärts. Der Pestarzt nutzte sein Missgeschick sofort aus und hob sein Langschwert, um es Jack in die ungeschützte Brust zu stoßen.

Doch im selben Augenblick schlug ein Baumstamm, der von der reißenden Strömung herangetragen wurde, wie ein Rammbock gegen die Brücke und zersplitterte die mittleren Stützpfosten. Die Brücke brach auseinander. Der Pestarzt sprang rasch ans Ufer zurück, um nicht in die schäumenden Fluten gerissen zu werden. Jack, gefangen auf dem, was von der Brücke noch übrig war, klammerte sich in Todesangst an einem Brett fest. Mit der anderen Hand hielt er sein Schwert. So hing er über dem tosenden Fluss.

Er musste sich entscheiden: Entweder er würde in den Fluss fallen … oder er musste sein kostbares Langschwert loslassen.

Der Pestarzt sah ihm vom Ufer aus stumm zu und weidete sich an seiner Not. Doch da wurde Jack die Entscheidung abgenommen: Eine Hand senkte sich zu ihm hinunter und packte seinen Arm.

»Ich sagte doch, du schaffst das nicht allein«, sagte Akiko und zog ihn in Sicherheit. Hastig stiegen sie das Ufer hinauf, während hinter ihnen der angeschwollene Fluss die Überreste der Brücke fortriss.

Am gegenüberliegenden Ufer standen die drei Pestärzte, wie erstarrt vor Wut über den Misserfolg.

»Jetzt müssen sie sich erst eine andere Brücke suchen«, keuchte Jack erleichtert.

Akiko blickte den Fluss auf und ab. »Und wo wäre die?«

Jack zuckte mit den Schultern und steckte sein Schwert in die Scheide. »Wer weiß! Lass uns lieber verschwinden.«

侍

26

Der Schlaf der Toten

Jack und Akiko stießen zu Rose und Yori, die sich unter den Ästen einer großen Buche untergestellt hatten, von deren Blättern der Regen in dicken Tropfen hinunterfiel. Yori versorgte gerade Roses Wunde. Er hatte sie mit einer Kräutersalbe bestrichen und verband die Wade mit einem Stoffstreifen, den er von seiner Kutte abgerissen hatte. Jack hockte sich mit besorgt gerunzelter Stirn neben ihn.

»Wie schlimm ist es?«, fragte er Rose. »Glaubst du, du kannst weiterlaufen?«

Yori befestigte den provisorischen Verband und Rose zuckte zusammen. »Laufen geht, aber fordere mich nicht zum Tanzen auf«, sagte sie mit einem gequälten Lächeln.

»Zum Glück war der Wurfstern nicht vergiftet«, sagte Yori und packte seinen Beutel mit Medikamenten wieder ein. »Eine Entzündung müsste die Salbe verhindern.«

»Gott sei Dank, wenigstens das«, meinte Jack. Er holte den glänzenden Ninja-Stern aus der Tasche und wog ihn in der Hand. Das Auftauchen einer solchen Waffe in England beunruhigte ihn zutiefst. Es bestätigte ihn in seiner Befürchtung, die Gerüchte von Schattenmördern könnten Wirklichkeit sein.

»Aber trotzdem tut es ziemlich weh«, jammerte Rose, als Yori ihr auf die Beine half. Sie warf Akiko einen Blick zu. »Der Pestarzt, den du mit deiner Haarnadel gestochen hast, hat hoffentlich genauso große Schmerzen wie ich!«

Akiko lächelte und nickte. »Wahrscheinlich noch viel mehr. Wenn die anderen Pestärzte sich nicht mit *kyusho-jitsu* und den richtigen Druckpunkten auskennen und ihm damit Erleichterung verschaffen können, geht er so schnell nirgends hin!«

Rose nickte anerkennend. »Du steckst wirklich voller Überraschungen, Akiko.«

»Du auch«, antwortete Akiko und hob die Augenbrauen. »Ich habe nicht damit gerechnet, dich wiederzusehen.«

Rose sah sie empört an. »Ist es so schwer zu glauben, dass ich zurückgekommen bin, wenn du von den Toten zurückgekehrt bist?«

Akiko schüttelte den Kopf. »Ich dachte nur ...«

»Was?«, schnappte Rose. »Dass ich euch verlassen hätte? Verraten? Dass ich beim kleinsten Anzeichen von Gefahr Reißaus genommen hätte?«

»Also ... du bist schließlich genau zum selben Zeitpunkt verschwunden, zu dem die Gendarmen gekommen sind!«

Ein gereiztes Schweigen trat ein, unterbrochen nur durch das leise Trommeln der Regentropfen auf den Blättern.

»Wir haben uns Sorgen um dich gemacht, Rose«, sagte Jack, um die Spannung zu mindern.

Rose sah ihn an, als könne sie ihm nicht glauben. Dann erklärte sie: »Die Pferde haben mich geweckt, etwas hatte sie beunruhigt. Als ich die Gendarmen draußen sah, habe ich mich im Heu versteckt.«

»Warum hast du uns nicht gewarnt?«, fragte Akiko.

»Dazu war keine Zeit. Und es hätte ja nichts gebracht, wenn sie mich auch noch verhaftet hätten. Ich habe mich also weiter versteckt und bin euch dann in die Stadt gefolgt. Ich konnte nicht viel tun, nicht solange da so viele Gendarmen waren.« Sie sah Jack und Yori entschuldigend an. »Ich musste mitansehen, wie ihr zwei an den Pranger gestellt und in den Block gelegt wurdet und wie man euch mit fauligem Obst und sonst was beworfen hat! Aber ich habe mich weiter versteckt, auch als sie dich ins Wasser gelassen haben, Akiko. Glaub mir, ich wollte dich retten. Aber ich konnte euch erst nach Einbruch der Nacht helfen. Dem Amtmann die Schlüssel zu stehlen, war meine einzige Idee – ich kann doch sonst nichts wirklich.«

Jack lächelte Rose verlegen an. Er fühlte sich schuldig, weil er geglaubt hatte, sie hätte sie verraten. »Gott sei Dank hast du das getan, sonst hätten diese Pestärzte uns zerstückelt. Wir verdanken dir unser Leben.«

»Ich nicht«, widersprach Akiko.

Jack und Yori machten sich auf einen weiteren Streit gefasst, doch als Akiko sprach, klang sie überraschenderweise eher kleinlaut. »Ich hätte nicht gedacht, dass ich das je sagen würde … aber Diebstahl hat manchmal offenbar auch sein Gutes.« Sie verbeugte sich tief vor Rose. »Bitte entschuldige, dass ich an dir gezweifelt habe. Ich dachte, du hättest Jacks Geldbörse gestohlen und seist damit weggelaufen.«

Rose sah die zerknirschte Akiko mit einem Lachen an.

»Was?«, sagte Akiko verwirrt und zugleich gekränkt.

Rose unterdrückte ihr Lachen. »Ihr Japaner seid so förmlich! Ein einfaches ›Entschuldigung‹ hätte genügt. Aber in einem hast du recht … Ich habe tatsächlich Jacks Börse geklaut.« Sie zog den Lederbeutel aus den Falten ihres Kittels.

Akiko sah sie mit offenem Mund an, genauso wie Jack.

»Aber«, fuhr Rose fort und hob den Finger gegen Akikos Protest, »nur um zu verhindern, dass der Amtmann und seine Leute sie nehmen. Sie hätten das Geld für sich eingesteckt und bestritten, davon zu wissen. *Sie* sind die eigentlichen Diebe!«

Sie warf die Börse Jack zu, der sie geschickt fing. Trotzdem sah er unglücklich aus. »Sei mir nicht böse, Jack«, bat Rose. »Ich habe es doch nur für einen guten Zweck getan.«

»Das ist es ja gar nicht«, erwiderte Jack und befestigte den Beutel an seinem Gürtel. »Ich bin noch wütend, weil Harold Westcott das Medaillon mit dem Bild meiner Schwester mitgenommen hat!«

»Manchmal müssen wir etwas Wertvolles verlieren, um etwas noch Wertvolleres zu gewinnen«, sagte Yori tröstend. »Vielleicht hat das Medaillon seinen Zweck schon erfüllt. Es hat dir gezeigt, wie deine Schwester jetzt aussieht, und uns nach Stratford geführt. Vielleicht siehst du sie ja schon bald in Wirklichkeit!«

Jacks Miene hellte sich auf. »Du hast wie immer recht, Yori. Man kann viel Wichtigeres verlieren.« Er sah Akiko zärtlich an. »Wie dich. Ich habe geglaubt, ich hätte dich für immer verloren.«

Akiko senkte den Kopf, sodass ihre ebenholzschwarzen Haare ihre Wangen verbargen, die rot geworden waren. »Aber du kannst mich nicht verlieren, Jack. *Auf ewig miteinander verbunden,* das weißt du doch.«

Sie hob den Kopf und Jack blickte ihr in die Augen. Jetzt, wo er sie um ein Haar verloren hätte, begriff er erst richtig, wie viel Akiko ihm bedeutete. Er konnte in diesem Moment nur noch an sie denken und wollte sie küssen …

»Sollten wir nicht wieder los?«, fragte Rose unvermittelt.

Yori stand ein wenig abseits, offenbar in den Anblick der Sterne vertieft, obwohl kein einziger durch die Wolken zu sehen war. »Der Regen lässt nach«, erklärte er.

»Ja, natürlich«, murmelte Jack und fasste sich wieder. Akiko sah Rose vorwurfsvoll an.

Sie setzten ihre Reise auf der Straße fort. Die Nacht war wie ein Mantel über das Land gebreitet. Jack wich nicht von Akikos Seite. Er konnte immer noch nicht fassen, dass sie lebte und neben ihm ging. »Du musst mir noch sagen, wie du die Wasserprobe überstanden hast«, bat er. »Wir dachten alle, du seist ertrunken.«

Die Ringe an Yoris Stock klingelten leise, während sie durch die regennasse Stille gingen und darauf warteten, dass Akiko anfing zu erzählen. Akiko räusperte sich.

»Du erinnerst dich bestimmt, dass ich bei unserer ersten

Begegnung nach Perlen getaucht habe, Jack. Ich bin also darin geübt, die Luft anzuhalten …«

»Aber so lange?«, sagte Jack zweifelnd.

Akiko schüttelte den Kopf. »Beim zweiten Mal musste ich ein Schilfrohr als Atemschlauch verwenden – ein einfacher, aber wirksamer Ninjatrick. Aber mir wurde schnell klar, dass der Amtmann weitermachen wollte, bis ich entweder gestand oder ertrank. Also musste ich sterben.«

»Den hast du ganz schön reingelegt!«, sagte Rose.

»Und Yori und mich auch!«, rief Jack. »Deine Haut war schon ganz blau.«

Akiko lächelte ein wenig kleinlaut. »Tut mir leid, wenn ich euch Angst gemacht habe, aber mir bleib keine andere Wahl. Es musste überzeugend wirken. Während meiner Ausbildung zum Ninja im Tempel des friedlichen Drachens hat der Großmeister mich im *shisha no nemuri* unterrichtet.«

Yori sah sie erschrocken an und Jack runzelte die Stirn. Rose musterte die beiden verwirrt. »Äh, kann mir das bitte jemand übersetzen?«

»Das heißt ›Schlaf der Toten‹«, erklärte Yori atemlos und ehrfürchtig. »Eine geheime Art der Meditation, bei der die Atmung aussetzt und das Herz kaum noch schlägt, eine Art menschlicher Winterschlaf, aber sehr gefährlich. Viele sind davon nicht mehr aufgewacht.«

»Deshalb habe ich auch so lange gebraucht, mich davon zu erholen«, erklärte Akiko.

Jack nickte und lächelte. Jetzt verstand er alles. »Darauf hätte ich kommen müssen! Ich habe nicht an deine Ausbildung im Ninjutsu gedacht.« Er wurde ernst und holte den Wurfstern noch einmal heraus. »Da wir schon von Ninjas sprechen: Diese Pestärzte sind gar keine Ärzte. Das ist nur eine Verkleidung. Sie bewegen sich wie Ninjas, kämpfen wie Ninjas – und benutzen sogar die Waffen von Ninjas.«

»Aber was sollten Ninjas hier in England tun?«, fragte Yori und ließ den Blick unruhig hin- und herwandern, als könnte jeder Schatten entlang der Straße plötzlich aufspringen und sie angreifen.

»Genau diese Frage beschäftigt mich auch«, sagte Jack und drehte und wendete den Wurfstern in der Hand. »Seit ich damals die Gerüchte von den Schattenmördern gehört habe.«

»Liegt das nicht auf der Hand?«, sagte Rose. »Sie sind hinter *dir* her.«

»Aber warum?«, fragte Jack.

Rose zuckte mit den Schultern. »Das musst du sie schon selbst fragen.«

»Nach allem, was sie bisher getan haben, sind sie nicht zum Reden hier«, sagte Akiko.

Jack machte eine Grimasse. »Vielleicht hätten wir uns ihnen stellen sollen, statt wie Feiglinge davonzulaufen.«

»Die Gazelle flieht vor dem Löwen, aber nicht aus Angst, sondern weil sie das Leben liebt«, sagte Yori weise.

»Yori hat recht«, sagte Akiko. »Wir sind nicht zum Kämpfen hier, sondern weil wir deine Schwester suchen.«

»Aber wer würde Ninjas um die halbe Welt schicken, um jemanden zu ermorden?«, fragte Jack.

»Dokugan Ryu?«, schlug Yori vor und schluckte bei dem bloßen Gedanken an Drachenauge.

»Unmöglich, der ist tot«, sagte Jack bestimmt. Obwohl er sich nach der albtraumhaften Erscheinung in London nicht mehr so sicher war. Der Geist des Ninjas verfolgte ihn ganz offensichtlich weiter.

»Aber sein Clan nicht«, rief Akiko ihm ins Gedächtnis. »Sein Nachfolger glaubt vielleicht, dass sein Tod gerächt werden muss, genauso wie der Doppelgänger vor ihm das geglaubt hat.«

»Oder steckt vielleicht Shogun Kamakura dahinter?«, überlegte Yori. »Es würde mich nicht überraschen, wenn es sein letzter Wunsch gewesen wäre, dass du getötet werden sollst, egal um welchen Preis!«

Jack nickte nachdenklich. Er erinnerte sich noch daran, wie entschlossen der verstorbene Samuraifürst gewesen war, alle Ausländer aus Japan zu vertreiben, vor allem die »Gaijin-Samurai«, die ihm ein Gräuel waren. »Das würde wenigstens erklären, warum der Pestarzt ein japanisches Langschwert hatte«, sagte er.

Yori runzelte die Stirn. »Konntest du die Klinge von Nahem sehen?«

»Von viel zu nahe!«, sagte Jack. »Aber ich hatte ehrlich gesagt nicht die Nerven, die handwerkliche Arbeit genauer zu betrachten.«

»Schade«, meinte Yori. »Wenn darauf ein Familienwappen eingeprägt gewesen wäre, hätten wir anhand dessen womöglich den Besitzer identifizieren können.«

Akiko schüttelte den Kopf. »Nicht unbedingt. Ninjas nehmen sich manchmal die Waffen ihrer Opfer. Sie glauben, dass der Geist derer, die sie im Kampf besiegt haben, in die Waffe eingeht und ihre Kraft verstärkt. Ein solches Langschwert könnten deshalb alle möglichen Leute besitzen.«

»Wer immer diese Männer sind und was immer sie wollen, wir finden das hier mitten im Nirgendwo und mitten in der Nacht nicht heraus!«, sagte Rose und blickte auf die dunkle, unheimliche Straße hinter ihnen. »Wenn diese Ninjas euch den ganzen Weg von Japan bis hierher gefolgt sind, dann hält ein Fluss sie nicht auf – auch wenn er Hochwasser führt.«

»Ich stimme Rose zu«, sagte Jack und ging schneller. »Wir müssen ihnen immer möglichst einen Schritt voraus sein.«

侍

27

Erntedankfest

Als der nächste Tag heraufdämmerte, hatten Jack und seine Freunde Mühe, einen Fuß vor den anderen zu setzen. Aus Angst vor den Pestärzten waren sie die ganze Nacht gelaufen und hatten etwa zwanzig Meilen zurückgelegt, obwohl ihnen Sir Henrys Pferde nicht mehr zur Verfügung standen. Müde, frierend und hungrig, hatten sie sich doch auf der verlassenen Landstraße keine Rast gegönnt. Der kalte Morgennebel, der über den Wiesen hing, verfärbte sich mit der aufgehenden Sonne nach und nach golden und die Vögel begannen mit ihrem morgendlichen Gezwitscher. Die Welt erwachte und von ferne kam leises Glockengeläut. Jack blickte von der morastigen Straße auf. Eine hölzerne Kirchturmspitze hob sich von dem in Flammen stehenden Horizont ab.

»Das muss Stratford sein!«, rief er und schritt mit frischer Kraft aus.

Angespornt durch seinen Eifer, eilten die anderen ihm nach.

Der Weg mündete schon bald in die Hauptverkehrsstraße und sie reihten sich in einen stetigen Zug von Menschen ein, der vom Land in die Stadt strömte, bestehend aus Bauern, die ihr Vieh vor sich hertrieben, Hirten mit ihren Schafen, Wanderarbeitern, verschiedenen Handwerkern und Dörflern mit Körben und ihren Kindern im Schlepptau.

»Ist heute Markttag?«, fragte Rose einen apfelwangigen Jungen, der ein großes widerspenstiges Schwein an einem Nasenring führte.

»Nein, Erntedank«, erwiderte er. Er musterte die vier zerlumpten Reisenden misstrauisch, zerrte dann an seinem Schwein und ging weiter.

Rose grinste Jack an. »Heute ist dein Glückstag, Jack! Wenn deine Schwester in Stratford lebt, ist sie wegen des Fests heute bestimmt auch draußen unterwegs.«

Jack, der es kaum erwarten konnte, Stratford zu erreichen, schlüpfte zwischen Bauern und Dörflern hindurch und hielt die ganze Zeit nach einem Mädchen mit gerstenblonden Haaren Ausschau. Akiko, Yori und Rose folgten dicht hinter ihm. An einer langen Brücke über den großen Fluss verdichtete sich das Gedränge.

Über vierzehn steinerne Bögen gelangten sie schließlich nach Stratford-upon-Avon. Auf der breiten Hauptdurchgangsstraße, der Bridge Street, herrschte bereits reger Betrieb von Händlern, die in aller Früh zum Fest eingetroffen waren. Auf beiden Seiten und in der Mitte der Straße hatte man bereits Stände errichtet. Sie kamen an Nadelmachern und Strumpfwarenhändlern vorbei, an Wollhändlern, Webern, Handschuhmachern und Schneidern. Es gab Fleischer, Bäcker, Fischverkäufer, Bader und Eisenhändler. Eine Gruppe von Bänkelsängern spielte auf und Passanten tanzten lachend im Kreis um sie herum zur Musik. An Straßenecken wurden Glücksspiele gewonnen und verloren und ein Duft von frisch gebackenem Brot und gebratenem Fleisch zog durch die Luft, dass einem das Wasser im Mund zusammenlief. An zwei Seiten wurde der belebte Marktplatz von dreistöckigen Fachwerkhäusern mit bleiverglasten Fenstern gesäumt wie von einer großartigen Kulisse. Stratford war in jeder Beziehung eine wohlhabende und lebendige Stadt.

»Verteilen wir uns«, wies Jack, dessen Ungeduld immer größer wurde, die anderen an. »Dann ist die Wahrscheinlichkeit höher, dass wir Jess finden.«

»Wie wär's mit einem Frühstück?«, fragte Rose und betrachtete hungrig einen Stand, der Feigen, Äpfel und frisch gepflückte Brombeeren verkaufte. »Ich habe einen Mordshunger!«

»Das muss warten«, erwiderte Jack, obwohl auch ihm schon der Magen knurrte.

Sie verteilten sich also und stürzten sich in das Gewimmel des Marktes. Ungeduldig schob Jack sich durch die Menge und ließ den Blick unablässig über das Meer von Gesichtern wandern auf der Suche nach blonden Haaren und leuchtend blauen Augen – oder eigentlich nach allen Mädchen, die seiner Schwester auch nur entfernt ähnelten. Akiko und Yori zogen auf ihren Wegen viele neugierige Blicke auf sich, angekündigt durch Yoris seltsamen bimmelnden Mönchsstock, aber niemand hielt sie an oder stellte ihnen eine Frage.

Am oberen Ende der Straße trafen sie wieder zusammen. »Erfolg gehabt?«, fragte Jack.

»Leider nein«, sagte Akiko mit einem bedauernden Blick.

Jack seufzte schwer. »Es ist, als wollte man eine Nadel im Heuhaufen finden!«

»Wenigstens haben wir den Heuhaufen gefunden«, sagte Yori ermutigend. »Da ist es nur eine Frage der Zeit, bis wir auch die Nadel haben.«

Sie gingen den Markt ein zweites Mal ab und gelangten wieder zur Brücke.

»Hat jemand sie gesehen?«, fragte Jack. Seine Stimme verriet seine Enttäuschung. Seine drei Freunde schüttelten ernst die Köpfe. »Aber sie muss doch irgendwo sein. Sucht noch mal!«, drängte er.

Sie setzten ihre Suche fort, gingen diesmal langsamer und blieben bei jedem Stand stehen. Angesichts der Massen von Menschen verlor Jack immer mehr den Mut. Selbst wenn Jess nur wenige Meter von ihm entfernt gewesen wäre, hätte er sie womöglich übersehen.

»Ist sie das?«, rief Rose plötzlich und zeigte auf einen blonden Haarschopf in der Menge.

Jack kniff die Augen zusammen. Das Gesicht konnte er nicht sehen, zu viele Marktbesucher drängten sich zwischen ihm und der Frau. Er stellte sich auf die Zehen, blickte über die Köpfe und sah goldene Haare aufleuchten. »Jess!«, schrie er. Sein Herz begann zu klopfen.

Verschiedene Leute drehten sich nach ihm um, darunter auch der Blondschopf …

Doch wie sich herausstellte, handelte es sich um ein Mädchen mit schmalem Gesicht, spitzer Nase und trüben braunen Augen. Ganz sicher nicht seine Schwester.

Seine Hoffnung fiel wieder in sich zusammen. Dann hörte er das vertraute Klingeln eines Stocks. Yori kam hastig auf ihn zu.

»Jack!«, rief er. »Jack! Ich habe Jess gerade gesehen!«

»Wo?« Schlagartig war er wieder voller Hoffnung und Euphorie.

»In der Nähe des Blumenstands«, erklärte Yori und zog ihn mit sich. »Sie trägt ein blaues Schultertuch …«

Er führte Jack zu dem Blumenverkäufer und auf dem Weg dorthin schlossen sich ihnen Akiko und Rose an. Verschiedene ältere und jüngere Frauen hatten sich um die zum Verkauf angebotenen duftenden Blumensträuße versammelt, aber keine davon trug ein blaues Schultertuch oder hatte auch nur entfernt blonde Haare.

Aufgeregt sah Jack sich um, aber das Gedränge der Einkaufenden machte es schwierig, einer bestimmten Person weiter als einige Stände zu folgen. Jedenfalls konnte er seine Schwester nicht ausfindig machen. »Warum hast du sie nicht einfach angesprochen, Yori«, rief er enttäuscht.

»T-t-tut mir leid«, stotterte Yori und senkte den Kopf. »Ich habe es versucht, aber das Gedränge war zu groß. Also dachte ich, ich suche lieber dich.«

»Das hast du richtig gemacht, Yori«, sagte Akiko mit

einem vorwurfsvollen Blick auf Jack, weil er seine Enttäuschung an Yori ausgelassen hatte. »Sie kann nicht weit weg sein. Kommt!«

Jack entschuldigte sich hastig und ging in der Mitte der Straße weiter. Akiko und Yori übernahmen die linke Seite, Rose die rechte. Es tat Jack leid, dass er Yori angefahren hatte, aber die Enttäuschung war einfach zu groß gewesen. Da hatte er seine Schwester fast gefunden und doch …

Ein Stück blauer Stoff erregte seine Aufmerksamkeit. Auf halbem Weg die Straße hinunter stand vor einem Obstverkäufer eine junge Frau mit blonden Locken und begutachtete einen Korb mit roten Äpfeln.

Da war sie!

Jack bekam kaum Luft und sein Herz hämmerte. Zögernd näherte er sich ihr von hinten. »Jess?«, fragte er leise.

Die junge Frau drehte sich um und lächelte. Die blonden, wie aus Gold gesponnenen Locken umrahmten ein hübsches Gesicht und ihre hellblauen Augen erwiderten seinen Blick freundlich und fragend. »Entschuldigung, kennen wir uns?«, sagte sie.

Jack starrte sie an, unfähig zu glauben, was er vor sich sah. Die Frau sah tatsächlich aus wie seine Schwester, aber sie war nicht Jess.

Verglichen mit dem Porträt in dem Medaillon waren die Augen eine Spur zu hell, war die Nase ein wenig zu breit und waren die Lippen ein wenig zu dünn. Doch entscheidend war vor allem ihr Blick. Jack spürte tief in sich, dass er dieser Frau nicht geschwisterlich verbunden war. Sie waren einander völlig fremd, nicht durch ein inneres Band verknüpft.

Mit einem bedauernden Kopfschütteln wich er zurück. »Leider nein, Madam. Verzeiht …«

Die Enttäuschung traf ihn schwer und nach dem schnellen Auf und Ab seiner Gefühle war die Verzweiflung umso tiefer. Inmitten der Menge fühlte er sich so einsam, wie er sich seit seinem ersten Jahr in Japan nicht mehr gefühlt hatte. Er stand auf einer Insel in einem Meer von Fremden, von denen keiner Jess war. Er hatte einen so weiten Weg zurückgelegt – in Meilen gemessen und in Lebenszeit – in der Hoffnung, sie zu finden. Doch der Hafen, den er dazu ansteuern musste, entzog sich ihm auf grausame Weise immer wieder. Er begriff, dass er Jess vielleicht nie finden würde, dass Jess für ihn verloren war – womöglich für immer.

Zusammengesunken saß Jack auf einer Bank vor dem belebten Wirtshaus *Zum Windhund* und sah wie betäubt den Strom von Passanten auf der High Street vorbeiziehen. So viele Gesichter, so viele fremde Menschen. Und keiner davon Jess. Nachdem sie den Markt ein viertes Mal erfolglos durchkämmt hatten, hatten sie ihre Suche aufgegeben, um in einem Wirtshaus ein spätes, aber dringend benötigtes Frühstück einzunehmen.

»Bist du sicher, dass das Mädchen nicht Jess war?«, fragte Yori. »Ich meine, sie sah genauso aus wie das Porträt. Sieben Jahre sind eine lange Zeit und Menschen können sich verändern. Könnte es sein, dass du dich getäuscht hast?«

Jack schüttelte entmutigt den Kopf. »Nein, ich kenne meine Schwester. Ein ganzes Leben und ein ganzes Meer könnten nicht das Band zwischen uns zerreißen. Hier drinnen«, er zeigte auf seine Brust, »werde ich Jess immer erkennen – aber als ich mit dieser jungen Frau gesprochen habe, habe ich nichts gespürt.«

»Du darfst nicht aufgeben«, sagte Akiko, während Rose nach drinnen ging, um Essen zu bestellen und sich nach einer Unterkunft zu erkundigen. »Wir haben einen so weiten Weg zurückgelegt und werden diese Reise auch zu Ende bringen. Wir finden deine Schwester.«

Jack seufzte und sah sie an. »Aber was ist, wenn sie nicht hier lebt? Wenn doch alles vergeblich war? Vielleicht hat Bodley sich die ganze Geschichte nur ausgedacht, um seine Haut zu retten!«

Akiko schloss sanft ihre Hand um seine, um ihn zu beruhigen. »Ich glaube, Bodley hat die Wahrheit gesagt. Sein Blick hat nicht gelogen. Deshalb bleiben wir so lange in Stratford, bis wir Jess gefunden haben.«

Jack schüttelte trotz Akikos entschlossenem Optimismus müde den Kopf. »Ich befürchte allmählich, dass wir sie nie finden werden.«

»So darfst du nicht denken!«, sagte Yori vorwurfsvoll. »Erinnere dich an das, was die Hexe gesagt hat: *Wenn du dich am weitesten entfernt fühlst, bis du näher, als du denkst.*«

Akiko nickte. »Yori hat recht. Wenn du aufgeben willst, erinnere dich an das, was dich bisher hat durchhalten lassen.«

Die klugen Worte seiner Freunde machten Jack nachdenklich. Die Vorstellung, eines Tages wieder mit seiner Schwester vereint zu sein, hatte dazu beigetragen, dass er in Japan überlebt hatte. Sie hatte ihn während seiner Ausbildung an der Niten Ichi Ryū getröstet und war im Kampf um die Burg von Osaka sein Schild gewesen. Sie hatte ihn von Kyoto nach Nagasakai quer durch Japan getragen und zuletzt nach Hause, nach England. Seine Schwester jetzt aufzugeben, hieße das aufzugeben, wofür er die ganze Zeit so hart gekämpft hatte.

Er straffte sich. »Ihr habt recht. Wie Sensei Yamada gesagt hat, scheitern kann nur, wer aufgibt.« Und er ließ den Blick mit neuer Entschlossenheit über die Menge wandern.

»Ich habe uns eine Unterkunft für die Nacht besorgt«, verkündete Rose, die in diesem Augenblick mit vier Krügen aus dem Wirtshaus trat.

»Das ist eine gute Nachricht«, sagte Akiko und machte auf der Bank Platz für sie. »Ich bin so müde, dass ich auf einem Brett schlafen könnte!«

Rose lachte. »Das musst du vielleicht auch. Es gab nur noch Strohlager auf dem Dachboden über dem Stall. Und wir hatten Glück, dass wir überhaupt die bekommen haben – Stratford ist wegen des Erntedankfests vollkommen ausgebucht.«

»Stroh! Das klingt für mich schon nach Luxus!«, sagte Yori und nippte an seinem Getränk, um nicht unhöflich zu erscheinen.

Ein Kellner kam mit vier Tellern voller Butterbrote und

dunklem Fleisch in Bratensoße. Er stellte sie auf dem Tisch ab, starrte Akiko und Yori mit großen Augen an und entfernte sich hastig. Akiko betrachtete ihren Teller zweifelnd. »Darf ich fragen, was wir essen?«

»Gans«, antwortete Rose, riss ein Stück Brot ab und tauchte es in ihre Soße. ›Ein Mensch, der Gans an Michaeli isst, hat Geld und keine Schulden, wie ihr wisst.‹ Es bringt Glück.«

»Und wir brauchen alles Glück, das wir kriegen können«, sagte Jack und schlang sein Essen hungrig hinunter, ohne den Blick von der Menge der Passanten abzuwenden.

Mit dem Essen war ein dürrer Mann in ihrer Nähe aufgetaucht, der nur noch aus Haut und Knochen zu bestehen schien. »Habt ihr ein Stück Brot übrig?«, krächzte er und die Spucke lief ihm angesichts einer solch nahrhaften Mahlzeit über die aufgesprungenen Lippen.

»Verschwinde!«, schimpfte Rose und scheuchte ihn ärgerlich weg.

Doch Yori reichte dem Bettler seinen Teller. Dem Mann sprangen fast die Augen aus dem Kopf. Mit einem gemurmelten Dank entfernte er sich hastig, bevor das großzügige Angebot widerrufen werden konnte.

»Warum verschenkst du dein Essen?«, fragte Rose entgeistert.

»Er braucht es dringender als ich«, erklärte Yori, während einige andere Bettler, die gemerkt hatten, dass es hier offenbar etwas zu holen gab, an ihren Tisch kamen und bittend die Hände ausstreckten.

»Damit bewirkst du überhaupt nichts«, erklärte Rose und verscheuchte sie. »Außer dass du an seiner Stelle hungrig bist.«

Yori legte die Hände in den Schoß und sah sie an. »Kennst du die Geschichte von den zehntausend Fischen?«

Rose biss in ihr Butterbrot und schüttelte den Kopf.

»Eines Morgens, als eine Flutwelle zehntausend Fische an Land gespült hatte, ging ein Mönch an den Strand. Als er die Fische im Sand zappeln und langsam sterben sah, begann er, sie einen nach dem anderen aufzuheben und ins Meer zurückzuwerfen. Ein Samurai, der in der Nähe saß, sah ihn und lachte ihn aus. ›Du dummer Mönch!‹, rief er. ›Was kann ein Mensch gegen das von der Natur bestimmte Schicksal ausrichten?‹ Statt zu antworten, hob der Mönch einen nach Luft schnappenden Fisch auf und warf ihn ins Meer zurück. ›Für diesen einen Fisch habe ich etwas ausgerichtet!‹, sagte er dann.«

»Eine schöne Geschichte«, befand Rose, den Mund voller Gänsefleisch, »aber mir ist es lieber, wenn ich selbst keinen Hunger habe.«

Yori lächelte vergnügt. »Und ich bin lieber Mönch, als andere Menschen hungern zu sehen.«

»Und ich werde nicht zulassen, dass ein Freund von mir hungert!«, sagte Jack und gab Yori ein Stück von seinem Brot und eine Scheibe Fleisch.

Dann, als er gerade die Knochen eines Gänseflügels abnagte, sah er aus den Augenwinkeln ein Mädchen mit goldenen Haaren. »Jess?«, rief er überrascht.

Er ließ die Knochen auf seinen Teller fallen, sprang auf und stürzte dem Mädchen hinterher.

»Warte!«, rief Akiko, als er schon die Straße entlanglief.

Aber Jack wollte auf niemanden warten. Er hatte seine Schwester gesehen, das wusste er ganz sicher.

Er rannte weiter, schob andere zur Seite und kämpfte sich durch das Gewühl der Menschen. Das Mädchen ging in Richtung Markt. Mit der Schulter stieß er einen Mann so heftig zur Seite, dass der sein Bier fallen ließ. Jack rief eine Entschuldigung über die Schulter, stolperte über eine Gruppe von Männern, die an einer Straßenecke Würfel spielten, fiel auf die Knie – und verlor im selben Moment Jess aus den Augen. Hastig rappelte er sich auf und sah sich verzweifelt um. *Wo ist sie? Wohin ist sie verschwunden?*

Auf der Bridge Street wimmelte es vor Händlern und Bauern, Dörflern, Unterhaltungskünstlern und Reisenden. Fieberhaft ließ er den Blick von einem Gesicht zum anderen wandern. Dann sah er sie wieder. Sie war in die Wood Street eingebogen.

»Jess!«, brüllte er. »Jess!«

Das Mädchen drehte sich, als es seinen Namen hörte, suchend nach dem Rufer um. Ja! Das engelhafte Gesicht stimmte bis auf den feinsten Pinselstrich mit dem Porträt in dem Medaillon überein. Sie war es!

Jack winkte und versuchte, sie trotz der Entfernung auf sich aufmerksam zu machen. »Jess! Jess!« Doch dann sah er plötzlich, wie sie unsanft von einem älteren Herrn weggezerrt wurde, einem Herrn mit kurz geschnittenen kupferroten Haaren und einem kunstvoll gezwirbelten Schnurrbart – und einer lächerlich großen Halskrause.

Einen Augenblick lang erstarrte Jack vor Schreck und die Stimme blieb ihm im Hals stecken. Er kannte diesen Mann.

Es handelte sich um Sir Toby Nashe.

侍

28

Bärenhatz

Wieder drängte Jack sich durch das Marktgewimmel. Er konnte kaum glauben, was er gesehen hatte. Ausgerechnet Sir Toby steckte hinter dem Verschwinden seiner Schwester! Dieser Schurke hatte ihm Jess genommen! Wut stieg in ihm auf, und als das Gedränge nachließ, begann er zu laufen. An der Kreuzung mit der Rother Street sah er, wie Sir Toby Jess gerade in einen Pferdewagen stieß und hinter ihr einstieg. Der Kutscher ruckte mit den Zügeln und der Wagen fuhr an.

»Jess!«, brüllte Jack und rannte, so schnell er konnte, um sie einzuholen.

Ihr Kopf erschien am Fenster und ihre Blicke trafen sich. Einen kurzen Moment sah sie ihn verwirrt an, dann wurden ihre Augen plötzlich größer und sie schien ihn zu erkennen. Doch da, während der Wagen sich schon entfernte, trat ein Hüne Jack in den Weg und versperrte ihm die Sicht. Mit seiner mächtigen Pranke schlug er Jack gegen die Brust, sodass er abrupt stehen bleiben musste.

»Na so eine Überraschung!«, sagte eine heisere Stimme höhnisch. »Ich habe dich überall gesucht.«

Vom Laufen und dem Schlag an seine Brust außer Atem, hob Jack den Kopf und blickte in das vernarbte Gesicht von Guy Rakesby. Der bärtige Straßenräuber, der fast so groß war wie sein schwerer Knotenstock, blickte auf ihn hinunter.

»Aus dem Weg!«, schrie Jack und versuchte verzweifelt, an ihm vorbeizukommen und dem schnell kleiner werdenden Wagen nachzulaufen.

Doch die Spitze eines Dolchs in seinem Rücken verhinderte sein Entkommen.

»Du willst doch nicht gleich wieder weg?«, fragte Hazel, die Braut mit dem wilden Haargestrüpp, und drehte das Messer ein wenig.

Jack zuckte zusammen, als er spürte, wie die Klinge sich in seine Haut bohrte. Aus der Menge tauchten weitere Mitglieder von Rakebys Bande auf und umzingelten ihn.

»Das war nicht nett von dir, uns einfach so an den Baum gefesselt stehen zu lassen«, schimpfte Rakesby. »Gar nicht nett.«

»Ich dachte, Lord Percival wollte Gendarmen schicken, um Euch festzunehmen«, erwiderte Jack unwillig. Zu seiner Enttäuschung bog der Wagen um eine Ecke und verschwand.

Der Aufrechte lachte schnaubend. »Er hat welche geschickt, aber nicht genug, um mit Leuten wie mir fertigzuwerden.« Er beugte sich vor und sein schaler Atem wehte Jack ins Gesicht. »Und mit dir habe ich noch ein Hühnchen zu rupfen, Jack Fletcher.«

Jack wollte blitzschnell sein Schwert ziehen und ihm das Heft in den Bauch rammen. Doch Rakesby bekam ihn noch davor am Handgelenk zu fassen und drückte das Schwert wieder in die Scheide.

»Jetzt mal langsam – so behandelt man doch keinen alten Freund«, sagte er empört und hielt Jacks Handgelenk eisern umklammert.

Geübt erleichterte Hazel Jack um seine beiden Schwerter. Anschließend piekte sie ihn noch einmal mit ihrem Dolch, nur um ihm seine Lage in Erinnerung zu rufen.

»Da wir schon von Freunden sprechen«, sagte der Räuber und ließ den Blick über die Menge wandern, »wo sind deine?«

»Ganz in der Nähe«, sagte Jack unerschrocken. »Lasst mich also lieber los, wenn Ihr nicht wieder wie ein Baum gefällt werden wollt.«

Rakesby spuckte auf den Boden aus. »Der kleine Mönch hatte Glück! Das nächste Mal zertrete ich ihn. Also, wo sind sie?«

Jack schwieg trotzig. Doch auch er fragte sich, wo seine Freunde blieben. Warteten sie vielleicht noch beim Wirtshaus? Oder waren sie ihm gefolgt, als er so besinnungslos losgerannt war? Wo immer sie waren, er brauchte jetzt dringend ihre Hilfe.

»Egal«, sagte Rakesby, als Jack nicht antwortete. »Wir finden sie sowieso bald.«

Er nickte seinen Leuten zu und sie packten Jack grob an den Armen und führten ihn durch das Gedränge ab. Seine

Füße berührten kaum den Boden und er wehrte sich verzweifelt. Eben noch gesehen zu haben, wie seine Schwester ihm vor der Nase weggeschnappt wurde, und dann selbst von Rakesby und seinen Kumpanen gefangen zu werden – das war unerträglicher als Folter. Er trat um sich und fauchte wie eine Wildkatze, aber die Männer hielten ihn unbarmherzig fest.

»Hilfe!«, rief er. »Ich werde entführt …«

Rakesby holte mit seinem Stock aus und traf ihn am Kinn. Der heftige Schlag brachte Jack zum Schweigen. Benommen ging er in die Knie, nur noch aufrecht gehalten von seinen Häschern, während Rakesby sich bei den Umstehenden für den Aufruhr entschuldigte. Schuld daran sei, dass Jack zu viel Wein getrunken habe. Die Marktbesucher, von denen einige auch schon nicht mehr ganz nüchtern waren, lachten nur und beachteten Jack nicht weiter. Rakesbys Kumpane zerrten ihn rasch weiter.

Vergeblich sah Jack sich in der Menge nach seinen Freunden um. In seiner Verzweiflung schrie er auf Japanisch um Hilfe – »*Tasukete! Abunai!*« –, in der schwachen Hoffnung, sie könnten ihn in dem allgemeinen Lärm hören.

»Schrei, so viel du willst, Jack!«, sagte Rakesby mit einem hämischen Grinsen. »Wenn das Ferkel quiekt, kommt die Mutter angerannt!«

Jack verstummte, denn ihm wurde klar, dass er genau das tat, was der Straßenräuber wollte. Er sollte der Köder sein, der die anderen anlockte. Am Ende der Straße führte ihn die Bande nach Westen in Richtung Viehmarkt und weiter zum Stadtrand, wo man eine hölzerne Arena errichtet hatte. Auf den ansteigenden Bankreihen saßen Zuschauer, die wild klatschten und johlten. Aus der Arena selbst kam misstönender Lärm, ein Gemisch aus Bellen, Jaulen, Brummen und Brüllen.

»Magst du Tierkämpfe, Jack?«, fragte Rakesby. Er schob sich mit seinen Leuten nach vorn, damit Jack alles gut sehen konnte. Am einen Ende der Arena hatte man einen Pfosten in den Boden gerammt, an dem ein riesiger Bär angekettet war. Der Bär, blutverschmiert und wild an seiner Kette reißend, brüllte markerschütternd, während er mit seinen Klauen nach vier muskelbepackten Hunden schlug, die ihn angriffen. Die Hunde, von deren Lefzen der Speichel troff, schnappten nach ihm und bissen ihn, während der Bär sie biss und mit seinen Krallen zerkratzte.

»Ich bewundere Mastiffs wirklich sehr«, fuhr Rakesby fort, ohne auf eine Antwort von Jack zu warten. »Sie geben niemals auf, auch wenn der Bär sie noch so übel zurichtet. Das ist wahrer Kampfgeist.«

»Es ist kein fairer Kampf, wenn der Bär angekettet ist und man ihm die Zähne abgefeilt hat«, erwiderte Jack bitter. In den Händen von Rakesbys Bande kam er sich genauso angekettet vor wie der arme Bär.

»Man darf einen Bären niemals unterschätzen!«, sagte Rakesby mit warnend erhobenem Zeigefinger. »Sie sind furchterregende Kämpfer. Man muss ihre schiere Körperkraft bewundern. Sieh doch, wie er dem Hund das Genick bricht!«

Einer der Mastiffs jaulte schmerzerfüllt auf und erschlaffte. Der Bär schleuderte ihn von sich, doch im selben Moment sprang ihm ein zweiter Hund auf den Rücken. Der Bär drehte sich hin und her und versuchte, ihn abzuwerfen. Jack sah weg. Bei dem Anblick wurde ihm übel. Überall auf den Sitzreihen schlossen die Zuschauer fieberhaft Wetten auf den Ausgang des Kampfes ab. Jack hatte noch nie verstanden, wie Menschen sich daran vergnügen konnten, wenn Tiere nur zur Unterhaltung der Zuschauer übereinander herfielen und einander töteten.

»Warum habt Ihr mich hergebracht?«, fragte er, als der Bär gerade im Begriff war, eine Bulldogge zu erledigen.

»Wir wollen auch eine Wette abschließen«, antwortete der Aufrechte mit einem teuflischen Grinsen.

»Neue Hunde!«, rief der Besitzer der Arena, ein dicker Mann mit feisten Wangen und einem verschwitzten Hemd mit aufgekrempelten Ärmeln.

Rakesby hob die Hand. »Ich hätte da einen.«

Der Besitzer sah ihn mit seinen wässrigen Augen fragend an. »Dann lasst uns sehen, ob er was taugt.«

Ohne Vorwarnung hoben die Männer Jack hoch und ließen ihn in die Arena fallen. Unsanft landete er auf dem Boden und verstauchte sich die Schulter. Erschrockene Rufe wurden laut, dann kehrte gespannte Stille ein. Atemlos und mit schmerzverzerrtem Gesicht hob Jack den Kopf. Die beiden noch verbliebenen Hunde – ein zweiter großer Mastiff und eine kräftige Bulldogge – hatten aufgehört, den Bären zu attackieren, und starrten ihn mit offenem Maul und bluttriefenden Fängen an. Der verwundete Bär scharrte mit den Pfoten über den Boden und hatte den Kopf ebenfalls in Richtung des Neuankömmlings gedreht.

»Das ist kein Hund!«, rief der Besitzer.

Rakesby zuckte mit den Schultern. »Was soll ich sagen? Er ist der Kleinste und Schwächste des Wurfs!«

Ganz langsam und vorsichtig richtete Jack sich auf alle viere auf. Die beiden Hunde näherten sich ihm mit einem kehligen Knurren. In ihrem Blutrausch sahen sie keinen jungen Mann vor sich, sondern einen jungen Bären, der in Stücke gerissen werden musste. Eine animalische Angst überkam Jack. Die Hunde spürten es und kamen noch näher. Im letzten Augenblick sprang Jack auf und an die Wand der Arena. Er klammerte sich an den oberen Rand, während die beiden Hunde bellend nach seinen Fersen schnappten. Jack wollte sich vollends in Sicherheit bringen, doch da tauchte Hazel über ihm auf und streckte ihm ihr Messer entgegen.

»Ach Jack! Verdirb doch nicht allen das Vergnügen«, sagte sie grinsend und schlug ihm mit dem Messergriff auf die Finger.

Die Schmerzen waren fürchterlich. Jack musste loslassen und fiel zurück in die Arena. Sofort griff die Bulldogge ihn an. Er sprang zur Seite und der Hund prallte gegen die Wand und ging betäubt zu Boden – doch jetzt nahm der Mastiff die Verfolgung auf. Rakesby lachte und die anderen Zuschauer fielen ein, als Jack zur gegenüberliegenden Wand rannte. Fast wäre er über einen toten Hund gestolpert. Als er um den wütenden Bären herumlief, schlug der mit einer Pranke, groß wie eine Kanonenkugel, nach ihm und erwischte ihn mit seinen Krallen am Arm.

»Pass doch auf, Jack!«, höhnte Rakesby schadenfroh.

Auf der anderen Seite der Arena angekommen, blickte Jack zurück und sah den Mastiff auf sich zurennen. Er konnte gerade noch die Arme heben, dann war der Hund bei ihm. Sie gingen zu Boden und kämpften im Dreck und die geifernden Fänge der Bestie schnappten wenige Zoll vor seinem Gesicht zusammen.

Während er versuchte, den Mastiff abzuwehren, bekam er vage mit, wie auf den Zuschauerrängen Wetten auf sein Überleben abgeschlossen wurden. Angesichts seiner Lage schätzte er seine Chancen als eher schlecht ein.

29

Ein Dolch

Jack hatte schon gegen viele Gegner gekämpft, aber noch nie gegen einen Hund. Der Mastiff griff unermüdlich an und scharrte mit den Krallen über seine Brust, als wollte er nach einem Knochen graben. Schon bald war Jacks Hemd zerrissen und blutgetränkt. Doch grimmig entschlossen drückte er den geifernden Kopf des Hundes von sich weg. Für ihn ging es bei diesem Kampf um alles, nicht nur um sein Leben, sondern auch um das von Jess. Er musste überleben, um sie aus den Fängen von Sir Toby zu retten.

Die Zuschauer folgten dem Kampf mit grausamer Faszination. Über ihrem entsetzten Stöhnen und den anfeuernden Rufen war laut und deutlich Rakesbys Stimme zu hören. »Nicht aufgeben, Jack, ich habe Sixpence auf dich gesetzt!«

Doch Jacks Kräfte erlahmten unter den wilden Attacken des Mastiffs rasch. Nichts in seiner Ausbildung hatte ihn darauf vorbereitet, gegen ein entfesseltes wildes Tier zu kämpfen. Hier konnte er keine Faustschläge abwehren oder Tritte erwidern, keine Schwerter ablenken oder Waffen aus der Hand schlagen. Der Hund folgte keiner Strategie – er wollte seinen Gegner einfach nur in Stück reißen.

Da fiel Jack Sensei Kyuzos Unterricht im *katame waza* ein. Bestimmt konnte man diese Grifftechniken bei einem Hund genauso gut wie bei einem Menschen anwenden. Um sich einen Vorteil zu verschaffen, drehte er sich, bis er auf dem Mastiff lag. Dann legte er einen Unterarm quer auf die Kehle des Tiers und begann ihn zu würgen. Der Hund röchelte und wand sich. Doch hatte Jack einen verhängnisvollen Fehler gemacht. Durch seine Drehung war er in Reichweite des Bären geraten. Das rasende Tier zerrte an seiner Kette und schlug erneut nach ihm. Mit seinen scharfen Krallen zerriss der Bär ihm das Baumwollhemd und schnitt vier rote Linien in seinen Rücken. Jack schrie vor Schmerzen auf und ließ den Hund los. Sofort schnappte der nach seinem Unterarm.

Zwischen Zähnen und Krallen gefangen, musste Jack erkennen, dass er so gut wie tot war.

Das Geschrei der Menge steigerte sich zu einem ohrenbetäubenden Gebrüll und Rakesby beugte sich in hämischer Freude über Jacks bevorstehendes Ende über die Umgrenzung der Arena. »Ich sagte dir doch, Jack: Einen Bären darfst du niemals unterschätzen!«

Seine Worte drangen durch die Schmerzen in Jacks Bewusstsein und auf einmal wusste er, was er tun musste. Statt von dem Bären wegzurollen, rollte er auf ihn zu, zusammen mit dem Hund, der sich in seinen Arm verbissen hatte. Mit dem Hund als Schild ließ er den Bären angreifen und der

Bär grub seine Krallen tief in den Rücken des Hundes. Der Mastiff jaulte auf, ließ Jacks Arm los – dann wurde er blitzschnell von ihm weggerissen. Der Bär tötete ihn mit einem einzigen Biss in die Kehle.

Jack brachte sich hastig in Sicherheit. Obwohl viele Zuschauer gegen ihn gewettet hatten, zollten sie jetzt seiner wundersamen Rettung Beifall. Doch der Kampf war noch nicht vorbei. Die Bulldogge hatte sich von dem Aufprall an der Wand der Arena erholt und kam auf ihn zu. Jack war verletzt und erschöpft und wusste nicht, ob er noch in der Lage war, sie abzuwehren. Mit letzter Kraft hob er die Fäuste, um sich zu verteidigen.

»Das ist kein Boxkampf!«, rief Hazel empört. Die Zuschauer lachten.

Doch Jack hatte nichts sonst, um das wilde Tier abzuwehren.

Der Hund fletschte die Zähne und knurrte und Jack machte sich auf den Angriff gefasst.

Da landete ein Dolch vor seinen Füßen, ein Stilett mit einer schmalen Klinge und einer elegant geschwungenen Parierstange.

Jack hob ihn auf.

»Betrug!«, rief Rakesby empört und ließ den Blick über die Menge schweifen auf der Suche nach dem Besitzer des Dolchs.

Jack hatte zwar keine Ahnung, wer sein Wohltäter war – er konnte weder Akiko noch Yori oder Rose unter den Zuschauern sehen –, aber er war ihm trotzdem dankbar.

Er hielt den Dolch vor sich und wehrte den Hund damit ab.

Die Bulldogge spürte die Gefahr und beäugte die silbern glänzende Spitze misstrauisch, als handelte es sich um die Kralle eines Bären. Die Menge begann zu pfeifen und »buh« zu rufen und einige verlangten, man solle alle Wetten annullieren. Jack war klar, dass Rakesby und seine Leute ihn auch dann nicht laufen lassen würden, wenn er den Hund besiegte. Sie wollten seinen Tod auf die eine oder andere Weise, er musste also den Tieren der Arena und Rakesbys Bande entkommen.

Statt die Bulldogge zu töten, wich er deshalb langsam zur anderen Seite der Arena zurück, zu dem Pfosten, an dem der Bär angekettet war. Das misshandelte Tier drehte sich in seine Richtung, die Augen rot vor Schmerzen und Wut. Jack wollte die Kette loshaken, musste aber feststellen, dass sie mit einem Schloss am Pfosten gesichert war. Der Bär richtete sich brüllend auf die Hinterbeine auf, um mit seiner Tatze nach ihm zu schlagen. Ungeduldig zerrte Jack an der Kette, aber vergeblich. Dann sah der Bär die Bulldogge, seinen früheren Gegner, auf Jack zukommen und stürzte sich auf sie. Die beiden kämpften miteinander, während Jack die Spitze des Messers in das Schloss steckte, um es gewaltsam zu öffnen. Der Bär schlug die Bulldogge mit einem brutalen Hieb seiner Klauen zur Seite und sie landete auf dem Boden, ein blutiger Haufen, der sich nicht mehr bewegte. Dann wandte der Bär sich Jack zu, um auch ihn zu erledigen.

Die Hände glitschig von Schweiß und Blut, ruckelte Jack verzweifelt mit der Messerklinge im Schloss. Im allerletzten Moment ertönte ein Klicken und das Schloss sprang auf. Die Eisenkette fiel zu Boden. Der Bär zögerte, blickte auf seine Fesseln … dann auf Jack … und brüllte ohrenbetäubend laut. Jack hob hilflos den Dolch, der sich gegenüber den Krallen eines ausgewachsenen Braunbären wie ein Zahnstocher ausnahm – doch der Bär rannte an ihm vorbei und sprang über die hölzerne Wand der Arena. Trotz seiner Verletzungen kletterte er mühelos die Bankreihen hinauf. Die Zuschauer stoben panisch auseinander und schrien in Todesangst. Das rasende Tier riss einer Frau den Mantel von den Schultern und zertrampelte einen Mann mit seinen schweren Tatzen. Chaos brach aus und in der allgemeinen Verwirrung kletterte auch Jack über die Umzäunung.

»Nicht so schnell!«, fauchte Hazel und stach mit ihrem Messer nach seinem Herz.

Jack wehrte die Klinge mit der geschwungenen Parierstange des Stiletts ab, schlug ihr das Messer aus der Hand und beförderte sie, mitsamt den beiden Schwertern, die sie ihm abgenommen hatte, mit einem Seitwärtstritt in die Arena hinunter. Sie landete neben der verwundeten Bulldogge. Zu ihrem Pech lebte das Tier noch und in seinem Todeskampf stürzte es sich mit geifernden Fängen auf sie.

Jack wollte Hazel nachspringen, doch zwei von Rakesbys Männern griffen ihn mit ihren Degen an. Selbst nur mit einem Dolch bewaffnet, konnte er den ersten Stich noch abwehren, doch der zweite traf ihn am Arm. Sengende Schmerzen durchfuhren ihn und er zog sich zwischen die Zuschauer zurück, die vor dem außer Rand und Band geratenen Bären flohen. Doch nun tauchten überall weitere Bandenmitglieder auf, um ihn an der Flucht zu hindern. Von Degen, Knüppeln und Messern umringt, konnte er in keine Richtung mehr entkommen.

Rakesby erschien mit seinem Knotenstock. »Genug herumgespielt!«, schimpfte er. »Tötet den Mistkerl!«

Jack drehte sich verzweifelt um sich selbst, um die Angriffe abzuwehren. Aber es stand eins zu sieben.

Da trat ein schmächtiger Herr mit einem nach oben gezwirbelten Schnurrbart in den Kreis. Er war mit einem erlesenen purpurfarbenen Wams und einer spitzenbesetzten Hose bekleidet. Ein schwarzer Samtumhang hing ihm keck von einer Schulter und ein breitkrempiger Hut mit einer Feder schmückte seinen Kopf. Mit einer theatralischen Geste zog er seinen Degen – eine lange, schmale Klinge aus schimmerndem Stahl.

»Und wer seid Ihr?«, fragte Rakesby wütend.

»Signor Horatio Palavicino, Sir«, verkündete die heldenhafte Erscheinung stolz mit einem unüberhörbar ausländischen Akzent.

Rakesby schnaubte. »Ein Stutzer aus Italien? Verschwindet! Das hier geht Euch nichts an.«

»Jetzt schon«, erwiderte Signor Horatio. Er streckte den rechten Arm mit dem Degen aus und hob der Balance halber den linken Arm an.

Rakesby zuckte mit den Schultern. »Wie Ihr wollt. Tötet sie beide, Jungs.«

Seine Leute griffen an. Jack machte sich bereit, bis zum letzten Atemzug zu kämpfen, bekam dazu allerdings keine Gelegenheit. Signor Horatio wirbelte blitzschnell herum, wehrte alle Angriffe ab und hatte alle sechs Gegner in wenigen Augenblicken entwaffnet. Sein Degen bewegte sich so schnell, dass man ihn kaum sah. Wie eine Hornisse schnitt die Klinge durch die Luft, stach die Opfer und verwundete sie, sodass sie sich augenblicklich ergaben.

Rakesby blickte auf seine Männer, dann wandte er sich wütend an den Fremden. »Ihr mögt mit dem Degen schnell sein«, knurrte er, »aber ich wette doch, Ihr seid nicht so schnell wie eine Kugel!«

Er zog seine Steinschlosspistole vom Gürtel und zielte auf Signor Horatio. Der zuckte nicht mit der Wimper, stolz und gefasst selbst im Angesicht des sicheren Todes. Und Jack konnte nichts tun, um seinen Retter zu retten …

Hinter ihnen ertönte dumpfes Gebrüll. Rakesby fuhr herum, sah den Bären auf sich zukommen, schwenkte die Pistole und feuerte. Der Bär zuckte zusammen und brüllte auf, kam aber weiter näher. Da ergriff Rakesby in Todesangst die Flucht.

»Wie Shakespeare das doch gefallen hätte!«, rief Signor Horatio lachend, als der Straßenräuber aus der Arena verschwand und, dicht gefolgt von der rasenden Bestie, auf den Wald zulief. *»Geht ab, verfolgt von einem Bären!«*

侍

30

Der Fechtlehrer

Jack blickte auf die Verwüstung, die seine Flucht und die des Bären hinterlassen hatte. Die Arena war so gut wie leer, die Bänke standen durcheinander, einige waren während der panischen Flucht des Publikums umgekippt. Einige wenige Zuschauer waren noch anwesend. Sie liefen benommen hin und her oder kümmerten sich um die, die unter Schock standen oder verletzt worden waren. Ein paar zwielichtige Gestalten suchten das Gelände nach heruntergefallenen Münzen und liegen gebliebenen Gegenständen ab. Doch die meisten hatten sich in die sichere Stadt zurückgezogen. Unmittelbar um Jack herum lagen stöhnend und sich krümmend die Mitglieder von Rakesbys Bande, alle mit schmerzhaften und womöglich tödlichen Wunden.

Da die Gefahr gebannt war, steckte Signor Horatio seinen Degen ein. »Bekomme ich meinen Dolch zurück, *per favore,* Signor?«, fragte er und streckte eine behandschuhte Hand aus.

»Natürlich«, sagte Jack und gab ihm das Stilett. »Danke, dass Ihr mich gerettet habt. Ich verdanke Euch mein Leben.«

»Ach, das war doch nichts!«, erwiderte der Signor und schnippte ein Stäubchen von seiner mit Samt bekleideten Schulter.

»Die Art, wie Ihr mit dem Degen kämpft, kann man schwerlich als *nichts* bezeichnen!«, rief Jack, verwirrt über den Gleichmut des Mannes. »Ihr habt überragendes Können bewiesen!«

Sein Retter plusterte sich, als er dieses Kompliment hörte, auf wie ein Pfau.

Jack betrachtete das ebenmäßige, südländische Gesicht des Mannes. »Ich glaube, wir kennen uns noch nicht. Ich bin Jack Fletcher. Darf ich fragen, warum Ihr mir zu Hilfe gekommen seid?«

Signor Horatio schob die Unterlippe vor und zuckte unbekümmert mit den Schultern. »Dein Kampfgeist hat mich beeindruckt.« Er zeigte mit einem langen, schmalen Finger auf Jack. »Und deine Körperbalance zeigt, dass du eine Ausbildung im Schwertkampf hast. Das stimmt doch?«

Jack nickte und Signor Horatio strahlte, weil er richtig vermutet hatte. »An welcher Schule hast du gelernt und wer war dein Meister?«

»An der Niten Ichi Ryū«, sagte Jack. »Unter Masamoto Takeshi.«

Signor Horatio runzelte die Stirn. »Von dieser Schule habe ich noch nicht gehört.«

»Sie liegt in Japan«, erklärte Jack.

»Ah, das muss der Grund sein.« Signor Horatio nickte nachdenklich. »Von meiner Schule hast du bestimmt gehört.« Er machte eine dramatische Pause. »Von Signor Horatios Schule der Fechtkunst!«

Seinem Ton war zu entnehmen, dass er auf dieses Institut ungeheuer stolz war. Jack gab ihm trotzdem eine ehrliche Antwort, so sehr es ihn auch schmerzte, seinen Retter zu enttäuschen. »Leider nein, Signor Horatio … Ich war längere Zeit verreist.«

Das schien den Signor einen Moment lang zu ernüchtern, doch dann lächelte er wieder. »Egal. Eines Tages werden alle von Signor Horatios Schule der Fechtkunst gehört haben!«

Jack hatte daran keinen Zweifel, nicht nur weil der Mann den Namen der Schule immer wieder mit solchem Nachdruck erwähnte, sondern auch aufgrund der spektakulären Fähigkeiten, die er soeben mit dem Degen gezeigt hatte. Mit Ausnahme von Masamoto Takeshi selbst hatte Jack noch nie jemanden mit solcher Vollendung kämpfen sehen.

»Ich hoffe, ich kann mich eines Tages für den Mut und die Hilfsbereitschaft revanchieren, die Ihr mir gegenüber gezeigt habt«, sagte Jack mit einer dankbaren Verbeugung. »Aber jetzt muss ich gehen.«

»Du solltest dich ausruhen«, empfahl Signor Horatio, als Jack sich humpelnd entfernte. »Diese Schnitte sind tief und müssen versorgt werden.«

»Es geht schon«, sagte Jack, zuckte aber vor Schmerz zusammen. Sein einziges Ziel war, seine Freunde zu finden und dann Jess zu retten. Vorsichtig stieg er in die Arena hinunter, um seine Schwerter zu holen.

Die Bulldogge war inzwischen ihren Verletzungen erlegen, doch Hazel lag laut stöhnend neben dem Hund, den Arm noch in dessen Maul gefangen. Jack nahm ihr seine Schwerter ab und zur Vorsicht auch noch ihr Messer, konnte sich aber nicht überwinden, sie einfach so liegen zu lassen. Also drückte er das Maul des Hundes auf, befreite ihren Arm, riss ein Stück Stoff von ihrem zerfetzten Ärmel und verband die Wunden, um die Blutung zu stoppen.

»Du hast ein gutes Herz«, bemerkte Signor Horatio anerkennend. »Nicht viele Menschen zeigen so viel Erbarmen mit ihren Feinden.«

»Sie ist nicht meine Feindin«, erwiderte Jack, in Gedanken bei seinem eigentlichen Gegner, Sir Toby. Als er gerade den Verband feststeckte, hörte er das vertraute Bimmeln eines Gebetsstocks. Im nächsten Moment erschien Yori in der Arena, gefolgt von Akiko und Rose.

»Wir haben von dem Bärenkampf gehört …«, sagte Rose außer Atem. »Und dass jemand in die Arena geworfen wurde … und da wussten wir, dass nur du das sein konntest!«

Yori blickte sich mit großen Augen um. Die Arena war übersät mit blutverklebtem Fell, herausgequollenen Gedärmen und blutigen Kadavern. Es sah aus wie nach einem Gemetzel. »Das hast du überlebt?«, sagte er erschrocken.

»Knapp«, sagte Jack und gab Rose das Messer. »Hier, nimm das, Rose. Vielleicht brauchst du es noch.« Dann stieg er mit Akikos Hilfe wieder vom Kampfplatz nach oben.

Akiko starrte entsetzt auf sein zerrissenes und blutiges Hemd. »Bist du schlimm verletzt?«

Jack machte eine Grimasse. »Mein Körper fühlt sich an, als hätte mir jemand einen Rechen über die Brust gezogen und meinen Rücken mit einer neunschwänzigen Katze gepeitscht, aber dank dieses Herrn lebe ich noch.«

Rose betrachtete den phantasievoll gekleideten Fremden bewundernd. »Wer seid Ihr?«, fragte sie neugierig.

»Signor Horatio Palavicino, stehe zu Diensten, Signorina!« Der Signor riss den Federhut vom Kopf und verbeugte sich tief. Dann nahm er Roses Hand und küsste sie leicht. *»Ah, un angelo mandato dal cielo!«*

Roses Wangen röteten sich. »Ich habe keine Ahnung, was er da sagt, aber es klang göttlich!«

Yori sah sich unterdessen Jacks Wunden an. »Jack, wir sollten in die Herberge zurückkehren, damit ich die versorgen kann.«

»Das kann warten«, erwiderte Jack fest. »Ich habe Jess gesehen!«

»Wirklich?« Akikos Miene hellte sich auf. »Wo ist sie?«

»Das weiß ich eben nicht!«, rief Jack verzweifelt. »Sie wurde in einem Wagen weggebracht – und zwar von Sir Toby Nashe!«

Akiko, Yori und Rose starrten ihn entgeistert an.

»Was sollte Sir Toby mit deiner Schwester zu tun haben?«, fragte Yori.

In Jacks Blick schien Mordlust auf. »Ich fürchte, er ist derjenige, der ihr den Hof macht.«

Rose hielt erschrocken die Luft an. »Dann war das ›junge Füllen‹, von dem er bei der Gesellschaft gesprochen hat, deine Schwester!«

»Kein Wunder, dass Mrs Winters solche Angst hatte«, sagte Akiko. »Bestimmt hat Sir Toby ihr gedroht.«

»Wenn er meine Schwester auch nur angefasst hat«, sagte Jack wütend und griff unwillkürlich nach seinem Schwert, »dann schwöre ich bei meinem Leben, dass ich ihn eigenhändig mit meinem Schwert durchbohren werde.«

»Moment, sagtest du … Sir Toby Nashe?«, erkundigte sich Signor Horatio.

Jack nickte. »Warum, kennt Ihr ihn?«

Auf Signor Horatios Gesicht erschien ein Ausdruck heftiger Abneigung. »Sagen wir einfach, ich habe schon die Klingen mit ihm gekreuzt!«

»Ich auch«, sagte Jack mit derselben Abneigung. »Der aufgeblasene Dummkopf hat mich zum Duell gefordert und ist trotz meiner jahrelangen Ausbildung zum Samurai förmlich um mich herumgetanzt.«

»Kein Wunder«, sagte Signor Horatio mit einem Blick auf das Schwerterpaar an Jacks Hüfte. »Mit diesen Schwertern hast du gegen einen Degen kaum Chancen.«

Jack zuckte zusammen. »Ein japanisches Langschwert ist das Beste, was es an Schwertern gibt«, erklärte er. Er hatte das Gefühl, sich verteidigen zu müssen, wenn jemand sich abfällig über seine kostbaren Waffen äußerte. »Kein Stahl ist schärfer!«

Signor Horatio zuckte mit den Schultern. »Vielleicht ist

es in Japan die beste Waffe, aber hier regiert der Degen – wie du ja schon festgestellt hast. Dein Langschwert ist bestimmt eine tödliche Waffe, was Hauen und Schlagen angeht, aber der Schnelligkeit und Reichweite des Degens ist es nicht gewachsen.«

Jack wollte etwas erwidern, überlegte es sich dann aber anders. Er musste der unangenehmen Wahrheit ins Auge sehen: Er hatte im Duell eine schwere Niederlage erlitten, die er noch nicht verdaut hatte. Also schluckte er seinen Stolz als Samurai hinunter und murmelte: »Wenn ich das bloß gewusst hätte, bevor ich gegen diesen unterbelichteten Ritter gekämpft habe.«

Signor Horatio sah ihn forschend an und schien zu einer Entscheidung zu kommen. »Wir haben einen gemeinsamen Gegner, Jack Fletcher. Wenn Sir Toby einen meiner Schüler verwundet, verwundet er damit auch mich!«

Jack runzelte die Stirn. »Aber ich bin nicht Euer Schüler.«

»Hiermit bist du es!«, erklärte Signor Horatio und legte ihm die Hand auf die Schulter. »Und als dein Fechtlehrer ist es meine Pflicht, dafür zu sorgen, dass du diesem Schurken nie mehr ausgeliefert bist. Wenn du ihn wieder aufsuchst, um deine Schwester zu befreien, wirst du in der Lage sein, ihn im Zweikampf zu besiegen. Denn ich werde dich in der Kunst des Fechtens unterrichten!«

侍

31

Signor Horatios Schule der Fechtkunst

»*Buongiorno!* Ihr seid hoffentlich gut ausgeruht, denn heute beginnt euer Unterricht an Signor Horatios Schule der Fechtkunst!«, rief Signor Horatio am nächsten Tag, als Jack und seine Freunde auf dem gepflasterten Innenhof eines großen Fachwerkgebäudes an der High Street zu ihm stießen. Der Hof war auf drei Seiten von Galerien gesäumt und ein Weg führte zu einem gepflegten Kräuter- und Gemüsegarten hinter dem Haus.

»Hier üben wir«, erklärte Signor Horatio mit einer Handbewegung, die den Hof umfasste. An der Wand lehnte eine Reihe von Degen, deren Spitzen mit Lederkappen geschützt waren. An einem Gestell hing eine von Kämpfen gezeichnete Rüstung, in einer Ecke des Hofs hing eine mit Stroh und Gerste ausgestopfte Puppe an einem Balken wie ein Verurteilter an einem Galgen. »Und hier«, fuhr der Fechtlehrer fort und öffnete eine Tür, hinter der ein dämmrig erleuchteter Raum mit einem langen Tisch zu sehen war, »hier werden wir speisen. Und da oben« – er zeigte zu den Galerien hinauf – »könnt ihr schlafen.«

Jack wechselte einen hoffnungsvollen Blick mit seinen Freunden. Nachdem sie auf den Betrüger Harold hereingefallen waren, war es ermutigend, jemanden kennenzulernen, der tatsächlich auf ihrer Seite stand. Signor Horatio hatte sie eingeladen, bei ihm zu wohnen, bis sie Jess und Sir Toby ausfindig gemacht hatten, und Jack hatte das Angebot angenommen, obwohl er darauf brannte, sofort mit der Suche zu beginnen. Ihm war klar, dass er bei Sir Horatio fechten lernen musste, wenn er gegen Sir Toby eine Chance haben wollte.

Signor Horatio stützte die Hände in die Hüften. »Was meint ihr?«

Jack nickte zustimmend. Signor Horatios Schule konnte sich zwar nicht mit der Niten Ichi Ryū mit ihrem Ehrfurcht gebietenden *butokuden*, der prächtigen Halle der Schmetterlinge, und der weihrauchgeschwängerten Buddha-Halle vergleichen, aber sie verfügte über alle Einrichtungen, die für das Wohnen und Üben unter einem Dach notwendig waren. »Ich bin beeindruckt«, sagte er.

»Ihr habt eine schöne Waffensammlung«, fügte Akiko hinzu und betrachtete interessiert ein langes Schwert und einen schweren eisernen Streitkolben, zwei Waffen, die neben der Rüstung hingen.

Signor Horatio strahlte. »Ein Schüler muss lernen, sich gegen die verschiedensten Angriffe zu verteidigen. Man kann nicht davon ausgehen, dass alle mit einem Degen kämpfen!«

»Wie ich sehe, seid Ihr auch ein hervorragender Gärtner«, sagte Yori und blickte den Weg hinunter, der zu dem üppigen Garten hinter dem Haus führte. »Darf ich mich dort umsehen? Vielleicht gibt es dort Kräuter, mit denen ich Jacks Wunden behandeln kann.«

»Aber natürlich«, sagte Signor Horatio. »*La mia casa è la tua casa!*«

Yori verschwand hinter dem Haus und Rose sah sich auf dem ansonsten leeren Hof um. »Wo sind denn alle Eure Schüler?«, fragte sie.

Signor Horatios strahlendes Lächeln verflüchtigte sich. »Na ja, also … ich habe erst seit ein paar Wochen geöffnet … und die Leute hier scheinen sich mehr für Biertrinken und Glücksspiele zu interessieren als für die vornehme Kunst des Fechtens.« Er holte tief Luft und straffte sich. »Aber ich vertraue darauf, dass mein Ruf mit der Zeit Schüler von überall anziehen wird.«

»Ganz bestimmt«, sagte Rose mitfühlend. »Aber da in England Frieden herrscht, überrascht mich das mangelnde Interesse nicht.«

Signor Horatio schnaubte. »Der Frieden ist ein zerbrechliches Gut und weil am Steuerruder dieses Landes nicht mehr unsere teure und leider verschiedene Königin Elizabeth steht, wird es gewiss früher oder später wieder in einen Sturm geraten.« Er nickte in Yoris Richtung, der gerade Blätter von einer buschigen Primel pflückte. »Ich sage meinen Schülern immer, es ist besser, ein Krieger im Garten zu sein als ein Gärtner im Krieg.«

»Ihr klingt wie mein früherer Zenmeister Sensei Yamada«, sagte Jack und lächelte bei der Erinnerung an seinen weisen Lehrer.

»Warum habt Ihr Eure Schule nicht in London eröffnet?«, fragte Akiko. »Dort scheinen sich alle unbedingt duellieren zu wollen.«

Signor Horatios Miene umwölkte sich. »Das habe ich ja, Signorina. Und die Schule war voll, meine Kunst allseits geachtet und mein Ruf makellos.«

»Was ist passiert?«, fragte Jack.

Signor Horatio starrte auf die Strohpuppe in der Ecke, wie um einen alten Feind einzuschätzen. »Ich wurde von niemand anderem als Sir Toby Nashe zum Duell gefordert! Er meinte, ich sei als Ausländer nicht befugt, eine solche Schule zu eröffnen, und hat mich und meine Schüler beleidigt. Also blieb mir keine andere Wahl, als die Forderung um der Ehre meiner Schule willen anzunehmen.« Signor Horatios Augen verengten sich zu Schlitzen. »Zugegeben, er kann ausgezeichnet fechten – sehr begabt, aber auch arrogant. Trotzdem habe ich ihn besiegt. Er tobte vor Wut und wollte sich nicht damit abfinden, dass ich ihn in fairem Kampf geschlagen hatte. Also nahm er von einem seiner unterwürfigen Gefolgsleute eine Pistole und … schoss mir in den Rücken!«

Rose legte sich erschrocken die Hand aufs Herz.

»Das klingt für mich sehr nach Sir Toby«, meinte Jack. »Er hat keinerlei Bushido.«

Signor Horatio nickte wütend. »Er hat keinen Anstand, keinen Mut und keine Ehre. Solche Leute verdienen es nicht, Ritter zu sein. Ich habe den Anschlag zwar überlebt, musste dann aber feststellen, dass er meinen Namen beschmutzt hatte – er behauptete, ich hätte das Duell verloren und versucht, ihn zu erschießen! Meine Schule wurden von der Bürgerwehr zwangsweise geschlossen und man jagte mich aus der Stadt.« Er sah Jack an. »Auch deshalb will ich dir das Fechten beibringen, Jack. Ich habe mit Sir Toby noch eine eigene Rechnung zu begleichen.«

Nach einem leichten Frühstück aus Butterbrot, Salbei und frisch im Garten gepflückten Brombeeren kehrten Jack und seine Freunde zur ersten Unterrichtsstunde des Tages in den Innenhof zurück. Yori und Rose bevorzugten es, vom Rand aus zuzusehen, aber Akiko wollte den westlichen Kampfstil unbedingt erlernen, vor allem aufgrund ihrer schmerzhaften Begegnung mit Sir Francis. Sie trat neben Jack, als Signor Horatio gerade aus dem Haus kam, jetzt in schwarzen Kniehosen, einem feinen weißen Hemd und einem engen Lederwams. An seiner Hüfte baumelte sein Degen. Als er Akiko erblickte, blieb er überrascht stehen. Er lächelte verlegen und sagte dann: »Ich muss gestehen, dass ich noch nie eine Frau unterrichtet habe.«

Akiko erwiderte seinen Blick ungerührt. »Und ich wurde noch nie von einem Italiener unterrichtet, aber ich bin bereit, das Risiko einzugehen.«

Signor Horatio sah sie einen Moment lang verwirrt an, dann lachte er. »*Touché.* Du beschämst mich mit deinem Witz und deinem Mut.« Er neigte den Kopf. »Ich entschuldige mich für meine Engstirnigkeit. Du bist mir als Schülerin sehr willkommen.« Mit einem Blick auf Yori und Rose fügte er hinzu: »Überhaupt sind alle eingeladen, in Signor Horatios Schule der Fechtkunst zu lernen.«

Yori verbeugte sich zum Zeichen seiner Dankbarkeit und entschuldigte sich. »Ich danke Euch, Signor Horatio, aber ich muss noch einige Kräuter für Jacks Wunden mischen.«

Dank Yoris medizinischen Kenntnissen erholte Jack sich rasch von seinem Martyrium in der Bärengrube. Nach nur einer Nacht begannen die Kratzer auf seiner Brust und die Krallenspuren auf seinem Rücken bereits zu heilen und Yori hatte ihm versichert, dass er innerhalb einer Woche wieder Kraft zum Kämpfen haben würde – obwohl eine Woche Aufschub in seiner Suche Jack sehr lange vorkam.

»Und du, Rose?«, fragte Signor Horatio und forderte sie auf, sich einen Degen zu nehmen.

Doch Rose schüttelte den Kopf, dass ihre roten Haare in der Morgensonne aufleuchteten. »Nein«, sagte sie, »ich sehe lieber *Euch* zu.«

Signor Horatio hob die Augenbrauen und Rose lächelte kokett. »Außerdem muss mein Bein noch heilen«, fügte sie hinzu.

Signor Horatio neigte zustimmend den Kopf, ging zum Gestell mit den Degen, wählte zwei aus, deren Spitzen durch Lederkappen geschützt waren, und reichte sie seinen Schülern. »Ihr werdet feststellen, dass ein Degen einen ganz anderen Griff hat als euer Langschwert. Spürt, wie das Gewicht auf dem Griff liegt. Die Spitze ist deshalb sehr beweglich, hat eine große Reichweite und man kann schnell angreifen.«

»Er ist federleicht«, meinte Jack und wog den Degen in der Hand.

»Das muss er auch sein«, sagte Signor Horatio und zog seinen eigenen Degen. »Er ist die natürliche Verlängerung deines Arms. Dein Schwert mag als Hiebwaffe überlegen sein, doch bei einem mit Degen ausgetragenen Duell ist die kürzeste Entfernung zweier Kontrahenten nicht die gekrümmte Linie eines Hiebs, sondern die gerade eines Stoßes.« Und mit einer fließenden Bewegung griff er die in der Ecke des Hofs hängende Strohpuppe an. Er machte einen Ausfallschritt und stieß ihr die Spitze des Degens ins Herz. Die Puppe verlor einige Gerstenkörner und Signor Horatio zog den Degen wieder heraus und kehrte zu seinem Platz in der Mitte des Hofs zurück.

»Wie ihr seht, hat der Degen in Verbindung mit einem Ausfallschritt eine viel größere Reichweite als euer Langschwert. Deshalb warst du bei deinem Duell mit Sir Toby so stark benachteiligt, Jack. Er hätte dich schon tödlich treffen können, bevor du überhaupt Gelegenheit zu einem Angriff hattest.«

Jack erinnerte sich an die unzähligen kleinen Stiche, die Sir Toby ihm an Brust, Gesicht und Händen beigebracht hatte, und schnitt eine unwillige Grimasse.

»Aber wenn man erst mal an der Degenspitze vorbei ist, ist die Klinge doch relativ harmlos«, meinte Akiko. »Man braucht also nur dem ersten Angriff auszuweichen und dann zuzuschlagen.«

Signor Horatio grinste listig. »Ah, Signorina! Genau deshalb halten wir in der anderen Hand den Parierdolch«, sagte er und klopfte auf das schmale Stilett an seiner Hüfte. »Damit können wir die gegnerische Waffe parieren oder blockieren, den Gegner entwaffnen oder zustechen – aber dazu kommen wir später. Ihr habt Erfahrung im Schwertkampf, aber ein Schritt nach dem anderen. Fangen wir doch mit der grundlegenden Abwehrstellung an und dem Ausfall.«

Er nahm Duellhaltung ein: das linke Bein nach hinten, das rechte nach vorn, der Arm mit dem Degen ausgestreckt, die linke Hand auf der Höhe der Brust. »Achtet darauf, wie ich mich zurücklehne und den Kopf so weit wie möglich vom Gegner entferne«, erklärte er. »Die meisten Fechtlehrer unterrichten eine aufrechtere Haltung, aber bei mir sind die lebenswichtigen Köperteile Kopf und Herz weiter vom Degen des Gegners entfernt und daher sicherer. Außerdem täuscht der Gegner sich über meine Reichweite, wenn ich einen Ausfallschritt mache – sie ist viel größer, als er denkt.«

Jack und Akiko nahmen dieselbe Haltung ein. Signor Horatio betrachtete sie und nahm kleine Korrekturen vor. »Halte die linke Hand etwas höher … sie kann Rumpf und Kopf zusätzlich schützen … Der vordere Fuß zeigt nach vorn, der hintere steht im rechten Winkel dazu, das ist am stabilsten und gibt euch am meisten Kraft … gut … Und jetzt macht einen Schritt nach vorn …«

Signor Horatio machte einen Schritt mit dem rechten Bein, beugte sich zum Angriff vor und streckte den Arm mit dem Degen gerade aus, während er zugleich den linken Arm nach hinten schwang. Er sah aus wie ein fliegender Pfeil. Anschließend wiederholte er die Bewegung ein paarmal, bis er sicher war, dass seine Schüler den Ablauf verstanden hatten. »Jetzt ihr!«

Jack und Akiko machten Ausfallschritte und stachen mit ihren Degen nach einem imaginären Gegner. Jack, der die aufrechtere und mehr auf Schutz bedachte Haltung des japanischen Schwertkampfes gewohnt war, war angesichts der extremen Bewegung mit einem scheinbar überstreckten Bein sichtlich unwohl.

»Das Knie nicht über die Zehen hinausschieben«, verbesserte Signor Horatio. »Dann kommt ihr schneller wieder hoch.« Und an Akiko gewandt: »Und du, streck die linke Hand des Gleichgewichts halber weiter nach hinten aus … Ihr müsst beide die Degenhand ein wenig höher halten – so, dass der Griff euer Gesicht schützt …«

Und so ging es weiter. Den restlichen Morgen über übten sie Abwehr und Angriff, bis Signor Horatio überzeugt war, dass beide Schüler die entsprechenden Techniken beherrschten. Anschließend trat er mit ihnen zu der Strohpuppe und sorgte dafür, dass sie ihre Stöße gerade führten und das Ziel jedes Mal durchbohrten. Als er schließlich eine Pause verkündete, taten Jack alle Muskeln in Beinen und Armen weh und er hatte eine Blase am Daumen, dort, wo er den Degen hielt. Doch er war zutiefst befriedigt, die Grundlagen eines neuen Kampfstils erlernt zu haben. Außerdem hatte er wieder Selbstvertrauen gefasst und glaubte, dass er unter Signor Horatios Anleitung Sir Toby mehr als gewachsen sein würde.

Als sie ihre Degen zurückstellten, lächelte er Akiko an. »Es ist, als wären wir wieder an der Niten Ichi Ryū!«, sagte er.

Akiko nickte und lächelte ebenfalls. Doch aus ihren Augen sprach zugleich deutlich die Sehnsucht. Die Sehnsucht nach ihrer Heimat.

32

Parade und Riposte

»Komm, Jack«, sagte Akiko und stand auf. »Wir können nicht den ganzen Nachmittag hier sitzen, wir müssen üben.«

»Aber hier habe ich Jess gesehen«, erwiderte Jack, ohne den Blick von den Passanten abzuwenden. Er saß auf einem leeren Bierfass an der Ecke der High Street, von wo aus er alle wichtigen Straßen von Stratford und außerdem den Marktplatz überblicken konnte. Signor Horatio hatte sich bei verschiedenen städtischen Beamten nach Sir Toby und Jess erkundigt, aber seine Nachfragen hatten bisher nichts ergeben. Niemand schien den Ritter zu kennen oder hatte ein blondes Mädchen gesehen, auf das die Beschreibung seiner Schwester passte. Jack wusste, dass seine Aufgabe viel leichter gewesen wäre, wenn er das Medaillon mit dem Porträt hätte zeigen können. Da er keine Ahnung hatte, in welche Richtung der Wagen gefahren war, nachdem er zunächst nach Westen abgebogen war, wollte er wenigstens hier warten und Ausschau halten, in der Hoffnung, dass Jess oder Sir Toby die Stadt erneut aufsuchten.

»Signor Horatio wartet bestimmt schon auf uns«, drängte Akiko. »Es wäre unhöflich, zu spät zu kommen.«

Jack rührte sich nicht. Er war hin- und hergerissen zwischen dem Wunsch, seine Schwester zu suchen, und der Notwendigkeit, das Fechten zu erlernen. Jess wurde gegen ihren Willen festgehalten, davon war er überzeugt, und das bedeutete, dass er alles lernen musste, was er benötigte, um sie zu befreien. Andererseits … wenn seine Schwester in diesem Augenblick in der Stadt war und er sie verpasste?

Rose, die an einer Mauer lehnte und einen Apfel aß, ließ den Blick über die leeren Straßen wandern. »Vielleicht sollten wir lieber warten, bis Markt ist«, schlug sie vor. »Oder bis Sonntag, wenn die Leute auf dem Weg zur Kirche hier vorbeikommen. So ist das hier eher Zeitverschwendung.«

»Das ist es nicht!«, widersprach Jack heftiger, als er beabsichtigt hatte.

Rose hob beschwichtigend die Hände. »Entschuldige! Ich meine ja nur, die Chancen sind größer, wenn tatsächlich Leute unterwegs sind.«

»Ich passe für dich auf«, erbot sich Yori. »Ich kann hierbleiben und meditieren.«

Jack sah seinen Freund an, der mit dem Pilgerstock im Schoß auf dem Boden saß. »Aber wie willst du sie sehen, wenn du die Augen geschlossen hast?«, fragte er.

»Ich kann genauso gut mit offenen Augen meditieren«, erklärte Yori. »Überhaupt könnte ich über deine Schwester meditieren. Dann kannst du dich auf deine Übungen konzentrieren, was dir guttun würde«, ergänzte er freundlich.

»Eine scharfe Waffe ist wichtig … eine scharfe Zunge nicht unbedingt.«

Jack sah Rose verlegen an. »Tut mir leid, dass ich dich angefahren habe … Ich mache mir nur Sorgen um meine Schwester bei diesem fürchterlichen …«

»Du brauchst dich nicht zu entschuldigen, Jack. Ich würde durchdrehen, wenn Jess meine Schwester wäre!« Rose hatte ihren Apfel aufgegessen und warf den Butzen weg. »Signor Horatio hat mich gebeten, ein paar Sachen für das Essen heute Abend einzukaufen. Also bis später.« Damit entfernte sie sich in Richtung einer Bäckerei.

Jack und Akiko ließen Yori zum Wachehalten auf dem Markt zurück und gingen durch die High Street zur Fechtschule. Vor dem Wirtshaus *Zum Windhund* hatten sich einige Menschen versammelt und sie hörten eine vertraute Stimme, die eine ihnen bekannte Geschichte erzählte.

»… Es war, als seien die vier Reiter der Apokalypse herabgestiegen … Nicht die Pest bringt uns um, sondern diese Ärzte …«

Jack blieb abrupt stehen. Er war so mit der Suche nach Jess beschäftigt gewesen, dass er die vier Ninjas, die ihn verfolgten, ganz vergessen hatte. Ein Schauder überlief ihn. Er wusste, es war nur eine Frage der Zeit, bis die Mörder ihn erneut einholten.

»Wie seid Ihr ihnen denn entkommen?«, fragte eine Frau den Geschichtenerzähler mit großen Augen.

»Um die Wahrheit zu sagen, ich bin nur ganz knapp mit dem Leben davongekommen«, sagte der Mann. »Ich habe alles verloren«, fügte er mit einem bekümmerten Kopfschütteln hinzu. »Alle meine Sachen musste ich zurücklassen ... nur die Kleider, die ich am Leib trage, sind mir geblieben ...«

Jack drängte sich, gefolgt von Akiko, durch die Zuhörer. Der Erzähler wurde gerade von der Frau getröstet.

»Harold!«, rief Jack mit einem breiten Lächeln, als begrüße er einen alten Freund. »Ich hoffe doch, Ihr habt nicht alles verloren.«

Harold hob mit einem Ruck den Kopf und erbleichte. »I-i-ich habe nicht erwartet, dich hier zu sehen«, stotterte er.

»Bestimmt nicht«, sagte Jack.

Bevor Harold fliehen konnte, zog er den Degen von seiner Hüfte und drückte dem Schwindler die Spitze an die Kehle. Harold, die Wand im Rücken, schluckte panisch. Die Zuhörer wichen erschrocken einen Schritt zurück.

»Wo ist mein silbernes Medaillon?«, fragte Jack.

Doch Harold spürte die Lederkappe auf der Degenklinge und fasste wieder Mut. »Ach, das ist nur ein Übungsdegen!«, spottete er. Mit einem verächtlichen Lachen schob er ihn weg und wollte aufstehen. Doch Jack zog mit einer blitzschnellen Drehung des Handgelenks die Klinge über Harolds Gesicht, wo sie auf der Wange eine dünne Blutspur hinterließ. Harold stöhnte erschrocken auf.

»Setzt Euch wieder!«, befahl Jack. »Und jetzt gebt mir mein Medaillon zurück, wenn Ihr nicht auch noch auf der anderen Wange eine Narbe haben wollt.«

Harold leistete keinen Widerstand mehr, sondern zog

hastig die Kette von seinem Hals und gab sie Jack mit zitternden Fingern. »Du bist hoffentlich nicht nachtragend«, sagte er mit einem einschmeichelnden Lächeln. »Ich habe gut darauf aufgepasst.«

Jack streifte die Kette über seinen Kopf und betrachtete den vor ihm knienden Dieb. Dann schnippte er mit einer ruckartigen Bewegung die Lederkappe von der Spitze seiner Waffe und stieß den Degen in Harolds Bauch.

»Nein!«, rief Akiko erschrocken. Der Schwindler schrie und die Zuschauer hielten entsetzt die Luft an.

Langsam zog Jack die Klinge heraus. An ihr war kein Blut. Doch die Degenspitze hatte eine Geldbörse aus rotem Leder durchbohrt, die Jack jetzt aus den Falten von Harolds Jacke zog. »Bestimmt genauso gut, wie du auf die Börse dieser Dame aufgepasst hast!«, sagte Jack, während Harold sich leichenblass und in Panik nach Verletzungen absuchte.

»Oh, die gehört ja mir!«, rief die Frau mit den großen Augen empört.

Jack warf den Beutel der rechtmäßigen Besitzerin zu, steckte den Degen ein und wandte sich zum Gehen. Er hatte bekommen, was er wollte.

Akiko eilte ihm nach. »Ich dachte einen Moment lang schon, du wolltest ihn töten«, sagte sie.

Jack schüttelte den Kopf. »Nein, aber der bekommt schon noch seine Rechnung.« Hinter sich hörten sie einen spitzen Schrei, gefolgt von Bitten um Gnade. Offenbar hatte sich die wütende Menge des Diebes angenommen.

»Angriff ist Verteidigung«, erklärte Signor Horatio, als Jack und Akiko im Hof wieder ihre Stellungen eingenommen hatten. »Jeder Angriff eines Gegners muss mit einer fließenden Bewegung abgewehrt und gekontert werden – Parade und Riposte.«

Er bat Jack nach vorn. »Greif mich an!«

Jack stach nach dem Herz des Fechtlehrers. Bevor er ihn mit der Klinge berühren konnte, wurde sein Degen zur Seite geschlagen und er spürte den harten Stoß einer ledernen Spitze an seiner Brust. Sein Lehrer hatte den Angriff blitzschnell pariert und gekontert.

Lächelnd blickte Signor Horatio in die verblüfften Gesichter von Jack und Akiko. »Ich wiederhole das Ganze noch einmal langsamer, damit ihr es verfolgen könnt.«

Diesmal sah Jack, wie Signor Horatio mit dem Degen an seinem entlangfuhr, ihn zur Seite drückte und zugleich selbst angriff. Die Kombination erinnerte ihn an Masamotos Flint-und-Funken-Schlag.

»Sorge dafür, dass der starke Teil deiner Klinge auf den schwachen deines Gegners trifft«, erklärte Signor Horatio und zeigte zuerst auf die stärkere Hälfte des Degens am Griff und dann auf den dünneren und schwächeren Abschnitt nahe der Spitze. »Das gibt dir die Kraft, die du zum Parieren brauchst. Und verlier nicht den Kontakt mit der Klinge des Gegners, dann kannst du sie lenken. Jetzt versuch du es.«

Jack wartete darauf, dass Signor Horatio angriff. Als der ganz langsam und stetig mit dem Degen auf ihn zukam, schlug er mit der unteren Hälfte seines Degens gegen die obere von Signor Horatios, drückte ihn zur Seite und landete mit der Spitze seines eigenen genau in der Mitte der Brust seines Fechtlehrers.

»Bravo! Perfekte Parade und Riposte«, gratulierte Signor Horatio. Jack lächelte über das Lob. »Und jetzt dasselbe schnell!«

Langsam war es leicht gewesen, schnell war es etwas ganz anderes. Jack brauchte mehrere Versuche, um Signor Horatios Degen überhaupt zu treffen, von ablenken ganz zu schweigen. Die Degenklinge war im Vergleich zu seinem breiten Langschwert so schmal, dass man sie kaum kommen sah. Immer wieder verhedderten ihre Degen sich und Jack verfehlte sein Ziel. Ärgerlich senkte er die Waffe.

»Nicht den Mut verlieren, Jack«, redete Signor Horatio ihm gut zu. »Das Fechten erfordert wie jede Kampfkunst viel Übung. Niemand beherrscht es schon beim ersten Mal.« Er wandte sich an Akiko. »Jetzt wollen wir sehen, wie du damit zurechtkommst.«

Er stach mit seinem Degen nach ihr. Akiko lenkte den Angriff geschickt ab und im nächsten Moment drückte ihre Degenspitze auf die Stelle direkt über seinem Herzen. Signor Horatio riss die Augen auf. »*Magnifico!* Vielleicht kann man es doch schon beim ersten Mal beherrschen. Warum habe ich noch nie Frauen unterrichtet? Du bist außergewöhnlich begabt!«

Akiko verbeugte sich bescheiden. »Ich hatte den Vorteil, zuerst Jack zusehen zu können.«

»Von wegen, du bist ein Naturtalent!«, sagte Signor Horatio, als sie ihren Angriff wiederholte. Jack lächelte nur. Er wusste, wie schnell Akiko neue Techniken erlernte.

Nach einigen weiteren Übungsrunden rief Signor Horatio: »Jetzt ist es an der Zeit, dass ihr beide gegeneinander antretet. *En garde!*«

Jack und Akiko gingen in die Mitte des Hofs, nahmen die Grundstellung mit ausgestrecktem Degen ein und blickten einander unverwandt an. Jack wusste, dass er der natürlichen Begabung Akikos nicht gewachsen war, freute sich aber trotzdem auf das bevorstehende Duell. Er musste wieder an die Niten Ichi Ryū denken und an die vielen Male, die er mit Akiko und seinen anderen Freunden trainiert hatte, etwa mit Saburo, Emi und seinem verstorbenen japanischen Waffenbruder Yamato. Das Leben an der Samuraischule war hart und fordernd gewesen, manchmal unerträglich, doch war die Schule auch ein Ort der Freundschaft, Liebe und Treue gewesen. Er wusste, dass Akiko Japan vermisste – und er kam langsam zu der Erkenntnis, dass es ihm genauso ging.

»*Allez!*«, rief Signor Horatio und das Duell begann.

Jack rührte sich nicht und Akiko stand da wie ein Skorpion, der im Begriff ist zuzustechen. Sie musterten einander wie alte Gegner und suchten nach einem verräterischen Anzeichen, dass der andere angreifen wollte. Jack verlagerte den Fuß und Akiko zuckte zusammen. Sie ruckte mit der Spitze ihres Degens und er reagierte ebenfalls mit einem Rucken. Gerade als er angreifen wollte, trat Rose in den Hof.

»Gute Nachrichten!«, rief sie und stellte einen schweren Korb mit Brot und anderen Vorräten ab.

Jack wandte sich ihr zu und sofort parierte Akiko seinen Angriff und traf ihn mit einer blitzschnellen Riposte auf die Brust. *»Touché!«*, rief Signor Horatio. »Akiko gewinnt!«

Aber Jack war egal, wer gewonnen und verloren hatte. Er wollte nur wissen, was Rose zu sagen hatte.

»Tut mir leid, Jack, es hat nichts mit deiner Schwester zu tun«, beantwortete Rose seinen fragenden Blick. »Aber man hat Rakesby gefunden … oder zumindest das, was von ihm übrig ist!«

侍

33

Der richtige Griff

»Siehst du, wie Jack zum Angriff einlädt?«, fragte Signor Horatio Rose flüsternd. Sie lehnten beide über den Balkon und sahen dem Duell unten im Hof zu. »Er lässt seine Blöße oben absichtlich ungedeckt, um Akiko zu einem Angriff dort zu verleiten.«

»Warum greift sie dann nicht an?«, fragte Rose genauso leise.

Um Signor Horatios Lippen spielte ein listiges Lächeln. »Sie ist zu schlau, um auf diesen alten Trick hereinzufallen.«

Auf dem Hof umkreisten Jack und Akiko einander aufmerksam. In den Händen hielten sie Degen und Parierdolch. Sie hatten allen Grund, misstrauisch zu sein. Im Lauf der Woche hatte ihr Lehrer sie mit Finten, Paraden und Bindungen bekannt gemacht. Er hatte ihnen gezeigt, wie man an der gegnerischen Klinge entlangglitt, einem Angriff auswich, einen Kreisstoß ausführte und zielgerichtet nach Händen, Gesicht, Hals, Augen und sogar Zähnen schlug. Aufgrund ihrer Erfahrung mit dem Samuraischwert lernten beide schnell und machten raschere Fortschritte als durchschnittliche Fechtschüler. Und aufgrund ihrer einzigartigen

Ausbildung in der Technik der beiden Himmel kamen sie auch mit der Kombination von Degen und Dolch rasch zurecht.

Akiko stampfte laut mit dem Fuß auf dem Boden auf. Jack machte sich auf einen Angriff gefasst, aber es kam keiner.

»Das war ein schöner Versuch Akikos, Jack zu verwirren und abzulenken«, flüsterte Signor Horatio anerkennend.

Doch Jack war aufgrund seiner Übung im *taijutsu* an die Schreie des *kiaijutsu* gewöhnt und reagierte kaum. Stattdessen täuschte er einen Angriff auf Akikos Hüfte vor. Sie parierte und ließ sofort einen Gegenangriff folgen. Jack konterte mit einer Stoßparade und schlug Akikos Klinge zur Seite, sodass ihre Brust ungeschützt war. Dann griff er an. Akiko sprang zurück und konterte, indem sie seine Klinge zur Seite drückte und mit ihrer daran entlangglitt. Jack verfehlte sein Ziel und sie reagierte sofort mit einem Stich nach seinem Gesicht. Die Lederkappe erwischte ihn fast am Auge, doch im letzten Moment konnte er sich noch ducken, brachte seinen Degen unter ihren und wehrte den Angriff ab.

»Was für ein Klingenwechsel!«, rief Signor Horatio, der dem Duell mit großen Augen folgte. »Hast du diese *prise de fer* gesehen? Wie Akiko Jacks Klinge mit einer Bindung angenommen und sie in eine andere Richtung gedrückt hat?«

Rose nickte, als wüsste sie genau, wovon der Fechtlehrer redete.

Keuchend vor Anstrengung, wich Jack über den Hof zurück. Nach vielen Übungskämpfen waren er und Akiko inzwischen vertraut mit dem Fechtstil des jeweils anderen. Akiko hatte ihn bisher in jedem Duell geschlagen, doch er lernte ihre Körpersprache lesen und war immer besser auf ihre Tricks vorbereitet. Er fiel nicht mehr auf all ihre Finten herein und musste sich nicht mehr all ihren Gegenangriffen geschlagen geben. Manchmal konnte er schon am Winkel ihres vorgestellten Fußes erkennen, wie sie ihn angreifen wollte, bei anderen Gelegenheiten an der Art, wie sie den Kopf hielt. Gelegentlich hatte er allerdings keine Ahnung …

Und da war es! Das Zucken am Degengriff. Er wusste, dass Akiko im Begriff war, ihn anzugreifen, aber diesmal würde er ihr zuvorkommen. Einen Sekundenbruchteil vor ihr stieß er mit seinem Degen zu. Die Klingen sausten aneinander vorbei und flogen wie silberne Pfeile auf ihre Ziele zu. Trotzdem spürte Jack, wie die lederne Spitze von Akikos Degen zuerst gegen seine Kehle drückte … während sein Degen noch ein Zoll von Akikos schlankem Hals entfernt war.

»*Touché!* Akiko gewinnt … wieder«, erklärte Signor Horatio und Rose klatschte Beifall.

Jack hielt seinen Degen weiter ausgestreckt und betrachtete stirnrunzelnd seinen Degenarm und den von Akiko. »Wie kommt's, dass du mich immer zuerst triffst, obwohl dein Arm kürzer ist als meiner?« Er kniff misstrauisch die Augen zusammen. »Ist dein Degen etwa länger?«

Akiko schüttelte den Kopf. »Nein, natürlich nicht.«

»Wie machst du es dann?«, fragte Jack ratlos.

»Mit dem Griff«, erklärte sie.

Jack blickte zu Signor Horatio hinauf. Offenbar hatte er im Unterricht etwas verpasst. »Was heißt Griff?«

Der Fechtlehrer beugte sich über den Balkon und lächelte. »Während du nach deiner Schwester gesucht hast, hatte ich die Ehre, Akiko in einige fortgeschrittene Techniken einzuführen.« Er zeigte auf den Degen in Akikos Hand. »Dadurch, dass man den Griff ganz hinten am Knauf hält, kann man die Reichweite eines Degens um einige Zoll verlängern. Bei einem Duell kann dieser Unterschied entscheidend sein. Aber man muss abwägen. Man hat die Waffe dafür nicht mehr so gut in der Hand, deshalb braucht man für diese Technik starke Finger und viel Übung.«

»Akiko hat also geschwindelt?«, fragte Jack, doch er lächelte.

»Nein, sie hat offen und ehrlich gesiegt«, erwiderte Signor Horatio. »Und nur darauf kommt es in einem wirklichen Duell an, wie du ja weißt …«

Die Tür zum Innenhof flog auf und Yori kam hereingerannt. Er scheuchte einen jungen Burschen vor sich her. »Jack!«, rief er. »Jack! Dieser Junge sagt, er hätte deine Schwester gesehen!«

Jack eilte den beiden entgegen. Das Herz schlug ihm bis zum Hals. »Wirklich? Wo?«

Der Bursche, der einen Schopf ungebändigter schwarzer Locken hatte und mit einem Kittel und einer ledernen Schürze bekleidet war, bekam kaum genug Luft zum Sprechen. Yori hatte ihn offenbar im Eiltempo durch die Stadt getrieben. »Ja …«, keuchte er. »Ich habe sie gesehen … oder ein Mädchen, das aussieht wie das auf dem Medaillon.«

»Aber wo hast du sie denn gesehen?«, fragte Jack aufgeregt.

»Im Park.« Der Junge wischte sich den Schweiß von der Stirn. »Ich habe meinem Vater geholfen, eine Karrenladung Wein und Bier auszuliefern, die sie bestellt hatten. Die geben bestimmt eine Gesellschaft oder so was …«

»Was für ein Park denn?«, fiel Jack ihm ungeduldig ins Wort. »Wo liegt er?«

»Der von Lupus Hall.«

侍

34

Lupus Hall

Der Wagen ratterte die mit Schlaglöchern übersäte Straße entlang und die eisenbeschlagenen Räder schüttelten die Insassen gründlich durch. Jack saß schaukelnd zwischen Akiko und Yori, Signor Horatio und Rose hatten auf dem Sitz gegenüber Platz genommen. Sie passierten hügelige Felder, die nach der Ernte braun und voller Stoppeln waren. Ungeduldig blickte Jack aus dem Fenster. Der Wagen, den sie gemietet hatten, konnte ihm gar nicht schnell genug fahren. Mit der einen Hand hielt er das Heft seines Langschwerts gepackt, mit der anderen fuhr er nervös mit den Fingern über den Knauf des Degens, den Signor Horatio ihm geliehen hatte. Jack hoffte, dass er davon keinen Gebrauch machen musste und seine Schwester ohne Kampf würde mitnehmen können, aber er wusste aus Erfahrung, dass Sir Toby ein unbesonnener Mensch war, der schnell zur Waffe griff. Deshalb war er, wenn es sein musste, bereit, sich um das Leben seiner Schwester zu duellieren.

»Wir sind da!«, rief der Kutscher schroff.

Der Wagen fuhr unter einem großen steinernen Tor hindurch und durch den Park eines größeren Anwesens. An die Stelle der tiefen Fahrrinnen der Straße trat Kies, und als sie sich dem Hauptgebäude näherten, sahen sie ringsum üppig grünen Rasen. Marmorstatuen römischer Kaiser führten in einer herrschaftlichen Prozession auf eine steinerne Brücke zu, hinter der das imposante, aus roten Ziegeln erbaute Gutshaus mit Ziegeldach und hohen Kaminen stand. Es war vier Stockwerke hoch, wurde durch einen breiten rechteckigen Graben geschützt und ähnelte mehr einer Burg als einem herrschaftlichen Landsitz.

Der Wagen fuhr über die Brücke und durch ein Torhaus auf einen großen gepflasterten Hof. Dort ließ der Kutscher die Pferde anhalten. Jack und seine Freunde stiegen aus, noch steif von der Fahrt, und sahen sich vorsichtig um. Schließlich waren sie nicht als Gäste angemeldet. Signor Horatio bezahlte den Kutscher und Jack ließ den Blick über den Hof wandern, der verlassen war abgesehen von einem zweiten Wagen, der genauso aussah wie der, mit dem Sir Toby seine Schwester weggebracht hatte. Er blickte zu den verglasten Fenstern hinauf, die den Hof umgaben, verblüfft über so viel Glas an einem Gebäude. Dann stockte ihm plötzlich der Atem. Von hoch droben, im obersten Stock, spähte durch ein kleines Fenster das blasse Gesicht eines Mädchens zu ihm herunter …

»Fletcher? Bist du das?«, rief eine dröhnende Stimme.

Er fuhr herum. Aus dem Haupthaus trat eine beleibte Gestalt mit einem weißen Spitzbart.

»Sir Henry Wilkes!«, rief er überrascht. »Was macht Ihr hier?«

»Ich könnte dich dasselbe fragen, Jack!«, erwiderte Sir Henry. »Das hier ist mein Elternhaus.« Jack blickte noch einmal kurz zu dem Fenster hinauf, aber das Gesicht war verschwunden. »In London machen mir die Pestärzte zu viel Wirbel«, fuhr Sir Henry fort. »Also dachte ich, ich entfliehe aufs Land – aber sie scheinen überall zu sein!«

»*Überall?*«, fragte Yori erschrocken. Ein sichtbarer Schauer durchlief ihn und ließ die Glöckchen seines Pilgerstocks bimmeln.

»Leider ja. Aylesbury, Buckingham, Banbury ... überall sind sie schon aufgetaucht. Zuletzt wurden sie in Kineton gesehen.« Sir Henry schüttelte betrübt den Kopf. »Ich hoffe doch, dass die Pest sich nicht noch weiter nach Norden ausbreitet. Kineton ist nur gut zehn Meilen von hier entfernt!«

Jack wechselte einen beunruhigten Blick mit Akiko und Yori. Offenbar waren die vier Ninjas ihrer Spur gefolgt. Sind sie wirklich schon so nah an Stratford?, dachte Jack. Er hatte es mit einem Mal noch viel eiliger, Jess zu finden.

In diesem Augenblick bemerkte Sir Henry ihren Fechtlehrer und schien verdutzt. »Moment, Signor Horatio Palavicino!«, rief er. »Ich dachte, Ihr wärt in Euer Heimatland zurückgekehrt, Sir.«

Signor Horatio zog seinen Federhut und machte eine Verbeugung. »*Che piacere vederti,* Sir Henry. Nein, ich habe in Straford eine neue Fechtschule eröffnet. Ihr sprecht gerade mit meinen beiden besten Schülern.«

Sir Herny sah Jack mit erhobenen Augenbrauen an und lachte dann. »Du bist mir wirklich ein Tausendsassa! Aber kommt doch herein – kann ich euch eine Erfrischung anbieten? Das ist ja ein glücklicher Zufall! Ich veranstalte heute Abend einen Maskenball – ihr wisst, ein Fest, bei dem alle Teilnehmer Masken tragen – und ihr werdet euch in sehr vornehmer Gesellschaft befinden.«

»Wird Sir Toby Nashe auch anwesend sein?«, fragte Jack.

»Aber ja, natürlich. Er ist ein guter Bekannter von mir. Kennst du ihn?«

»Wir sind uns schon begegnet …«, sagte Jack ausweichend. »Ich glaube, dass er vielleicht weiß, wo meine Schwester Jess ist.«

Sir Henry runzelte die Stirn. »Deine Schwester? Du hast sie noch nicht gefunden?«

»Ich habe sie vor ein paar Tagen zusammen mit Sir Toby in Stratford erkannt«, sagte Jack. »Und der Sohn eines Bierbrauers schwört, er habe sie hier in Lupus Hall gesehen, als er gestern Bier auslieferte … und *ich* glaube, dass ich sie soeben an *diesem* Fenster gesehen habe.« Er zeigte zum obersten Stock.

Sir Henry erbleichte. »Oh … dann hast du es also auch gesehen!«, sagte er und blickte ängstlich zu dem leeren Fenster hinauf.

»Was?«, fragte Jack verwirrt.

»Das Geistermädchen«, erklärte Sir Henry ernst. »Ehrlich gesagt, geht da niemand hinauf. Das Dachgeschoss steht leer. Die Diener behaupten, dass es in diesem Haus spukt – und ich bin geneigt, ihnen zu glauben. Aber das hat man vermutlich davon, wenn man von einem flüchtigen Katholiken ein Haus billig erwirbt.« Sir Henry lachte gezwungen, verstummte aber, als er den empörten Blick von Signor Horatio sah. »Tut mir leid. Ich habe ganz vergessen, dass Ihr auch diesem Glauben angehört. Wir sind hier eben in England, das wisst Ihr ja.«

»*Certo,* Signor«, sagte Signor Horatio mit einem angespannten Lächeln.

»Wollt Ihr mir sagen, ich hätte einen Geist gesehen?«, fragte Jack.

Sir Henry nickte. »Kommt rein und ich erkläre dir das«, sagte er und schob Jack und die anderen durch die Tür in eine Eingangshalle mit einer gewölbten Decke. »Dieses Herrenhaus wurde ursprünglich von Humphrey Pakington entworfen und gebaut, allerdings unter Mitwirkung von Nicholas Owen. Dieser verschlagene Jesuit war besonders geschickt darin, im Bauplan versteckte Priesterlöcher unterzubringen.«

»Was ist ein Priesterloch?«, fragte Yori.

Sir Henry blieb am Fuß einer großen Treppe stehen, einer rechteckigen hölzernen Wendeltreppe mit je einem Absatz für die vier Stockwerke des Hauses. Er stieg die Treppe wenige Schritte hinauf und hob das Brett der fünften Stufe an. Darunter kam ein verborgener Hohlraum zum Vorschein. »Hier haben Verräter wie Humphrey Pakington katholische Priester vor den Behörden versteckt«, erklärte er. »Pakington war nämlich ein Katholik, der sich weigerte, seinem Glauben abzuschwören und Protestant zu werden. Als Königin Elizabeth durch ein Gesetz alle katholischen

Priester verbannte, beauftragte er seinen Freund Owen, in seinem Haus geheime Verstecke für sie einzubauen. Dieses Haus hat so viele Löcher wie ein holländischer Käse! Vermutlich habe ich noch gar nicht alle gefunden.« Er legte das Brett wieder an seinen Platz. »Man erzählt sich, eine Magd hätte sich einmal in einem solchen Priesterloch versteckt. Sie wurde eingeschlossen und nie mehr gefunden und ihr ruheloser Geist geht hier immer noch um.« Sir Henry sah Jack mit unheilschwanger erhobenen Augenbrauen an. »Womöglich hast du diese Magd im Dachgeschoss gesehen. Aber genug von solchen Gespenstergeschichten! Sir Toby wird heute Abend hier sein, dann kannst du ihn selbst nach deiner Schwester fragen. Ich wage allerdings zu sagen, dass ihn sehr verwundern wird, was du geschildert hast. Meines Wissens war er die ganze vergangene Woche nicht in Stratford – er kommt heute aus London zu uns.«

Jack runzelte die Stirn. Er war überzeugt, dass er Sir Toby mit seiner Schwester gesehen hatte. Kann es sein, dass ich mich geirrt habe?, dachte er.

»Bis dahin habe ich noch etwas, das dich und deine Kriegerfreunde interessieren könnte.« Er bedeutete ihnen, ihm in den nächsten Raum zu folgen, eine Waffengalerie. Die holzgetäfelten Wände waren bedeckt mit Gestellen voller Spieße mit Eisenspitzen, einem Dutzend Langbögen mit jeweils einem Köcher voller Pfeile, rund zwanzig Hakenbüchsen und Steinschlosspistolen, einigen Säbeln und einer Kollektion von Degen. Neben einer Sammlung stählerner Kammhelme standen einige glänzende Rüstungen. Und über der eindrucksvollen Waffensammlung hing ein Wappen – ein weißer Hirsch und ein roter Wolf rechts und links eines schwarz-weißen Schildes.

»Damit könnte man ja eine ganze Armee ausrüsten!«, rief Signor Horatio mit großen Augen.

»Wahrscheinlich keine ganze Armee«, widersprach Sir Henry, »aber gewiss genug, um die örtliche Bürgerwehr zu versorgen, wie es meine Pflicht ist.« Er strich liebevoll über eine Hakenbüchse. »Alle Waffen sind geladen oder geschärft, sie sind also jederzeit einsatzbereit.«

Jack sah sich einen Säbel genauer an und wog ihn in der Hand. Verglichen mit der Raffinesse eines Degens oder der Eleganz seines Langschwerts fühlte er sich an wie ein Vorschlaghammer. Akiko war noch faszinierter als er. Sie ging zu den Langbögen und verglich die wie ein D gekrümmten Stangen mit der schlangenförmigen Stange ihres Bogens.

»Nimm doch einen in die Hand«, sagte Sir Henry auffordernd.

Akiko wählte einen Bogen aus und versuchte mit Mühe, die Sehne zu spannen. »Man braucht dafür mindestens die doppelte Zugkraft wie für meinen Bogen!«, rief sie.

»Die Bögen schießen bis zu vierhundert Meter weit«, erklärte Sir Henry stolz.

Akiko sah ihn mit offenem Mund an. »Das ist doppelt so weit wie ein japanischer Bogen!«, sagte sie beeindruckt.

Yori interessierte sich mehr für ein großes Porträt an der Wand gegenüber. Es zeigte ihren Gastgeber mit einem stählernen Brustpanzer und in heroischer Haltung.

»Schöne Arbeit, was?«, rief Sir Henry. Er verschränkte die Arme und nahm eine ähnliche Haltung ein wie auf dem Porträt.

Yori beugte sich vor und betrachtete es genauer. »Mmh, meisterhafte Pinselführung«, murmelte er.

»Von hier sieht man es besser«, sagte ihr Gastgeber.

Yori trat einen Schritt zurück und nickte höflich.

»Ich finde, je weiter weg, desto besser«, murmelte Signor Horatio leise. Rose, die die spöttische Bemerkung hörte, musste ein Kichern unterdrücken.

Sir Henry, der davon nichts mitbekam, führte sie weiter zu einem großen Saal, einem holzgetäfelten Raum mit hoher Decke und Sprossenfenstern, die auf den Rasen und einen streng geometrisch angelegten Knotengarten blickten. Am hinteren Ende des Saals richteten sich gerade Musiker ein, an einer anderen Stelle probten Schauspieler Texte und wurden auf einer provisorischen Bühne Kulissen aufgebaut. Diener eilten hin und her, dekorierten den Raum, versorgten den großen Kamin mit frischem Holz und deckten eine lange Tafel für ein dem Anschein nach aufwendiges Bankett.

»Das ist der Saal, in dem wir heute Abend feiern und tafeln werden«, erklärte Sir Henry. »Wenn ihr mich jetzt bitte entschuldigt, ich habe noch viel zu tun. Bitte findet euch Punkt sechs Uhr hier ein. Bis dahin fühlt euch ganz wie zu Hause. Ich werde die Diener anweisen, Zimmer im ersten Stock für euch vorzubereiten und Kostüme auf die Betten zu legen. Bitte verkleidet euch heute Abend – es ist schließlich ein Maskenball!«

Er entfernte sich und erteilte den Dienern im Gehen seine Befehle. Unschlüssig standen die fünf noch einen Moment inmitten der hektischen Vorbereitungen, dann sagte Rose: »Glaubt ihr, was Sir Henry über den Geist erzählt hat?«

»Er schien jedenfalls davon überzeugt«, meinte Signor Horatio.

»In Japan nennen wir solche Geister *yūrei*«, sagte Yori. »Man glaubt, dass sie die Seelen von Menschen sind, denen das Leben genommen wurde und die auch nach dem Tod keinen Frieden gefunden haben. Was Sir Henry gesagt hat, passt also zu dem, was wir glauben.«

»Aber ich schwöre, dass ich in diesem Fenster Jess' Gesicht gesehen habe«, sagte Jack. »Nicht einen Geist.«

»Warum sehen wir dann nicht nach?«, schlug Akiko vor. »Sir Henry hat doch gesagt, wir sollen uns wie zu Hause fühlen.«

»Wir müssen vorsichtig sein«, sagte Yori warnend, als Jack und Akiko sich der kleinen Holztür näherten, die zu dem Raum im Dachgeschoss führte. Der schmale Gang war dunkel und hing voller Spinnweben, was darauf hinwies, dass hier längere Zeit niemand heraufgekommen war. Es hatte sie einiges Suchen gekostet, das richtige Zimmer zu finden. Das Herrenhaus war ein Labyrinth von Gängen, Treppen und Räumen. Zweimal hatte Jack in den Hof zurückkehren müssen, um nachzusehen, wo genau das Fenster war, an dem er Jess' Gesicht gesehen hatte, und zu überlegen, über welchen Gebäudeflügel sie am besten dorthin gelangten. Rose und Signor Horatio standen am Fuß der großen Treppe Schmiere für den Fall, dass sie rasch verschwinden mussten.

Jacks Hand lag auf der Klinke. Er zögerte. »Du hast recht«, sagte er und zog seinen Degen. »Sir Toby könnte auch hier sein.«

»Nicht Sir Toby macht mir Sorgen«, erwiderte Yori. Seine Stimme zitterte kaum hörbar. »Sondern der Geist. *Yūrei* gehen oft in dieser Welt um, um sich zu rächen, und finden erst Ruhe, wenn sie das getan haben.«

»Aber wir haben nichts zu befürchten«, sagte Akiko beruhigend. »Wir sind nicht in Japan.«

Yori sah sie mit großen Augen an. »Geister sind Geister, egal wo! *Yūrei* kann man nicht töten. Diese bösen Geister werden von einem Wunsch angetrieben und haben ein Ziel. Vielleicht wollen sie nur einem geliebten Menschen eine Botschaft übermitteln … oder als Rache für ihre Ermordung ihr Opfer in Stücke reißen! Egal was, man sollte ihnen besser nicht zu nahe kommen.«

Geister hin oder her, Jack musste irgendwie herausfinden, ob seine Schwester sich in dieser Kammer aufhielt. Also drückte er die Klinke. Sie ließ sich schwer betätigen, gab aber nach, als er den Druck verstärkte. Knarrend ging die Tür auf. Dahinter kam eine überraschend kleine triste Kammer zum Vorschein. Auf den Bodendielen lag kein Teppich, am Fenster stand ein altes Schreibpult und in einer hinteren Ecke konnte man einen unbenutzten Kamin erkennen. Die Wände aus Balken und Ziegeln bröckelten an verschiedenen Stellen, wo Feuchtigkeit in das Mauerwerk eingedrungen war, und ein Geruch nach Moder und Schimmel hing in der kalten Luft.

»Jess …?«, sagte Jack fragend, geradezu ängstlich.

Niemand antwortete.

Er trat ein und die Dielen ächzten unter seinen Füßen. Einen Moment lang meinte er, Flüstern zu hören, aber als er angestrengt lauschte, blieb alles still. Akiko folgte ihm in das Zimmer.

Auch Yori streckte den Kopf herein, trat aber nicht über die Schwelle. »Seht ihr jemanden … oder irgendwas?«

Jack schüttelte enttäuscht den Kopf und steckte den Degen wieder ein. »Das Zimmer ist leer.« Er selbst fühlte sich genauso leer. Die Erwartung, Jess hier zu finden, schlug in Enttäuschung um.

Akiko fuhr mit dem Finger durch die Staubschicht auf dem Tisch. »Sieht aus, als würde es schon eine Weile leer stehen.«

Yori wurde mutiger und betrat die düstere Kammer ebenfalls. Nervös ließ er den Blick über die feuchten Wände wandern. Von den dunklen Winkeln hielt er sich fern. Jack blickte durch das kleine Sprossenfenster in den Innenhof hinunter. Die ersten Gäste für den Maskenball kamen an, was bedeutete, dass auch Sir Toby bald eintreffen würde.

Eine Diele knackte und Yori erschrak. »Wenn Jess nicht hier ist, dann … vielleicht der Geist dieses Mädchens … Können wir jetzt bitte gehen?«

Jack nickte und sie wandten sich zur Tür.

侍

35

Der Maskenball

Fackeln erleuchteten die Nacht, Leuchtfeuer, die die Wege säumten und den Strom der kostümierten Gäste zum Maskenball lenkten. Griechische Götter, ägyptische Pharaonen, türkische Sultane, mittelalterliche Ritter, Märchenkönige und -königinnen ... ein phantasievoller Zug der verschiedensten opulent gekleideten Gestalten wand sich über die Brücke und in das Herrenhaus. Bei ihrer Ankunft im Festsaal wurden die Gäste von Dienern begrüßt, die sich als Fabelwesen verkleidet hatten und ihnen mit Wein gefüllte Becher und Tabletts voller süßer Leckereien reichten. Inmitten des allgemeinen Lärms und Trubels spielten die Musiker flotte Weisen, um gute Laune zu verbreiten und die Gäste zum Tanzen anzuregen. Zur selben Zeit führten die Schauspieler in biblischen Gewändern zur allgemeinen Belustigung einige Ausschnitte aus der Geschichte von König Salomon und der Königin von Saba auf.

»So etwas habe ich noch nie erlebt«, sagte Akiko atemlos, als sie durch einen Torbogen aus glänzenden Blüten traten.

»Ich auch nicht!«, pflichtete Rose ihr bei und blickte ehrfürchtig auf den verschwenderischen Prunk. »Das ist Welten von dem Leben entfernt, das ich kenne.«

Doch Jack hatte kein Auge für die Pracht oder das üppige Buffet. Sein Blick wanderte auf der Suche nach Sir Tobys arrogantem Schnurrbartgesicht unablässig über das Gedränge der Gäste. Doch da alle Masken trugen, war seine Suche aussichtslos.

»Jack? Bist du das?«, rief eine herzliche Stimme. Ein beleibter ägyptischer König mit einer goldenen Gesichtsmaske kam auf sie zugewatschelt. Sir Henry schob die Maske hoch und zwinkerte ihnen zu. »Seht mal, ich bin's! Ich muss sagen, eure Kostüme gefallen mir gut – sehr lustig.«

Da Jack und seine Freunde sich Sir Toby nicht schon im Voraus zu erkennen geben wollten, hatten sie beschlossen, ganz im Sinn des Maskenballs die Phantasiekostüme anzulegen, die ihr Gastgeber ihnen zur Verfügung gestellt hatte. Jack trug ein mit rot-schwarzen Rauten gemustertes Harlekinkostüm, dessen schwarze, das ganze Gesicht bedeckende Maske ihn an die Kapuze eines Ninjagewands erinnerte.

Akiko trug einen langen, schimmernden roten Seidenkimono, dazu Jacks Langschwert an der Hüfte und die furchterregende Kampfmaske eines Ritterkostüms, allerdings so verändert, dass sie mehr wie eine traditionelle japanische Kampfmaske aussah. Sir Henry trat einen Schritt zurück, um sie zu betrachten. »Darf ich fragen, wen du darstellst?«

»Tomoe Gozen«, erklärte Akiko, »den größten weiblichen Samurai aller Zeiten.«

Sir Henry hob die Augenbrauen. »Weibliche Kriegerinnen scheinen ein beliebtes Thema zu sein«, fuhr er fort und bewunderte Roses Kostüm: ein gefälteltes grünes Gewand mit einem silbernen Brustpanzer und einem offenen Helm mit Visier. »Nach Rüstung, Schild, Speer und roten Haaren zu schließen, bist du vermutlich die Keltenkönigin Boudicca.«

Rose machte einen Knicks. »Volltreffer, Sir Henry.«

Neben ihr stand Signor Horatio als römischer Imperator in einer prächtigen weißen Toga, mit einem Kranz von goldenen Lorbeerblättern auf dem Kopf und einer dekorativen Maske, die nur eine Seite seines Gesichts bedeckte. Er hatte es nicht übers Herz gebracht, sich von seinem geliebten Degen zu trennen; er hing deshalb weiter an seiner Hüfte, die Scheide hatte er in den Gürtel seiner Toga gesteckt.

Yori hatte sich für ein schlichtes, aus einem Bettlaken hergestelltes Kostüm entschieden. Das Gesicht hatte er weiß geschminkt und dazu irgendwo noch eine alte Perücke aufgetrieben. Er hatte sie mit Ruß geschwärzt und die Haare zerzaust, sodass jetzt anstelle einer Maske eine wirre Mähne sein Gesicht bedeckte. Auf die Frage Sir Henrys, wen er darstelle, ließ er die Hände schlaff an den Handgelenken baumeln und glitt stöhnend über den Boden. »Ich bin ein *yūrei!*«

Sir Henry war verwirrt und Akiko klärte ihn auf. »Eure Geschichte von der Magd hat ihn dazu angeregt, sich als ein japanischer Geist zu verkleiden!«

»Zu Tode erschreckt hat er mich!«, sagte ihr Gastgeber lachend. Als ein Diener ihnen Getränke anbot, zog er Jack zur Seite. »Übrigens, hast du noch einmal über eine Rückkehr nach Japan nachgedacht?«, sagte er leise. Ich habe mich gerade mit Sir Isaac unterhalten und er will, wie ich auch, unbedingt eine neue Handelsexpedition entsenden.«

Jack war nicht auf diese Frage gefasst gewesen, zumal nicht in diesem Augenblick. »Eigentlich nicht …«, sagte er zögernd. »Ich muss zuerst meine Schwester finden.«

»Natürlich, wie gefühllos von mir«, rief Sir Henry und legte Jack den Arm um die Schultern. »Natürlich muss ihr Wohl deine wichtigste Sorge sein. Aber unabhängig davon hast du doch bestimmt über deine Zukunft nachgedacht.«

»Meine Zukunft hängt von meinem Wiedersehen mit Jess ab«, erklärte Jack. »Und ich habe nicht vor, so bald nach meiner Ankunft schon wieder aufzubrechen.«

Sir Henry zog seinen Arm zurück. »Verstehe«, sagte er. »Du musst tun, was du für am besten hältst.«

Er nahm einen Becher vom Tablett eines Dieners, der in diesem Moment an ihnen vorbeikam, und leerte ihn auf einen Zug. Auf einmal schien er tief in Gedanken versunken und das Gespräch war offenbar beendet.

»Wisst Ihr, ob Sir Toby schon da ist?«, fragte Jack.

»Ich bin sicher, er ist irgendwo hier«, antwortete Sir Henry abwesend und ließ den Blick über die Gäste wandern. »Leider habe ich keine Ahnung, als was er gekommen ist. Aber ich werde nach ihm Ausschau halten, sei ganz beruhigt.« Er zog die goldene Maske wieder über sein Gesicht und stürzte sich in den Trubel.

Jack sah ihm nach, ein wenig verwundert über sein seltsames Benehmen. Bestimmt lag es an der Anstrengung, die es bedeutete, Gastgeber eines so verschwenderischen Fests zu sein. Er kehrte zu seinen Freunden in der Nähe der großen Tafel zurück. »Hat schon jemand Sir Toby gesehen?«, fragte er.

Signor Horatio schüttelte den Kopf. »Leider keine Spur von dem Halunken.«

Jack blickte durch den Saal. Maskierte Tänzer schritten in einer kunstvollen Pavane hin und her, aber bei keinem war zu erkennen, was für Gesichter hinter den Masken steckten. Jacks Ungeduld wuchs. Sir Toby musste irgendwo unter den Gästen sein – und womöglich, er wagte es kaum zu hoffen, auch seine Schwester!

»Vielleicht sollten wir uns verteilen«, schlug Akiko vor. Doch noch bevor sie das tun konnten, verstummten die Musiker und die Schauspieler versammelten sich zu ihrem Stück auf der Bühne. Vor einem andachtsvoll schweigenden Publikum führten sie die sagenhafte Romanze von der Königin von Saba und König Salomon auf und die Königin, prachtvoll anzusehen in ihrem juwelenbesetzten Gewand, überreichte dem König Geschenke.

»Der Ball muss Sir Henry ein Vermögen kosten«, flüsterte Rose.

»Ein Vermögen, das er meines Wissens gar nicht hat«, murmelte Signor Horatio.

Jack runzelte die Stirn. »Wie meint Ihr das?«

Signor Horatio beugte sich zu ihm und senkte die Stimme noch mehr. »Es gehört sich vielleicht nicht, wenn ich schlecht von unserem Gastgeber rede … Aber bevor man mich gezwungen hat, London zu verlassen, habe ich gehört, Sir Henry hätte über die Jahre einige unkluge Geldanlagen getätigt und sein ganzes Vermögen verloren.«

Akiko sah ihn verwundert an. »Wenn er kein Geld hat, warum veranstaltet er dann einen solchen Ball?«

»Um den Schein zu wahren«, erklärte Signor Horatio. »Vermutlich zählt er darauf, dass seine Gläubiger, wenn sie sehen, dass er sich offenbar einen so verschwenderischen Lebensstil leisten kann, glauben, dass er immer noch Macht und Einfluss und gesellschaftliches Ansehen hat und, noch wichtiger, seine Schulden bezahlen kann.«

»Aber nicht alles, was glänzt, ist Gold«, sagte Yori und fuhr mit den Fingern durch den glitzernden Staub, mit dem man ein üppiges Blumenarrangement bestreut hatte.

»Wohl wahr«, sagte Signor Horatio. »Man kann so arm sein wie eine Kirchenmaus, aber wenn man so aussieht und tut, als sei man reich, leiht einem jeder Narr Geld.«

»Dann lasst uns seine Gastfreundschaft genießen, solange wir das können«, meinte Rose. Sie nahm eine kandierte Dattel von der Tafel und steckte sie in den Mund.

Jack verstand allmählich, warum Sir Henry so sehr darauf brannte, eine zweite Expedition nach Japan zu entsenden. Mit einem lukrativen Handelsgeschäft konnte er sein verlorenes Vermögen zurückgewinnen. Wenn Sir Isaac bereit war, die Expedition zu finanzieren, war Jack seine Chance auf sagenhafte Reichtümer im Fernen Osten.

Die Theateraufführung endete mit begeistertem Beifall,

die Musik setzte wieder ein und die Gäste begannen zu tanzen. Ihre ständige Bewegung machte es doppelt schwer, bestimmten Personen zu folgen. Nach einigen Stücken kam ein als Zeus verkleideter Mann in einer Toga und mit einem Kopfschmuck aus Blitzen und einer porzellanweißen Maske auf Akiko zu.

»Darf ich um das Vergnügen dieses Tanzes bitten?«, fragte er und streckte die Hand aus.

Akiko zögerte und blickte unsicher in Jacks Richtung. Sie waren schließlich nicht zum Tanzen hier.

»Es ist unhöflich, eine solche Aufforderung abzulehnen«, sagte Rose. »Das stimmt doch, Signor Horatio?«, fügte sie hinzu und hielt ihre Hand dem Fechtlehrer hin.

»*Certo,* Signorina!« Lächelnd geleitete Signor Horatio Rose zur Tanzfläche.

Mit einer höflichen Verbeugung nahm Akiko Zeus' Aufforderung an und folgte ihm in die Mitte des Saals, wo die anderen Gäste mit einer Galliarde, einem Springtanz, begonnen hatten. Jack sah zu, wie Zeus Akiko geschickt drehte und geschmeidig durch die vorgeschriebene Schrittfolge führte. Dann begann er sich mit Hüpfern, Drehungen, Seitwärtstritten und Luftsprüngen hervorzutun, worauf die Zuschauer und auch Akiko Beifall klatschten. Jack verspürte einen eifersüchtigen Stich angesichts der virtuosen Vorführung und ihrer offensichtlichen Wirkung auf Akiko. Um sich abzulenken, wandte er sich der Banketttafel zu und nahm sich von einem Teller mit exotischen Früchten etwas, das er noch nie probiert hatte: ein Stück Kartoffel. Während er die seltsame Frucht kostete, blickte er von Gast zu Gast und versuchte zu erraten, hinter welcher Maske sich Sir Toby verbarg. Neben ihm standen ein gedrungener türkischer Sultan und ein hochgewachsener mittelalterlicher Ritter und schlugen sich den Bauch mit Köstlichkeiten voll. Keiner sah aus wie Sir Toby.

Er spazierte durch den Saal, zwischen Feen und Kobolden hindurch, Königen und Königinnen, Göttern und Göttinnen. Dann sah er am Kamin die gespenstisch bleiche Gestalt Yoris. Er stand auf einem Stuhl und betrachtete Sir Henrys Wappen über dem Kaminsims. Jack seufzte ungeduldig. Warum konnten seine Freunde sich nicht auf ihre gegenwärtige Aufgabe konzentrieren? Entweder sie tanzen oder sie betrachten Gemälde!, dachte er. Er ging weiter auf Yori zu, doch da endete die Musik und Akiko kehrte mit Zeus zurück.

»Ihr könnt ausgezeichnet tanzen«, sagte Akiko bewundernd und ein wenig außer Atem.

Zeus neigte den Kopf und antwortete schlagfertig: »Es hilft immer, eine wunderbare Partnerin zu haben.«

Jack war, als müsste er sich übergeben – aber nicht wegen der Kartoffel, die er gegessen hatte. Da tauchte Yori neben ihm auf und flüsterte: »Jack, wir müssen reden. Ich habe …«

»Meine Damen und Herren!«, rief Sir Henry laut. Er stand leicht schwankend in seinem ägyptischen Kostüm auf der Bühne. »Der Zeitpunkt ist gekommen, zu enthüllen, wer wir in Wirklichkeit sind!«

Und mit einer theatralischen Bewegung und unter donnerndem Applaus nahm er seine goldene Maske ab. Die anderen Gäste entledigten sich ebenfalls ihrer Masken. Es folgten Gelächter und überraschte Schreie. Ohne Yori zu beachten, der beharrlich an seinem Ärmel zerrte, zog sich Jack seine schwarze Harlekinmaske herunter … im selben Moment, in dem Zeus sein porzellanweißes Gesicht abnahm …

Ihre Blicke begegneten sich.

»Du!«, schrie Zeus und sah ihn empört und ungläubig an. »Ich dachte, du seist ertrunken!«

侍

36

Erstes Blut

Jack stand fast Nase an Nase mit Sir Toby, seinem Duellgegner, der ihn in Moorfields fast erstochen hätte ... dem Lügner, der ihn in London hatte verhaften und hängen lassen ... und dem geheimnisvollen Freier, der ihm die Schwester weggenommen hatte! Wut stieg in ihm auf wie ein loderndes Feuer.

Doch Sir Toby schien nicht weniger wütend. Sein gezwirbelter Schnurrbart zitterte und seine Miene war so zornig wie die des Blitzeschleuderers Zeus persönlich. Er packte Jack an den Aufschlägen seines Harlekinkostüms. »Diesmal entkommst du mir nicht, du schlüpfriger Fisch!«, fauchte er. »Sir Edmund! Sir Francis! Hierher, rasch!«

Augenblicklich stellten der Sultan und der Ritter an der Festtafel ihre Becher weg und schnitten Jack den Fluchtweg ab. Doch auch Jack bekam schnell Verstärkung: Akiko, Yori, Rose und Signor Horatio eilten ihm zu Hilfe. Jack riss die Unterarme mit einem energischen Ruck hoch, sodass Sir Toby sein Kostüm loslassen musste, und stieß den widerlichen Kerl von sich. Sir Toby stolperte und fiel auf den Rücken, sehr zur Belustigung der anderen Gäste.

»Wie kannst du es wagen!«, schrie er und lief vor Wut über die Demütigung so rot an wie seine Haare. »Dafür lasse ich dich in London in den Tower werfen! In Eisen legen und an den Händen aufhängen! Auf der Streckbank strecken, bis dir die Arme aus den Gelenken springen! Zu den wilden Tieren in die Grube werfen!«

Die Gäste kicherten angesichts seiner ungeheuerlichen Drohungen. Doch Jack lachte nicht.

»Nein, *Euch* wird man in den Tower sperren«, sagte er. »Und jetzt sagt mir, wo ist meine Schwester?«

»Deine Schwester?«, schnaubte Sir Toby und ein hinterhältiges Funkeln trat in seine Augen. »Ich weiß nicht, wovon du sprichst.«

»Natürlich wisst Ihr das. Ihr habt sie entführt!«

»Das ist eine Verleumdung!«, fauchte Sir Toby, während er mithilfe seines Kumpans Sir Edmund schnaufend aufstand. »Ich lasse meinen Ruf nicht von dir in den Dreck ziehen. Packt den dreisten Bengel!«

Sir Francis wollte Jack ergreifen, aber Signor Horatio trat ihm in den Weg und es kam zu einem Gerangel. Da sich sonst niemand erbot, Jack festzunehmen, schickte Sir Toby sich an, das selbst zu tun. Während Jack die Arme hob, um ihn abzuwehren, wandten Akiko und Rose sich Sir Edmund zu. »Ich kämpfe nicht gegen Frauen«, plärrte der beleibte Sultan mit geblähten Nasenflügeln und wabbelndem Bauch.

»Das ist sehr nobel von Euch«, sagte Rose und versetzte ihm mit ihrem Schild einen Nasenstüber, dass er vor Schmerzen aufheulte.

Sir Toby rang unterdessen mit Jack. Yori war zwischen die Kämpfenden geraten und wusste nicht, wohin er sich wenden sollte. Da schob Sir Henry sich durch das Gedränge der Gäste, die die Schlägerei aus nächster Nähe beobachten wollten. »Aufhören, sofort!«, rief er. »Das ist ein Ball, kein Bärenzwinger!« Augenblicklich kehrte Ruhe ein.

Sir Toby sah ihn empört und wütend an. »Habt Ihr diesen Flegel und dieses fremdländische Gesindel eingeladen?«

»Allerdings, kurz vor dem Ball«, erklärte Sir Henry. »Was hat Jack Euch getan, Sir Toby?«

»Dieser Bursche ist ein gesuchter Verbrecher!«, verkündete Sir Toby und zeigte anklagend mit dem Finger auf Jack. »Er ist vor knapp zwei Wochen dem Galgen entkommen, nachdem er mich und die beiden Herren an meiner Seite mit vorgehaltener Waffe ausrauben wollte. Jetzt eben hat er mich umgestoßen – und um dem Ganzen die Krone aufzusetzen, beschuldigt er mich auch noch, seine Schwester entführt zu haben!«

»Und habt Ihr das, Sir Toby?«, fragte Sir Henry. »Habt Ihr Jacks Schwester entführt?«

Sir Toby starrte seinen Gastgeber fassungslos an. »Natürlich nicht! Das ist eine unverschämte Behauptung.«

»Aber ich habe Euch mit Jess in Stratford gesehen!«, rief Jack aufgebracht. »Und ich habe nie versucht, Euch auszurauben. Ihr seid ein dreister Lügner, Sir Toby!«

Die umstehenden Gäste hielten entsetzt den Atem an und Sir Tobys Gesicht wurde vor Wut erneut so rot wie seine Haare. »Du beschimpfst mich schon wieder als Lügner, du erbärmlicher Wicht!«, fauchte er. »Ich lasse meinen Namen nicht öffentlich beschmutzen!«

Er zog ganz plötzlich einen Dolch aus den Falten seiner Toga und wollte sich auf Jack stürzen.

»Nicht so schnell!«, sagte Signor Horatio. Er hatte seinen Degen so rasch gezogen, dass die Spitze bereits an Sir Tobys Hals drückte, noch bevor dieser einen Schritt gemacht hatte.

»Signor Horatio Palavicino!«, schnaubte Sir Toby. »Warum überrascht es mich nicht, *Euch* in Gesellschaft dieses Gesindels anzutreffen?«

Der Fechtmeister drückte die Degenspitze ein wenig fester gegen Sir Tobys Kehle. Gleich musste das erste Blut austreten. »Ihr könnt immer noch nicht verlieren, stimmt's?«, sagte er.

Sir Toby kniff die Augen zusammen. »Ich habe nicht verloren. Ihr habt betrogen!«

»Ihr habt auf mich geschossen!«

Schweigen trat ein und die beiden starrten einander unversöhnlich an.

»Meine Herren, vielleicht können wir diese Meinungsverschiedenheit mit einem Duell beilegen, wie es unter Ehrenmännern üblich ist?«, schlug Sir Henry vor. Er legte die Hand auf die Klinge des Degens und forderte Sir Horatio damit stillschweigend auf, sie zu senken. »Dadurch können wir vermeiden, dass auf meinem Ball zu viel Blut vergossen wird.«

Die Gäste waren bei der bloßen Aussicht auf ein Duell

sofort Feuer und Flamme. »Duell! Duell! Duell!«, skandierten sie.

»Ich habe nicht das geringste Interesse, Signor Horatio erneut herauszufordern«, erklärte Sir Toby und rümpfte die Nase.

»Ihr habt Angst, dass Ihr wieder verliert, nicht wahr?«, spottete Signor Horatio.

»Natürlich nicht«, erwiderte Sir Toby abschätzig. »Ich habe mit Jack Fletcher ein Hühnchen zu rupfen, nur mit ihm.«

Sir Henry hob die Augenbrauen und sah beunruhigt Jack an. »Und du, Jack?«

»Ich will die Wahrheit wissen«, erklärte Jack. »Und wenn Sir Toby sie mir nicht freiwillig sagt, dann soll ein Duell die Sache klären.«

»Also gut«, sagte Sir Henry mit einem Seufzer. »Ein Duell bis zum ersten Blut.«

»Aber er hat mich Lügner genannt«, protestierte Sir Toby heftig. »Also sollten wir auf Leben und Tod kämpfen!«

»In meinem Haus gelten meine Regeln«, erwiderte Sir Henry fest. Jack wusste, dass sein Gastgeber das Duell nicht nur aus Herzensgüte begrenzen wollte. Sir Henry hatte im Hinblick auf die erhoffte Handelsexpedition ein persönliches Interesse daran, dass er überlebte. Und Jack seinerseits wollte Sir Toby nicht töten, sondern nur zwingen, ihm Jess' Aufenthaltsort zu verraten.

Eine begeisterte Schar geleitete Jack zur Waffengalerie. Die ganze Ballgesellschaft schien dem Duell zusehen zu wollen und Rose musste sogar einige Gäste mit ihrem Schild zurückschieben, während Jack sich zum Kampf bereit machte. Yori nahm die Harlekinmaske entgegen, Akiko reichte ihm sein Langschwert.

»Keine ausländischen Waffen!«, sagte Sir Toby verächtlich und nahm von dem Gestell an der Wand den schärfsten Degen. »Wir sind hier in *England.*«

»Nimm meinen Degen«, sagte Signor Horatio und hielt Jack seine Waffe aus bestem italienischem Stahl hin.

»Pah!«, schnaubte Sir Toby verächtlich. »Euer Degen wird ihn nicht retten, Signor Horatio.«

Signor Horatio antwortete mit einem zuversichtlichen Lächeln. »Ich gebe Jack nicht nur meinen Degen, Signor, ich habe ihn auch unterrichtet!«

»Dann ist der Arme ja wirklich ernsthaft benachteiligt!«, spottete Sir Toby und ließ seinen Degen ein paarmal probeweise durch die Luft fahren. Ein pfeifendes Geräusch war zu hören. Die Gäste lachten über seine Bemerkung, aber Sir Tobys verkniffene Miene verriet, dass Signor Horatios Worte ihn stärker verunsichert hatten, als er sich anmerken lassen wollte.

Ohne auf den Spott seines Gegners zu achten, wog Jack den Degen seines Lehrers in der Hand. Er war federleicht und ungeheuer wendig. Der Griff fühlte sich an wie der Handschlag eines guten Freundes, die Klinge war lang und dünn und um den Griff wand sich kunstvoll eine stählerne Spirale, dazu gedacht, die gegnerische Klinge aufzufangen und abzulenken. Es war eine ganz ausgezeichnete Waffe.

Akiko reichte ihm einen Parierdolch von dem Gestell. »Denk dran«, sagte sie leise, »Angriff ist Verteidigung. Parade und Riposte. Hebe den Arm, um das Gesicht zu decken. Und das Bein nicht überstrecken …«

»Ich komme schon zurecht«, versicherte Jack. Innerlich war er jedoch keineswegs davon überzeugt. Sein Herz klopfte, das Blut rauschte ihm in den Ohren, seine Hände waren schweißnass und sein Atem ging rasch. In diesem Duell kämpfte er nicht um sein Leben, sondern um das seiner Schwester.

侍

37

Die Wahrheit

»En garde!«, rief Sir Toby und ging in Abwehrstellung. Jack stellte sich in der Mitte der Galerie ihm gegenüber auf und unter den Gästen kehrte gespanntes Schweigen ein. Er wusste aus leidvoller Erfahrung, dass Sir Toby im Degenkampf ein furchterregender Gegner war. Er musste so gut kämpfen wie noch nie, wenn er gegen ihn eine Chance haben wollte. Am Rand des Kampfplatzes trat Yori unruhig von einem Fuß auf den anderen. Das bevorstehende Duell schien ihm noch mehr Angst zu machen als Jack.

Sir Toby sah Jack verächtlich an und drückte mit seiner ganzen Haltung überdeutlich aus, wie überlegen er sich fühlte. Jack erwiderte seinen zornigen Blick ausdruckslos. Sir Toby sollte möglichst nicht wissen, was er dachte, fühlte oder fürchtete. Ob mit Waffen oder Fäusten, ein Kampf wurde vor allem im Kopf ausgetragen. Über den Ausgang entschied oft der stärkere Wille. Jack hatte darin einige Erfahrung, er ließ sich vom hasserfüllten Blick seines Gegners deshalb genauso wenig aus der Ruhe bringen wie von dem Adrenalin, das durch seinen Körper strömte.

»Allez!«, rief Sir Henry und das Duell begann.

Die beiden standen sich mit erhobenem Dolch und Degen gegenüber. Keiner wollte den Anfang machen. Mit angehaltenem Atem verfolgten die Zuschauer, wie sie sich langsam umkreisten. Sir Toby war diesmal deutlich vorsichtiger als bei ihrem ersten Duell. Also vollführte Jack ein Appell genanntes Manöver, indem er den vorderen Fuß mit einer raschen Bewegung noch weiter vorsetzte und einen Angriff vortäuschte.

Doch Sir Toby fiel darauf nicht herein. Er wich nicht zurück und machte sich nicht einmal die Mühe, den vorgetäuschten Angriff zu parieren. »Ist das alles, was Ihr diesem Wicht beigebracht habt, Signor Horatio? Ein wenig herumzuzappeln?«

Die Zuschauer lachten wieder und in diesem Moment der Ablenkung griff Sir Toby an und zielte mit der Degenspitze nach Jacks linkem Auge. Nur die zurückgelehnte Haltung, die Signor Horatio Jack beigebracht hatte, rettete ihn – die Spitze blieb dicht vor dem Augapfel stehen. Jack schlug die Klinge mit seinem Dolch weg und konterte mit einer hastigen Riposte. Sir Toby lenkte den Schlag mühelos ab und stach erneut nach seinem Gesicht. Wieder schlug Jack seinen Degen zur Seite, täuschte einen Angriff auf den Kopf vor und stach dann nach dem Rumpf. Sir Toby sprang zur Seite und blockierte die Klinge mit seinem Dolch. Dann begann er, Jack mit einer Serie von Angriffen durch die Halle zu treiben.

»Ich werde dich lehren, mich einen Lügner zu nennen!«, schnaubte er.

»Ihr *seid* ein Lügner!«, gab Jack zurück, hektisch damit beschäftigt, die Angriffe abzuwehren. »Ich *weiß,* dass Ihr meine Schwester versteckt habt!«

Die Gäste begannen voller Bewunderung für Sir Tobys virtuose Vorstellung zu klatschen und trotz seiner wachsenden Enttäuschung darüber, dass er keinen Treffer landen konnte, begann Sir Toby sich immer mehr zu produzieren. Er tanzte um Jack herum und vollführte seinem Publikum zu Gefallen glanzvolle Paraden und dramatische Angriffe.

»Du bist wie ein Narr angezogen und kämpfst auch wie einer!«, höhnte er und suchte mit seinem Degen nach einer Lücke in Jacks Abwehr.

Jack musste unter dem Hagel seiner Angriffe zurückweichen.

»Du darfst nicht nach seinem Rhythmus tanzen!«, rief Signor Horatio. »Nimm ihm die Initiative und greif bei jeder Verteidigung an!«

Jack befolgte seinen Rat und brachte eine *prise de fer* zustande – er nahm Sir Tobys Klinge an und drückte sie in eine andere Richtung. Das brachte seinen Gegner aus dem Rhythmus und erlaubte Jack, in einem Gegenangriff nach seinem Hals zu stechen. Sir Toby wehrte ihn ab und konterte sofort. Doch jetzt ließ Jack jeder Parade einen Angriff folgen. Die Woche intensiven Übens unter Signor Horatio zahlte sich aus und er konnte jeden Angriff, jeden Schlag erwidern. Erbittert kämpften sie gegeneinander und das Klirren von Stahl auf Stahl erfüllte die Galerie.

Die Zuschauer klatschten jetzt dem sich behauptenden Jack Beifall und wenig später kamen zu den Rufen, die Sir Toby anfeuerten, auch Rufe für Jack. »Jack! Jack! Jack!«, war zu hören, wobei die Stimmen seiner Freunde besonders laut heraustönten.

Jack ließ sich nicht mehr von Geschwindigkeit und Reichweite der Angriffe seines Gegners überrumpeln und konnte einigen Boden gutmachen. Sir Toby produzierte sich noch immer und hüpfte um Jacks Degen herum wie ein Hase im Frühling. Jack war das nur recht. So konnte er in Ruhe auf den Moment warten, in dem sein Gegner den entscheidenden Fehler machte.

»Du würdest ja nicht mal mit einer Nadel ein Nadelkissen treffen!«, spottete Sir Toby, wich einem Stoß Jacks nach seiner Hüfte aus und konterte mit einem Kreisstoß. Und da war der Fehler. Sir Toby hatte sich mit dem Kreisstoß unabsichtlich eine Blöße gegeben.

Jack machte einen Ausfall auf die ungeschützte Brust … musste allerdings feststellen, dass Sir Toby seinen Degen sofort abdrängte und nun nach seiner Brust stoßen wollte. Jack widerstand dem Druck und sprang zur Seite, aber die Klinge stach durch sein Kostüm. Die Zuschauer holten erschrocken Luft, dann kam ein zögerlicher Ruf: »Erstes Blut!«

Doch als Sir Toby die Klinge zurückzog, war an ihr kein Blut. Der Degen hatte nur Stoff durchbohrt, kein Fleisch. Bevor Sir Toby erneut zustoßen konnte, wich Jack hastig zurück.

»Lass dich von seinem Theater nicht zum Narren halten!«, rief Signor Horatio ihm zu. »Er macht das absichtlich, um dich zu einem Fehler zu verleiten.«

»Das ist mir jetzt auch klar«, keuchte Jack und unternahm den nächsten Angriff.

Aber was immer er versuchte, Sir Toby hatte eine Antwort darauf. Auf jeden Stoß, jeden Ausfall folgte eine Parade. Finten wurden ignoriert, Bindungen abgewehrt. Jack vollführte sogar eine zweite *prise de fer*, doch vergeblich. Sir Toby schien es sattzuhaben, mit Jack zu spielen, und kämpfte jetzt, um das Duell zu beenden.

Jack wusste nicht mehr, was er tun sollte. Seine Kräfte ließen nach und er stand kurz davor, zu verlieren. Aber das durfte er nicht zulassen. Er musste seinen Gegner in die Knie zwingen, denn Sir Toby musste ihm sagen, was er über Jess wusste. Plötzlich fiel ihm ein, wie Akiko ihn im Training immer besiegt hatte. Rasch fasste er den Degen weiter hinten am Knauf. Im nächsten Moment entdeckte er eine Lücke in Sir Tobys Verteidigung und führte einen Stoß nach seinem Gesicht. Mit seiner unerwartet verlängerten Reichweite konnte er ihn überrumpeln … doch Sir Toby reagierte so schnell, dass es geradezu ein Wunder war. Im letzten Moment drehte er das Gesicht zur Seite und der Degen verfehlte ihn um Haaresbreite.

Er schlug Jacks Degen weg und lachte schnaubend. »Glaub nicht, du könntest mich mit Signor Horatios heimtückischen Tricks überlisten. Damit ist er vielleicht ein Mal durchgekommen, aber nie ein zweites Mal!«

Dann griff er erneut an und trieb Jack mit einem Hagel von Schlägen und Stößen erbarmungslos durch die Galerie.

Jack war mit seinen Ideen am Ende. Sir Tobys kannte alle Tricks und Techniken, die er gelernt hatte. Er konnte ihn nicht überrumpeln und es war nur eine Frage der Zeit, dass er ihn durchbohren würde. Wie sehr wünschte er sich jetzt, er hätte sein Schwert zur Hand! Wenigstens hätte ihm das eine andere Art von Vorteil verschafft. Er hätte den Flint-und-Funken-Schlag ausführen können … den Herbstblattschlag … oder auch den Wurf »Vom Berg zum Meer«. Wie ähnlich sich doch Parade und Riposte auf der einen und Masamotos Flint-und-Funken-Schlag auf der anderen Seite waren. Soll ich vielleicht die Technik der beiden Himmel, die hier keiner kennt, mit dem Degen ausführen?, dachte er. Ost trifft West. Eine Verschmelzung von Kampftechnik und Waffe.

Als Sir Toby wieder nach seiner Brust stieß, antwortete Jack mit einem Herbstblattschlag. Er streckte den Arm aus und schlug mit seiner Klinge in rascher Folge zweimal auf den Degen seines Widersachers. Zu seiner Freude verlor Sir Toby aufgrund des unerwarteten Doppelschlags den Degen aus der Hand. Klappernd fiel er zu Boden. Sir Toby war angesichts des plötzlichen Verlusts wie betäubt. Nur mit dem Parierdolch zu seiner Verteidigung hatte er gegen den blitzschnell ausgeführten Folgeangriff Jacks keine Chance – ein völlig unerwarteter Stoß nach oben, der mit der Degenspitze in seiner Nase endete!

»Ich wette, die Technik kennt Ihr noch nicht!«, sagte Jack und schob die Klinge noch ein wenig weiter, sodass Sir Toby sich auf die Zehenspitzen stellen musste. Mit einem belustigten Kichern verfolgten die versammelten Gäste den Tanz, den er mit der Klinge in der Nase aufführte.

»Jetzt sagt mir endlich, wo ist meine Schwester?«, fauchte Jack.

Sir Toby erwiderte seinen Blick trotzig. »Ich habe dir doch gesagt – ich weiß nicht, wovon du redest.«

»Vielleicht hilft das Eurem Gedächtnis nach.« Mit einer kleinen Drehung des Handgelenks zog Jack den Degen zurück und schnitt dabei durch Sir Tobys Nasenflügel. Aus dem Nasenloch lief ein dünnes Rinnsal Blut.

»Erstes Blut!«, rief Sir Henry und die Zuschauer applaudierten, begeistert über Jacks Geschick und unerwarteten Sieg.

Sir Toby fuhr sich mit dem Handrücken über die Nase. »Das ist nur Nasenbluten! Kämpfen wir weiter!«

Sein Protest ging im Stimmenlärm und Applaus unter. Doch er war nicht bereit, seine Niederlage einzugestehen, schnappte sich von dem Gestell einen zweiten Degen und stürzte sich wütend auf Jack. Wie von einem wirbelnden Derwisch geschwungen, fuhr die Klinge durch die Luft. Aber Jack, der wusste, dass man Sir Toby nicht trauen durfte, war darauf vorbereitet gewesen – er war wachsam geblieben und parierte die Angriffe sofort.

»Legt die Waffe weg, Sir Toby!«, befahl Sir Henry.

Doch Sir Toby stieß, schäumend vor Wut, immer wieder

zu, fest entschlossen, Jack zu erstechen. Diesmal antwortete Jack mit einer anderen Technik der beiden Himmel, genannt »Vom Berg zum Meer«. Der Angriff kam für Sir Toby völlig unerwartet: Jack warf seinen Parierdolch auf ihn. Sich überschlagend flog der Dolch durch die Luft und traf ihn mit dem Griff mitten auf die Stirn. Sir Toby taumelte und ging zu Boden und Jack setzte ihm die nadelscharfe Spitze seines Degens auf die Brust.

»Ich schwöre, ich werde Euch durchbohren, wenn Ihr mir nicht die Wahrheit sagt!«, rief er drohend.

Sir Toby wurde klar, dass er endgültig besiegt war, und alle Farbe wich aus seinen Wangen. »Du willst wirklich die Wahrheit wissen?«, rief er schrill. Seine Stimme zitterte. »Dann sollst du sie erfahren. Deine Schwester, die dir so wichtig ist, ist tot!«

»Tot?«, wiederholte Jack. Das Wort dröhnte in seinem Kopf wie eine Kirchenglocke. »Wie kann das sein? Ich habe sie erst vor einer Woche lebend in Stratford gesehen.«

Sir Toby erwiderte Jacks fragenden Blick unverwandt. »Sie ist aus dem Wagen gefallen, als sie unbedingt aussteigen wollte, um dich zu sehen, und kam unter die Räder.« Sir Toby seufzte tief und eine Träne lief über seine Wange. »Glaub mir, ich habe versucht, sie zu retten, aber ihr war nicht mehr zu helfen.«

»Lügner!«, rief Jack und drückte mit dem Degen zu, bis die Spitze sich in Sir Tobys Brust bohrte.

»Nein!«, schrie Sir Toby. Aus der Wunde quoll Blut. »Ich schwöre, das ist die Wahrheit. Bei meinem Leben!«

»Nimm den Degen weg, Jack!«, befahl Sir Henry. »Er hat keinen Grund zu lügen. Er ist dir ausgeliefert.«

Einen Augenblick lang war Jack drauf und dran, Sir Toby zu erstechen. *Das ist doch wohl eine gerechte Strafe als Rache für Jess?*

Dann war plötzlich Yori an seiner Seite und eine kleine Hand legte sich auf seine und hielt sie fest. »Wenn du ihn tötest, bringt das Jess nicht zurück«, sagte Yori leise. »Denk an die Folgen, Jack. Wer Feuer mit Feuer bekämpft, erhält für gewöhnlich nur Asche!«

Jack musste an die Worte seines alten Zenlehrers aus seinem ersten Jahr in Japan denken: Vergiss nie den Weg des Kriegers. Die Aufrichtigkeit, die Fähigkeit zu beurteilen, was falsch und was richtig ist, ist der Schlüssel zum Selbstverständnis des Samurais …

Er sah Akiko an, die sanft den Kopf schüttelte. Da wich aller Kampfgeist von ihm und er ließ den Degen fallen. Wenn Jess tot war, war alles vorbei. Es gab nichts mehr, wofür er kämpfen konnte.

»Sir Edmund, Sir Francis – haltet Sir Toby bis auf Weiteres in seinem Zimmer fest«, befahl Sir Henry, während Jack benommen und vor Schmerz wie gelähmt in der Mitte der Galerie stand.

Sir Toby, der den Kopf beschämt gesenkt hatte, wurde nach draußen geleitet. Er war schon fast an der Tür, als er in einem Wutanfall eine geladene Steinschlosspistole aus dem Gestell an der Wand riss. Er spannte den Hahn und zielte auf Jack.

»Wer den ehrenwerten Sir Toby Nashe beleidigt, hat sein Leben verwirkt!«, brüllte er und drückte ab.

»Nein!«, schrie Signor Horatio und stieß Jack zur Seite.

Der Schuss hallte wie ein Donnerschlag durch die Galerie. Jack zuckte zusammen und ging zu Boden – doch Signor Horatios schnelle Reaktion hatte ihm das Leben gerettet. Ein erschrockener Schmerzensschrei ertönte und alle fuhren herum. Einen Moment lang glaubte Jack, Signor Horatio sei selbst getroffen worden, weil er sich durch sein mutiges Eingreifen in die Schusslinie gebracht hatte. Aber dann sah er, dass ihm nichts passiert war. Doch Rose war zu Boden gesunken. Aus einem Einschussloch in dem Panzer ihres Kostüms strömte Blut.

38

Priesterloch

Im Festsaal nahm der Ball wieder Fahrt auf, doch waren Musik und Gespräche nicht mehr so ausgelassen wie zuvor. Im ersten Stock wurde Rose auf ein Himmelbett gelegt und mit besorgten Gesichtern sahen ihre Freunde zu, wie ihr Brustpanzer vorsichtig entfernt wurde. Auf der Vorderseite ihres grünen Kleids hatte sich ein großer Blutfleck ausgebreitet. Mit einem Messer schnitt Signor Horatio ein Stück Stoff weg und inspizierte die Wunde in Roses Bauch.

»Könnt Ihr sie retten?«, fragte Jack.

»Ich kann das Bleigeschoss sehen«, antwortete der Fechtlehrer ernst. Er wusch sich in einer Schüssel mit warmem Wasser die Hände. »Gott sei Dank hat der Panzer ihres Kostüms das Geschoss gebremst. Wenn ich es herausbekomme, hat sie gute Chancen.«

Rose stöhnte vor Schmerzen, ihr Gesicht war grau und glänzte schweißnass. Akiko tupfte ihr mit einem kalten Lappen die Stirn ab, während Yori ihre Hand hielt und leise »*vam*« summte, das heilende Mantra für den Bauch. Über einer flackernden Kerzenflamme erhitzte Signor Horatio das Messer, um es zu sterilisieren, dann ließ er es abkühlen.

»Das sticht jetzt vielleicht ein wenig, Signorina«, sagte er warnend zu Rose und näherte das Messer der Wunde.

Rose lächelte gezwungen. »Wenigstens … weiß ich, dass Ihr … mit einem Messer umgehen könnt«, flüsterte sie.

Jack hielt ihr einen Holzlöffel hin.

»Nein danke … ich habe keinen Hunger.« Sie wollte lachen, verzerrte aber das Gesicht vor Schmerzen.

»Der ist zum Draufbeißen«, erklärte Jack. »Hier, nimm.«

Signor Horatio hielt die Wunde auf und steckte das Messer hinein. Rose biss auf den Löffelstiel und schrie mit zusammengebissenen Zähnen gequält auf. Ganz langsam holte Signor Horatio die Kugel aus ihrem Bauch. Als sie draußen war, stöhnte Rose noch einmal laut, dann wurde sie ohnmächtig. Die Wunde blutete jetzt stärker und Signor Horatio drückte sie mit der Hand zu.

»Jetzt bist du mit deinen Zauberkräutern dran, Yori«, sagte er und trat zur Seite.

Yori wählte aus seinem Medizinbeutel die dunkle Salbe, die er vor einiger Zeit für Jacks Verletzungen hergestellt hatte. Behutsam trug er sie auf, anschließend verband er die Wunde. Er war fast fertig, da klopfte es an der Tür und Sir Henry streckte den Kopf ins Zimmer. »Wie geht es der Patientin?«, fragte er.

»Signor Horatio konnte die Kugel entfernen«, sagte Jack und half Yori, den Verband zu befestigen.

Der Fechtlehrer strich zärtlich eine rote Locke aus Roses Gesicht. »Sie wird leben, Gott sei gedankt.«

»Das ist gut zu hören«, sagte Sir Henry mit spürbarer Erleichterung. »Ich habe mit Sir Toby gesprochen und er bereut zutiefst, was er getan hat. Er ist bereit, die Behörden nicht über Euren Aufenthalt zu informieren, wenn Ihr im Gegenzug den, äh … Unfall mit der Pistole überseht.«

»*Unfall?* Das war kein Unfall!«, rief Signor Horatio empört und seine Augen blitzten zornig. »Der Dummkopf wollte Jack erschießen und hätte dabei fast Rose getötet!«

Sir Henry lächelte beschwichtigend. »Ich verstehe Eure Empörung, Sir. Aber es ist das Beste für alle, wenn wir die Behörden nicht verständigen. Ich mag einigen Einfluss haben, aber ich könnte nicht versprechen, dass ich in der Lage wäre, die strenge Hand des Gesetzes aufzuhalten. Und wir wollen doch nicht, dass man dich wieder einsperrt, Jack, nicht wahr?«

»Und meine Schwester?« Jack brannten heiße Tränen in den Augen.

»Ein tragischer Unfall«, sagte Sir Henry mit bekümmertem Blick. »Sir Toby kann sich kaum überwinden, davon zu sprechen.«

Doch Jack ließ sich nicht so leicht abwimmeln. »Wo ist dann ihre Leiche? Wo wurde sie begraben?«

»Meines Wissens liegt sie auf dem städtischen Friedhof«, sagte Sir Henry und bekreuzigte sich respektvoll. »Ich kann morgen mit dir hingehen. Doch jetzt empfehle ich euch, Sir Tobys Vorschlag anzunehmen. Es ist doch viel besser, als freier Mensch zu trauern, als mit seinem Kummer in einem Gefängnis eingesperrt zu sein.«

Jack verfluchte innerlich Sir Tobys Gerissenheit. Er und

seine Freunde waren ihm aufgrund seiner falschen Vorwürfe ausgeliefert. Der niederträchtige Kerl hatte nicht nur Rose angeschossen, sondern war auch an Jess' Tod schuld. Trotzdem würde er ungeschoren davonkommen. »Dann sorgt wenigstens dafür, dass Sir Toby Wort hält.«

»Selbstverständlich«, sagte Sir Henry. Als die anderen sich wieder Rose zuwandten, nahm er Jack zur Seite. »Entschuldige, wenn ich zu einem so ungünstigen Zeitpunkt wieder darauf zu sprechen komme, Jack. Aber hast du im Hinblick auf das traurige Ableben deiner Schwester noch einmal über mein Angebot nachgedacht?«

Die Taktlosigkeit seines Gastgebers machte Jack für einen Moment fassungslos. Wie konnte Sir Henry ausgerechnet jetzt von so etwas sprechen, in dieser schweren Stunde? Aber natürlich kannte Jack die Antwort. Er wusste, wie viel dem verarmten Sir Henry daran lag, eine Handelsflotte zu entsenden.

Ihn selbst hielt jetzt, wo er wusste, dass Jess tot war, nicht mehr viel in England – wie umgekehrt auch England ihn nicht zu brauchen schien. In den vergangenen zwei Wochen war ihm seine Heimat manchmal fremder gewesen als Japan.

Und noch etwas fiel ihm ein: Von was genau sollte er in diesem Land überhaupt leben? Das Geld in seiner Börse würde bald aufgebraucht sein. Er benötigte ein Auskommen … und eine neue Aufgabe. Und seinen Lebensunterhalt konnte er nur als Steuermann an Bord eines Handelsschiffs verdienen. Nach Japan zurückzukehren war deshalb die naheliegende Lösung … und vielleicht auch eine Möglichkeit, seinem Kummer zu entkommen. Ganz konkret war es, wenn man von vier gefährlichen Ninjas verfolgt wurde, sowieso ratsam, England zu verlassen. Dass Akiko und Yori sich freuen würden, nach Hause zurückzukehren, wusste er. Alles in allem nahmen ihm diese Umstände die Entscheidung mehr oder weniger ab.

Er seufzte tief. »Ich nehme Euer Angebot an«, sagte er.

»Ausgezeichnet!« Sir Henry klopfte ihm lächelnd auf die Schulter. »Du wirst es nicht bereuen, Jack. Und die Seeluft wird dir guttun und helfen, über deinen Verlust hinwegzukommen. Wenn du mich jetzt bitte entschuldigst, ich muss wieder zu meinen anderen Gästen.« Er ging.

Akiko sah Jack neugierig an. »Warum ist er so vergnügt?«

Jack blickte aus dem Fenster auf den mondhellen Himmel und auf den im Mondlicht silbern schimmernden Rasen. Am Himmel funkelte klar der Polarstern, der Nordstern, der himmlische Orientierungspunkt für jede Navigation. »Ich habe zugesagt, seine Handelsschiffe als Steuermann nach Japan zu begleiten«, sagte er.

Akikos Augen leuchteten auf einmal fast so hell wie der Nordstern. »Das ist ja wunderbar! Aber …« Das Leuchten verging und sie klang traurig. »Du hast so hart darum gekämpft, nach Hause zurückzukehren, Jack. Bist du sicher, dass du nicht bleiben willst?«

Jack lehnte den Kopf gegen das kalte Glas des Sprossenfensters. »Jetzt, wo ich Jess nie wiedersehen werde, gibt es für mich keinen Grund mehr, hier zu sein. Ich danke euch beiden, dir und Yori, für eure Hilfe bei der Suche nach ihr. Eure Freundschaft und Treue bedeuten mir so viel. Aber jetzt ist es an der Zeit, euch nach Hause zu bringen …«

Yori räusperte sich. »Bevor wir das tun, kann ich euch etwas zeigen?«

Jack runzelte die Stirn. »Natürlich. Was denn?«

»Seht es euch besser selbst an und zieht eure eigenen Schlüsse«, antwortete Yori geheimnisvoll.

Jack warf einen Blick auf Rose, die allmählich wieder zu Bewusstsein kam. »Kann das nicht warten, Yori?«

Yori schüttelte energisch den Kopf.

»Keine Sorge«, sagte Signor Horatio und half Rose, einen Schluck Wasser zu trinken. »Ich passe auf sie auf.«

Sie überließen die verletzte Gefährtin der Obhut des Fechtlehrers und folgten Yori die Treppe hinunter und in die Waffengalerie. Der Raum war inzwischen menschenleer. Die Gäste waren in den Saal zurückgekehrt und nur ein getrockneter Blutfleck zeigte die Stelle an, an der Rose zu Boden gefallen war.

»Seht euch das an«, sagte Yori und winkte Jack und Akiko zu Sir Henrys Ehrfurcht gebietendem Porträt über dem Kamin.

Jack betrachtete es. »Es ist sehr eindrucksvoll, aber nach was genau sollen wir Ausschau halten?«

»Hier! Yori zeigte auf eine aus nur zwei Buchstaben bestehende Inschrift in der rechten Ecke.

»N … H …«, las Jack laut. Er runzelte die Stirn. »Und?«

Yori seufzte schwer, als liege die Antwort auf der Hand. »Dein Medaillon! Das Porträt ist vom selben Maler.«

Jack zog hastig das silberne Schmuckstück von seinem Hals und verglich die Initialen. Die Trauer, die beim Anblick des Gesichts seiner Schwester wieder in ihm aufstieg, versuchte er zu unterdrücken. »N. H. – Nicholas Holme. Und? Er hat wahrscheinlich viele Porträts gemalt.«

»Es stimmt, dass es für sich betrachtet nur ein Zufall sein könnte«, meinte Yori. »Aber ich habe mir noch andere Gemälde in Lupus Hall angesehen und Sir Henry scheint eine ganze Reihe Bilder von diesem Künstler in Auftrag gegeben zu haben. Er mag ganz offensichtlich seinen Stil. Vielleicht hat er ihn sogar eine Zeit lang gefördert.«

»Aber das heißt nicht, dass er auch etwas mit dem Medaillon zu tun hat«, sagte Akiko.

»Nein«, gab Yori zu. »Aber es gibt einen möglichen Zusammenhang.« Er wandte sich ab und ging zu dem Gestell mit den Hakenbüchsen. »Auf dem Ball habe ich gehört, wie einige Gäste sich über das Wappen unterhielten, das Sir Henry führt. Einem Gerücht zufolge soll er es gekauft haben, weil er gar nicht aus einer adligen Familie stammt.«

»Das ist nicht selten«, sagte Jack, der immer noch nicht wusste, worauf sein Freund hinauswollte. »Viele erfolgreiche Kaufleute haben sich das Recht gekauft, ein Wappen zu führen.«

»In Japan wäre das ungebräuchlich«, bemerkte Akiko. »Als würde ein Fischer ein Schwert kaufen, um Samurai zu werden!«

»Aber darum geht es mir nicht«, sagte Yori. »Es geht mir um das Wappen selbst.« Er zeigte auf den schwarz-weißen Holzschild, der über dem Waffengestell hing. »Erinnert ihr euch, was Mrs Winters in Bedlam sagte? *Hütet euch vor dem roten Wolf an eurer Tür!*«

Jack betrachtete den Schild genauer – ein weißer Hirsch gegenüber einem roten Wolf. Ihm war auf einmal unbehaglich zumute.

»Aber die alte Frau war verrückt«, erinnerte Akiko ihn. »Warum ihr Geschwätz ernst nehmen?«

»Sie war nicht verrückt – sie hatte Angst!«, beharrte Yori. »Angst vor dem roten Wolf.«

Jack warf Yori einen skeptischen Blick zu. »Willst du damit sagen, Sir Henry sei der rote Wolf? Wenn du das denkst, dann gehörst vielleicht du nach Bedlam! Sir Henry war ein guter Freund meines Vaters. Und jetzt ist er unser Freund. Er hat uns geholfen, Jess zu suchen. Und er hat mir Arbeit angeboten.«

»Genau«, sagte Yori. »Du sollst nach Japan zurückkehren und ihm sein verlorenes Vermögen wiederbeschaffen. Er würde wahrscheinlich auch vorgeben, dein lange vermisster Onkel zu sein, wenn er glaubte, er könnte dich damit überreden. Aber ich denke, er verbirgt etwas. Einen Schatz, der viel kostbarer ist als Silber oder Gold.«

Yori führte Jack und Akiko auf den mondbeschienenen Hof hinaus. Dort zeigte er zu dem Fenster hinauf, an dem Jack gemeint hatte, das Gesicht seiner Schwester zu sehen. »Wie viele Fenster zählst du in diesem Stock?«

Jack zählte sie. »Fünf.«

»Jetzt komm mit.« Yori eilte nach drinnen, griff sich eine Öllampe und stieg die Haupttreppe hinauf.

Auf halbem Weg stießen sie mit einem Diener auf dem Weg nach unten zusammen. Sein Gesicht wirkte im Schein der Lampe hager und verhärmt. Er trug ein leeres Tablett. »Gäste dürfen nicht nach oben«, murmelte er.

»Wir müssen nur nach einem Fenster sehen«, sagte Yori und ließ den verwirrten Bediensteten stehen.

Jack und Akiko eilten ihm nach und der Diener blieb auf der dämmrigen Treppe unter ihnen zurück. Im obersten Stock angekommen, geleitete Yori sie zu dem mit Spinnweben verhangenen Gang und blieb stehen. Die Öllampe warf einen hellen Kegel auf den Boden und bis zu der Dachkammer am Ende des Gangs.

»Zähl noch einmal die Fenster«, wies er Jack an.

Am einen Ende beginnend, ging Jack den Gang entlang und in das Zimmer an seinem Ende. »Eins … zwei … drei … vier …«

Ein fünftes Fenster gab es nicht. Er zählte noch einmal. »Wo ist das letzte Fenster?«

»Genau das meine ich«, sagte Yori und verschränkte zufrieden die Arme. »Das heißt …«

»Es muss ein Priesterloch geben!«, sagte Akiko atemlos. Jacks Herz begann plötzlich zu klopfen.

Sie stellten die Lampe ab und machten sich daran, die Dachkammer abzusuchen. Sie klopften an die Wände und lauschten auf hohle Stellen. Sie suchten den Boden nach losen Brettern ab und die Decke nach einer Klapptür. Doch sie fanden nichts.

»Vielleicht haben wir uns doch irgendwie verzählt«, meinte Akiko niedergeschlagen.

Yori schüttelte den Kopf. »Nein, von draußen sind ganz bestimmt fünf Fenster zu sehen.«

Jack trat in die Mitte des Zimmers, drehte sich einmal um sich selbst und ließ den Blick über alle Nischen und Winkel wandern. »Irgendwo muss das Priesterloch doch versteckt sein«, sagte er. Da hörte er ein leises Kratzen. Er sah die anderen an. »Hört ihr das auch?«

Akiko und Yori nickten und lauschten angestrengt, um festzustellen, woher das Geräusch kam. Das Kratzen wurde lauter. Ein kleines Tier huschte aus dem Kamin.

»Es war nur eine Maus!«, stöhnte Jack.

»Ja, aber woher kam sie?«, fragte Yori. Er betrachtete die Feuerstelle genauer.

Wie Jack erst jetzt auffiel, lag keine kalte Asche auf dem Gitter. Auch Holzscheite waren nicht zu sehen. Er trat vor den Kamin und strich mit den Fingern über die Ziegel der Brennkammer. »Die Ziegel sind nur geschwärzt, um Rauch vorzutäuschen!«

Er stieg auf den Kaminboden, duckte sich unter dem Sims hindurch und fand einen geheimen Riegel. Er zog ihn auf und drückte gegen die rückwärtige Wand der Brennkammer. Sie gab ein wenig nach und schwang schließlich, als die anderen ihm halfen, ganz auf. Verblüfft sah Jack Akiko und Yori an. »Ein falscher Kamin!«

39

Die Gefangene

Das Priesterloch war eine spiegelbildliche Version der Dachkammer mit einem zusätzlichen kleinen Altar für das tägliche Gebet und einem Bett mit einem Holzgestell in der hinteren Ecke.

Durch das einzige Fenster – das fünfte Sprossenfenster, das gefehlt hatte – fiel Mondlicht auf eine halb gegessene Mahlzeit auf dem Schreibpult. Das restliche Zimmer lag im Dunkeln. Als Jacks Augen sich an die Dunkelheit gewöhnt hatten, meinte er auf dem Bett eine vornübergebeugte Gestalt zu erkennen. Dann kamen Yori und Akiko mit der Lampe herein. In ihrem Schein war eine junge Frau zu sehen. Sie schirmte die Augen gegen das grelle Licht ab. Yori schraubte den Docht herunter und das Mädchen senkte den Arm.

Jack starrte die Erscheinung vor ihm an. So vertraut und doch so anders. So viel älter und doch so jung. Spuren des Mädchens, das er einst gekannt hatte, waren noch in der heranwachsenden Frau zu erkennen. Goldene Haare, die länger waren, als er sie in Erinnerung hatte. Blaue Augen, dunkler, aber immer noch voller Leben. Das schmale Kinn der Mutter. Die ausgeprägte Stirn des Vaters. Die Lippen und die Stupsnase seiner Schwester.

Sie blickte den drei Eindringlingen furchtsam und zugleich neugierig entgegen.

»Jess?«, sagte Jack ganz leise, wie aus Furcht, er könnte das Traumbild zerstören.

Das Mädchen nickte langsam und dann erst schien es zu begreifen und sah ihn mit ihren himmelblauen Augen an. »Jack?«

Einen weiteren Beweis brauchte es nicht. Jack eilte zu ihr, schloss sie in die Arme und drückte sie fest an sich, entschlossen, sie niemals wieder loszulassen. Erst jetzt war er richtig heimgekehrt. Die Reise, die er vor sieben Jahren begonnen hatte, war endlich vorbei. Gegen alle Wahrscheinlichkeit und allen Hindernissen und Feinden zum Trotz hatte er seine Schwester gefunden. Er und sie, die Letzten ihrer Familie, waren wieder vereint.

Jess umarmte ihn ebenfalls voll tiefster Freude. Die Verzweiflung klang noch in ihr nach. »Ich habe gebetet … und gebetet … und gebetet, dass du zu mir zurückkehrst.« Sie begann zu schluchzen. »Ich hatte schon beinahe die Hoffnung aufgegeben.«

»Deine Gebete wurden erhört.« Jack küsste sie auf die Stirn und warf einen Blick auf das kleine Holzkreuz über dem Altar. »Wie meine auch.«

»Ich dachte, ich hätte dich beim Erntedankfest gesehen«, sagte Jess. »Aber Sir Toby meinte, das sei nur meine überreizte Phantasie. Dann sah ich dich auf dem Hof und da wusste ich, dass du zurückgekehrt warst. Ich wollte dich draußen suchen, aber mein Zimmer war wie immer abgesperrt.«

»Sir Toby hat behauptet, du wärst tot!«, sagte Jack empört.

»Er ist ein elender Lügner … und er ist grausam«, sagte Jess leise. »Aber jetzt, wo du da bist, brauche ich nichts mehr zu fürchten.« Sie brachte es endlich über sich, die Umarmung zu lockern, und blickte zu ihm auf. »Wo ist Vater?«

Schlagartig erlosch das glückselige Lächeln auf Jacks Gesicht. »Er hat« – die Stimme blieb ihm im Hals stecken – »er hat die Reise nicht überlebt, Jess … Wir wurden überfallen … Er wollte mich schützen und wurde getötet …«

Jess vergrub den Kopf an seiner Brust und Tränen der Trauer mischten sich in ihre Freudentränen. Was für ein bittersüßes Wiedersehen! Fünf Jahre hatte er mit dem Tod des Vaters gelebt, jetzt überkam ihn die Trauer aufs Neue und er weinte mit Jess. Wie wünschte er sich, sein Vater könnte hier sein. Er hätte sie in seine starken Arme geschlossen und an sich gezogen, und nicht nur ihn und seine Schwester, sondern auch ihre verstorbene Mutter. Die ganze Familie wäre vereint gewesen … Aber es sollte nicht sein – und würde nie mehr sein. Doch musste er für kleine Wunder dankbar sein. Jess lebte. Sie lag in seinen Armen und war in Sicherheit.

Sie beruhigten sich nach und nach und die Freude über ihr Wiedersehen kehrte zurück. Lächelnd sah Jess die beiden anderen im Zimmer Anwesenden an, die respektvoll einigen Abstand hielten.

»Willst du uns nicht vorstellen?«, fragte sie ihren Bruder.

»Natürlich!« Jack breitete die Arme aus und winkte seine Freunde näher. »Das ist Akiko und das ist Yori. Ohne ihre Hilfe, Liebe und treue Freundschaft hätte ich in Japan nicht überlebt … und schon gar nicht dich gefunden. Sie geben mir Kraft und Weisheit und sind meine besten Freunde.«

Akiko und Yori verbeugten sich vor Jess. »Es ist uns eine große Ehre, dich endlich kennenzulernen«, sagte Yori.

Jess erwiderte die Verbeugung. »Ich kann euch nicht genug dafür danken, dass ihr mir meinen Bruder wohlbehalten nach Hause gebracht habt. Ich stehe für immer in eurer Schuld.«

Akiko lächelte herzlich. »Ich versichere dir, diese Schuld braucht nie beglichen zu werden.«

»Aber es gibt andere Schulden, die bezahlt werden müssen!«, kam eine kalte Stimme vom Kamin.

Jack und seine Freunde fuhren herum. Sir Toby betrat das Priesterloch, in der Hand zwei Steinschlosspistolen. Er grinste zufrieden wie eine Katze, die ihre Beute in die Ecke getrieben hat. Einen Moment später betrat auch der Diener mit dem hageren Gesicht, dem sie auf der Treppe begegnet waren, das Zimmer, gefolgt von … Sir Henry.

Jess wich in Jacks Arme zurück. Sie zitterte am ganzen Leib wie ein kleiner Vogel.

»Ah, ein Familientreffen – wie rührend«, sagte Sir Henry mit einem falschen Lächeln.

»Sir Henry! Erklärt Euch!«, rief Jack. Dass auch sein Wohltäter sie hinters Licht geführt hatte, verwirrte und empörte ihn. »Seid Ihr dafür verantwortlich, dass meine Schwester hier gefangen gehalten wird? Warum habt Ihr mir nicht gesagt, dass sie hier ist?«

»Ich halte sie *gefangen?*«, sagte Sir Henry mit gespieltem Entsetzen. »Was ist das für ein Gerede? Jess ist meine Verlobte – meine künftige Frau, sobald sie volljährig wird.«

»Wie bitte?«, rief Jack erschrocken. Er sah seine Schwester an, in der Erwartung, dass sie widersprechen würde, aber sie wich seinem Blick aus.

»Es stimmt, Jack«, sagte sie schließlich kleinlaut. »Ich hatte doch keine andere Wahl. Er hat Vaters Haus beschlagnahmt, weil unsere Familie, wie er sagte, bei ihm noch Schulden hätte. Ich wäre wie Mrs Winters auf der Straße gelandet, wenn ich seinen Antrag nicht angenommen hätte. Ich hatte kein Geld und die Pest wütete – ich hätte keinen Monat überlebt. Das verstehst du doch, oder?«

Jack verspürte einen tiefen Ekel. Er riss das silberne Medaillon vom Hals und hielt es Sir Henry hin. »Habt Ihr Jess das geschenkt, als Ihr um sie geworben habt?«

»Ja!«, rief Sir Henry. »Es hat mich ein kleines Vermögen gekostet …« Sein Gesicht verfinsterte sich. »Nicht dass deine undankbare Schwester es gewürdigt hätte. Sie hat es innerhalb einer Woche verloren!«

»Nein, Sir«, erwiderte Jess, der die Anwesenheit ihres Bruders Mut machte. »Nicht verloren. Ich habe es Mrs Winters geschenkt.«

Sir Henrys Wangen röteten sich vor Unmut. »Warum um Himmels willen hast du das getan?«

»Damit Mrs Winters es verpfänden konnte«, erklärte Jess. »Und nicht wegen Euch verhungern musste!«

»Als meine künftige Frau wirst du lernen, mich und mein Eigentum zu respektieren!«, rief Sir Henry. Er hob die Hand, um sie zu schlagen, doch Jack trat vor seine Schwester.

»Mrs Winters hatte recht«, sagte er, während Sir Henry widerwillig zurückwich. »Ihr seid wirklich ein Wolf im Schafspelz!«

»Ich bitte dich, Jack«, sagte Sir Henry sofort in versöhnlichem Ton. »Ich sage immer, die Familie steht an erster Stelle, und eines Tages werden wir Schwäger sein.«

»Nur über meine Leiche!«, fauchte Jack und ging drohend auf Sir Henry zu, wurde aber durch eine von Sir Tobys Pistolen zum Stehenbleiben gezwungen.

Jack bereute, dass er seinen Degen wegen des Maskenballs in seinem Zimmer gelassen hatte. Auch Yori hatte keine Waffe zu seiner Verteidigung. Akiko hätte zwar zu gern das Langschwert an ihrer Hüfte gezogen – aber Sir Toby hatte seine zweite Pistole auf sie gerichtet und den Finger am Abzug. So schnell Akiko mit dem Schwert war, Jack bezweifelte doch, dass sie es an Geschwindigkeit mit einer Kugel aufnehmen konnte.

»Sprich nicht von Leichen, so weit kommt es hoffentlich nicht, Jack«, sagte Sir Henry mit einem schmallippigen, hinterhältigen Lächeln. »Und du hast ja außerdem noch Schulden, die du zuerst bezahlen musst.«

»Was für Schulden?«, sagte Jack. »Ich bin Euch nichts schuldig.«

Sir Henry schnaubte. »Ich habe die Expedition deines Vaters nach Japan finanziert und dabei große Verluste gemacht. Genaugenommen ist er schuld, dass ich jetzt bankrott bin. Der Verkauf seines Hauses hat kaum eine einzige Zinszahlung gedeckt. Schulden werden aber vererbt. Also musst du als sein Sohn und einziger Überlebender der schiffbrüchigen *Alexandria* dafür geradestehen.«

»Mein Vater war nicht an Euren Verlusten schuld!«, widersprach Jack. »Als Geldgeber wusstet Ihr von Anfang an, dass eine solche Expedition ein Risiko ist. Mein Vater wurde beauftragt, die Schiffe als Steuermann zu führen, nicht einen Gewinn auf Eure Geldanlage zu garantieren.«

»Er mag die Flotte nach Japan gebracht haben, aber eben nicht mehr zurück«, entgegnete Sir Henry. »So wie ich es sehe, ist er für das Scheitern der Handelsmission verantwortlich. Du hast selbst gesagt, er hätte die Schiffe in den falschen Hafen gesteuert!«

»Nein! Ein Unwetter hat uns vom Kurs abgebracht«, erwiderte Jack. »Und er wurde getötet, als er das Schiff gegen Piraten verteidigen wollte!«

»Hm, ein tragischer Verlust … aber es bleibt die Tatsache bestehen, dass du als sein einziger noch lebender männlicher Nachkomme seine Schulden erbst«, beharrte Sir Henry. »Schulden, die du tausendfach zurückzahlen wirst, indem du nach Japan zurückkehrst und meine Verluste wettmachst.«

»Ich fahre nicht«, erwiderte Jack fest.

Sir Henry kniff die Augen zusammen. »Aber sicher doch, denn sieh mal, Jack – Jess ist mein Pfand, meine Garantie dafür, dass du mit einem Schiff voller Waren aus Japan zurückkehrst. Wenn du die Fahrt erfolgreich durchführst, werde ich erwägen, meine Verlobung mit deiner reizenden Schwester zu lösen« – er schenkte Jess ein schmieriges Lächeln – »auch wenn es mir das Herz brechen würde.«

»Ihr habt kein Herz!«, rief Jess empört. »Eure einzige Liebe ist das Geld.«

Sir Henry zuckte nur mit den Schultern. »Und dein Bruder wird aus Liebe zu dir nach Japan zurückkehren.«

Jack sah Sir Henry wütend an. Er wurde mit seinen Gefühlen erpresst, aber was konnte er dagegen tun? »Ich wäre mindestens zwei Jahre weg, wenn nicht länger!«

»Keine Sorge, ich werde sehr gut auf Jess aufpassen«, sagte Sir Henry.

Jack ballte die Fäuste. Zwar hatte er keine Waffe, aber wenn er schnell war, konnte er vielleicht noch die Hände um Sir Henrys Hals legen, bevor Sir Toby einen Schuss abfeuern konnte. Akiko, die spürte, dass er sich auf den Angriff vorbereitete, machte sich ihrerseits darauf gefasst, ihr Schwert zu ziehen. Und Yori holte tief Luft, um einen Schrei auszustoßen …

In diesem Augenblick drangen panische Schreie vom Hof herauf. Schritte polterten auf der Treppe und näherten sich auf dem Gang. Im nächsten Moment stieg ein Diener keuchend und mit aufgerissenen Augen durch den Kamin in das Zimmer.

»Was hat das zu bedeuten?«, wollte Sir Henry wissen und blickte durch das Fenster. Auf dem Hof rannten seine Gäste in Panik zu ihren Kutschen. »Was ist da los?«

Der Diener holte ein paarmal tief Luft. »Sir Henry – Pestärzte!«

侍

40

Das letzte Gefecht

»Lasst uns raus!«, rief Jack und hämmerte mit den Fäusten an die Tür. Man hatte sie mit vorgehaltener Pistole gezwungen, in Roses Zimmer zurückzukehren, und dort waren sie jetzt eingesperrt – Jack und seine Schwester, Akiko, Yori, Signor Horatio und Rose. »Wir brauchen unsere Waffen!«

Auf der anderen Seite der Tür lachte Sir Edmund schnaubend. »Gewiss. Genau deshalb hat Sir Henry euch ja eingesperrt, du Dummkopf!«

Wieder schlug Jack mit den Fäusten an die Tür. »Aber Ihr wisst nicht, mit wem Ihr es zu tun habt!«, beharrte er. »Ihr braucht unsere Hilfe.«

Erneut war verächtliches Lachen zu hören und diesmal antwortete Sir Francis. »Du bist es, der Hilfe braucht, Jack. Diesmal wird man dich endgültig hängen. Vermutlich hängen, ausweiden und vierteilen!«

Jack packte den Türgriff und riss daran – doch vergeblich.

Das Schloss war aus Gusseisen und die Tür aus massiver Eiche. Sie gab keinen Zoll nach. »Das sind keine Pestärzte«, rief er. »Das sind Ninjas!«

»Was hat er gesagt?«, fragte Sir Francis seinen Kumpan.

»Das sind Kinder oder so ähnlich!« Sir Edmund bekam einen Lachanfall.

Jack trat mit dem Fuß gegen die Tür. »Idioten!«, schimpfte er.

»Sind wir nicht hier drinnen sicher?«, fragte Jess, die am Fußende von Roses Bett saß. »Ich meine, wenn wir nicht raus können … dann kommen diese Ninjas auch nicht rein.«

Jack schüttelte den Kopf. »Wir stecken hier wie Sardinen in einer Büchse fest. Ohne unsere Waffen werden die Ninjas uns, wenn sie uns erst gefunden haben, einfach abschlachten.«

»Ich habe noch meinen Degen«, erinnerte ihn Signor Horatio. Sir Henry hatte es so eilig gehabt, sich vor den Pestärzten in Sicherheit zu bringen, dass er den Fechtlehrer an Roses Bett ganz übersehen hatte. Rose saß inzwischen aufrecht an ein Kissen gelehnt. Ihre Wangen hatten schon wieder ein wenig Farbe angenommen und ihre Kräfte kehrten allmählich zurück.

»Ein Degen gegen vier Ninjas?« Akiko schüttelte den Kopf. »Das sind keine guten Aussichten. Wir haben es mit ausgebildeten Mördern zu tun.«

»Was ist mit dem Fenster?«, fragte Rose, noch ein wenig kurzatmig. »Kann da jemand raussteigen … um in das Nachbarzimmer zu kommen?«

»Vielleicht«, sagte Jack. Er sah Akiko an, denn er wusste, dass nur sie die dazu notwendigen Fähigkeiten besaß.

»Ich kann es versuchen«, sagte sie und raffte ihren Kimono.

Yori stand bereits am Fenster und spähte hinaus. »Da unten passiert etwas sehr Merkwürdiges …«

Jack und Akiko traten neben ihn. Im silbrigen Licht des Mondes standen die vier Pestärzte nebeneinander und ihre schwarzen Gewänder schlugen im Wind wie Krähenflügel. Das Mondlicht spielgelte sich gespenstisch in ihren Glasaugen und ihre leichenblassen Schnabelmasken waren schrecklich anzusehen. Sir Henrys Gäste entfernten sich im Laufschritt auf den kiesbestreuten Wegen, bestrebt, den größtmöglichen Abstanden zu den Boten der Pest zu halten. Im Kontrast zu ihrer Hektik wirkte die vollkommene Bewegungslosigkeit der schwarzen Gestalten noch unheimlicher.

Akiko runzelte die Stirn. »Die bewegen sich ja gar nicht …«

»Aber warum nicht?«, fragte Yori und kniff die Augen zusammen, um schärfer sehen zu können. »Glaubst du, sie warten, bis alle draußen sind, und greifen uns erst dann an?«

Jack betrachtete den geometrisch angelegten Garten und plötzlich begriff er, was sie da sahen. »Nein!«, rief er. »Sie bewegen sich nicht, weil es sich um Statuen handelt! Die Ninjas haben ihnen nur ihre Mäntel umgehängt. Das ist eine List!«

Vor dem Fenster tauchte plötzlich ein Schatten auf, aus dem zwei Augen funkelten. Eine kleine rautenförmige Glasscheibe wurde aus dem Bleirahmen geschlagen und ein Blasrohr durchgesteckt.

»Vorsicht!«, rief Yori und warf sich gegen Jack. Beide gingen zu Boden. Im selben Moment flog ein vergifteter Pfeil aus dem Blasrohr. Er verfehlte Jack nur knapp und bohrte sich in den dem Fenster nächsten Pfosten von Roses Himmelbett. Jess schrie erschrocken auf und ging unter dem Bett in Deckung.

Bevor der Ninja einen zweiten Pfeil laden konnte, hatte Akiko sich schon umgedreht und mit einem Rückwärtstritt das Fenster eingetreten. Glas splitterte, der Fensterflügel flog auf und der Ninja stürzte ab. Einen Augenblick später war ein entferntes Platschen zu hören. Der Ninja war in den Wassergraben gefallen, der das Gebäude umgab. Akiko beugte sich aus dem Fenster und sah eine dunkle Gestalt zum Rand des Grabens schwimmen. »Der kommt wieder«, sagte sie warnend. »Ganz bestimmt!«

»He, was ist da drinnen los?«, rief Sir Francis. Seine Stimme drang gedämpft durch die Tür.

»Nichts«, antwortete Signor Horatio ruhig. »Ich habe nur einen Wasserkrug umgestoßen.«

»Danke, du hast mich gerettet«, sagte Jack zu Yori, der ihm half aufzustehen.

Yori lächelte. »Das wird hier in England allmählich zur Gewohnheit!«

»Wenigstens haben wir jetzt einen Weg nach draußen«, sagte Akiko und suchte das Mauerwerk nach möglichen Haltegriffen ab.

Doch bevor sie aus dem Fenster steigen konnte, hörten sie Sir Edmunds Stimme im Gang. Sie klang zittrig. »W-wer ist da? Macht die Lampen wieder an! Zeigt euch!«

Von der anderen Seite der Tür kam ein schmerzerfülltes Stöhnen, dann ein dumpfer Schlag, gefolgt von einem schrillen Wimmern. Ein Schlüssel wurde in das Schloss geschoben und die Klinke gedrückt. Jack, Akiko, Yori und Signor Horatio stellten sich abwehrbereit um das Bett. Die Tür ging auf. Sir Edmunds beleibte Gestalt füllte die gesamte Öffnung aus. Sein Gesicht war wie versteinert, die Augen blickten ins Leere. Klappernd fiel der eiserne Schlüssel aus seiner Hand, dann kippte er nach vorn und landete der Länge nach auf dem Boden. In seinem Rücken steckte ein Dolch.

Hinter seiner blutenden Leiche lag sein Gefährte, Sir Francis, immer noch in der Rüstung seines Kostüms. Durch die Tür waren nur seine Füße sichtbar, die in einem schrecklichen Todeskampf zuckten. Der Gang dahinter lag im Dunkeln, die Lampen waren gelöscht worden. Aus der Dunkelheit löste sich ein Schatten und nahm die Gestalt eines Schattenkriegers an. Schlangengleich schob der von Kopf bis Fuß in Schwarz gekleidete Ninja sich ins Zimmer und zog seinen Dolch aus Sir Edmunds Rücken. Mit einem zischenden Geräusch riss er sodann sein rasiermesserscharfes Ninjaschwert aus der Scheide auf seinem Rücken.

»Gott steh uns bei!«, flüsterte Jess mit angstvoll aufgerissenen Augen. »Das ist wahrhaftig ein Teufel!«

»Überlasst den mir«, sagte Signor Horatio und zog seinen Degen. »Holt eure Waffen.«

»Seid vorsichtig«, sagte Jack warnend, während der Fechtlehrer sich zum Angriff bereit machte. »Man darf einen Ninja niemals unterschätzen.«

Signor Horatio sah ihn mit einem listigen Augenzwinkern an. »Man darf auch niemals einen Italiener unterschätzen!«

Und mit diesen Worten attackierte er den Ninja. Er überrumpelte ihn mit einem Hagel blitzschneller Ausfälle und trieb ihn durch die Tür zurück. Das Klirren von Stahl auf Stahl entfernte sich durch den Gang.

Sobald der Weg frei war, eilten Jack, Akiko und Yori in ihre Zimmer, holten ihre Waffen und kehrten in Roses Zimmer zurück.

»Was machen wir?«, fragte Yori und die Ringe des Pilgerstocks in seiner Hand klingelten nervös.

Jack band seinen Obi ab und befestigte seine beiden Schwerter an der Hüfte. »Entweder wir fliehen wieder …«, sagte er und steckte den Wurfstern, den er von ihrer letzten Begegnung mit den Ninjas aufbewahrt hatte, in seinen Gürtel. »Oder wir stellen uns den Ninjas und klären das ein für alle Mal.«

»Ich bin dafür, dass wir uns dem Kampf stellen«, sagte Akiko, bewaffnet mit ihrem Bogen und einem Köcher mit Pfeilen auf dem Rücken.

Jack zog sein Langschwert. »Dann zum letzten Gefecht!«

Er warf Yori einen Blick zu, der nicht recht überzeugt wirkte, aber trotzdem zustimmend nickte. Jack hob den Schlüssel auf und gab ihn ihm. »Bleib hier bei Rose und meiner Schwester. Verriegele das Fenster und schließ die Tür hinter uns ab.«

Yori packte seinen Pilgerstock fester und straffte sich. »Ich habe keine Angst vor den Ninjas«, sagte er entschlossen.

Jack legte ihm die Hand auf die Schulter. »Das weiß ich doch. Deshalb vertraue ich dir ja meine Schwester an.«

Yori erwiderte seinen Blick mit stolzgeschwellter Brust. »Ich werde dich nicht enttäuschen, Jack«, versprach er mit einer Verbeugung.

Er schloss hinter ihnen ab und Jack und Akiko eilten den Gang entlang in Richtung Treppe. Am Treppenabsatz angekommen, hörten sie vom Stock unter ihnen Schwertergeklirr.

»Signor Horatio braucht unsere Hilfe!«, sagte Akiko und eilte hinunter.

Doch als sie in der Waffengalerie ankamen, war da nicht Signor Horatio, sondern Sir Toby, der unerschrocken gegen einen weiteren Ninja kämpfte, einen Ninja mit einem Langschwert.

»Was für ein Teufel du auch bist, mich, Sir Toby, wirst du nicht besiegen!«, rief er höhnisch. Er parierte einen Hieb nach seinem Kopf und konterte mit einem Stoß nach der Brust seines Gegners.

Der Ninja wich ihm geschmeidig aus und revanchierte sich mit einem mörderischen Schlag nach seinem Rumpf. Leichtfüßig wie ein Balletttänzer sprang Sir Toby zur Seite, wich dem Schlag aus und zwang den Ninja mit einer ganzen

Serie von Stößen, vor ihm zurückzuweichen – aufgrund der Reichweite seines Degens hatte er dabei einen entscheidenden Vorteil gegenüber dem Langschwert. So sehr Jack den Mann hasste, sein Umgang mit dem Degen nötigte ihm erneut Respekt ab. Ein Ninja, der im Kampf zurückwich, war ein seltener Anblick.

Der Ninja wurde von Stichen in die linke Schwerthand, in den rechten Arm und in die Schulter getroffen. Keiner war tödlich, aber jeder verunsicherte ihn noch mehr. Er musste weiter zurückweichen und seine Abwehr wurde verzweifelter und panischer.

»Einen englischen Fechtmeister kannst du nicht bezwingen!«, rief Sir Toby lachend. Seine Ausfälle wurden immer kühner.

Der Ninja wehrte einen Stoß mit dem Schwert ab und drehte den Arm dabei ein wenig zu weit, sodass seine Brust ungeschützt war. Sir Toby bemerkte die Blöße sofort und griff an. Einen Augenblick lang schien es unausweichlich, dass sein Stoß den Ninja durchbohren würde … doch dann, im allerletzten Moment, bog der Ninja seinen Körper zur Seite und entging ganz knapp der nadelscharfen Degenspitze. Der Degen fuhr an ihm vorbei und stellte keine unmittelbare Bedrohung mehr dar. Stattdessen schnellte der Ninja vor und schlug blitzschnell wie eine Klapperschlange mehrmals zu, jedes Mal auf einen bestimmten Druckpunkt. Sir Toby erstarrte mitten im Ausfallschritt, mit vorgestelltem rechtem Bein und gestrecktem Waffenarm, an dessen Ende der Degen zitterte.

»Was … machst … du … da?«, ächzte er.

Jack wusste genau, womit der Ninja ihn gelähmt hatte. Mit *dim mak*, der tödlichen Berührung.

Während Sir Toby zitternd in seiner Stellung verharrte, ließ der Ninja sich Zeit. Er war jetzt vollkommen beherrscht und ruhig. Die scheinbare Panik von eben schien nur eine List gewesen zu sein, um den Gegner in Sicherheit zu wiegen. Mit einer ruhigen, geradezu Zen-artigen Bewegung holte er mit dem Schwert aus und ließ es niedersausen.

»Nein!«, schrie Jack, doch da hatte das Schwert den rothaarigen Kopf von Sir Toby bereits mit einem sauberen Schnitt vom Hals getrennt.

Auf Jacks Schrei hin sah der Ninja auf und ihre Blicke begegneten sich. In diesem Moment hätte Jack schwören können, dass der Ninja hinter seiner Maske lächelte. Er winkte Jack und Akiko mit erhobener Hand in die Galerie.

Jack wechselte einen Blick mit Akiko. »Lass uns zuerst kämpfen und dann Fragen stellen, ja?«

»Einverstanden«, sagte Akiko und legte einen Pfeil auf.

Mit erhobenen Waffen betraten sie die Galerie. Da es zwei gegen einen stand, ging Jack davon aus, dass sie mit dem Ninja rasch fertigwürden. Doch kaum waren sie durch die Tür gegangen, ließ sich von dem hölzernen Türsturz über ihnen ein zweiter Ninja herunterfallen und landete wie ein schwarzer Panther auf Akikos Rücken.

»Du hast das verloren!«, zischte er auf Japanisch.

Etwas blitzte golden und Akiko schrie vor Schmerzen auf, als der Ninja ihr die spitze Haarnadel in die Schulter bohrte. Sie krümmte sich und fiel auf die Knie. Jack rammte dem Angreifer mit aller Kraft den Ellbogen ins Gesicht und stieß ihn von Akikos Rücken. Dabei riss er ihm die Maske vom Gesicht und darunter erschien … das Gesicht einer Frau. Eine *kunoichi.* Jack wusste zwar, dass es weibliche Ninjas gab, aber er zögerte unwillkürlich mit dem nächsten Angriff, was der *kunoichi* Gelegenheit gab, sich in sichere Entfernung zurückzuziehen.

Akiko wand sich unter qualvollen Schmerzen und bemühte sich verzweifelt, die aus ihrer Schulter ragende Haarnadel zu fassen zu bekommen. Dank ihrem Köcher hatte die Nadel den Lähmungen verursachenden *ryumon-ki*-Punkt zwar knapp verfehlt, aber trotzdem fuhren ihr sengende Schmerzen in Wellen durch den Leib. Jack wollte ihr helfen, wurde von dem anderen Ninja aber mit einem brutalen Tritt zur Seite befördert und schlitterte hilflos über die glatten Dielen. Atemlos blieb er liegen und brauchte ein paar Sekunden, bis er sich wieder aufrappeln konnte. Der Ninja kam mit erhobenem Schwert näher, zwang ihn mit einer Folge mörderischer Hiebe, durch die Galerie zurückzuweichen, und trieb ihn so immer weiter von Akiko fort.

Die *kunoichi* hatte sich inzwischen einen Säbel vom Waffengestell genommen und näherte sich damit Akiko, um sie zu töten. Akiko hatte mit der Haarnadel in ihrer Schulter Mühe, ihren Bogen zu heben. Die Bambusstange zersplitterte unter einem Säbelhieb, doch konnte sie seine Wucht abfangen. Akiko kroch hastig weg, riss einen Degen von der Wand und zog sich in den Flur zurück. Die *kunoichi* folgte ihr langsam und gelassen wie ein Jäger einem verwundeten Tier.

»Akiko!«, rief Jack. Er musste zu ihr und sie retten. Doch der Ninja mit dem Schwert schnitt ihm den Weg ab und ließ ihm keine andere Wahl, als sich durchzukämpfen. Er nahm Kampfhaltung ein. »Wer seid ihr?«, fragte er. »Warum wollt ihr uns töten?«

Der Ninja antwortete nicht. Er ließ sein Schwert sprechen.

Wie ein Blitz sauste es vor, auf Jacks Herz zu. Jack wich ihm durch einen Sprung zur Seite aus. Dann schlug er mit seinem Schwert nach dem Hals des Ninjas. Der Ninja bog sich wie ein Schilfrohr im Wind und die stählerne Schneide verfehlte seine Maske um Haaresbreite. Anschließend wirbelte er herum und schlug nach Jacks Beinen. Jack sprang hoch und schlug selbst zu, wie um seinen Gegner in zwei Hälften zu spalten. Der Ninja machte einen Hechtsprung zur Seite, rollte auf dem Boden aus der Gefahrenzone und sprang mühelos wieder auf.

»Wer schickt euch?«, fragte Jack, der allmählich wütend wurde, weil der Ninja ihm immer wieder entschlüpfte. Zugleich wuchs seine Sorge um Akiko. Im Flur war unheilvolle Stille eingekehrt.

Auch das fortgesetzte Schweigen des Ninjas verunsicherte ihn – was wahrscheinlich beabsichtigt war. Zu hören waren nur die Kampfgeräusche, die der Ninja und er verursachten, während sie sich durch die Galerie kämpften und von dort in den großen Saal. Die Gäste des Maskenballs waren verschwunden, die Musiker ebenso, die Bühne war leer und die Speisen der großen Tafel waren dem Verderben preisgegeben. Sämtliche Gäste und Diener, überhaupt alle Anwesenden waren geflohen, denn niemand wollte riskieren, sich mit der Pest anzustecken.

Die Stille des verlassenen Ballsaals wurde nur durch das Knacken des Feuers im Kamin und das Klirren ihrer Schwerter gestört. Der Samurai und der Ninja vollführten einen tödlichen Tanz, begleitet von stählernem Gesang. Jack gelangte schon bald an die Grenzen seines Könnens. Der Ninja schien auf jeden Angriff, auf jede Riposte eine Antwort, eine Parade zu haben, geradezu als könnte er Jacks nächste Bewegung voraussehen.

Jack begriff, dass er etwas verändern, etwas Unerwartetes tun musste – wie er es im Duell gegen Sir Toby gewagt hatte. Doch bevor ihm einfiel, was das sein könnte, schlug der Ninja zweimal in rascher Folge auf die Rückseite seiner Klinge. Der unerwartete Doppelschlag entwaffnete Jack und sein Schwert fiel klappernd zu Boden. Im nächsten Augenblick spürte er die rasiermesserscharfe Spitze des Ninjaschwerts an seinem Hals. Er erstarrte und spürte, wie sein Herz heftig schlug. Bei der geringsten Zunahme des Drucks würde das Schwert die Schlagader durchtrennen und er würde wie ein abgestochenes Schwein verbluten.

Doch noch viel mehr als sein bevorstehendes Ende machte ihm die Technik des Ninjas zu schaffen. Der Doppelschlag, mit dem er ihn entwaffnet hatte, war ein … *Herbstblattschlag.*

Offenbar war dieser Ninja mit Masamotos Technik der beiden Himmel vertraut!

»Bevor du mich tötest, sag mir wenigstens, wer du bist«, rief er und starrte in die unter der schwarzen Kapuze kaum zu erkennenden Augen seines Gegners.

Ohne das Schwert von Jacks Kehle zu nehmen, drehte der Ninja die Klinge leicht in seiner linken Schwerthand. Im Schein des Feuers schimmerte einer Welle gleich der *hamon* auf und lenkte Jacks Blick zu dem bronzenen *tsuba* des Schwerts, auf dem die Strahlen eines Sonnenwappens zu sehen waren.

»Gott behüte …«, rief Jack erschrocken, denn er kannte dieses Wappen. Es gehört einer ganz bestimmten Samuraifamilie. Im selben Moment setzte der Ninja seine Kapuze ab.

侍

41

Rache

Herrisch und arrogant. Die verächtliche Miene war so unverkennbar wie das Gesicht des Ninjas. Hohe Wangen, rasierter Schädel, von schweren Lidern halb verdeckte Augen, aus denen der blanke Hass schien. Es gab keinen Zweifel daran, mit wem Jack es zu tun hatte. Doch er konnte trotzdem nicht glauben, dass sein alter Feind Ninja geworden war. »Kazuki!«

Sein früherer Rivale an der Schule antwortete mit einem boshaften Grinsen. »Gaijin!«

»A-aber … wie kann das sein?«, stotterte Jack, der automatisch ins Japanische gefallen war, die Muttersprache seines Gegners. »Du solltest doch im Gefängnis sein.«

Kazuki lachte höhnisch. »Niemand steckt ein Mitglied des Oda-Clans ins Gefängnis, nicht einmal der große Masamoto-sama. Ich wurde gleich am nächsten Tag von einem treuen Untertan meines Vaters befreit.«

»Das erklärt nicht, wie du nach England kommst«, sagte Jack, das Schwert immer noch an seiner Kehle.

Kazuki grinste hämisch. »Du unterschätzt wie immer den Einfallsreichtum und die Entschlossenheit eines Samurai.«

»Du bist kein Samurai mehr!«, erwiderte Jack. Er bereute die unbedachte Bemerkung sofort, denn die Schwertspitze drückte stärker gegen seinen Hals und drohte die Schlagader zu durchtrennen.

»Daran brauchst du mich nicht zu erinnern!«, fauchte Kazuki und seine Augen funkelten wütend. »Du bist daran schuld. Nachdem Masamoto-sama mir den Rang eines Samurai genommen hatte, blieb mir nichts anderes übrig, als den Weg des Ninjas einzuschlagen. Ich musste mich erniedrigen, um zu überleben … Aber ich fand Gefallen an der Verschlagenheit und den Fähigkeiten eines Ninjas. Und an Bord der *Salamander* hatte ich ein ganzes Jahr Zeit, ihre Kunst zu erlernen und zu meistern.« Er lächelte. »Insbesondere *dim mak.*«

»Auf der *Salamander?*« Jack dachte an das niederländische Handelsschiff, das nicht im Hafen von London angekommen war. Offenbar handelte es sich dabei um die bei Hole Haven gestrandete Galeone mit der toten Mannschaft und den geheimnisvollen »Schattenmördern«. Auf der langen Heimreise von Japan hatte es immer wieder Gerüchte über Geister an Bord dieses Schiffs gegeben, von Schatten auf Deck und von Matrosen, die einfach verschwanden. Natürlich hatte niemand Ninjas im Verdacht gehabt. Kazuki war die ganze Zeit als blinder Passagier auf der *Salamander* gereist!

»Welcher Ninja würde dir seine Kunst beibringen?«, fragte Jack.

»Meine Zeit im Gefängnis war zwar kurz, aber fruchtbar«, sagte Kazuki. »In meiner Zelle waren drei Ninjas des Fūma-Clans. Und wie sich herausstellte, hatten diese Winddämonen auch noch eine Rechnung mit dir zu begleichen … dem Gaijin-Samurai.«

Jacks Mut sank. Die Mitglieder des Fūma-Clans waren Ninja-Piraten. Auf seiner anstrengenden Reise nach Nagasaki war er ihnen auf der Überfahrt über das Seto-Binnenmeer begegnet. In einer Schlacht gegen Meeres-Samurai war ihr Clan fast ausgelöscht, ihr Versteck zerstört und ihre Piratenkönigin getötet worden. Sie hatten Jack für ihren Untergang verantwortlich gemacht. Kein Wunder, dass sie willens gewesen waren, Kazuki in ihre dunkle Kunst einzuführen und ihn auf das Mordkommando nach England zu begleiten.

Kazuki grinste, als er Jacks hoffnungsloses Gesicht sah. »Wie du sicher gut verstehst, wollten die Fūma mir unbedingt bei meiner Aufgabe helfen – einer Aufgabe, die mir der mächtige Shogun Kamakura gegeben hat. Und auch wenn mein Herr tot ist, gilt sein letzter Wunsch doch weiter.« Kazuki packte sein Langschwert fester und Jack machte sich auf den tödlichen Schnitt gefasst. »Ich habe mich mit Ninjas verbündet …«, fuhr Kazuki fort und seine Stimme klang bitter, »bin um die halbe Welt gefahren … habe dieses verderbte Land durchkämmt … und das alles mit nur einem Ziel vor Augen: dich zu töten und meine Ehre wiederherzustellen!«

Selbst im Angesicht des sicheren Todes konnte Jack nicht fassen, was sein Gegner alles auf sich genommen hatte. Er hatte sich geirrt, als er geglaubt hatte, Kazukis Wille sei in Nagasaki gebrochen worden. Stattdessen war Kazukis Zorn wie ein zerbrochenes Schwert, das neu geschmiedet wird, noch gestärkt aus einem Feuer von Hass und Rachedurst hervorgegangen. Kazuki hatte gezeigt, dass er bereit war, bis ans Ende der Welt zu gehen, um seine Mordlust zu befriedigen.

»Dafür brauche ich nur deinen Kopf als Beweis«, sagte Kazuki und holte mit dem Schwert aus, um Jack mit einem letzten brutalen Hieb zu köpfen.

Jacks Leben raste in Bildern vor seinen Augen vorbei. Er konnte nur noch an seine Schwester denken und die grausame Wendung des Schicksals, die ihr so lange ersehntes Wiedersehen schon nach so kurzer Zeit beendete.

Im Bewusstsein, dass der Sieg endlich sein war, konnte Kazuki eine letzte triumphierende Bemerkung nicht unterdrücken. Mit erhobenem Schwert hielt er noch einmal inne und höhnte: »Die Rache ist mein, Gaijin!«

Doch im selben Augenblick, in dem er sich so selbstzufrieden gebärdete, zog Jack den Wurfstern aus den Falten seines Obi und schleuderte ihn auf Kazukis Gesicht. Der Wurfstern traf ihn ins Auge und er heulte schmerzerfüllt auf. Jack riss sein Langschwert vom Boden, zog gleichzeitig sein Kurzschwert und nahm die Kampfhaltung der beiden Himmel ein.

»Sei verflucht, Gaijin!«, fauchte Kazuki und zog den Wurfstern heraus. Halb erblindet, starrte er Jack mit seinem gesunden Auge hasserfüllt an. Jetzt ähnelte er mehr denn je

Jacks Erzfeind Dokugan Ryu, nicht nur aufgrund seiner Niedertracht, sondern auch was das Aussehen betraf.

»Auge für Auge«, sagte Jack. Seine beiden Schwerter blitzten im Schein des Feuers. »Das war für den Mord an Sir Henrys Stallburschen.«

Kazuki wischte sich das Blut von der Wange. »Eins sollst du wissen, Gaijin: Wenn ich dich erst getötet habe, werde ich deine geliebte Akiko köpfen und anschließend werde ich deine Schwester in acht Teile zerstückeln und den Hunden zum Fraß vorwerfen!«

Diese Worte weckten Jacks Beschützerinstinkt und Zorn. Mit einem lauten *kiai* stürzte er sich auf Kazuki, ließ seine Schwerter durch die Luft wirbeln und trieb ihn mit einem Hagel von Schlägen vor sich her. Doch obwohl Kazuki nur noch mit einem Auge sehen konnte und sichtlich unter Schmerzen litt, konnte er dem Angriff ausweichen und die Schläge parieren. Er zog sich in die Waffengalerie zurück, riss dort mit den zu einer Klaue gekrümmten Fingern seiner rechten Hand einen Parierdolch von der Wand und nahm ebenfalls die Haltung der beiden Himmel ein.

»Wir haben beide Masamotos Kampftechnik gelernt«, erinnerte er Jack. »Und wir wissen beide, dass ich darin besser bin!«

»Bist du dir sicher, Kazuki?«, gab Jack zurück und griff ihn mit einem Flint-und-Funken-Schlag an. Er fuhr so schnell mit seiner stählernen Klinge an Kazukis Schwert entlang, dass tatsächlich Funken sprühten. Dann drückte er Kazukis Waffe zur Seite und stieß nach seiner Brust.

Doch Kazuki konnte das Schwert mit dem Parierdolch stoppen und revanchierte sich mit einem Feuer-und-Stein-Hieb. Die Wucht des hammerähnlichen Schlags riss Jack fast das Kurzschwert aus der Linken und die Erschütterung lief durch seinen Arm. Er konterte mit einem Schlag des fließenden Wassers, in den er die ganze Kraft einer Welle legte. Doch Kazuki überstand auch diesen Angriff, indem er sich blitzschnell drehte.

Kazuki war ein Angeber, aber er hatte recht. Er beherrschte die Technik der beiden Himmel, sah jeden Schlag voraus, den Jack machte, und wusste, wie er ihn parieren konnte.

Jetzt ging er zum Angriff über und trieb Jack in den Festsaal zurück. Mit einem Schlangenhieb durchbrach er Jacks Abwehr und fuhr mit seinem Schwert über seine Brust. Die Schwertspitze schnitt durch das Rautenmuster und hinterließ eine Wunde wie von einem Rasiermesser. Jack schrie auf, taumelte rückwärts und stieß gegen die Banketttafel. Teller mit Fleisch und Schalen mit Obst fielen mit Getöse zu Boden.

»Ich werde dich aufschlitzen wie diesen Fasan!«, schrie Kazuki und zeigte mit dem Dolch auf einen gebratenen Fasan, der noch auf seiner silbernen Platte lag.

Jack blickte auf seine Wunde hinunter. Der Schnitt ging nicht tief, aber er blutete stark und konnte den linken Arm nur noch unter Schmerzen bewegen. Er war jetzt überzeugt, dass er den Zweikampf verlieren würde. Und Kazuki wusste es auch. Mit einem triumphierenden Lächeln hob er das

Schwert für einen zweiten Schlangenhieb. Durch seine Verletzung beeinträchtigt, würde Jack Mühe haben, den Angriff abzuwehren.

Da kam Jack plötzlich eine Idee. Wenn die japanische Technik der beiden Himmel gegen einen westlichen Degen erfolgreich sein konnte, warum sollte er dann jetzt nicht mit seinem japanischen Schwert eine westliche Technik versuchen …

Während Kazuki näher kam, packte er sein Kurzschwert rasch ganz hinten am Knauf. Dann hob er das Langschwert, um den Schlangenhieb abzuwehren, und stieß zugleich mit dem Kurzschwert zu. Die vergrößerte Reichweite überrumpelte Kazuki. Die Spitze bohrte sich in seinen Bauch und die Klinge drang ein. Kazuki hielt inne und ging auf die Knie. Schwert und Dolche fielen klappernd zu Boden.

»W-w-wie …«?, stotterte er mit schmerzverzerrtem Gesicht, während er verwirrt überlegte, wie ein Kurzschwert eine längere Reichweite haben konnte als ein Langschwert.

Jack stand über Kazuki. Er beförderte die Waffen seines Gegners mit einem Fußtritt zur Seite und zog das Kurzschwert heraus. Vor Schmerzen stöhnend, hielt Kazuki sich den blutenden Bauch.

»Das wirst du nie erfahren«, sagte Jack. Er steckte das Kurzschwert ein und legte die Schneide des Langschwerts an den Hals seines Feindes.

Kazuki blickte mit seinem unverletzten Auge zornig zu ihm auf. »Mach schon!«, sagte er und spuckte Blut. »Oder hast du nicht den Mut dazu?«

Jack zögerte. Kazuki jetzt zu töten, verschaffte ihm den ehrenvollen Tod, den er sich als Samurai wünschte. Andererseits hatte Jack ihn zweimal leben lassen und beide Male hatte er es hinterher bereut. Diesmal, das wusste er, *musste* Kazuki sterben. Nicht aus Rachgier, sondern zu seinem Schutz und zu dem von Akiko und seiner Schwester. Er dufte nicht zulassen, dass jemand Jess etwas zuleide tat.

»Du nennst dich einen Samurai?«, röchelte Kazuki. »Du bist ein erbärmlicher … nichtswürdiger … Gaijin …«

Jack holte mit dem Schwert aus, entschlossen, ihre Fehde ein für alle Mal zu beenden. Doch im selben Moment gellte ein lautes *kiai*, das in ein ersticktes Wimmern überging, durch das Haus, gefolgt vom Schrei eines Mädchens in höchster Not.

»Jess!«, rief Jack und hielt mitten im Schlag inne.

Kazukis Lippen verzerrten sich zu einem blutigen Grinsen. »Das wird Kuma sein … Er lernt gerade deine kleine Schwester kennen.«

Jack war hin- und hergerissen. Sollte er Kazuki töten oder Jess retten? Er traf die einzig mögliche Entscheidung, ließ den verwundeten, auf dem Boden knienden Kazuki im Saal zurück und rannte durch die Waffengalerie und die Treppe hinauf. Eine Spur nasser Fußabdrücke zog sich die Treppe hinauf und den Gang zu Roses Zimmer entlang. Die Tür war eingeschlagen worden und von drinnen hörte Jack Kampfgeräusche.

Er stürzte hinein und sah Yori betäubt auf dem Boden liegen. Die Kette eines *manriki* hatte sich um seinen Hals geschlungen. Sein Pilgerstock lag zerbrochen neben ihm. Vor dem Himmelbett kniete der Ninja Kuma, damit beschäftigt, Jess mit einer Drahtschlinge um ihren Hals zu erdrosseln. Sie zerrte wie von Sinnen an dem Draht, der immer tiefer in ihre weiche Haut schnitt.

Jack stürzte mit erhobenem Langschwert zu Kuma. Doch Kuma wandte sich zu ihm und hielt Jess wie einen Schild vor sich, sodass Jack nicht zuzuschlagen wagte, aus Angst, er könnte seine Schwester treffen. Kuma zog erneut an der Schlinge und Jess schrie in Panik auf. Jack hatte plötzlich die schreckliche Szene vor Augen, wie sein Vater von Dokugan Ryu und seinen Leuten an Bord der *Alexandria* erwürgt wurde – und jetzt wiederholte sich derselbe Albtraum!

»*Kanojo o tebanasu!*«, schrie er auf Japanisch. Kuma sollte Jess loslassen. »Du willst doch mich, nicht sie.«

»Dein Opfermut ist bewundernswert«, zischte Kuma. »Aber das ist der Preis, den du zahlen musst!«

侍

42

Bürgerwehr

»*Sumimasen* …«, flehte Jack und Tränen brannten ihm in den Augen, während Jess' verzweifelte Gegenwehr schwächer wurde. »Sie ist doch noch jung und wehrlos.«

Doch der Ninja zog weiter an dem Draht und Jess' Hände fielen nach unten, ihre Augen schlossen sich und ihr Körper erschlaffte.

»Nein!«, brüllte Jack. Ihm war, als würde ihm alles genommen, was er auf dieser Welt hatte. Eine so mörderische und rasende Wut überkam ihn, dass er jede Beherrschung verlor. Sein Sinnen und Trachten war nur noch darauf gerichtet, den Mörder seiner Schwester zu vernichten … Doch als er sich gerade auf ihn werfen wollte, erstarrte der Ninja. Die Hände an der Schlinge lockerten sich, er sackte zu Boden und zog Jess mit sich. Hinter ihm kniete Rose auf dem Bett mit dem Messer der Räuberbraut Hazel in der Hand, das Jack ihr nach dem Kampf in der Arena gegeben hatte.

»Es braucht schon das Geschick einer Frau, um mit diesen Teufeln fertigzuwerden!«, erklärte sie. Sie kroch vorsichtig vom Bett und zuckte zusammen, weil ihre Schusswunde schmerzte, als sie den Fuß auf den Boden stellte. Dann sah sie Jess' Körper leblos neben dem Ninja liegen. »Jess! Nein! Bin ich zu spät gekommen?«

Jacks blinder Zorn verflog. Er beugte sich über Jess und hielt die Hand vor ihr Gesicht, doch er spürte keinen warmen Atem. »Sie atmet nicht mehr!«, rief er. Hastig löste er den Draht von ihrem Hals und fühlte ihren Puls. »Nein, halt«, sagte er. »Ihr Herz schlägt noch … zwar schwach, aber sie klammert sich noch ans Leben!«

Da er nicht wusste, was er tun sollte, drehte er seine Schwester auf die Seite und massierte ihr den Rücken, wie er es getan hatte, wenn sie als Baby Bauchweh gehabt hatte. Sie stöhnte plötzlich auf und holte scharf Luft. Dann riss sie in Panik wie ein aufgescheuchter Vogel die Augen auf. Erst als sie Jacks Gesicht über sich sah und seine Arme um sich spürte, löste sich ihre Anspannung und sie überließ sich seiner beschützenden Umarmung.

»Dem Himmel sei Dank!«, sagte Rose und lehnte sich Halt suchend an das Himmelbett.

Jack drückte seine Schwester fest an sich. Auch er war dankbar für ihre wundersame Rettung.

Erschöpft richtete Jess sich auf. »Y-Yori«, ächzte sie unter Aufbietung all ihrer Kraft. »Ist er …?«

Jack drehte sich um. »Yori!«, rief er. Vor Schreck über den Beinahetod seiner Schwester hatte er den Freund für einen Moment ganz vergessen.

Yori lag ausgestreckt auf dem Boden, die Kette des *manriki* immer noch um den Hals. Rose humpelte zu Jack und half ihm, sie abzuwickeln. Ächzend holte Yori ein paarmal Luft. Er hatte Glück gehabt, dass die Kette ihn nicht erwürgt hatte, aber er hatte eine dicke Beule am Hinterkopf, wo eins der Gewichte an den Kettenenden ihn getroffen hatte.

»Alles in Ordnung?«, fragte Jack und hielt ihm die Hand hin, um ihm aufzuhelfen.

Aber statt aufzustehen, kniete Yori sich hin, legte den Kopf auf den Boden und begann zu schluchzen. »Es tut mir leid, Jack, wirklich … Ich habe versagt … Ich konnte deine Schwester nicht beschützen … Ich habe es versprochen, aber mein Versprechen nicht gehalten! Es tut mir so …«

»Du brauchst dich für nichts zu entschuldigen, mein Freund«, fiel Jack ihm ins Wort. »Jess lebt!«

Yori, dessen Augen in Tränen schwammen, blickte weiter zerknirscht zu Jack auf. »A-a-aber ich konnte den Ninja nicht aufhalten … Ich habe versagt, weil ich …«

»Du hast nicht versagt«, flüsterte Jess heiser. »Als der Ninja durch die Tür brach, hast du gekämpft wie ein Krieger, nicht wie ein Mönch. Er hatte diese schrecklichen Waffen« – sie blickte mit Widerwillen auf die Drahtschlinge und den *manriki* auf dem Boden – »und du hattest nur deinen Stock. Du warst so tapfer, Yori, wirklich.«

Yori richtete sich vorsichtig auf. »Wirklich?«

»Auf jeden Fall.« Jess lächelte, ging zu ihm und nahm seine Hand. »Dein Mut hat uns gerettet.«

Yori sah wieder unsicher Jack an, der zustimmend nickte.

»Ohne dich würde Jess jetzt nicht mehr leben«, sagte er ernst. »Du hast deine Pflicht in jeder Hinsicht erfüllt. Du bist ein wahrer Samurai. Du hast gezeigt, dass du bereit bist, dein Leben für meine Schwester zu opfern. Mehr kann niemand von einem Freund verlangen.«

Yori wischte seine Tränen weg. »Das größte Geschenk im Leben ist die Freundschaft. Deshalb ist mir deine Freundschaft so viel wert, Jack … und jetzt auch die deiner Schwester.«

Einem spontanen Impuls folgend, umarmte Jess Yori. Der Mönch schien über diese unerwartete Geste der Zuneigung zuerst erschrocken, doch dann legte er seine Arme um sie und erwiderte die Umarmung.

Rose hüstelte. »Und was ist mit meinem Beitrag?«, fragte sie. »Ich hatte das Messer und habe den tödlichen Stoß geführt, vergesst das nicht.«

»Wie könnten wir, Rose? Das würdest du niemals zulassen!«, sagte Jack lachend. »Aber Scherz beiseite, ich stehe für immer auch in deiner Schuld.«

Rose hob die Augenbrauen. »Ich würde so was nicht so schnell sagen. Ich könnte dich eines Tages auffordern, diese Schuld zu begleichen …«

Sie brach ab, als sich auf dem Gang draußen eilige Schritte näherten. Jack hob sein Schwert und Rose das Messer. Yori ergriff die beiden Hälften seines zerbrochenen Stocks und trat schützend vor Jess. Im nächsten Moment stürzte ein römischer Kaiser in einer blutigen Toga herein.

»Gott sei Dank, dass ihr in Sicherheit seid!«, keuchte Signor Horatio. Sein Degen glänzte von Blut.

Rose legte ihr Messer weg und warf sich in seine Arme.

»Mein liebster Horatio, Ihr seid verletzt! Seht doch, Ihr blutet!«

»Das ist hauptsächlich das Blut meines Gegners«, sagte Signor Horatio und lächelte grimmig. Er warf Jack einen Blick zu. »Du hattest recht, man darf Ninjas niemals unterschätzen. Sie kennen keine Ehre im Zweikampf!«

»Sie befolgen einen anderen Kodex«, erklärte Jack. Er wusste, dass sich nicht alle Ninjas so verhielten wie die, gegen die sie an diesem Abend gekämpft hatten. »Aber im Kampf ist alles erlaubt.«

»Wahr gesprochen!«, stimmte Signor Horatio zu. »Der Ninja hat, während wir kämpften, die Küche in Brand gesteckt. Wir sollten gehen, bevor das ganze Haus in Flammen steht.« Er zuckte zusammen, weil eine Wunde an der Seite ihm Schmerzen bereitete, und begann, ihre Sachen einzusammeln. Dann sah er sich im Zimmer um und runzelte die Stirn. »Wo ist Akiko?«

Jack blieb in der Tür stehen und ihm war plötzlich, als habe eine bleierne Last sich auf seine Schultern gelegt. »Ich habe sie aus den Augen verloren, als ich gegen Kazuki kämpfte.«

»Kazuki!«, rief Yori und ließ seine beiden Stockhälften sinken. »Er ist hier?«

Jack nickte. »Er war der Ninja mit dem Schwert. Ich erkläre es euch später. Jetzt müssen wir zuerst Akiko finden. Sie ist verwundet und muss gegen eine *kunoichi* kämpfen.«

Zusammen mit Yori, der sich um Jess kümmerte, und Signor Horatio, der Rose stützte, ging Jack durch den dunklen Gang. Mit erhobenem Schwert näherte er sich der Treppe. Beißender Gestank nach Rauch hing in der Luft und eine gespenstische Stille hatte sich über das Haus gelegt. Es war kein Kampflärm zu hören, kein Schwertergeklirr, nur das ferne Prasseln des Feuers. Jack begann, das Schlimmste zu befürchten. Von der Treppe aus konnte er in die Waffengalerie hineinsehen. Auf dem Boden lag mit ausgebreiteten Armen Sir Tobys kopflose Leiche – Kazuki dagegen war nirgends zu sehen. Eine Blutlache war der einzige Hinweis auf die Wunde, die er ihm beigebracht hatte. Jack hatte sein Schwert tief in ihn hineingestoßen … oder doch nicht tief genug für eine tödliche Wunde?

»Ich gehe als Erster«, sagte er leise und stieg vorsichtig die letzten Treppenstufen zur Eingangshalle hinunter. Die anderen warteten auf dem Zwischenabsatz.

Die Luft war rauchgeschwängert. Als Jack mit dem Fuß auf die fünfte Stufe von unten trat, knarrte das Holz laut. Erschrocken sah er sich um und hoffte inständig, dass er sich nicht verraten hatte. Doch alles blieb still, weder Kazuki noch die *kunoichi* tauchte auf. Er seufzte erleichtert. Im nächsten Moment wurde durch einen schmalen Spalt in einer Stufe ein Schwert gestoßen. Die stählerne Spitze fuhr genau zwischen seinen Beinen nach oben. Jack brachte sich mit einem Hechtsprung in Sicherheit und rollte über den Boden ab. Das Schwert verfing sich im Stoff seines Harlekinkostüms und riss ein Loch in die Hose … richtete aber zum Glück keinen weiteren Schaden an.

Sofort sprang er wieder auf und drehte sich mit erhobenem Schwert zur Treppe um. Das geheimnisvolle Schwert verschwand und die Stufe klappte auf. Jack griff sofort die Gestalt an, die aus dem Priesterloch stieg, und holte zu einem tödlichen Schlag aus …

»Nicht!«, schrie Akiko. Ihr Gesicht war bleich und ihr Kimono mit Blut befleckt. Im allerletzten Moment konnte Jack seinen Schlag noch anhalten. Sein Schwert war nur um Haaresbreite von Akikos Hals entfernt. Akiko ließ den Atem entweichen, den sie vor Schreck angehalten hatte. »Das war knapp … *zu* knapp.«

»Das kann man sagen!« Jack senkte sein Schwert und untersuchte seine zerrissene Hose.

»Ich dachte, du wärst … die …« Akiko sank in Jacks Arme, der Kampf gegen den weiblichen Ninja hatte sie vollkommen erschöpft. Die goldene Haarnadel steckte noch in ihrem Schulterblatt. Behutsam entfernte Jack sie und gleich lebte Akiko wieder ein wenig auf.

»Die *kunoichi* muss noch irgendwo sein …«, stöhnte sie. »Ich musste mich verstecken … konnte nicht kämpfen … nicht mit der Nadel in der Schulter …«

»Keine Sorge«, sagte Jack, der sie weiter in den Armen hielt. »Wir verschwinden von hier.«

Er winkte den anderen und sie eilten durch den Rauch und die Eingangshalle nach draußen in den Hof. Die Nacht wurde von den Flammen des brennenden Herrenhauses erleuchtet. Das Feuer hatte den ganzen Ostflügel erfasst und breitete sich rasch durch das restliche Gebäude aus. Fensterglas platzte unter der gewaltigen Hitze, dicker Rauch hing in einer dunklen Wolke über dem Hof und verdeckte die Sterne am Himmel. Neben dem Torhaus stand Sir Henrys Kutsche. Die Pferde schnaubten und wieherten unruhig und zogen an ihren Geschirren.

»Kommt!«, sagte Jack. Er half Akiko die Treppe hinunter und führte sie zur Kutsche, dicht gefolgt von den anderen. Sie öffneten gerade den Schlag, da sprang eine dunkle Gestalt vom Torhaus auf das Dach der Kutsche. Die *kunoichi* schwang den Säbel über ihrem Kopf und der Stahl leuchtete rot im flackernden Schein des Feuers. Bevor Jack oder Akiko reagieren konnten, schlug sie schon zu. Jack, der mit einem Arm Akiko stützte, konnte sein Schwert nicht ziehen, um den tödlichen Schlag abzuwehren …

Da knallte ein Schuss. Die *kunoichi* wurde nach hinten geschleudert und statt Jack und Akiko zu treffen, fuhr der Säbel in die hölzerne Karosserie. Sich überschlagend, fiel die *kunoichi* vom Wagen und war tot, noch bevor sie auf dem Boden aufschlug.

»Wieder eine Ratte vernichtet!«, brüllte Sir Henry, der wütend auf der Eingangstreppe des Hauses stand. In seinem Blick lag ein mörderisches Funkeln. Hastig kletterten Jack und seine Freunde in die Kutsche.

»Da fliehen noch mehr Ratten!«, brüllte Sir Henry und lud hektisch seine Pistole. »Soldaten! Packt sie!«

Männer der Bürgerwehr, die sich mit Sir Henrys Spießen und Musketen bewaffnet hatten, kamen aus dem Haus gelaufen. Jack und Signor Horatio halfen Rose in den Wagen, danach Jess und Akiko. Signor Horatio stieg nach ihnen ein, Yori kletterte auf den Kutschbock und nahm die Zügel, Jack sprang auf das Trittbrett. Yori trieb die Pferde an und die Kutsche ratterte durch das Torhaus und auf dem mit Kies bestreuten Weg in Richtung der steinernen Brücke. Das brennende Haus blieb hinter ihnen zurück.

»Haltet sie auf!«, kommandierte Sir Henry, rasend vor Wut.

Die Soldaten der Bürgerwehr nahmen Aufstellung und feuerten mit ihren Musketen auf die sich entfernende Kutsche. Kugeln schlugen in den Rahmen ein. Jack drückte sich an die Kutschwand, die anderen duckten sich in den Fußraum. Yori ruckte an den Zügeln und trieb die Pferde noch mehr an. Eine zweite Salve knallte und Kugeln sausten an ihnen vorbei, aber nur wenige trafen ihr Ziel. Sie passierten das steinerne Eingangstor des Parks und bogen auf die Hauptstraße ein. Das Inferno von Lupus Hall hinter sich lassend, verschwand die Kutsche mit den flüchtenden Passagieren in der Nacht.

侍

43

Die Bibliothek

»Zweier!«, rief Jess und klatschte Beifall, während Yori zwei Knöchelchen vom Boden auflas und anschließend ein drittes in der Luft auffing. »Schaffst du auch einen Dreier?«

Mit entschlossenem Blick ließ Yori die Knöchelchen fallen. Klappernd rollten sie über die Dielenbretter des kleinen Dachzimmers in der Herberge *Zur Traube*. Sie hatten sich für die Unterkunft in Limehouse als sicheres Versteck entschieden, weil der Wirt keine Fragen stellte – und angesichts seines Rufs als ehemaliger Preisboxer wagte es auch niemand, ihm Fragen zu den Gästen unter dem Dach zu stellen. Mit der Kutsche hatten sie drei Tage nach London gebraucht und unterwegs nur angehalten, um ihre Sachen in Stratford zu holen und ab und zu die Pferde ausruhen zu lassen und zu tränken. Geschlafen hatten sie kaum. Die Fahrt war furchtbar anstrengend, sie wurden in einem fort durchgeschüttelt und mussten auf der holprigen Landstraße ständig befürchten, die Kutsche könnte auseinanderbrechen.

In der *Traube* hatten sie die ersten beiden Tage nur mit

Essen und Schlafen verbracht, um sich zu erholen. Doch jetzt wurde Jack allmählich unruhig und hielt es nicht mehr in der engen Kammer aus. Seine Freunde und Jess schienen es dagegen nicht eilig zu haben.

Wieder warf Yori ein Knöchelchen in die Luft, klatschte in die Hände und versuchte, drei Knöchelchen auf einmal vom Boden aufzulesen.

»Oh, Pech!«, sagte Jess kichernd, als Yori eins fallen ließ. Sie sammelte die Knöchelchen ein. »Ich zeige dir, wie es geht.«

Yori verfolgte aufmerksam, wie die Knöchelchen klappernd über die Dielen sprangen und Jess sie geübt auffing. Jack sah lächelnd, wie sie sich mit Yori anfreundete und vor allem, wie gern sie wieder das Spiel mit den Knöchelchen spielte. Es erinnerte ihn an die glückliche gemeinsame Zeit im Haus ihres Vaters, die ihm in der Erinnerung so viel schöner und hoffnungsfroher vorkam als die Wirklichkeit, mit der sie es jetzt zu tun hatten. Sie waren auf der Flucht, nicht nur vor dem Gesetz, sondern auch vor Sir Henrys Zorn. Niedergeschlagen blickte er durch das kleine Mansardenfenster auf die trübe, scheinbar endlose Silhouette von London. Wie sehr sich England in sieben Jahren verändert hatte! Er erkannte seine Heimat nicht wieder. Als Samurai aus dem Ausland hatte er nicht einmal mehr das Gefühl, dass England noch seine Heimat war.

»Kazuki ist uns also um die halbe Welt gefolgt, um dich zu töten und dadurch seine Ehre wiederherzustellen?«, fragte Akiko verwundert. Sie saß im Schneidersitz auf dem

Bett und schnitt den schlanken Ast einer Eibe zu, aus dem sie sich einen neuen Bogen machen wollte.

Jack nickte. »Sensei Yamada hat einmal gesagt, Rache sei etwas Selbstzerstörerisches. Sie frisst an einem, bis nichts mehr übrig ist. Vermutlich waren von Kazuki nur noch seine Rachegelüste übrig.«

Akiko senkte den halb fertigen Bogen. »Glaubst du, er lebt noch?«

Jack setzte sich neben sie und zuckte mit den Schultern. »Ich bezweifle es. Die Wunde war ziemlich tief. Außerdem sagte Sir Henry, er hätte *wieder* eine Ratte vernichtet. Ich schätze, er hat vor der *kunoichi* schon Kazuki erschossen – was vermutlich nur gut war. Es hätte Kazuki von seinem Elend erlöst.«

Yori blickte vom Spiel mit den Knöchelchen auf. »Wie Konfuzius sagte, wer sich auf einen Rachefeldzug begibt, sollte zuerst zwei Gräber graben.«

»Dann hoffen wir, dass die beiden Gräber für Kazuki und die *kunoichi* sind!«, sagte Akiko und wandte sich wieder ihrem Bogen zu.

Es klopfte zweimal an der Tür, die Klinke wurde gedrückt und Signor Horatio und Rose traten ein. Rose konnte inzwischen wieder ohne Hilfe gehen und die Farbe war in ihre Wangen zurückgekehrt. Dank Yoris Kräutersalbe und seinen Mantras heilte ihre Schusswunde rasch.

»Gute Neuigkeiten!«, sagte Signor Horatio und strahlte Jack an. »Ich habe die *Hosiander* ausfindig gemacht. Sie liegt immer noch am Somers-Kai.«

»Das ist ja wunderbar!«, rief Jack und sprang vom Bett auf. »Wohin wird sie auslaufen?«

Signor Horatio sah Akiko und Yori lächelnd an. »In den Fernen Osten. Wie Captain Spilbergen mir gesagt hat, geht es morgen oder übermorgen los, sobald der Proviant an Bord verstaut ist. Er meinte, wir seien alle an Bord willkommen.«

Akiko tat einen tiefen Seufzer der Erleichterung und sank auf ihr Kissen zurück. »Yori, wir fahren nach Hause!«

Yori schloss die Augen und legte in stummem Gebet die Hände aneinander. Als Jack sah, wie erleichtert die beiden waren, spürte er einen bittersüßen Stich in der Brust. So sehr er sich für sie freute, war er doch enttäuscht, dass ihre Zeit in England so anstrengend und voller Gefahren gewesen war. Er hatte sich seine Heimkehr ganz anders vorgestellt.

»Wie aufregend!«, rief Jess und klatschte freudig in die Hände. »Ich musste immer zu Hause bleiben und mir Vaters Abenteuergeschichten anhören. Aber jetzt fahre ich selbst um die Welt, genauso wie mein Bruder.« Sie sah Jack an. »Nehmen wir den Weg über den Atlantik oder über den Indischen Ozean? Werden wir Delfine sehen? Wale? *Pinguine?* Besuchen wir die Gewürzinseln? Oder vielleicht den Goldenen Pavillon in Kyoto? Yori hat mir erzählt, der Tempel sei mit Gold überzogen!«

Jack musste über die Begeisterung seiner Schwester lächeln. Ihm war genauso zumute gewesen, als er mit seinem Vater zu seiner ersten Reise aufgebrochen war. Er nickte nur als Antwort auf Jess' Fragen und sie platzte fast vor Freude.

Dann wandte er sich an Rose und Signor Horatio. »Kommt ihr mit uns?«

Rose schüttelte sanft den Kopf, sah Signor Horatio an und lächelte. »Nein, wir haben andere Pläne.«

Signor Horatio legte stolz den Arm um sie. »So ist es, Signorina. Wir werden in meine Heimat reisen und ich werde Rose die Schönheiten und Wunder von Rom zeigen, von Mailand, Florenz, Verona, Nea…«

»Und Venedig!«, fiel Rose ihm ins Wort und drückte ihm einen Kuss auf die Wange. »Dort werden wir nämlich heiraten.«

Signor Horatio blickte sie in gespieltem Schrecken an und lachte dann. »*Certo!* Alles für meine Rose!«

»Dann wäre das beschlossen«, sagte Jack, der sich freute, zur Abwechslung einmal gute Nachrichten zu hören. »Und wir gehen an Bord der *Hosiander.* Vorher muss ich allerdings noch etwas erledigen.«

»Bist du sicher, dass es das Risiko wert ist?«, fragte Akiko flüsternd. Sie standen geduckt im nächtlichen Garten hinter Sir Henrys Londoner Residenz. Yori hielt Wache, während Jack damit beschäftigt war, die Hintertür des herrschaftlichen Hauses aufzuhebeln. Auf der Straße war es um diese späte Stunde ruhig, nur noch Nachtwächter mit ihren Stöcken und Laternen waren auf den breiten gepflasterten Straßen unterwegs. Lichtscheue Gestalten bevorzugten die schmalen dunklen Gassen der Innenstadt.

»Wenn wir schnell und wohlbehalten nach Japan zurückkehren wollen, brauche ich unbedingt den Portolan meines Vaters«, sagte Jack und zwängte sein Messer in den Spalt zwischen Türrahmen und Schloss. »Ohne ihn bin ich als Steuermann nur halb so gut wie mein Vater. Verdammt, diese Tür!« Er fluchte, denn das Messer war abgerutscht und hatte ihn in den Finger geschnitten. Er steckte den Finger in den Mund. Wir hätten Rose mit ihren Taschendiebtricks mitnehmen sollen.«

»Lass mich versuchen«, sagte Akiko und nahm das Messer. Behutsam steckte sie es in den Spalt und klopfte auf das Heft. Die Tür sprang fast geräuschlos auf.

Jack sah sie verblüfft an. »Du machst das nicht zum ersten Mal! Dabei hast du Rose ausgeschimpft, weil sie etwas gestohlen hat!«

»Wir stehlen ja theoretisch gesehen nichts«, erwiderte Akiko mit einem lausbübischen Grinsen und gab ihm das Messer zurück. »Wir holen uns nur, was rechtmäßig dir gehört.«

Jack steckte das Messer ein, ohne Akiko näher zu ihren Fähigkeiten als Einbrecherin zu befragen, und schlich ins Haus. Akiko wollte ihm folgen, aber Jack schüttelte den Kopf. »Lass mich gehen. Ich weiß, wo ich den Portolan versteckt habe, und wenn ich allein gehe, bin ich schneller und mache weniger Lärm.«

Akiko blieb stehen. »Einverstanden, aber wenn du länger als ein paar Minuten weg bist, komme ich dich suchen.«

»Pass auf die Hausangestellten auf!«, flüsterte Yori, der den Blick ununterbrochen durch den dunklen Garten wandern ließ. »Ich glaube, ich habe im ersten Stock Kerzenlicht gesehen.«

»Keine Sorge«, sagte Jack und zwinkerte ihm zu. »Ich bin wieder da, bevor du *arigato gozaimasu* sagen kannst!«

Er betrat das Gartenzimmer. Das Licht des abnehmenden Mondes reichte gerade aus, sich zu orientieren. Vor sich sah er eine Tür. Er ging hin und öffnete sie leise. Der Gang war dunkel und niemand war zu sehen oder zu hören. Er musste die Bibliothek finden, denn dort hatte er bei ihrem letzten Aufenthalt den Portolan versteckt. Soweit er den Grundriss des Gebäudes noch im Kopf hatte, musste er den Gang entlanggehen und dann nach links. Lautlos setzte er sich in Bewegung. Die Doppeltür zum Speisesaal stand offen, doch der Saal war leer und kahl. Jack war so angespannt, dass er im Vorbeigehen das Gefühl hatte, das Klopfen seines Herzens würde laut durch den Saal hallen. Am Ende des Gangs schob er den Kopf vorsichtig um die Ecke. Auch der nächste Gang war verlassen. Er war erleichtert, aber um diese Nachtzeit war das zu erwarten gewesen. Wenn er sich richtig an ihre panische Flucht vor Sir Toby während der festlichen Gesellschaft erinnerte, lag die Bibliothek hinter der zweiten Tür links. Auf Zehenspitzen näherte er sich ihr und hoffte inständig, dass sie nicht abgesperrt war. Er drückte dagegen. Mit einem leisen Knarren schwang sie auf.

In der Bibliothek herrschte Grabesstille, nur im Kamin glommen noch die Reste eines Feuers. Jack schlüpfte hinein und machte die Tür leise hinter sich zu. Im Schein des Mondes, der durch das Bleiglasfenster fiel, konnte er die Reihen der ledergebundenen Bücher in den Regalen erkennen. Er ging zum ersten Regal und streckte die Hand aus …

Der Portolan war nicht da!

Er fuhr noch einmal mit dem Finger über das Regal, aber nein, das schwarze Öltuch, in das der Portolan eingewickelt war, war nicht da. Hatte er sich versehen? Er vergewisserte sich noch einmal, dann suchte er immer panischer die anderen Regale ab. Hat jemand ihn genommen?, überlegte er, oder an einen anderen Platz gestellt? Oder er erinnerte sich falsch und hatte den Portolan in seiner Hast, ihn vor Sir Toby zu verstecken, selbst in ein anderes Regal gestellt?

»Suchst du *den?*«

Zu Tode erschrocken, fuhr er herum. In dem Armsessel am Feuer saß Sir Henry, den Portolan in einer Hand, eine geladene Steinschlosspistole in der anderen. Da er vollkommen bewegungslos und stumm dagesessen hatte, hatte Jack ihn im Dunkeln nicht bemerkt.

»Der gehört meinem Vater!«, sagte Jack fest. »Gebt ihn mir.«

Sir Henry schüttelte den Kopf und schnalzte missbilligend mit der Zunge. »Welches Recht hast du, etwas zu verlangen, das sich in meinem Haus befindet? Dieses Buch stand in meiner Bibliothek, in meinem Haus. Deshalb gehört es jetzt mir.«

Jack wollte nach dem Portolan greifen, aber Sir Henry hob die Pistole und legte den Finger an den Abzug. »Nicht so schnell, junger Mann.«

»Ihr würdet mich nicht erschießen«, sagte Jack trotzig,

obwohl er sich da gar nicht so sicher war. »Ihr braucht mich noch, um Eure Schiffe nach Japan zu steuern.«

Sir Henry schob nachdenklich die Unterlippe vor und betrachtete das Logbuch. »Jetzt, wo ich diese Bibel der Meere habe, brauche ich dich nicht mehr.« Er legte das wertvolle Buch zur Seite und sah Jack grimmig an. Sein Gesicht war im Mondschein leichenblass. »Du solltest meine Gans sein, die goldene Eier legt und mir mein verlorenes Vermögen wiederbringt. Aber du musstest alles verderben, indem du in Lupus Hall herumgeschnüffelt und deine nichtsnutzige Schwester gefunden hast! Dann hast du mir diese Pestärzte ins Haus geholt oder was für Teufel das waren. Und als ich merkte, dass das Haus angegriffen wurde, rief ich die örtliche Bürgerwehr – obwohl diese Stümper mir auch nicht helfen konnten! Lupus Hall ist bis auf die Grundmauern niedergebrannt, und das alles nur wegen dir! Und jetzt, Jack Fletcher, wirst du für diese Schulden mit deinem Leben bezahlen.«

Jack spannte die Muskeln an, bereit, vor der Kugel aus dem Weg zu springen. Aber Sir Henry drückte nicht auf den Abzug.

»Und? Auf was wartet Ihr?«, fragte Jack, dem das Herz bis zum Hals schlug. »Wenn Ihr mich erschießen wollt, dann tut es doch!«

»Nein, ich will das gar nicht«, erwiderte Sir Henry mit einem verschlagenen Grinsen. »Damit würde ich nur meinen kostbaren Perserteppich beschmutzen … und es würde für meinen Geschmack viel zu schnell gehen.«

Er erhob sich aus seinem Armsessel, zielte aber weiter auf Jacks Brust.

»Gendarmen!«, rief er und vier bewaffnete Männer eilten in die Bibliothek. »Verhaftet diesen Jungen und seine Komplizen, die, wie ich wette, draußen warten. Sie sind in mein Haus eingebrochen und wollten mein Eigentum stehlen.«

44

Dreimal die Flut

Rot wie ein blutunterlaufenes Auge ging die Sonne über der Themse auf und ein kalter Herbstnebel lag auf dem Wasser. Nur das Klirren der Schiffsbeschläge und das Schreien der Möwen unterbrach die Stille des heraufdämmernden Morgens. Eine durch Mark und Bein gehende Kälte hing in der Luft und kündigte den bevorstehenden Winter an. Die an unzähligen Stegen und Kais vertäuten Schiffe hoben und senkten sich knarrend in der auflaufenden Flut. Matrosen und Hafenarbeiter rieben sich den Schlaf aus den Augen und machten sich an die Arbeit, von der Stadt wehte das melancholische Geläut der Kirchenglocken herüber. London erwachte und begrüßte einen neuen Tag.

Für Jack und seine Freunde sollte es der letzte sein.

Sie standen auf einer Planke, die am Somers-Kai über dem Spalt zwischen zwei Anlegestegen lag. Um den Hals hatte man ihnen Stricke gebunden, die über ein Gerüst führten und an einem Gespann von Arbeitspferden festgemacht waren. Eine kleine Menge von Schaulustigen hatte sich versammelt, um der frühmorgendlichen Hinrichtung beizuwohnen, angezogen durch den ungewohnten Anblick zweier Ausländer und ihres sichtlich mitgenommenen englischen Freundes. Der Galgen, an dem sie gehängt werden sollten, war eigentlich für Piraten gedacht. Während die Docks allmählich zum Leben erwachten, stießen weitere Menschen zu der Menge. In der Mitte der ersten Reihe stand Sir Henry in seinem Festtagsgewand mit Halskrause. In der Hand hielt er einen Spazierstock mit goldenem Griff, an seiner Hüfte baumelte ein fescher Degen und auf seinen wulstigen Lippen lag ein höhnisches Lächeln.

»Tja …«, sagte Yori und schluckte, »wenigstens habe ich jetzt noch den Tower von London zu sehen bekommen.« Er hatte Mühe, auf der wackligen Planke das Gleichgewicht zu halten.

Düster ragte die Burg mit ihren vier Türmen hinter ihnen auf. Jack warf Yori einen Blick von der Seite zu, erstaunt, dass sein Freund in dieser Lage noch zu einer solchen scherzhaften Bemerkung fähig war. Im Anschluss an ihre Verhaftung hatte man die drei auf Sir Henrys Betreiben durch die Stadt eskortiert und in den berüchtigten Tower gesperrt, ein Gefängnis, aus dem es kein Entrinnen gab. Einen ganzen Tag und eine ganze Nacht lang hatte man sie dort ohne Licht, Essen und Wasser schmachten lassen. Der Prozess war kurz gewesen, sein Ausgang stand von vornherein fest. Das Urteil: Tod durch den Strang.

»*Auf ewig miteinander verbunden*«, flüsterte Akiko und sah Jack innig an. In ihren großen Augen mischten sich Trauer und unerschütterliche Liebe.

Jack wünschte sich sehnlichst, sie noch ein letztes Mal im

Arm halten zu können, ihre zärtliche Berührung zu spüren … aber man hatte ihnen die Hände auf den Rücken gebunden. »*Auf ewig miteinander verbunden*«, antwortete er. Die vier Worte drückten aus, was er sagen wollte, und noch viel mehr – sein Versprechen, das ganze Leben für sie da zu sein, und seine tiefe Reue, sie und Yori nach England gebracht zu haben … seine durch nichts zu mildernde Schuld an ihrem Schicksal, die Hoffnung, die er für ihre Zukunft gehabt hatte, und die Trauer darüber, diese Zukunft zerstört zu haben. Vor allem anderen jedoch seine Liebe zu ihr.

Ein Gerichtsdiener drängte sich durch die anschwellende Menge.

»Entschuldigt meine Verspätung«, murmelte er, an Sir Henry gewandt, der dem kleinen glatzköpfigen Mann böse entgegenblickte. Er zog ein Pergament heraus, entrollte es ungeschickt und trat an den Rand des Kais.

»Jack Fletcher. Akiko D…« Der Mann blickte mit zusammengekniffenen Augen auf das Pergament. »… Dāte und Yori Sanada, ihr seid des Pferdediebstahls, Einbruchs, schweren Diebstahls und der Brandstiftung angeklagt. Schon davor wurdet ihr wegen Ruhestörung, mutwilliger Beschädigung von Eigentum, Schlägerei in der Öffentlichkeit und bewaffnetem Raubüberfall angeklagt und verurteilt. Der Strafe habt ihr euch durch Flucht durch das Königreich Seiner Majestät entzogen.« In der Menge wurde es angesichts einer so empörenden Liste von Straftaten ganz still. »In Anbetracht der Schwere eurer Vergehen und ihrer Wiederholung befindet das Gericht euch für schuldig in allen Punkten und entscheidet, dass ihr am Halse aufgehängt werden sollt, bis der Tod eintritt und die Flut euch dreimal bedeckt hat.« Er rollte das Pergament wieder zusammen und trat zurück.

Sir Henry nahm seinen Platz ein. Er sah Jack mit größter Verachtung an. »Es ist meine Pflicht als Diener des Königs und des Gerichts, eure Hinrichtung …«

Jack hörte ihm nicht zu, sondern zerrte verzweifelt an den Handschellen um seine Handgelenke. Wenn er eine Hand freibekam, dann konnte er vielleicht … aber vergeblich. Die eisernen Schellen saßen zu fest und er schürfte sich nur die Haut auf. Er hätte sich schon selbst die Hand abhacken müssen, um sie loszuwerden. Auf der Suche nach einem freundlichen Gesicht ließ er den Blick über die Menge wandern. Signor Horatio, Rose und Jess mussten doch inzwischen gemerkt haben, dass bei ihrem Versuch, den Portolan wiederzubeschaffen, etwas ganz schrecklich schiefgegangen war. Aber natürlich wussten sie nicht, wo sie sie suchen sollten. Und selbst wenn sie hierherkämen, was könnten sie tun?, dachte er. Ein Rettungsversuch wäre selbstmörderisch. Er konnte nur hoffen, dass sie vernünftig gewesen waren und bereits ein Schiff nach Italien bestiegen hatten.

Aufgeregt hielten die Schaulustigen den Atem an, als Sir Henry den Arm hob, um dem Henker den Befehl zur Hinrichtung zu erteilen. Akiko und Yori standen mit erhobenen Köpfen aufrecht da und sahen dem bevorstehenden Tod mit dem Stolz und der Würde eines Samurai entgegen.

Jack war bemüht, dasselbe zu tun, doch das Gefühl, dass ihnen hier Unrecht geschah, saß zu tief. Verschlimmert wurde alles noch dadurch, dass er von seinem wackligen Platz auf der Planke aus unter den vielen Schiffen, die am Kai ankerten, die *Hosiander* sehen konnte. Ihre letzte Hoffnung auf Flucht war nur einen Katzensprung von dem Ort entfernt, an dem sie jetzt auf den Tod warteten.

Sir Henry sah Jack böse an, die Hand immer noch erhoben. »Möge der Herr euren Seelen gnädig sein …«

In der Menge kam plötzlich Unruhe auf.

»Platz da! Entschuldigung! Platz da!«, rief ein Diener und drängte sich durch die verwirrten Zuschauer.

Die Menge teilte sich. Ein Trupp von Wachleuten folgte dem Diener auf den Fersen. Er eskortierte einen Mann und zwei junge Frauen. Jacks Verzweiflung wurde abgrundtief, denn zu seinem namenlosen Entsetzen sah er, dass es sich bei den drei von den Wachen eskortierten Häftlingen um Signor Horatio, Rose und … Jess handelte! Schlimmer konnte es nicht kommen. Jess und seine beiden treuen Freunde sollten dieselbe grausame Strafe erleiden!

Da trat ein älterer Mann mit silbernen Haaren, der eine Amtskette trug und an der Hüfte einen schmalen Degen, zwischen den Wachleuten vor. »Schneidet die Verurteilten los!«, befahl er. Es handelte sich um niemand anders als Lord Robert Percival.

Ein Wächter eilte zu ihnen und schnitt die Stricke mit einem Schwerthieb durch. Schwankend versuchten Jack, Akiko und Yori, sich auf der Planke im Gleichgewicht zu halten, und Yori wäre fast kopfüber ins Wasser gefallen. Signor Horatio fing ihn auf und geleitete ihn sicher zum Kai. Dann kehrte er zu Jack und Akiko zurück.

»Was geht hier vor?«, brüllte Sir Henry. »Diese Verbrecher wurden rechtskräftig zum Tod durch den Strang verurteilt und sollen hängen, bis die Flut sie dreimal bedeckt hat!«

Lord Percival hob ein zusammengerolltes Pergament mit einem großen roten Siegel hoch. »Ich halte in meiner Hand die Begnadigung aller drei Gefangener durch König James persönlich.«

Sir Henry schüttelte wütend den Kopf. »Das will ich sehen!« Er riss Lord Percival das Pergament aus der Hand und erbrach das Siegel. Auf seine Empörung folgten Verwirrung, Unglauben und schließlich Zorn. »Das ist doch nicht zu fassen! Niemand bei rechtem Verstand würde diese Schurken begnadigen!«

Erschrocken schnappten die Schaulustigen nach Luft. Lord Percival sah Sir Henry unverwandt an. »Passt auf, was Ihr sagt, Sir. Nennt Ihr Seine Majestät den König verrückt?«

Sir Henry schluckte. »N-n-nein …«, stammelte er, »das habe ich keineswegs so gemeint – nur dass diese Begnadigung womöglich eine Fälschung ist.«

Lord Percival legte die Hand wie nebenbei an den Griff seines Degens. »Ihr zweifelt nicht am Verstand des Königs, sondern an meiner Rechtschaffenheit, Sir?«

»Natürlich nicht, Herr«, sagte Sir Henry hastig und mit einer unterwürfigen Verbeugung.

»Gut«, sagte Lord Percival und nahm das Pergament wieder an sich. »Wachen, verhaftet diesen Mann.«

»Wie bitte?«, rief Sir Henry, als er grob an beiden Armen gepackt wurde. »Ihr könnt mich nicht verhaften. Ich habe nichts Unrechtes getan.«

Lord Percival blickte verächtlich auf ihn hinunter. »Nichts Unrechtes getan, behauptet Ihr? Von der Entführung und Erpressung will ich gar nicht sprechen, Sir Henry Wilkes, aber ich klage Euch hiermit an, Eure Schulden nicht bezahlt zu haben. Es wurde entschieden, dass Ihr im Fleet-Gefängnis eingesperrt werdet, bis Ihr sie in voller Höhe beglichen habt.«

Sir Henry erbleichte. »Aber ich habe viele Tausend Pfund Schulden!«, rief er, während die Wachen ihn schon abführten.

»Dann werdet Ihr sehr lange im Gefängnis sein, Sir«, antwortete Lord Percival mit einem spöttischen Lächeln.

侍

45

Leinen los!

»König James wünscht euch viel Glück auf eurer Reise«, sagte Lord Percival und übergab Jack den wertvollen Portolan. Es war der Morgen nach Sir Henrys Verhaftung und sie standen am Kai. Ein neuer, ganz anderer Tag war angebrochen. Die Morgensonne schien warm von einem wolkenlos blauen Himmel, die Luft war klar und es blies eine stetige Brise. London leuchtete im herbstlichen Licht wie ein Edelstein und der gotische Turm der St.-Pauls-Kathedrale überragte das glänzende Dächermeer wie ein Leuchtturm. Eine Gruppe von Schwänen glitt majestätisch über das Wasser und zahllose Fährboote bewegten sich in einem ständigen Hin und Her wie kleine Libellen über das Wasser. Im Hafen herrschte lärmende Betriebsamkeit, doch folgte alles einem beruhigenden Rhythmus – und an dem Piratengalgen am Somers-Kai hingen keine aufgeknüpften Häftlinge.

Jack war dankbar, dass er das Logbuch wieder in seinem Besitz hatte. Außerdem erhielt er nun noch einen Brief mit einem amtlichen Siegel aus rotem Wachs.

»König James bittet dich als seinen Abgesandten, dem japanischen Kaiser diesen Brief zu übergeben, in dem er ihn seiner Freundschaft versichert«, erklärte Lord Percival. »Und er hofft, dass es möglich sein wird, ein Handelsabkommen zu gegenseitigem Nutzen zu schließen.«

»Ich werde alles tun, um den Wunsch Seiner Majestät zu erfüllen.« Jack nahm den Brief respektvoll entgegen und verstaute ihn zusammen mit dem Portolan sicher in seinem Bündel. Als Gegenleistung für ihre Begnadigung sollte Jack in Japan als offizieller königlicher Botschafter auftreten. Mit der Aussicht auf ein gewinnbringendes Handelsabkommen zwischen den japanischen Inseln und England hatte Lord Percival den König von den Verdiensten Jacks und seiner Freunde überzeugen können. Doch zu einem großen Teil verdankten sie ihre Begnadigung in letzter Minute Rose, deren Idee es überhaupt gewesen war, Lord und Lady Percival um Hilfe zu bitten. Signor Horatio als Edelmann hatte bei dem Lord vorstellig werden können und der wiederum hatte um eine Audienz bei Seiner Majestät ersucht.

»Ich möchte mich noch einmal bei Euch und Lady Catherine für Eure Hilfsbereitschaft und Euer rechtzeitiges Eingreifen bedanken«, sagte Jack und machte eine etwas steife Verbeugung, weil sein Hals von der Schlinge noch ganz wund war.

»Auch wir sind Euch zutiefst dankbar«, sagte Akiko und sie und Yori verbeugten sich tief.

»Betrachtet es als Antwort auf das, was ihr für uns getan habt«, sagte Lord Percival herzlich. »Ohne eure Hilfe wäre ich vermutlich immer noch halbnackt an einen Baum gefesselt und meine liebe Lady Catherine hätte keinen Kopf mehr!« Seine Frau knickste zum Zeichen ihrer Dankbarkeit. »Euch vor dem Galgen zu retten, war das Mindeste, das ich tun konnte.« Lord Percival lächelte verschmitzt. »Achtet nur darauf, dass ihr nicht wieder mit dem Gesetz in Konflikt geratet. Ein zweites Mal wird der König euch nicht begnadigen!«

Akiko lachte. »Seid versichert, dass wir nicht die Absicht haben, in diesem Land noch einmal in Schwierigkeiten zu geraten.«

Yori hob die Augenbrauen und murmelte: »Das Problem ist nur – die Schwierigkeiten scheinen uns regelrecht zu verfolgen.«

Jack klopfte seinem Freund liebevoll auf den Rücken. »Zum Glück können wir aufeinander aufpassen.«

»Jack!«, rief Captain Spilbergen vom Achterdeck der *Hosiander.* »Wir legen ab.«

Lord Percival gab Jack die Hand und verabschiedete sich von den anderen. »Entschuldigt mich bitte, aber die Geschäfte des Königs rufen. Ich wünsche euch eine sichere Reise.«

Sie sahen ihm und Lady Catherine nach, dann wandte Jess sich an Rose und Signor Horatio. »Tja, meine lieben Freunde … dann müssen wohl auch wir uns verabschieden.«

Rose nickte und zog Jess in ihre Arme. Jess begann zu weinen und Rose stiegen ebenfalls Tränen in die Augen. Auch Jack konnte seine Tränen nicht zurückhalten bei dem Gedanken, dass er Rose zurücklassen musste, das Mädchen, das ihm seinen ersten Kuss gegeben und ihn durch London mit seinen Gefahren und bis nach Stratford geführt … und zuletzt seiner Schwester das Leben gerettet hatte.

»Die Hexe hatte recht«, sagte Rose, schnupfte und trocknete sich die Augen.

»Mit was?«, fragte Jack.

»Mit ihrer Prophezeiung. Einer wird leben, zwei werden lieben, drei werden weinen und vier werden sterben.«

Sie wies mit einem Nicken auf Akiko. »Du hast die Wasserprobe auf dem Tauchstuhl überlebt.«

Ihr Blick wanderte liebevoll zu Signor Horatio. »Wir beide haben uns verliebt.« Signor Horatio küsste sie auf die Wange und Jack und Akiko sahen einander an. Rose und Horatio waren nicht die Einzigen, die sich verliebt hatten.

»Und mindestens drei von uns weinen«, fuhr Rose fort und wischte Jess die Tränen ab.

»Und vier sind gestorben«, sagte Yori düster, worauf alle wieder ernst wurden.

»Ich bin nur froh, dass mit diesem Teil der Prophezeiung die Ninjas oder Pestärzte gemeint waren und nicht wir«, sagte Jack.

Nachdem Jess und Rose sich voneinander verabschiedet hatten, trat Akiko vor. »Ich weiß, wir waren nicht immer einer Meinung, Rose, aber ich hatte unrecht, so vorschnell über dich zu urteilen. In der Zeit, die wir gemeinsam verbracht haben, hast du Treue, Ehrgefühl und Mut gezeigt – die Tugenden des wahren Samurai. Bitte nimm als Zeichen meiner Anerkennung dieses kleine Geschenk an.« Und mit einer respektvollen Verbeugung überreichte sie Rose die goldene Haarnadel.

»Oh … danke«, sagte Rose und ausnahmsweise einmal schienen ihr die Worte zu fehlen. Bewundernd betrachtete sie die in das Ende der Nadel eingravierte Kirschblüte. »Sie ist wunderschön.«

Akiko erwiderte ihr Lächeln. »Und außerdem sehr gefährlich … genau wie du!«

»Dann sollte Signor Horatio sich lieber gut mit mir stellen!«, sagte Rose lachend und steckte die spitze Nadel in ihre Mähne feuerroter Haare. »Ich habe für dich nur diese Duftkugel.« Sie gab Akiko eine stark parfümierte Holzkugel an einem roten Band. »Das Parfüm soll dir den Gestank der Matrosen vom Leib halten!«

»Du hast sie nicht gestohlen, oder?«, fragte Akiko und atmete genießerisch den aromatischen Rosenduft ein.

Rose lachte und ihre Augen funkelten. »Natürlich nicht! Ich habe sie selbst gemacht. Dein Vorbild hat mir gezeigt, dass es falsch ist, zu stehlen.«

»Dann ist das Geschenk umso wertvoller«, sagte Akiko und hängte sich die Duftkugel um den Hals.

Als Nächster verbeugte sich Yori und überreichte Signor Horatio und Rose zwei zueinander passende Origami-Papierkraniche. »Für Ruhe und Frieden«, erklärte er.

Dann war Jack an der Reihe. »Signor Horatio, Ihr seid ein treuer Freund, ein Edelmann und ein wahrer Meister der Fechtkunst. Mein Vormund, Masamoto Takeshi, wird fasziniert sein, wenn ich ihm zeige, was ich bei Euch gelernt habe. Die Welt des Degens ist eine ganz andere als die des Schwerts.«

»*Certo*, Signor! Das macht den Degen ja auch zu einer so schönen Waffe.« Signor Horatio zog seinen Degen aus der Scheide und reichte ihn Jack. »Nimm. Du hast jetzt das Beste aus beiden Welten.«

»Das kann ich nicht annehmen«, sagte Jack, erschrocken über ein so großzügiges Geschenk.

Signor Horatio fasste ihn an der Schulter. »Ich kann mir keinen Schüler vorstellen, der ihn mehr verdient hätte … von Akiko abgesehen natürlich.« Er zog einen zweiten Degen mit einem schön gearbeiteten Korb hervor und überreichte ihn Akiko, die sich mit einer tiefen Verbeugung bedankte.

Dann trat er zurück und Rose nahm seinen Platz ein. »Ich habe leider nichts für dich, Jack …«, sagte sie sittsam. »Nur das …« Und damit drückte sie ihm einen Kuss auf die Wange. Und Jack musste wieder an das rothaarige Mädchen denken, das ihn unter dem Moorgate geküsst hatte. Er lächelte und umarmte die Freundin aus Kindertagen fest.

»Kommt ihr jetzt, oder was?«, brüllte ein Matrose vom Hauptdeck der *Hosiander* und der zärtliche Moment war vorüber.

Einige letzte gute Wünsche wurden hastig gewechselt, dann nahmen Jack, Akiko, Yori und Jess ihre Bündel und eilten die Planke zum Schiff hinauf. Kurz darauf legte die *Hosiander* ab und die vier riefen Rose und Signor Horatio, die unten am Kai standen, ein letztes Lebewohl zu. Während das Schiff langsam aus dem Hafen fuhr, rannten sie zum Heck. Arm in Arm und unablässig winkend, standen die beiden Freunde am Kai. Dann bog das Schiff um eine Biegung des Flusses und sie verschwanden außer Sicht.

Auf die Reling am Heck gestützt, blickte Jack in das Kielwasser des durch das Wasser pflügenden Schiffs und auf den Streifen Land, der sich am dunkel werdenden Horizont entfernte. Sie waren seit drei Tagen unterwegs, hatten die Mündung der Themse verlassen, die Straße von Dover und den Ärmelkanal passiert und hielten jetzt auf das offene Meer zu.

»Du bist hoffentlich nicht allzu traurig, dass du deine Heimat schon so bald nach der Ankunft wieder verlässt«, sagte Akiko, die mit Jess und Yori neben ihm stand. Ihre langen schwarzen Haare wehten im Wind.

Jack seufzte ein wenig verloren. »Ich dachte, es sei meine Heimat, aber nach so vielen Jahren fühlt es sich nicht mehr so an. England ist für mich zu einem fremden Land geworden.« Er blickte mit einem liebevollen Lächeln auf Jess. »Aber ich habe gefunden, was ich gesucht habe. Nur das zählt.« Er legte den Arm um seine Schwester und zog sie an sich. Sie vergrub das Gesicht an seiner Brust und er verspürte eine Wärme, wie sie einem nur die eigene Familie gibt.

»Es tut mir nur leid, dass ich euch beide hierhergeschleppt habe«, fuhr er mit einem entschuldigenden Blick auf Akiko und Yori fort. »Ihr müsst England für ein schreckliches Land halten.«

»Überhaupt nicht!«, erwiderte Yori mit einer überraschenden Begeisterung. »Dein Land ist reich an Wundern.«

Jack runzelte verblüfft die Stirn. »Aber wir wurden von dem Moment an, in dem wir den Fuß auf englischen Boden setzten, beschimpft, angegriffen, unrechtmäßig verhaftet, verfolgt, der Hexerei beschuldigt, fast ertränkt und erschossen, wieder eingesperrt und dann noch fast am Galgen gehängt!«

»Das stimmt gewiss alles«, sagte Yori und rieb sich mit der Hand vorsichtig den dunkelroten Striemen an seinem Hals. »Aber wir haben auch die spektakuläre Brücke von London gesehen, wir haben den Markt von Cheapside besucht und das Haus, in dem du aufgewachsen bist, und wir sind im berühmten *Globe Theatre* aufgetreten …«

»Und wir waren auf einem richtigen englischen Bankett und dann auch noch auf einem Maskenball«, fügte Akiko eifrig hinzu. »Wir sind durch die schöne Landschaft geritten, haben einige wunderbare Menschen kennengelernt und ein paar wirkliche Freunde gewonnen und« – sie strich über den schmalen Degen an ihrer Hüfte – »wir haben fechten gelernt.«

»Sogar den Tower von London haben wir gesehen!«, rief Yori.

»Richtig«, stimmte Akiko trocken zu, »obwohl ich den lieber nur von außen besichtigt hätte!«

Yori lachte. »Und, Jack, Sensei Yamada hat einmal gesagt,

wichtig sei die Reise, nicht das Ziel. Aber ich habe festgestellt, dass am wichtigsten ist, mit wem man die Reise unternimmt. Und wir haben sie mit dir gemacht.«

Jack sah seine Freunde voller Zuneigung an. Ihre aufrichtige Begeisterung für sein Land tröstete ihn ein wenig. Sie hatten, wie er in Japan, Schlimmes erlebt, schreckliche Orte und grausame Menschen. Aber gleichzeitig hatte es auch viel Schönes gegeben. Und mit wahren Freunden an seiner Seite spielte es keine Rolle, vor welche Herausforderungen das Leben ihn stellte. Man kann den Regen gut ertragen, wenn man weiß, dass hinter den Wolken die Sonne scheint.

»Mir wird kalt«, sagte Jess und ein Frösteln durchlief sie. Es war fast Nacht und England nur noch ein Strich am dunklen Horizont.

»Gehen wir in unsere Kabinen«, schlug Yori vor. »Ich glaube, dass ich das Spiel mit den Knöchelchen jetzt beherrsche.«

»Wirklich?«, fragte Jess. »Das klingt für mich nach einer Herausforderung.«

Die beiden stiegen den Niedergang hinunter und Jack und Akiko blieben allein zurück. Akiko schmiegte sich an ihn. Ihr Kimono flatterte im kalten Wind wie ein Segel. »Ich bin froh, dass du mit mir nach Japan zurückkehrst«, sagte sie leise. »Ich könnte, ganz ehrlich gesagt, nicht in England leben. Aber ohne dich könnte ich auch nicht leben.«

Jack blickte ihr in die Augen und bis auf den Grund ihrer Seele. »Und ich würde ohne dich an meiner Seite sterben.«

Sie schlossen die Augen und küssten sich, während am Himmel über ihnen die ersten Sterne funkelten.

Da erstarrte Akiko plötzlich am ganzen Körper wie unter großen Schmerzen.

»Akiko! Was ist?«, fragte Jack. Doch Akiko stöhnte nur leise und lehnte sich schwer gegen die Reling. Ein Schatten, der hinter ihr aufgetaucht war, wurde zu einem Ninja mit einer Kapuze.

»Sieht so aus, als würde stattdessen sie an deiner Seite sterben!«, sagte der Ninja heiser und lachte über seinen Witz.

»Was hast du getan?«, fragte Jack.

»*Dim mak* natürlich ...« Der Ninja bekam einen Hustenanfall, der so schlimm war, dass er die Kapuze absetzen musste, um Luft zu bekommen.

»Kazuki!«, rief Jack erschrocken. Sein Feind lebte und war an Bord ihres Schiffs! Er erkannte ihn allerdings kaum noch. Sein Gesicht war bleich und verschwitzt, die Augen tränten und waren blutunterlaufen, die Haut war mit nässenden Stellen übersät und am Hals hatte er schwarze Beulen.

»Verflucht sei dein elendes Land!«, sagte Kazuki keuchend und spuckte Galle. »Ich hatte recht ... deine Landsleute sind wirklich eine Seuche!«

Entsetzt begriff Jack, dass Kazuki sich mit der Pest angesteckt hatte, vermutlich über seine Wunde, die sich infiziert hatte, oder die Kleider der Pestärzte, die er getragen hatte, oder durch eine Mischung aus beidem. Wie auch immer, er war nur noch eine wandelnde Leiche.

Mit zitternden Fingern zog Kazuki einen Dolch aus seinem Obi. »Ich habe gew-w-wartet … bis ihr z-z-zwei allein wart«, sagte er stotternd. »Drei … lange … Tage … aber jetzt bekomme ich meine Rache!«

Er stürzte sich mit dem Messer auf Jack. Es war ein verzweifelter, besinnungsloser Angriff. Jack wich der Klinge aus und sprang zur Seite, um mit dem todkranken Kazuki möglichst nicht in Berührung zu kommen. Dann trat er Kazuki die Beine unter dem Leib weg. Kazuki, der seine ganze Kraft in den Angriff gelegt hatte, fiel nach vorn, prallte gegen die Reling, verlor das Gleichgewicht und stürzte über das Geländer.

Kopfüber fiel er in das schäumende Kielwasser. Jack kniete sich hin und wiegte Akiko in den Armen. Ihr Atem ging schnell, ihr Gesicht war verzerrt und dunkelrot angelaufen und sie bebte am ganzen Leib. Jack rief um Hilfe, so laut er konnte. Im nächsten Moment hörte er nackte Füße leise über Deck laufen und Yori tauchte neben ihm auf.

»Was ist passiert?«, fragte er, kniete sich neben Jack und untersuchte im Dunkeln Akiko, die wie erstarrt war.

»*Dim mak!*«, erklärte Jack und hielt sie behutsam in den Armen. Er wusste aus leidvoller Erfahrung, was für furchtbare Schmerzen sie in diesem Augenblick durchlitt. »Das war Kazuki.«

Yori hatte genug gehört. Er berührte fest verschiedene Druckpunkte auf Akikos Rücken und befreite sie von der tödlichen Starre. Augenblicklich entspannte sich ihr Gesicht und sie atmete leichter und hörte auf zu zittern. »Alles gut …«, sagte sie leise und lächelte Jack beruhigend an. »Die Schmerzen lassen nach …«

Jack überließ sie Yoris Obhut und blickte über die Reling. Kazuki trieb zappelnd im Kielwasser und war schon ein gutes Stück zurückgeblieben. Aus Mitleid warf Jack ihm ein Tau zu.

»Halt dich fest!«, rief er.

Aber obwohl Kazuki das Tau ohne Mühe hätte ergreifen können, ließ er die Gelegenheit verstreichen. Während die *Hosiander* sich immer weiter von ihm entfernte, hörte er auf zu schwimmen und tauchte lautlos unter.

46

Die Rückkehr des Kriegers

Langsam glitt das Fischerboot mit dem Dschunkensegel durch das smaragdgrüne Wasser in die geschützte Bucht. Die Steilwände waren üppig mit grünen Zedern bewachsen und säumten einen Strand mit goldfarbenem Sand.

»Willkommen in Toba!«, sagte Jack zu seiner Schwester, die neben ihm am Bug stand. »Hier sind Vater und ich in Japan angekommen und dort« – er zeigte auf einen schönen Tempel mit roten Pfeilern auf der der Bucht vorgelagerten Landzunge, vor dessen Eingang ein gewaltiger aufrechter Steinblock stand – »dort habe ich zum ersten Mal Akiko gesehen.«

»*Utsukushī!*«, sagte Jess andächtig angesichts von so viel Schönheit.

»Sehr gut, Jess«, lobte Yori und trat mit Akiko zu ihnen an den Bug. »Du sprichst Japanisch jetzt schon so fließend wie ein Samurai!«

»*Arigato gozaimasu*«, sagte Jess mit einer Verbeugung.

Jack lächelte. In über einem Jahr auf See und unter Yoris täglicher Anleitung hatte Jess die Sprache schnell gelernt und ihr Japanisch war inzwischen fast besser als seins.

Außerdem hatte Akiko Jess in japanischer Etikette und japanischer Mode unterrichtet. Sie trug jetzt einen Seidenkimono mit rosafarbenen Kirschblüten, eins von mehreren Gewändern, die sie mit Akikos Hilfe im Hafen von Nagasaki vor der Weiterfahrt nach Toba im Norden gekauft hatte. Auch Jack hatte Wams und Kniehose aus England mit Jacke und Hosenrock eines Samurai vertauscht und die beiden Schwerter an seiner Hüfte bezeugten seinen Rang als *hatamoto* im Dienst Takatomis, des Regenten von Japan.

Als das Boot sich dem Strand näherte, sah Jack dort zu seiner Überraschung eine einsame Gestalt stehen. Sie waren absichtlich zu der abgeschiedenen Bucht gefahren und nicht zum Haupthafen von Toba, um größeres Aufsehen zu vermeiden. Die Ankunft eines Ausländers in Japan – von zweien ganz zu schweigen – hätte in dem kleinen Fischerhafen für großen Trubel gesorgt. Nicht dass Jack mit Schwierigkeiten rechnete. Eher fürchtete er eine Menge von Schaulustigen, die so groß war, dass es kein Durchkommen gab. Alle hätten Jess sehen wollen, ein Mädchen mit goldblonden Haaren.

Aber jemand hatte ganz offensichtlich von ihren Plänen erfahren. Gekleidet in einen reinweißen Kimono und einen ebenfalls makellos weißen Hosenrock, stand der Samurai wartend da und sah zu, wie das Fischerboot an dem kleinen Steg des Strands anlegte. Noch bevor es richtig festgemacht hatte, sprang Jack vom Bug und eilte zielstrebig den schmalen Steg entlang. Die Hand an den Griff seines Langschwerts gelegt, trat er vor den Samurai und blickte in die bernsteinfarbenen Augen und das vernarbte Gesicht des Mannes. Dann verbeugte er sich tief und sagte auf Japanisch: »Ihr ehrt uns mit Eurer Anwesenheit, Masamoto-sama.«

Lächelnd neigte sein Vormund den Kopf, dann verbeugte er sich ebenfalls lange zum Zeichen seines Respekts vor dem jungen Samurai und seiner Zuneigung. »Und du ehrst mich mit deiner Rückkehr, Jack-san.«

Der Steinblock vor dem Tempel leuchtete im Licht der Abendsonne feuerrot. Jack saß mit dem Rücken dagegen gelehnt, spürte die Wärme des Steins und lauschte auf das entfernte Rauschen der Wellen in der Bucht unter ihm. Ihre Rückkehr nach Toba und zu Akiko nach Hause hatte all seine Hoffnungen erfüllt.

Akikos Mutter Hiroko hatte sie mit offenen Armen willkommen geheißen. Vor Freude über das Wiedersehen mit ihrer Tochter war ihr runzliges Gesicht aufgeblüht wie eine Blume. Akikos kleiner Bruder Jiro war älter und größer geworden, aber noch genauso begeisterungsfähig wie damals, als er Jack zum ersten Mal begegnet war, und hatte die ganze Willkommensmahlzeit über fasziniert Jess' blonde Haare betrachtet. Masamoto-sama war wie üblich zurückhaltend und förmlich gewesen, aber selbst er konnte seine Neugier nicht verbergen, als er den Degen sah, und Jack musste ihm versprechen, ihn in der Fechtkunst des Westens zu unterweisen.

Doch als das Mahl zu Ende war und man sich anschickte, zu Bett zu gehen, brauchte Jack noch einen Moment allein.

Also spazierte er auf die Landzunge hinaus. Der stille Tempel war perfekt dafür geeignet, an seinen Vater zu denken. Er liebte ihn und vermisste ihn unendlich. Ohne seinen Vater wäre er nie nach Japan gekommen. Er wäre nie zum Samurai ausgebildet worden und hätte nie seine geliebten Freunde Yori und Akiko kennengelernt.

Er hatte viel verloren, aber auch viel gewonnen.

Leise Schritte auf dem Kiesweg unterbrachen seine Gedanken.

Akiko kam um den Steinblock. »Darf ich mich zu dir setzen?«, fragte sie leise.

Jack nickte lächelnd. »Du brauchst das nicht zu fragen.«

Akiko setzte sich neben ihn und gemeinsam sahen sie zu, wie die Sonne die Berge berührte und ihre letzten Strahlen über das gekräuselte Wasser der Bucht tanzten.

»Masamoto hat einmal gesagt, der wahre Sieg liege im Verzeihen und Verstehen«, sagte Jack. Seine Gedanken waren zu der Nacht zurückgewandert, in der Akiko fast von Kazuki getötet worden wäre. »Ich weiß jetzt, was er damit meint. Ich verstehe, warum Kazuki mich gehasst hat – wie auch alle anderen Gaijin. Er hat seine Mutter an eine Krankheit verloren, mit der sie sich bei einem ausländischen Priester angesteckt hat. In seinen Augen war ich diese Krankheit. Aber erst jetzt, wo er tot ist, habe ich die Kraft, ihm zu verzeihen.«

Akiko nahm seine Hand. »Ich weiß, dass du ihn noch retten wolltest. Aber ihm war nicht mehr zu helfen. Es war vielleicht am besten, dass er sich selbst ertränkt hat.«

Jack nickte. »Besser als ein langsamer Tod an der Pest. Ich hoffe für ihn, dass seine Seele endlich Frieden gefunden hat.«

»Und du?« Akiko sah ihn in der einbrechenden Dämmerung fragend an. »Hast du Frieden gefunden?«

Gedankenverloren blickte Jack zum dunkelnden Himmel auf und überlegte, doch Akiko schien die Antwort schon zu kennen. Sie holte eine Daruma-Puppe heraus, dieselbe, der Jack seinen Wunsch anvertraut und die er ihr zur Aufbewahrung gegeben hatte, als er die Reise angetreten hatte, die ihn zu seiner Schwester führen sollte. Das eine Auge der runden Holzpuppe war ausgemalt, das andere noch leer … in Erwartung der Zeit, da sein Wunsch sich erfüllt hatte. Akiko reichte ihm einen kleinen, in Tusche getauchten Pinsel. »Mach du es«, forderte sie ihn auf.

Jack füllte das andere Auge mit einem Tupfer schwarzer Tinte aus. Dann stellte er den Daruma auf einen flachen Stein zwischen ihnen und legte den Arm um Akiko. Während die Sonne rubinrot hinter den Bergen versank, rückte Akiko näher und legte den Kopf an seine Schulter. Da wusste Jack, dass er endlich zu Hause angekommen war.

Der Krieger war heimgekehrt.

Japanisches Glossar

Bushido

Bushido bedeutet »Weg des Kriegers« und bezeichnet einen japanischen Verhaltenskodex ähnlich den ritterlichen Tugenden des europäischen Mittelalters. Die Samurai sollten bei ihrer Ausbildung in den Kampfkünsten und im täglichen Leben sieben Tugenden folgen.

義

1. Tugend: *Gi* – »Gerechtigkeit«
Gi steht für die Fähigkeit, moralisch richtig zu entscheiden und alle Menschen ungeachtet ihrer Hautfarbe oder Rasse, ihres Geschlechts und Alters gleich und gerecht zu behandeln.

勇

2. Tugend: *Yu* – »Mut«
Yu steht für die Fähigkeit, sich in jeder Lage mutig und selbstbewusst zu verhalten.

3. Tugend: *Jin* – »Güte«

仁

Jin ist eine Mischung aus Mitgefühl und Großmut. Die Tugend geht Hand in Hand mit *Gi* und soll verhindern, dass der Samurai aus Hochmut oder Herrschsucht handelt.

4. Tugend: *Rei* – »Höflichkeit«

礼

Rei ist das höfliche und angemessene Benehmen gegenüber anderen. Der Samurai begegnet allen Menschen mit Achtung.

5. Tugend: *Makoto* – »Wahrhaftigkeit«

真

Makoto bedeutet Ehrlichkeit zu sich selbst und zu anderen. Der Samurai strebt danach, sich moralisch richtig zu verhalten und immer nach bester Kraft und Einsicht zu handeln.

6. Tugend: *Meiyo* – »Ehre«

名

Voraussetzung für *Meiyo* ist eine positive geistige Einstellung, allerdings auch richtiges Verhalten. Das Streben nach Erfolg gilt als ehrenhaft.

7. Tugend: *Chugi* – »Treue«

忠

Chugi liegt allen Tugenden zugrunde. Ohne Hingabe an eine Aufgabe und Treue zueinander besteht keine Aussicht auf Erfolg.

Kurzer Führer zur Aussprache japanischer Wörter

Das Japanische hat fünf Vokale: »a«, »i«, »u«, »e« und »o«. Sie werden so ähnlich ausgesprochen wie im Deutschen und können kurz oder lang sein. Langes »i« wird im Buch »ii« geschrieben, langes »o« entspricht »ō« und langes »u« entspricht »ū«.

Bei den Konsonanten wird geschriebenes »j« ausgesprochen wie »dsch« und »ch« wie »tsch«. »Z« ist ein stimmhaftes »s«.

Jede Silbe wird für sich ausgesprochen, also A-ki-ko, Ya-ma-to, Ma-sa-mo-to, Ka-zu-ki.

Worterklärungen:

arigatō gozaimasu	Vielen Dank!
bushido	»Weg des Kriegers«, Verhaltenskodex der Samurai
butokuden	Halle der Kriegstugenden
daimyo	Feudalherr
daishō	Schwerterpaar, bestehend aus Kurz- und Langschwert, den traditionellen Waffen des Samurai

daruma	kleine, eiförmige Puppe aus Holz ohne Arme und Beine, stellt den Zen-Begründer Bodhidharma dar; ein Auge wird mit schwarzer Tinte ausgefüllt, während man sich etwas wünscht oder vornimmt, das andere Auge wird ausgefüllt, wenn der Wunsch in Erfüllung gegangen oder das Ziel erreicht ist
dim mak	Kunst der tödlichen Berührung
gaijin	Fremder, Barbar
hakama	japanische Hose mit weiten Beinen
hamon	sichtbares Muster einer Schwertklinge, die beim Härten des Stahls entsteht
hatamoto	wörtlich »unter dem Banner«, Samurai im Dienst des Shogun
hashi	Essstäbchen
hatamoto	Ehrentitel, Samurai im direkten Dienst des Shoguns oder Regenten
kagemusha	Schattenkrieger
Kanojo o tebanasu!	Lass sie los!
kanzashi	Haarnadel
katame waza	Grifftechniken des Ringkampfes
ki	Kraftfluss oder Lebenskraft (chinesisch *chi* oder *qi*)
kiai	wörtlich »konzentrierter Geist« – Schrei, der während der Ausführung

	einer Kampftechnik als Konzentrationshilfe ausgestoßen wird
kiaijutsu	Kunst des *kiai* (Schrei)
kimono	traditionelles japanisches Gewand
kunoichi	weiblicher Ninja
kyusho	Druckpunkt
manriki	Waffe in Form einer kurzen Kette mit zwei Eisengewichten an den Enden
nam-myoho-renge-kyo	ein Mantra, buddhistischer Sprechgesang
nikyo	Armdrehhebel-Haltegriff (zweite Form)
ninja	japanischer Auftragsmörder
ninjutsu	Kampfkünste der Ninjas
Niten Ichi Ryū	»Schule der beiden Himmel«
obi	Gürtel
ryumon ki	Drachentorpunkt
samurai	japanischer Krieger
sensei	Lehrer
seoi-nage	Schulterwurf
shakujō	buddhistischer Stock mit Ringen
shisha no nemuri	Schlaf der Toten
shogun	militärischer Diktator Japans
sumimasen	Entschuldige bitte!
taijutsu	Kunst des Kampfes ohne Waffen
Tasukete! Abunai!	Helft mir! Gefahr!
tsuba	Handschutz eines Schwerts
ukemi	Falltechnik

utsukushī	schön
waki-gamae	Haltung im Schwertkampf
yubitsume	japanisches Ritual der Buße für ein Vergehen; dabei schneidet man sich selbst den kleinen Finger ab (wörtlich »Fingerverkürzung«)
yūrei	japanischer Geist

Japanische Namen bestehen gewöhnlich aus einem Familiennamen (Nachnamen), gefolgt von einem Vornamen, während in der westlichen Welt der Vorname dem Nachnamen vorangestellt wird. Im feudalen Japan spiegelt der Name den gesellschaftlichen Rang und die geistige Ausrichtung seines Trägers. Bei der Anrede fügt man dem Nachnamen (bei weniger förmlichen Gelegenheiten dem Vornamen) als Zeichen der Höflichkeit ähnlich dem deutschen »Herr«/»Frau« ein *san* an, bei einem höherrangigen Gegenüber *sama.* Bei Lehrern wird in Japan gewöhnlich die Bezeichnung *sensei* dem Namen nachgestellt, in vorliegendem Buch wurde die mehr dem Englischen und Deutschen entsprechende umgekehrte Reihenfolge gewählt. Jungen und Mädchen werden gewöhnlich mit dem Namenszusatz *kun* bzw. *chan* angeredet.

Danksagung

Dieses letzte Buch der *Samurai*-Serie zu schreiben, ist mir von allen meinen Büchern am schwersten gefallen. Ich musste nicht nur aufpassen, dass es wirklich gut wird und die Hoffnungen meiner Leser erfüllt, die schon so lange geduldig warten, sondern ich habe auch eine persönliche Familienkrise durchgemacht, die zu einer Depression führte, weshalb ich fast ein Jahr lang nicht schreiben konnte. Das Buch ist also ganz buchstäblich aus Feuer und Tränen entstanden.

Die Rückkehr des Kriegers wurde nur möglich gemacht durch die Hilfe und Liebe meiner Freunde und Familienangehörigen. Ihnen möchte ich meinen ewigen Dank aussprechen.

Ich danke meinem Hypnotherapeuten Alex Vrettos, der ein Wunder vollbracht hat, sodass ich wieder schreiben konnte; Mary, deren heilende Kräfte ein Geschenk sind; meinem Akupunkteur Jeremy Marshall (gibt es an meinem Körper eine Stelle, in die du noch keine Nadel gesteckt hast?); Paweena Promkot (Toto), die mich mit ihrer Ost-West-Therapie wiederbelebt hat; Sara Davison, die mich für eine bessere, hellere und glücklichere Zukunft bereit gemacht hat; und meinem Anwalt Robert Williams, der mich so ruhig und mit großem Mitgefühl durch eine schwere Zeit begleitet hat.

Ich danke meinem Agenten Charlie Viney, dessen Freundschaft mir immer viel bedeuten wird, sogar noch mehr als unsere hervorragende Zusammenarbeit; meinen Verlegern für ihr Verständnis und ihre Flexibilität bei der Entstehung dieses Buchs, insbesondere Tig Wallace und Wendy Shakespeare; meinen Buchhalterinnen Dawn, Denise und Heidi, die nicht nur Buch geführt, sondern auch zugehört und Teilnahme gezeigt haben; und Trevor Wilson, Camilla Kenyon, Lisa Thompson und dem ganzen Team von Authors Abroad für ihre Unterstützung und ihr Verständnis.

Und all meinen Freunden. Nur wenn man in Not ist, findet man heraus, welche Freunde man wirklich hat. Es ist für mich ein Segen, dass es euch gibt: die HGC – Dan, Dax, Larry, Siggy, Riz, Kul und Andy; Farah, Dotty, Becky, Cat, Cebs, Stepanka und Nicky; Geoff (und Lucy), Charlie und Matt; Mark und Kat Dyson (und meine Patentochter Lulu!); mein Nachbar und Waffenbruder David Leppenwell; Brian und Kate Corr; Thomas Corr für seinen frühen Rat; Emma Gibbins; Helen Caithness; Russell und Jackie Holdaway; Rob Rose für unsere Kinotherapie-Sitzungen; Sarah Hitt; Lisa und Simon Martin; Rob und Robbie Cooper; Nick Coward; Philippa Luscombe; Rob Dunkerley und Oli Bishop; und B – du hast ein Herz aus Gold, danke, dass du die Sonne für mich scheinen lässt!

Dank gebührt meinen Nachbarn und Freunden im Dorf, deren Unterstützung mich durch diese Zeit getragen hat: Jan und Scott Holt für ihre Freundschaft und ihre Gebete, meinem lieben Nachbarn Jan, Russell und Lucy Driver, Andy Hitt, Rachel Felton; Will und Caroline Kemp ebenfalls für ihre Gebete, Naomi und Ian McBain, Dr. Thomson, Dr. Graham und Dr. Cook für ihre Betreuung, Chris vom Gemüseladen, meinen Hurst-Colts-Fußballfreunden Scott, Christian, Mike, Kieran und Neil; Sarah McCaffery, die immer für die Jungs da war, Colin und Heather, meinen Beratern Beverly Nolan, Jaki Watkins und Dorothy Orchard, Philip Carter für seine Freundschaft und seinen Rat und Cynthia Davies, die mich auf der Straße gerettet hat.

Ich danke meinem Onkel Brian und Cherrill für ihre unbeirrte Unterstützung und meinen Paten Ann und Andrew für ihre Gedanken und Gebete.

Meiner Seelenschützerin Alessia dafür, dass sie mich von nah und fern durch eine dunkle Zeit getragen hat, und meinen beiden Schutzengeln Karen und Hayley, die mich immer wieder gerettet haben – dafür kann ich euch beiden nicht genug dankbar sein.

Meiner Mutter und meinem Vater, die mich auf diesem schweren Weg jeden Schritt begleitet haben. Jetzt können wir wieder lächeln und vor uns ist Licht …

Und meinen beiden wunderbaren Jungs Zach und Leo. Ihr haltet das Feuer in mir am Brennen und ich liebe euch von ganzem Herzen und werde das immer tun.

Und schließlich *arigatō gozaimasu* an alle meine Leser,

Bibliothekare, Lehrer und Buchhändler. Ihr habt lange auf dieses Buch warten müssen. Ich danke euch für eure Geduld und fortgesetzte Unterstützung.

Danke,
Chris

Fans können mit mir Kontakt halten und sich über den Fortgang der *Samurai*-Serie informieren auf meiner Facebook-Seite oder über die Website *www.youngsamurai.com.*

Fragen an den Autor

Was hat Sie zu den Samurai-*Büchern inspiriert?*

Ich habe immer davon geträumt, ein Samurai zu sein. Diese geschichtliche Epoche war eine so spannende Zeit und die Samurai waren die größten Krieger, die es je gab. Die Bücher sind eine Möglichkeit, diesen Traum zu leben.

Legen Sie die Handlung im Voraus fest oder entwickelt sie sich beim Schreiben?

Ich überlege mir immer zuerst die ganze Geschichte, bevor ich mit Schreiben anfange. Diese Geschichte dient mir dann als ungefähre Orientierung, denn oft ergeben sich beim Schreiben Abweichungen in verschiedene Richtungen, wenn die Charaktere ein Eigenleben bekommen. Aber irgendwie enden die Bücher immer dort, wo ich es geplant habe. Als ich die erste Idee zum ersten Band, *Der Weg des Kämpfers*, hatte, wusste ich schon, wie der dritte Band und der neunte Band enden würden!

Wenn Musik der Liebe Nahrung ist, was ist für Sie dann das Schreiben?

Der Inbegriff des Lernens! Schreiben erweitert den Horizont. Man überschreitet seine Grenzen und begibt sich auf phantastische Reisen der Vorstellungskraft.

Was für Hobbys haben Sie und wie beeinflussen sie Ihre Arbeit?

Mein größtes Hobby sind die Kampfkünste. Was ich über die Fähigkeiten der Samurai und Ninja weiß, spielt deshalb natürlich in meinen Büchern eine große Rolle. Es ermöglicht mir insbesondere, Kampfszenen sehr anschaulich zu beschreiben, sodass der Leser das Gefühl hat, selbst am Kampf teilzunehmen und die Schläge einzustecken!

Haben Sie jemals eine Schreibblockade gehabt und wie gehen Sie damit um?

Ich habe immer wieder kleine Blockaden, die ich durch Joggen, einen Spaziergang oder eine Süßigkeit überwinde! Aber einmal hat die Blockade aufgrund von kreativer Erschöpfung einen ganzen Monat gedauert. Die Lösung: zwei Wochen in Südafrika ohne Computer und Handy, nur mit Giraffen, Löwen und Geparden als Gesellschaft! Heute verwende ich Hypnotherapie – ein schneller Zugang zu meinem Unterbewusstsein!

Haben Sie je Schreibunterricht genommen oder Schreiben als Handwerk gelernt?

Nein, aber ich habe Stephen Kings Buch *Das Leben und das Schreiben* gelesen. Es ist eine glänzende Einführung in die Kunst des Schreibens und ich kann es jedem angehenden Autor nur empfehlen.

Was ist das Schönste und was das Schlimmste, wenn man für den Lebensunterhalt schreibt?

Am schwierigsten ist immer der Anfang – die Angst vor der leeren Seite und das Bewusstsein, dass man bis zu einer bestimmten Frist 70 000 Wörter oder mehr schreiben muss. Aber wenn ich erst in Fahrt gekommen bin, geht es wie von selbst. Das Schönste ist für mich, zu entdecken, wohin die Personen die Geschichte führen. Ich bin zwar der Autor, aber sie schreiben die Geschichte – und sie überraschen mich oft!

Wer würde in einem Zweikampf gewinnen, ein Samurai oder ein Ninja?

Genau diese Frage wird im dritten Band, *Der Weg des Drachen,* beantwortet. Der Ausgang des Kampfes überrascht euch vielleicht!

Was ist der beste Rat, den Sie je für das Schreiben bekommen haben?

Ganz einfach: Schreib das Buch, das du selbst lesen willst.

Wenn Sie nicht Schriftsteller wären, was wären Sie dann am liebsten?

Ich wäre gern Forschungsreisender wie mein Freund Steve Backshall. Es ist großartig, andere Länder und Kulturen kennenzulernen. Das Wunderbare ist, dass ich als Autor auf Forschungsreisen gehen kann, um für meine nächste Serie zu recherchieren.

Wie würden Sie Leute, die in einen Buchladen kommen, dazu überreden, Ihren neuen Roman zu kaufen und nicht einen anderen?

Ich würde mich mit meinem Samuraischwert neben sie stellen und sie freundlich darauf hinweisen, dass ihr Leben davon abhängt!

侍

侍